UNO SPIRITO FRESCO
I MISTERI DEL CIMITERO DI GRIMDALE, 3

STEFFANIE HOLMES

ISBN: 978-1-991349-20-0

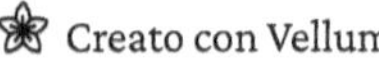 Creato con Vellum

UNO SPIRITO FRESCO

Scopri che i tre fantasmi sexy da morire che infestano il tuo maniero sono follemente innamorati di te. Che cosa fai?

a. Scappi via urlando.
b. Chiami un sacerdote per un esorcismo immediato.
c. Fai la mattacchiona pazzerella con tutti e tre… insieme…

Sono Bree Mortimer e ho scelto l'opzione c.

Proprio così: io e i miei tre fantasmi ci siamo messi insieme. Ora sono ufficialmente una #zoccoladeifantasmi, e mi sta bene.

E ora che ho scoperto di possedere la magia della resurrezione, potrei anche essere in grado di riportarli in vita.

Sempre che gli oscuri sacerdoti dell'Ordine della Nobile Morte smettano di riportare in vita serial killer che mi danno la caccia. E sempre che riesca a evitare che i miei genitori e la bulla dei tempi della scuola scoprano la verità sui miei poteri occulti.

Ah, e immagino che dovrei anche capire perché non posso ammettere di provare qualcosa per loro. Vorrei saltar loro addosso in ogni secondo della giornata, ma ogni volta che provo a dire quelle tre paroline, mi spavento da morire.

Come è possibile innamorarsi di qualcuno già morto?

Bree e i suoi uomini fantasma sono tornati per un'altra spettrale avventura in *Uno spirito fresco*, il terzo libro di questa serie fantasy dalle tinte cupe e ironiche, dell'autrice bestseller Steffanie Holmes. Se amate le eroine sarcastiche, i fantasmi sexy, possessivi e leggermente squinternati, i misteri da risolvere, e le storie d'amore spettrali e bizzarre, allora smettetela di fare gli...spiritosi e iniziate a leggere!

ISCRIVETEVI ALLA NEWSLETTER PER RICEVERE AGGIORNAMENTI

Volete una scena bonus gratuita del ballo scolastico di Bree, insieme alla playlist di Bree? Se vi iscrivete alla newsletter di Steffanie Holmes riceverete una copia gratuita di *Gabinetto delle Curiosità*: un compendio di racconti e scene bonus di Steffanie Holmes.

https://www.nevermorebookshop.co.nz/pages/steffanie-holmes-newsletter-german

Ogni settimana, nella mia newsletter, parlo di vere e proprie infestazioni, strani avvenimenti, rovine fatiscenti e fatti inquietanti che ispirano le mie storie. Con la newsletter riceverete anche scene bonus e aggiornamenti esclusivi. Adoro parlare con i miei lettori, quindi unitevi a noi per un po' di spettrale divertimento :)

A mio padre,
il mio primo eroe

Va', prendi una stella cadente.
    ingravida una radice di mandragola.
    Dimmi dove sono finiti gli anni passati,
    o chi ha spaccato il piede al diavolo.
    Insegnami a udire il canto delle sirene,
    a tenere lontano la fitta dell'invidia,
    e dimmi
    quale vento
    serve per far avanzare una mente onesta.

                        -John Donne

PROLOGO
22 ANNI FA

Eccomi di nuovo qui.

La ragazza osserva la facciata di Grimwood Manor, segnata dal tempo e dalle battaglie. Le finestre sono sporche e avrebbero bisogno di una bella ripulita. Le grondaie sono popolate da un vero e proprio ecosistema. Il volto selvaggio di un guerriero romano la guarda dalla finestra della torretta.

Passa la valigia rosa da una mano all'altra, e suona il campanello.

La magia le stringe il petto, e fili d'argento volteggiano intorno a lei mentre si manifestano i fantasmi di Grimwood. Ricorda quando ha scoperto per la prima volta il suo potere, e che all'inizio riusciva a vederne solo alcuni, solo gli spiriti più tormentati. Un tempo la spaventavano. Ma nel corso degli anni, man mano che le apparivano, ha imparato a ignorarli, proprio come noi ignoriamo le auto che sfrecciano sull'autostrada sotto la nostra finestra quando stiamo cercando di dormire.

Solo che qui, a Grimwood, sono più difficili da ignorare...

La porta viene spalancata da un bell'uomo all'apparenza sulla trentina, il cui volto è nuovo e allo stesso tempo dolorosamente familiare. Ha i capelli castano chiaro punteggiati da macchie colorate, e indossa una tuta da lavoro macchiata di vernice. Lei fa una smorfia di disappunto quando il pennello che tiene in mano gocciola vernice rossa sul portico.

«Benvenuta.» Le sorride: un sorriso cordiale, che si tinge di gratitudine, e anche un po' di panico. Anche lei si farebbe prendere dal panico, al suo posto perché la sua casa è vecchia, enorme e sta cadendo a pezzi. E ha bisogno di lei. «Entri pure. Benvenuta al Grimwood Manor B&B. Le prendo io il bagaglio.»

«Non è un problema. Posso farcela da sola.» Lei stringe forte il manico e lui non insiste. Si fa da parte per lasciarla entrare nell'ampio androne. All'interno, i problemi economici sono meno evidenti.

Le pareti sono ornate da ritratti incorniciati e ci sono due poltrone a dondolo davanti a un caminetto in pietra decorato, che arde nonostante la calda giornata primaverile. Su un tavolino accanto a un vaso di fiori, una serie di opuscoli turistici disposti in bell'ordine. Tutto è stato preparato per la sua visita.

Ma a lei non serve vedere le crepe per sapere che ci sono.

«Piacere, Mike.» Fa un profondo inchino, che ispira tenerezza, se si considera che ha la testa tutta schizzata di vernice viola e oro. «Mi scuso per il mio aspetto: sto dipingendo un murale, e la situazione mi è un po' sfuggita di mano. Avrebbe dovuto aprire mia moglie Sylvie, ma sta impastando una torta e ha le mani sporche. Siamo molto felici del suo arrivo. Lei è il nostro primo ospite. Ah, e questa piccolina è la mia dolce Bree.»

E a tali parole prende in braccio una bambina che stava giocando a terra con una serie di blocchi colorati. La bimba ha un piccolo schizzo di vernice dorata dietro l'orecchio.

Le luci sfarfallano.

«Mike, tesoro!» Una voce di donna risuona dalle profondità della casa. È frizzante in un modo eccessivo, quasi tinta di panico. «Puoi venire qui un attimo? Il forno ha fatto di nuovo quella *cosa*.»

«Arrivo, amore mio.» Mike lancia un sorrisetto alla donna. «Mi dispiace per le luci: l'impianto elettrico della casa è vecchio, e crea problemi agli elettrodomestici. Ma non si preoccupi: l'abbiamo fatto controllare ed è sicuro. Non hanno trovato nessun guasto. Le luci a volte sfarfallano e il forno cerca di autodistruggersi. Voglia scusarmi, ma devo indossare il mio mantello da Superman e salvare ancora una volta la situazione. Se può tenere d'occhio Bree per un momento, torno in un battibaleno e le mostro la sua stanza.»

Si allontana di corsa. Bree fissa seria il padre, poi torna a concentrarsi sulla costruzione della sua torre.

La donna in rosa posa la valigia e si inginocchia accanto alla bambina. Un movimento sulle scale distoglie per un attimo la sua attenzione, ma è solo il fantasma del centurione romano. Lui sguaina la spada, e la brandisce minaccioso verso di lei. Lei gli fa un cenno di rassicurazione.

«Non sono qui per farle del male» dice al fantasma. «Voglio solo vedere se è una di noi.»

Il centurione fa un passo indietro, annuendo con saggezza.

La donna si inginocchia accanto alla piccola e prende un mattoncino. «Sei molto brava» dice. «Forse il tuo destino è quello di diventare un architetto.»

Bree gira la testa per guardare il centurione, il cui volto si addolcisce appena lei lo scruta con i suoi enormi occhi color del miele. Lui le sorride.

Lei si rabbuia e abbatte la torre con un pugnetto cicciottello.

La donna sorride. «O forse, un'esperta di demolizioni.»

Si abbassa sul tappeto da gioco, rannicchia le gambe e porge il mattoncino giallo alla bambina, che se lo gira tra le mani prima di prenderne uno blu e incastrarli tra loro.

«È una bella combinazione di colori» dice la donna. «Senti,

non abbiamo molto tempo prima che torni tuo padre. Devo solo controllare una cosa.»

Allunga la mano e afferra il filo argenteo che esce a spirale dalla pancia della bambina. Il volto di Bree si contorce e lei lascia cadere a terra i blocchi mettendosi ad agitare i pugnetti in aria. Dietro di lei, il centurione fa un passo minaccioso.

Il filo d'argento le vibra tra le dita e lei lo tira con delicatezza finché non si allunga abbastanza da farle intravedere la luce scintillante che lo percorre.

«Ah, sì. Come pensavo. Spesso capita che salti una o due generazioni.»

La donna lascia il filo e si rimette le mani in grembo. Bree sbatte due blocchi tra di loro e scoppia a ridere. Il guerriero romano torna al proprio posto sui gradini e la guarda arcigno.

La donna accarezza i ciuffi di capelli castano chiaro della bambina. «Ti è stato dato un dono straordinario, Bree Mortimer» sussurra. «Ma c'è chi vuole farti credere che sia una maledizione. Quando sarà il momento giusto, verrò a prenderti. Ti insegnerò ciò che devi sapere: te lo prometto. Però verranno anche altri, con paura e cattiveria nel cuore. Dovrai scegliere tu la tua strada.»

Bree non risponde, il che non sorprende la donna. Non è così sciocca da aspettarsi che una bambina capisca il potere monumentale che le scorre nelle vene. È venuta solo per osservare e assicurarsi che Bree sia al sicuro a Grimwood, finché non sarà il momento.

«Va tutto bene?»

La donna si gira e vede Mike Mortimer appoggiato alla porta, il volto e la parte superiore del busto ricoperti di fuliggine nera. Ma Mike non la vede.

Scruta la figlia sul tappeto da gioco e la valigia da viaggio rosa della donna, abbandonata accanto al fuoco.

I

EDWARD

L'urlo di Brianna mi lacera l'anima.

E non in modo figurato o poetico.

In un modo dolorosamente fisico, del tipo *il mio cuore viene strappato dal petto e mangiato da uccelli rapaci.*

Brianna è dietro di me con Ambrose, e ogni metaforico osso del mio corpo spettrale vorrebbe prendersi cura di lei, trascinarla lontana da questo orrore e confortarla con la miriade di abilità sensuali che non ho ancora condiviso con lei.

Ma se Brianna è dietro di me, per ora è al sicuro.

A differenza di Pax.

Il suo corpo sussulta mentre lo Squartatore gli conficca il coltello nel petto. Da stupido, Pax cerca di afferrare la lama con le sue grandi e goffe mani, ma sono tutte imbrattate di sangue e scivolano. Inclina la testa di lato e i suoi occhi trovano i miei.

Non lo ammetterò mai, ma l'artista che è in me è sempre stato attratto dagli occhi di Pax. Sono di un blu gelido ed espressivo, di solito accesi di una sorta di criminalità da antico romano. Però ora nuotano nel dolore.

Pax sta soffrendo? L'idea che una creatura così brutale possa provare sentimenti mi sconvolge. Se lo Squartatore è in grado di abbattere il potente Pax Drusus Maximus, allora che speranza abbiamo noi?

«Amico...» prova a dire Pax in un rantolo. Mi tende una mano. «Vai. Proteggi Bree... devi...»

Le sue parole sono soffocate dal sangue che gli sgorga dalle labbra.

No, non può essere.

Pax alza gli occhi al cielo e sui suoi lineamenti compare un'espressione serena. La bile mi sale in gola, una sensazione un po' nuova, dato che non ho né una gola né uno stomaco per produrre bile. Però sono abbastanza vicino a Brianna da provare queste sensazioni, antiche e vive.

E quello che provo ora, mentre guardo il mio amico morire, è *vergogna*.

Pax sta sacrificando la sua vita, ed è sereno, perché è convinto che ci salverà. È venuto in questo cimitero per morire, ucciso dalla sua stessa mano. Pensava che il suo sacrificio avrebbe difeso Brianna.

La sua è vera nobiltà, non quella della mia stirpe appestata, fatta di stronzi codardi ed egoisti.

Pax è convinto di quello che sta facendo perché gliel'ho detto io. Gli ho fatto credere io di essere la causa di tutta la nostra infelicità e che per noi valga più da morto che da vivo.

Come ho potuto fargli ciò?

Come ho potuto fare ciò a Brianna?

È stato così il giorno in cui è morto sul campo di battaglia? Era così, la possente quercia abbattuta?

No.

No.

Tutte le stronzate in cui mi sono crogiolato da quando il mio amico Pax è diventato un ex fantasma sembrano del tutto inutili, ora che sta morendo dissanguato davanti ai miei occhi. Pax, che potrebbe indurmi a infilare la testa nell'armadietto dei liquori per la sua incessante... *Paxitudine*, pur essendo un amico più leale di chiunque altro abbia conosciuto in vita.

Quando avrà finito con il nostro soldato, quel mostro si occuperà di Brianna. Forse riuscirò anche a nasconderla per un po', ma lui scoverà le mie debolezze. Come tutti. Passerà oltre me e Ambrose, e squarcerà il corpo di Brianna con il suo orribile coltello, e io non potrò fare nulla per fermarlo perché sono un *fantasma* dimenticato da Dio...

Ma mi viene un'idea. Un'idea disperata e destinata a fallire, ma io sono sempre attratto dalla disperazione e dai casi persi.

«Tu non gli farai del male!» urlo al mostro mentre mi scaglio contro di lui.

«Edward, no!» grida Brianna, la voce rotta dal dolore. Non so perché sia così sconvolta. A differenza di Pax, a me il mostro non può fare nulla.

Sono già morto. E con tutte le cose abbiette che ho fatto, dovrei rimanere morto per un po'.

Lo Squartatore si gira verso di me mentre mi avvicino. I suoi occhi sono due finestre rosse sull'inferno che ha dentro. Lui riversa la testa all'indietro e ride. E poi ride ancora, e la pura malvagità della sua risata mi fa tremare le ginocchia mentre gli afferro il mantello con entrambe le mani.

Riesco a trattenerlo solo grazie ai poteri di Brianna. Il mio viso è a pochi centimetri dal suo. È così vicino da *sentire l'odore* putrido e marcescente del suo alito. La mia pelle brucia per il calore del fumo rosso che gli esce dagli occhi. Le sue labbra sottili e inumane si torcono in un ghigno, e tutto ciò che lo riguarda è così *assolutamente* sbagliato da farmi scordare per un attimo ciò che stavo per fare.

«Pensi di potermi fare del male, spettro?» ringhia lui, il corpo scosso da una risata che gli risale dal profondo del ventre. «Non sono più dalla tua parte del Velo e non ho nessun padrone che mi governa. Io sono di nuovo carne e sangue.»

«Bene» grido.

Mi slancio in avanti.

Cado *dentro* la sua pelle.

Dentro di lui.

«Edward, cosa stai facendo?»

Il grido di Brianna mi giunge alle orecchie, ma è soffocato dalle urla che mi assalgono mentre mi infilo dentro lo Squartatore. Dopo tutte le volte in cui, per caso, sono scivolato un po' troppo dentro Brianna (anche se mai nel modo in cui avrei voluto), e mi sono immedesimato nei suoi ricordi, speravo che quel tipo di possessione fantasma potesse funzionare.

Ma non mi sarei mai aspettato di stare così... male.

Mi manca il fiato, perché è tutto un'indecenza, è davvero sbagliato. Sono all'interno della creatura, il mio corpo spettrale scivola dentro le sue vene e i suoi organi, e occupa ogni atomo già pieno del suo essere. Sono accerchiato dal dolore di far parte di qualcosa di fisico e vivente che non mi appartiene.

E i ricordi...

Vedo, sento e annuso tutti i crimini brutali che lo Squartatore ha commesso più di un secolo fa, e tutti quelli che da allora ha compiuto per conto di padre Bryne... come se fossi io quello che brandisce la lama. Le vittime dello Squartatore urlano come una sola persona, mentre lui strappa (*io* strappo) la loro carne. Polly Nichols, Annie Chapman, la seducente Mary Kelly e Vera...

Il dolore è *squisito*. Al confronto, attraversare un muro o cadere su un divano è poco più di un fastidioso prurito. Stare qui, schiacciato all'interno dello Squartatore mi ricorda quando sono stato in giardino, sdraiato, rotto, insanguinato e terribilmente freddo, per tre giorni mentre i miei amici facevano festa all'interno.

Mi ricorda l'abbandono di mio padre, il tradimento dei miei amici.

Ma il dolore è sempre stato la mia musa. Posso modellare l'agonia a mio piacimento, renderla bella e straziante. Così, mi infilo ancora di più sotto la pelle dello Squartatore, e lascio che i ricordi delle sue orribili azioni mi invadano e mi fortifichino.

«Cosa...» ansima lo Squartatore e io mi avvicino ai confini della sua psiche. «Che cos'è questa cosa? Che cosa stai facendo? *Esci da me!*»

«Edward, dove sei finito?» grida Brianna. «Non ti vedo. Edward!»

Le mie mani sono ormai dentro quelle del mostro. Sento che afferro Pax, mentre le ultime gocce di vita vengono prosciugate dal suo corpo. Sento le mie dita serrarsi intorno all'elsa del mio amato coltello. Avverto il dolore come fossero cento micce accese da Guy Fawkes dentro di me.

Devi resistere, Edward.

Dopo la mia patetica dipartita ho vissuto ancora per centinaia di anni, con la sola compagnia di un soldato zotico e di un cane vittoriano. Ne so qualcosa, se parliamo di *resistere*.

Supero il dolore e mi concentro sulla mano che stringe il coltello. Stacco un dito dalla lama. La volontà del mostro lotta con la mia. Io sbatto le palpebre e, attraverso la nebbia dei ricordi dello Squartatore, vedo *lei*.

La mia Brianna.

La mia forza.

«Edward?» mi chiama lei. Esce da dietro la tomba, con quei suoi enormi occhi color champagne spalancati per la preoccupazione, la speranza e il terrore e... *l'amore*. Dopo averla ferita, non pensavo che avrei mai avuto la benedizione di percepire il suo amore, invece è lì, scritto sui suoi lineamenti, anche se non riesce a esprimerlo a parole.

E a me basta. Lei è sempre stata tutto quello che mi serviva.

Strappo altre due dita dello Squartatore dall'elsa dell'arma.

Tendendo la sua mascella perfetta, Ambrose si aggrappa a

Brianna e osserva, senza vedere. Riesce a mettere insieme ciò che sta accadendo grazie ai suoni e agli odori, e alla sua acuta intelligenza. Si posiziona davanti a Brianna, come se potesse in qualche modo respingere il mostro, nel caso non ci riuscissi io.

Oh, Ambrose, sei sempre il solito panglossiano.

«Prendi il coltello, Ambrose. Non posso trattenerlo ancora a lungo.» Vengo scosso da tremiti, e la creatura lotta per riprendere il controllo. I suoi pensieri e ricordi mi attraversano e io rimango senza fiato quando, ancora una volta, vengo spedito dal momento presente a una memoria lugubre e spettrale.

Una strada buia, l'acciottolato bagnato dalla pioggia. Con le labbra violacee per il freddo, una donna vestita di stracci inghiotte il vino dolce che le ho dato. La mia fame di lei, del suo sangue, delle sue urla, mi attanaglia il ventre.

E poi, un altro ricordo. Questa volta sono in piedi in mezzo a una folla che si è radunata intorno a un cadavere. Assaporo le loro allegre disquisizioni su ogni mia coltellata e fendente. Da grandi scatole nere scattano luci abbaglianti, mentre la gente spettegola sulla povera sfortunata e si accalca per vedere da vicino le ferite. Un uomo con un pastrano sbiadito e il volto tormentato cerca invano di respingere la folla. A giudicare dal modo in cui coloro che lo circondano si rivolgono a lui chiamandolo *capo*, penso che si tratti di un detective della polizia, un po' come Hayes e la sergente Wilson, che hanno indagato sugli omicidi di Grimdale. Mi incuriosisce. Voglio vederlo soffrire mentre cerca invano di catturarmi...

«Edward, tienilo ancora un po'.»

La voce di Brianna mi riporta al presente. Si è gettata sul mostro e sta cercando di strappargli il coltello di mano. Lo Squartatore cerca di estromettermi dal suo corpo per occuparsi di lei, ma io sento le dita di lei che gli afferrano il braccio, che afferrano il *mio* braccio. Lei mi dà forza.

Stacco l'ultimo dito e...

CLANG.

Il coltello cade sul sentiero di cemento.

Sia Brianna che il mostro si lanciano per prenderlo, ma io riesco a trattenere il mostro e lei raggiunge l'arma per prima. Afferra l'impugnatura, gira la lama e gliela conficca nel petto.

Ah.

Ahhhhh.

Ahia.

Fa un male cane.

Cado fuori dallo Squartatore proprio mentre lui afferra Brianna, le mani puntate al suo collo. Il mio cuore spettrale mi balza in gola, ma lei si abbassa per schivare la presa e affonda di più il coltello, torcendo il manico finché la bocca dello Squartatore non si apre in un urlo orribile.

«Non sai cosa stai facendo» ulula, le sue parole che perforano la quiete della notte, così forti da svegliare i morti. «Non sono carne e sangue. Io sono...»

Ma sembra confuso. Incerto.

Brianna serra l'impugnatura dell'arma con entrambe le mani e spinge a fondo. «Anche se il tuo padrone è morto» dice, «tu sei ancora legato all'incantesimo che ti ha riportato indietro dalla morte. Se sei carne e ossa, allora puoi morire, come tutti noi.»

Gli occhi del mostro si spalancano, e dalle orbite esce fumo rosso. Poi riversa la testa all'indietro e, con un ultimo disumano lamento, si disintegra.

Nel punto in cui si trovava solo pochi istanti fa, con la sua lama mortale, ora c'è solo cenere.

Brianna lascia cadere a terra il coltello e si accascia di fianco a Pax.

Pax.

Cerco di ricomporre il mio corpo distrutto e intriso di dolore, e mi avvicino a loro. Brianna gli tiene una mano e singhiozza, accarezzandogli le dita robuste. Io gli premo una mano sul cuore. Non si muove né ha nessuna reazione quando le mie dita gli si infilano nella pelle.

Il corpo di Pax non fa formicolare il mio come succede con gli oggetti viventi se li tocco.

Perché lui non è più un Vivente.

2

BREE

«Pax.» Crollo in ginocchio. La croce di padre Bryne mi cade dalla tasca e va a sbattere a terra accanto alla lama dello Squartatore. Mi sembra di vedere volute di nebbia rossa che escono da essa, ma non ci faccio caso. Non ora che Pax è... ora che...

«Riesci a sentirmi, Pax?» Stringo il viso del mio guerriero. Cerco di sollevarlo, spero che...

...ma nel momento in cui le mie dita gli toccano la pelle, capisco che non c'è più.

No.

No.

Ti prego, no.

Non può essere. Non riesco a pensare di stare senza Pax. Aveva avuto tutto ciò che aveva sempre desiderato. Aveva riacquistato la vita. Potevo toccarlo, abbracciarlo e baciarlo. Era reale. Anche se per me era sempre stato reale.

Come può essersene andato?

Lacrime mi rigano le guance. Gli cadono sulla tunica e si mescolano al sangue che cola dalla sua ferita.

Non è giusto. Il sangue di Pax dovrebbe stare dentro di lui, non fuori, a macchiare la terra del cimitero di Grimdale.

Tanto sangue...

«Brianna.»

Edward ha la mano premuta sul cuore di Pax e mi guarda. I suoi occhi sono pieni di vergogna e rimpianto. Quello che Edward ha appena compiuto è forse l'atto più coraggioso e più stupido di sempre, e ci sono così tante cose che vorrei dirgli, ma non ora, non ora che Pax è...

Gli occhi scuri di Edward si riempiono di desolazione. E capisco, con una certezza che mi lascia senza fiato, che ora non sto vedendo solo il lato cupo di questo principe poeta. Ora lui è dall'altra parte della morte e sente il cuore di Pax, sente che ha smesso di battere...

Ti prego, ti prego. In realtà, non so chi sto implorando. Se uno degli antichi dèi di Pax è in ascolto in questo momento, magari sentirà la mia preghiera. *Darei qualsiasi cosa per riaverlo indietro.*

Guardo il mio guerriero, il mio bellissimo e coraggioso Pax. Il filo di Edward è acceso di una luce intensa: gli esce dal petto, si snoda tutto intorno a noi e poi nel cimitero. Quello di Pax, invece, si sta srotolando, la luce blu si affievolisce fino a scomparire, e al contempo sfila via ad altissima velocità dal suo corpo, sfrecciando nell'aria per poi allontanarsi da lui.

Non so come, ma improvvisamente so cosa devo fare. Anche se non riesco a spiegarmelo. Forse è perché adesso ho un nome per quello che sono: un Lazzaro. Comunque sia, mi sento investita da un'ondata di potere e allungo una mano verso Pax, ad afferrare il suo filo proprio nell'istante in cui l'estremità si stacca dal suo corpo. Con l'altra mano gli apro le labbra e gli infilo in bocca il capo che ho afferrato.

Non funziona. Il filo vuole scapparmi via, come uno spaghetto che scivola da una forchetta. Singhiozzo mentre cerco di chiudergli le labbra, ma il suo mento è lasco e strano, e non ci riesco, non ci riesco, non ci riesco... e lui non c'è più...

Disperata, non so cos'altro fare, così mi chino e poso la bocca sulla sua.

Le labbra di Pax sono calde, ma immobili, senza vita: questo non è il bacio del mio guerriero. Il filo vibra tra noi. Mi sfrigola sulle labbra e cerca di separarci, ma non sono pronta.

Mi scendono calde e grosse lacrime, ma io non smetto di baciarlo. *Pax, mi dispiace tanto. Hai avuto tutto quello che volevi... tranne l'unica cosa che non ho potuto darti, quelle tre parole che ho troppa paura di dire proprio per questo... perché se io ti amo e tu mi lasci, io finirò distrutta. Però adesso so che se tornassi da me te le direi subito, perché sono vere. Ti amo, da più tempo di quanto tu sappia, e sono una grande, sciocca fifona, però sono la tua fifona...*

Le labbra di Pax si schiudono.

E prima che io riesca a formulare un pensiero di speranza, o una preghiera, lui mi sta baciando. Il mio Pax mi sta baciando, con un desiderio che mi squarcia e fa cadere parole non dette dalla mia lingua alla sua. Le sue labbra bruciano: sono accese, calde e *vive* mentre mi divora, spalancandomi la bocca in modo che la sua lingua si intrecci con la mia.

Insieme, danziamo con quel filo d'argento che gli scivola in gola. L'unica cosa che voglio ora è che quel filo che si muove tra noi torni dentro Pax, e ho la certezza che non sarò mai in grado di resistere a quest'uomo, soprattutto se è vivo, mio, e mi bacia con tutto il fervore della sua brama di battaglia.

«Pax?» cerco di chiamarlo, ma le parole vengono spazzate via dalla forza del suo bacio.

Spalanco di scatto gli occhi e trovo due sfere blu scintillanti, pallide come il cielo di una perfetta giornata estiva neozelandese. Una mano mi afferra la nuca, le dita spesse mi stringono i capelli e mi tirano a sé.

Pax. Sei vivo. *Vivo!*

Mi bacia come se non volesse respirare altro se non la stessa aria che respiro io. Si aggrappa a me quasi fossi l'unica cosa che lo lega al mondo. E forse lo sono. Il filo si insinua tra di noi, fa risuonare i miei denti, si infila nella sua gola, e torna a riavvolgersi stretto dentro di lui, dove dovrebbe stare.

In qualche modo, riesco a liberarmi dal bacio di Pax. Mi accovaccio di nuovo sulle ginocchia e lo guardo; guardo i suoi bellissimi occhi da Vivente. Lui mi posa una mano su una guancia, mi sfiora il viso con un pollice, e lo sguardo che mi rivolge è di pura adorazione.

«E così le sei debitore due volte, soldato!» Edward, naturalmente, doveva interrompere l'incanto.

Sono troppo eccitata dalla felicità per preoccuparmene. Inoltre, tutti noi ora siamo in debito con Edward.

E con Pax. E anche con Ambrose. Stasera ognuno dei miei fantasmi mi ha salvato la pelle.

«Pax sta bene?» chiede Ambrose. Si china oltre Edward e la sua mano gli passa nella spalla. È strano, ma Edward non sembra farci caso.

«Non sto bene! Sono qui coricato, e invece dovrei essere a infilzare qualcuno. Abbiamo un mostro da sconfiggere.» Pax cerca a tentoni la sua spada, ma Ambrose la colpisce con la punta del suo bastone e la scaglia lontano dalla sua portata.

«Non hai male?» Dalla ferita che ha sul petto esce un po' di sangue. I bordi del taglio sono illuminati da una lievissima traccia di nebbia rossa, che però svanisce davanti ai miei occhi.

«È solo una ferita superficiale.» Pax emette una specie di grugnito e si rialza in piedi. «Dov'è il mostro? Ha un appuntamento molto sexy con la punta della mia spada...»

Pax si interrompe con una smorfia e lui si porta le mani al ventre. Cerco di spingerlo a terra di nuovo, ma avete mai provato a costringere un soldato romano a fare qualcosa contro la sua volontà? Così, gli metto un braccio intorno e cerco di aiutarlo mentre barcolla per alzarsi. Si appoggia a me a fatica, tanto da farmi incespicare e mandarmi a sbattere con un gomito sul gradino di marmo del mausoleo di Edward. Lacrime di dolore mi riempiono gli occhi, ma accetto qualsiasi tipo di dolore se è dovuto al fatto che Pax è ancora vivo.

Lui si sorregge a uno dei putti pacchiani di Edward e si solleva in tutta la sua imponente altezza. È rosso come un peperone per la fatica. «Prendetemi la spada» ordina. «Sono nudo, senza.»

«Sei andato in giro per tutta la casa con quella tunica inconsistente per centinaia di anni» esclama Edward. «Abbiamo visto tutto. Ora non sei affatto nudo e in queste condizioni non ucciderai proprio nessun mostro.»

Il mio principe si appoggia a un altro cherubino, e si rabbuia quando il frammento di vetro che ha nel sedere sfrega contro il liuto dell'angelo. Sembra più pallido del solito. È appena stato *dentro* Jack lo Squartatore.

Non riesco nemmeno a immaginare l'effetto che può fare a un fantasma, soprattutto se si tratta del sensibile e poetico Edward.

Infilo in tasca il coltello dello Squartatore e la croce di Bryne. Non so se il primo sia scomparso per sempre o meno, ma chiaramente sono due oggetti magici, che potrebbero tornare utili.

Pax è di nuovo in piedi e la sua ferita sembra essersi perlopiù rimarginata. Sbatto le palpebre, nel tentativo di convincermi che è ancora qui: reale, e vivo. Poi mi avvicino a Edward. Gli premo la mano sulla guancia, e avverto il ronzio della sua essenza spettrale sul palmo. Edward ha un momento di cedimento: le sue palpebre tremolano e abbassa le lunghe ciglia.

«Ti ha fatto male?» gli chiedo, temendo la risposta.

«Non dovresti chiedermelo. Non sono io ad avere un buco nel petto.»

«Non tutte le cicatrici sono visibili, Edward. Quello che devi aver visto nei ricordi di quel mostro...» Altre lacrime fresche mi pizzicano gli occhi, e Edward rabbrividisce sotto il mio tocco. «Stai bene?»

Accosta le labbra alla mia mano. «Ti prego, Brianna» sussurra. «Sto bene. Risparmia la tua compassione per qualcuno che la merita.»

«Tu meriti molto di più della mia compassione. Hai salvato Pax» mormoro. «Hai salvato tutti noi.»

«Davvero?» Un lieve sorriso gli tende l'angolo delle labbra, ma è un sorriso triste. Riapre gli occhi scuri e mi studia con quella sua bruciante intensità che mi fa sempre sentire nuda e *vista*.

Edward mi ha sempre *vista*. È sempre stato in grado di vedere oltre le bugie che mi racconto e di leggere la verità, anche quando non voglio ammetterla nemmeno a me stessa. Dopotutto, siamo dei fuggiaschi. Entrambi siamo scappati e ci siamo nascosti, invece di affrontare i nostri problemi.

Ma quante volte io ho fatto lo stesso con lui? È facile dimenticare che sotto quel suo atteggiamento di pura arroganza c'è un cuore che trova la bellezza nei luoghi più oscuri. Ora lui è in un luogo oscuro, e lo è da molto.

Non so come tirarlo fuori. Ma devo provarci.

Gli prendo il viso con entrambe le mani. La sua pelle spettrale vibra sotto il mio tocco. Gli si apre il colletto, mettendo in mostra quel piccolo livido rotondo che ha sul collo da quando è morto, anche se non sa come se lo è procurato. Il suo filo d'argento si snoda tra noi, e riempie l'aria con il suo profumo di zucchero bruciato e oppio. Incrocio il suo sguardo e lo sfido a guardarmi, a vedere che non gli mentirò come a volte mento a me stessa. «Ti giuro che non appena saremo certi di aver rispedito Jack lo Squartatore a... ovunque sia il luogo da cui è venuto, troveremo il modo per riportarti in vita. Te lo prometto.»

«Non fare promesse che non puoi mantenere.»

«Dico sul serio. Ora so cosa sono. Possiedo la magia che ha riportato in vita Pax *due volte*. Tutto quello che dobbiamo fare è trovare la tua questione in sospeso e...»

«La tua magia non funzionerà con me, Brianna.» Negli occhi di Edward c'è un bagliore di disperazione. «Credi che non abbia già rivolto il mio considerevole intelletto a cercare di capire quale questione infernale mi tenga vincolato a questo purgatorio? Ero un principe viziato, avevo tutto ciò che desideravo, e ho sprecato tutto. Non mi mancava nulla. Non ho nessuna questione in sospeso. È questa la mia punizione, ed è una tortura che merito.»

Mi scendono grosse lacrime. «È così che ti senti? Essere mio amico è una tortura per te?»

«Tu sei l'unica cosa che abbia mai avuto un significato per me.» Mi sfiora la sommità del capo con le labbra, e mi fa sbrilluccicare il cervello. «Vorrei che tu potessi vedere ciò che vedo io, quando ti guardo.»

Rido, ma è una risata triste. E ripenso a tutto quello che è successo questa sera. Ho fatto del male a tutte le persone a cui tenevo, al punto da far pensare a Pax che per lui sarebbe stato meglio essere morto e non parte della mia vita. A terra in casa mia c'è il cadavere di un prete, e ho appena dovuto accoltellare Jack lo Squartatore. «E cosa vedi? Un uragano con il volto di una ragazza, che distrugge tutto ciò che incontra sul suo cammino?»

«No, Brianna. Vedo un fiore raro e delizioso: tu rendi il mondo più bello semplicemente perché esisti. Secoli fa scrivevo poesie sull'amore, anche se non ero mai stato davvero innamorato. Quando guardavo un'opera d'arte, ascoltavo una musica commovente o leggevo qualcosa di bello, mi sembrava di poter allungare la mano e toccarne i bordi. Qualsiasi magia in grado di curare questo atroce desiderio che ho nel cuore deve essere la più straordinaria del mondo.

«È stato così che ho scritto dell'unica cosa che io, il principe più viziato di tutte le terre, non sono mai riuscito a possedere: un amore duraturo. Non mi rendevo conto che le poesie che avevo scritto erano su di te. A volte mi sembra di averti sognata così tanto da farti diventare vera, ma sarebbe un dono degli dèi troppo grande, per uno come me.»

Cerco di parlare, ma mi manca la voce. Come può dire queste parole? Su di me? Dopo tutto quello che ha sopportato, dopo il modo in cui l'ho ferito più e più volte? Come può provare questi sentimenti?

Gli occhi di Edward brillano e io mi ritrovo ad annegare nella profondità delle sue emozioni, e così mi affanno per tenermi a galla. Lui sbatte le palpebre e mette le mani sulle mie. Le sue dita spettrali si infilano dentro di me e il suo tocco, che non è proprio un tocco, allontana le mie mani dal suo viso.

«Brianna.» Sembra serio e molto, molto triste. «C'è una cosa che devo dirti. Ma quando te la dirò tu mi odierai e...»

«Senti, ti sei letteralmente infilato sotto la pelle di un mostro per salvarci, stasera. Niente di quello che mi dirai potrà farti odiare.»

Lui ha un'espressione sofferta. «Di solito mi diverto a giocarmi tutto in scommesse impossibili, ma ahimè, mi sa che questa scommessa la perderai tu.»

«Credo che dovremmo tornare a casa» dice Ambrose da dietro di noi. «Dobbiamo capire cosa fare con padre Bryne, e Pax è in difficoltà, e...»

«Pax sta bene!» grida Pax. Mi giro: ha trovato la sua spada e la sta agitando con violenza contro un cespuglio spelacchiato. «Stai indietro, demone schifoso!»

Ambrose corre da lui e cerca di farlo smettere.

Gli occhi di Edward si spostano su Ambrose, e poi di nuovo su di me. Mi passa un dito sulla guancia. «Lascia perdere. Mi sto comportando da sciocco. Quello che ho da dirti non è nulla di importante. Può aspettare.»

Ci incamminiamo tutti e quattro, distrutti, verso casa. A ogni passo, il corpo di Pax riacquista sempre più forza. Non è più disorientato e non se la prende con i cespugli. Quando arriviamo alla porta d'ingresso, sembra tornato in sé. Quasi se non l'avessi appena visto morire.

Invece è successo. E non lo dimenticherò. Non credo che smetterò mai di provare questo panico puro e terrificante all'idea che lui sparisca dalla mia vita.

Mentre Edward... lancio un'occhiata al mio principe, dietro di noi, e noto la sua espressione tormentata. Il mio stomaco si agita per l'inquietudine. Cosa voleva dirmi prima? Dice che non è importante, ma non sono un'idiota: potrebbe essere il gesto più importante che Edward abbia mai fatto. Solo che deve dirmelo con i suoi tempi, quando se la sente lui. Non voglio spingerlo ancora di più nella depressione che lo ha colpito.

Inoltre, Ambrose ha ragione: abbiamo un piccolo problema con un prete, e dobbiamo trovare il modo di risolverlo.

Con un saltello, Pax varca la porta d'ingresso aperta e si ferma davanti al cadavere di padre Bryne. Si china in avanti e scuote il culo proprio davanti al volto privo di vita del prete. Il boato di una scoreggia squarcia il silenzioso maniero.

«Beccati questa. Perché, per i testicoli pelosi di Bacco, io sono vivo!» grida Pax. «Il tuo fiacco Squartatore non è riuscito a fare del male a Pax Drusus Maximus, né ai suoi amici e nemmeno alla sua bellissima non-fidanzata!»

Edward fa una smorfia schifata. «Cosa c'era in quei cocktail? Puzzi come se fossi stato trascinato all'inferno insieme allo Squartatore.»

Ah, quanto rapido è Edward a indossare di nuovo la sua maschera di arroganza, se deve nascondere ciò che prova!

Cominciano a bisticciare, ma io li ignoro. C'è un prete morto. A differenza del suo mostro, lui non è scomparso.

È reale. Un vero cadavere. Una vera vittima di omicidio *sul mio tappeto.*

Ambrose si muove accanto a me, poi la sua mano trova la mia e le sue dita spettrali mi confortano. «Mi dispiace» dice triste. «Mi costituirei alle autorità se potessi...»

«Tranquillo. Anche tu ci hai salvati.» Tutti e tre i miei fantasmi sono stati molto coraggiosi stasera, nonostante avessi detto loro cose davvero orribili...

Mi si rivolta lo stomaco per la vergogna.

«E non mi scuserò mai per questo» dichiara Ambrose con una fermezza che mi fa tremare le ginocchia. Mi volto verso di lui, a studiare la tensione di quei lineamenti perfetti, il cipiglio di concentrazione sulla sua fronte. «So che è stato il caso a mettermi in mano quella pistola e a far volare il proiettile, ma voglio che tu sappia che darei la vita per proteggere la tua, Bree. Tutti noi lo faremmo.»

Le lacrime mi pizzicano gli occhi. «Lo so. E mi dispiace per...»

«Shh, non c'è nulla di cui scusarsi.» Ambrose mi fa scorrere la punta del dito lungo l'interno del polso. «Chi ci libererà di questo irritante sacerdote?»

«Ehi, ora non è che tutti potete iniziare a citare a casaccio quel drammaturgo solo perché ho aiutato a salvare la vita di

Pax» sbotta Edward. «Ho pur sempre degli standard da rispettare.»

Mi strofino gli occhi. Sono troppo stanca. Saranno le tre del mattino. E devo ancora decidere cosa fare di padre Bryne. Non posso lasciarlo qui: sono abbastanza sicura che se gli ospiti del B&B scopriranno la presenza di un prete assassinato nell'androne lasceranno cattive recensioni.

Potrei chiamare la polizia e dire… cosa? Pax e io eravamo gli unici due in casa, gli unici umani Viventi che avrebbero potuto sparare con quella pistola. Padre Bryne era qui da qualche settimana, e tutta la comunità locale l'ha conosciuto come un garbato uomo di Dio. La sergente Wilson non mi crederà, se le dico che l'ho scambiato per un intruso. E Pax non ha nemmeno uno straccio di certificato di nascita, o un passaporto: il che lo rende ancora più sospetto di quanto già non sia per la sua inclinazione ad accoltellare.

Se scoprono il cadavere, uno di noi due (se non entrambi) finirà dentro per omicidio. Accidenti, sono così esausta che la prospettiva quasi mi sembra allettante.

Immagino che Ambrose la pensi come me. «Forse potresti riportare in vita il sacerdote, come hai fatto con Pax? Non è l'ideale, lo ammetto, ma se non c'è stato alcun omicidio nessuno verrà accusato di niente.»

L'idea di premere le labbra sul sacerdote mi fa venire da vomitare, ma Ambrose ha ragione.

Tuttavia, quando mi chino per ispezionare il corpo, mi rendo conto che non sarebbe possibile. Non c'è traccia di filo d'argento. Prendo dalla tasca la croce del sacerdote, ma non produce più quella nebbiolina rossa. Non so come faccio a saperlo, ma sono certa che padre Bryne non può più essere riportato indietro come ho fatto con Pax. E nelle vicinanze non vedo il suo fantasma, quindi deduco che non avesse questioni in sospeso.

Ottimo. Mi sorprendo della ferocia del mio pensiero, però padre Bryne era un assassino. Ha riportato in vita... o a una parvenza di vita... Jack lo Squartatore, per uccidere i Lazzari come me e Vera. Ha mandato il suo mostro a dare la caccia a Pax. Il mondo starà di certo meglio senza di lui.

Però ora la macchia rossa sul tappeto è un problema.

Edward si avvicina fluttuando e posa gli occhi sul corpo prima di incrociare di nuovo il mio sguardo. La sua maschera di arroganza principesca è ben ancorata al suo posto, ed è sparita ogni traccia della vulnerabilità che gli ho visto nel cimitero. «Per quanto mi piacerebbe portarti subito nel tuo boudoir e deliziarti con tutti i miei trucchetti da fantasma, dobbiamo prendere una decisione: cosa faremo con il buon padre?»

«Non lo so...» dico sincera. «Non può stare qui. Maledizione! Con tutti i viaggi che ho fatto non ho mai avuto il tempo di seguire un corso di smaltimento di cadaveri. Tu non hai qualche idea?»

Edward scuote la testa, mesto. «Mio padre ha sempre fatto in modo che fossero le guardie di palazzo a risistemare tutto quando lui si faceva prendere un po' la mano con le decapitazioni. Suppongo che tu non sia diventata all'improvviso così piena di soldi da ingaggiare quello Spartano che va in giro a torso nudo, per farglielo buttare in un abisso demoniaco?»

Assonnata come sono, mi ci vuole qualche secondo prima di riuscire a capire di cosa sta parlando. «Quello è Leonida, del film *300*. Non esiste. Beh, sì, esisteva, migliaia di anni fa, ma ora non esiste più e non ho mai visto il suo fantasma in giro. Inoltre, non ci serve un re corpulento e spartano se abbiamo Pax.»

«Esatto, io sono qui per servire Bree.» Pax fa un profondo inchino, poi inizia ad arrotolare padre Bryne dentro il tappeto. «So cosa dovremmo fare con lui. In fondo, era un romano, come me! Quindi gli organizzeremo un funerale romano. È l'unica cosa giusta e corretta da fare per onorare gli dèi e cancellare il senso di colpa di Ambrose per averlo ucciso.»

«È un *cattolico* romano, Pax. Ti ho già detto che è diverso.»

«Non conosco questa Cattolica: è una provincia che abbiamo conquistato?» Il volto di Pax si illumina. «Adoro conquistare nuove province. Arricchiranno Roma con altri cibi da asporto.»

«Se Pax è disposto a liberarci del cadavere del vecchio mutandone, direi di assecondarlo» esclama Edward.

Non lo ascolto nemmeno. Il mio sguardo è distratto da un movimento fuori dalla finestra. Una figura sta percorrendo il vialetto verso la porta d'ingresso. Una figura molto *familiare* che indossa un'incredibile toga dai bordi viola.

No.

Non ora.

Invece, proprio ora. Perché è così che funziona la mia vita. Va tutto a puttane in una volta sola.

Pax si issa sulle spalle il corpo avvolto nel tappeto. «Sì! Gli daremo un addio adeguato.»

«E di cosa si tratta, esattamente?» chiede incerto Ambrose.

Fuori, la figura gira intorno al mosaico dello zodiaco e la luce della luna cattura i suoi lineamenti e l'espressione determinata del volto. Sono presa dal panico, soprattutto perché l'ingresso è bloccato da Pax con il suo voluminoso carico. *Da un'estremità del tappeto spunta un rosario.*

Però, se è venuta qui, forse...

Forse posso osare sperare...

Forse è arrivato il momento di accoglierla sul serio, di rivelarle tutto di me.

«Per prima cosa, dobbiamo organizzare un rumorosissimo corteo funebre per le strade del villaggio» dichiara Pax. «Facciamo suonare i tamburi, in modo che escano tutti. Poi lo portiamo al cimitero, accendiamo un'enorme pira e ve lo gettiamo sopra, e infine raccogliamo i resti e li mettiamo in un'urna. Ci sarà un grande banchetto in suo onore, con dell'ottimo vino e le migliori prostitute che possiamo permetterci. Andrò da Maggie, la vicina, e le chiederò se riesce a preparare abbastanza focaccine per tutto il villaggio.»

«Per quanto mi piacerebbe avere un funerale romano quando morirò, soprattutto se ci saranno focaccine, non credo che una processione e un banchetto ci aiuteranno a tenere nascosta la faccenda.» Faccio un saluto con la mano alla figura che sale sul portico. «Però magari Dani ci può aiutare.»

«Bree? Cosa fai ancora sveglia?» Dani si fa avanti. Da vicino, noto i suoi occhi cerchiati di rosso. Sembra stanca e spossata almeno tanto quanto me.

«Io...» Mi passo le dita tra i capelli aggrovigliati, consapevole di quanto male ci siamo lasciate. Però, ora è *qui*. «Ho avuto una serata piuttosto movimentata, e ti racconterò tutto se vuoi. Ma perché sei qui? Pensavo che non mi avresti più parlato.»

«Io e Alice abbiamo risistemato il disastro della festa e abbiamo parlato con gli addetti alla sicurezza del museo e lei mi ha detto...» Dani si strofina gli occhi. «Non importa. Sono felice di trovarti sveglia. Volevo andare un po' al cimitero, per riordinare le idee, ma quando ho visto le luci accese mi sono preoccupata che potesse essere successo qualcosa.»

Mi sento investita da un'ondata di sollievo al pensiero che Dani non sia arrivata mezz'ora prima e non abbia incontrato lo Squartatore.

«Sei venuta a parlarmi?» La mia voce si incrina per la speranza.

«Credo di sì, sì. Sono venuta a scusarmi. Ero arrabbiata e ho detto cose che non pensavo e...» Dani si ferma di botto, e passa rapida lo sguardo dai miei vestiti da yoga macchiati di sangue al tappeto arrotolato che Pax ha sulle spalle. «Bree? Che succede?»

3

BREE

«Fammi capire bene.» Dani lancia un'occhiata truce al tappeto che Pax si ostina a tenere sulle spalle, dopo che in due minuti le ho raccontato quello che è successo da quando siamo tornati dalla festa. «Cioè: tu sei la reincarnazione di un santo morto e vuoi che io ti aiuti a *sbarazzarti del corpo* di un prete a cui il tuo ragazzo fantasma, cieco, ha sparato?»

«Per sbaglio» si affretta a dire Ambrose.

«Più o meno è così, sì.» Strizzo gli occhi. «Non è che creda di essere una reincarnazione di Lazzaro. Credo piuttosto di essere... una specie di discendente? Ho un gene, o qualcosa di simile, che mi dà i suoi poteri. E ci sono altri come me in giro, da qualche parte, e l'Ordine della Nobile Morte sta cercando di distruggerci tutti, se non accettiamo di unirci ai loro ranghi, e padre Bryne ha resuscitato Jack lo Squartatore per ucciderci, e io...»

«Sì, sì, ho capito tutto.» Dani alza una mano. Sta ancora fissando il tappeto e io non sono ancora arrivata a raccontarle quello che è successo nel cimitero. «Io sono rimasta alla storia del *prete assassinato*.»

Alla parola *assassinato* mi sale il panico.

È una cosa brutta, davvero brutta.

Dani potrebbe correre alla polizia, in questo momento. *Dovrebbe* andare alla polizia. È proprio ciò che una persona normale e sana di mente farebbe, se la sua migliore amica le dicesse che il suo ragazzo fantasma ha accidentalmente sparato a un prete in casa sua.

Sposto lo sguardo verso il cimitero. Dalle punte dei monumenti più alti la luce della luna proietta ombre lunghe ed eleganti che a qualcuno potrebbero incutere timore. Per me sono familiari, come vecchi amici.

«Ricordi quella sera in cui abbiamo preso di nascosto la bottiglia di sidro di tua madre?» sussurro, nel timore che alla menzione di quel ricordo Dani pensi che stia cercando di manipolarla. Forse lo sto facendo, non lo so nemmeno io. «Era una notte calma e limpida, proprio come questa, e ci siamo sedute sui gradini del mausoleo di Edward a bere tutto il sidro e mangiare quelle orrende patatine al gusto di pasticcio e purè di piselli, e abbiamo giurato che ci saremmo guardate le spalle l'un l'altra, a qualunque costo, e che ci saremmo aiutate a fare sparire i cadaveri?»

«Certo.» Dani mi si avvicina. Sposta lo sguardo verso il cimitero di Grimdale e un leggero sorriso le sfiora le labbra. «Sì! Tu cantavi a squarciagola, terribilmente stonata, le parole dei Sisters of Mercy, e poi nel tentativo di scavalcare la staccionata per tornare a casa ti sei vomitata tutto il sidro sugli stivali, ricordi?»

«Altro che! Ho rovinato gli stivali nuovi di zecca.» Strizzo gli occhi per il fastidio. «Dani, so di non essere la tua persona preferita in questo momento, ma se quella promessa ha significato per te quello che ha significato per me, ho bisogno del tuo aiuto in modo da liberarmi di questo corpo.»

«Vivi nei pressi di un cimitero. Non puoi scavare una tomba?»

«Intendevo *metaforicamente*. Speravo che tu avessi qualche sostanza chimica che potesse, che ne so... dissolverlo.»

Dall'espressione sul volto di Dani è chiaro cosa ne pensi della mia idea. «Il mio lavoro consiste nel preservare i resti dei miei clienti, non nell'accelerare i processi di decomposizione. E poi, dimentica pure quello che vedi nei film e leggi nei tuoi libri di mafia. Sbarazzarsi di un cadavere è molto più difficile di quanto si pensi. Anche se avessimo una vasca di soda caustica (che non abbiamo) dovremmo riscaldarla a centocinquanta gradi, ci vorrebbero diverse ore e il puzzo sveglierebbe mezzo villaggio. E non si può nemmeno far finta che sia annegato nello stagno...»

«Dani, ti supplico...» Congiungo le mani in preghiera. «Stanotte Pax è morto, io ho scoperto la mia vera natura, ed è una cosa brutta, lo so. Però ho paura.»

Dani si appoggia allo stipite della porta, come se avesse bisogno di un supporto per rimanere in piedi. «Pax non mi sembra per niente morto.»

«Io... beh, l'ho riportato indietro.» Le spiego il più in fretta possibile la parte finale della storia, le racconto di come lo Squartatore lo aveva pugnalato e di come io sono riuscita a ricacciargli in bocca il filo d'argento, e del fatto che ora la sua ferita è guarita.

«Mi piacerebbe aiutarti, Bree. Davvero. Non ti consegnerei mai alla polizia per aver ucciso quel prete di merda, soprattutto perché ha riportato in vita lo Squartatore e ha cercato di farti del male. Però sappi che non ho nessuna intenzione di venire a fondo con te se tu non ce la fai. Non perderò Alice, o il lavoro che amo, per questa storia. Quindi significa che non posso aiutarti, okay?»

«Okay.» Mi incupisco. Ma è giusto così.

«Quello che ti dico, però» aggiunge, con un cauto sorrisetto. «È che il vecchio Ralph Sommersby è appena stato sepolto a Grimdale. La tomba è ancora fresca di scavo e lui si è fatto fare una bara extra-large perché lo seppellissero con tutti i suoi trofei di golf. Se io volessi liberarmi di un irritante sacerdote...»

«Oh no, non di nuovo questa citazione!» si lamenta Edward.

«...mi infilerei lì dentro a tarda notte, diciamo...» Dani guarda lo schermo del suo telefono. «Verso le 3:42 del mattino, e ordinerei al mio guerriero romano di scavare, rimuoverei tutti i trofei di golf e ci butterei dentro il prete.»

«Davvero?»

Dani si stringe nelle spalle. «L'ultimo posto in cui qualcuno penserebbe di cercare un corpo è la tomba di qualcun altro. Per quanto riguarda l'uso che si potrebbe fare dei trofei, qui hai campo libero.»

«Grazie, Dani.»

«Sì, sì.» La mia amica lancia un'occhiata al fagotto sulle spalle di Pax. «E sbarazzatevi anche dei suoi oggetti nella stanza che occupava. Se qualcuno in paese chiede di lui, dite che è stato chiamato per affari urgenti, per conto di Dio. Non sarà una completa fandonia. Ora, tu sparisci subito di qui prima di appestare questo posto.»

«Tu mi offendi. Le mie flatulenze hanno un bouquet ricco e vario.» Pax si sistema meglio il tappeto sulla spalla e batte un pugno in aria. «Si torna al cimitero!»

4

BREE

Ed è così che mi ritrovo nel cimitero di Grimdale alle quattro del mattino a dissotterrare il povero Ralph Sommersby.

Tecnicamente, è Pax a scavare. Edward sta componendo una poesia per l'occasione. Ambrose, invece, pronuncia frasi di incoraggiamento come: «Stai facendo un ottimo lavoro, vecchio mio!» e «Vai così, dacci dentro!» E io, appoggiata a un cherubino, cerco di non vomitare.

«Nell'ombra profonda, alla pallida luna, tumuliamo un corpo senza anima alcuna. La terra accoglie il silente tributo, Arcano celato, eterno e muto... Ehi, smettila, stupidotto distratto!» grida Edward. «Hai gettato una zolla di terra proprio dentro di me.»

«Così impari a non aiutare.»

«Anche se fossi in grado di sollevare una vanga, queste mani non sono fatte per lavori manuali.» Edward solleva una mano e si rimira le lunghe dita alla luce della luna. «Ai miei tempi, depredare le tombe era un lavoro da medici. Forse il medico del villaggio vi aiuterà, se tu da solo non te la senti.»

«Non stiamo depredando una tomba» precisa Ambrose,

paziente. «Anzi, la stiamo arricchendo: ci mettiamo qualcosa in più.»

Stringo la croce di padre Bryne e fisso l'ultima dimora di Ralph Sommersby, che tra poco condividerà con un prete davvero malvagio. Sommersby era un vecchio brontolone che odiava tutto, tranne il golf, ma dubito che avrebbe apprezzato rimanere bloccato con padre Bryne per l'eternità.

Non mi piace. Stiamo disturbando il riposo eterno di un uomo.

Ma se non voglio passare il resto della vita a marcire in prigione per essermi assicurata che Jack lo Squartatore non facesse del male a nessun altro, questa è l'unica soluzione.

Anche se padre Bryne faceva parte del mio mondo, dove le leggi non sempre valgono, era un essere umano formalmente vivo e vegeto, ora trasformato in uno stecco di carne fredda, grazie a me. E se non lo porto via da Grimwood Manor e non rimuovo le macchie di sangue dalle piastrelle, la polizia verrà a cercare *me*.

E non ho nessuna intenzione di finire i miei giorni in prigione per aver ucciso un uomo malvagio.

PLONK.

Con la vanga, Pax colpisce qualcosa di duro.

«Ho trovato la bara» dichiara.

«D'accordo, bene.» Il cuore mi martella nel petto. «Ho qui il piede di porco...»

«Non mi serve.» Pax si china e apre il coperchio a mani nude.

Non guardo. *Non ce la faccio.*

Sento il fracasso dei vari trofei che vengono accatastati accanto alla tomba, seguito da un tonfo e da un goffo scalpiccio, mentre Pax fa scendere il corpo di padre Bryne nella bara di Ralph, insieme alla piccola borsa con i beni del sacerdote. Rimette il coperchio, salta fuori dalla buca e inizia a ricoprire il tutto con badilate di terra.

«Qui posso aiutare anche io» intervengo.

«Oh, no, niente affatto.» Pax si passa una mano sui capelli, lasciandosi una striatura di terra sulla guancia, già incrostata di sangue secco. «Te li faccio sparire io, i cadaveri. Sempre.»

«Spero che sia un caso isolato» dico mentre prendo la seconda pala che il signor Pitts tiene sempre a portata di mano. «Dovrei almeno sporcarmi un po' le mani.»

In men che non si dica, abbiamo rimesso tutta la terra nella buca. Pax raccoglie i trofei di golf e si dirige a grandi passi verso il paese, per gettarli nello stagno, mentre io calpesto per bene la terra sulla tomba. Poi lavo le pale e le riposiziono nel capanno degli attrezzi del signor Pitts.

Guardo l'orologio. Sono le 5:42 del mattino. Tutta la nottata è stata un incubo dopo l'altro: almeno dodici capitoli di orrore. Riesco a malapena a tenere gli occhi aperti, eppure… osservo Edward e Ambrose che mi guardano (beh, Edward mi guarda, mentre Ambrose fischietta e cerca di annusare i fiori di campo che crescono intorno al Monumento alle Streghe) e avverto una scarica elettrizzante e spaventosa.

Rammento tutte le cose terribili che ho detto loro durante il nostro litigio e mi odio per avere avuto tanta paura ed essere stata così meschina. Li ho feriti a fondo, eppure loro sono venuti lo stesso a salvarmi. Hanno messo in gioco tutto quello che hanno per me.

«Sono distrutto.» Ambrose solleva la testa da una primula della sera e si asciuga delle immaginarie gocce di sudore dalla fronte. «È stata una giornata ricca di emozioni, ma credo che l'unica cosa che voglio fare ora sia ascoltare Bree che fa il bagno e poi raggomitolarmi a letto.»

«No, Ambrose!» risponde Edward, la cui voce assume quel tono cupo e triste che mi spezza il cuore. «Tu non farai niente del genere. Brianna ha detto chiaro e tondo che non vuole più che noi facciamo parte della sua vita. L'abbiamo persa, e nemmeno il nostro impegno di questa sera le farà cambiare idea. L'abbiamo protetta, ma dobbiamo rispettare la sua volontà.»

«No!» Ambrose sgrana gli occhi. «Non è vero. Non può essere vero.»

«È quello che ha chiesto Brianna.» Edward sposta lo sguardo su di me. «Giusto?»

«Bree, digli che non è vero! Digli che abbiamo litigato come degli stupidi e che hai detto frasi che non pensavi. Digli... digli che, nonostante tutto, ci vuoi ancora nella tua vita...»

Mi avvicino a loro, senza fiato.

Ma cos'è che voglio?

Da un lato, ho avuto un assaggio stuzzicante di una vita normale al di fuori di Grimdale: viaggi, cibo, sesso e divertimento senza essere disturbata da nessun fantasma che mi chiedeva gli cambiassi il canale televisivo, o gli facessi annusare il mio cibo.

Ma d'altra parte, che senso ha, se cercare di essere normali è come indossare un cappotto che non va bene? A cosa serve una vita in viaggio senza l'umorismo ironico di Dani, il furioso istinto protettivo di Pax, le terribili poesie di Edward, o l'entusiasmo infantile di Ambrose? Certo, saremo anche immersi fino alle orecchie in omicidi, caos e confusione, ma io non sono mai stata così felice in tutta la mia vita.

Perché avevo voluto disperatamente fuggire da qui? Da loro?

Forse... ora che ho un nome per ciò che sono, posso smettere di avere paura di essere me stessa.

Forse sono pronta a smettere di scappare.

Tendo entrambe le mani. «Vi prego» dico, consapevole di ciò che sto chiedendo. Loro erano disposti a rinunciare a me, a noi, perché era quello che volevo io. Sono sempre loro che si sacrificano per me. Questa volta voglio essere io a sacrificarmi. «Voglio che mi portiate a casa. A casa *nostra*.»

5

BREE

Ancora una volta, mi trascino oltre la soglia di Grimdale. Questa volta ho due fantasmi al mio fianco. Al pensiero che con loro sono al sicuro, che nessuna mia cazzata li farà allontanare, mi sento avvolta in un piacevole calore. Ambrose si dirige verso la mia camera da letto, praticamente saltando, mentre Edward si trascina cupo. Se avesse delle catene, ora le starebbe sbatacchiando.

Sono così stanca che mi servirebbe un macchinario di qualche tipo per tenermi aperti gli occhi. I vestiti da yoga sono incrostati di sangue e di terra di fossa. Immagino di avere un profumo paradisiaco.

Ma non mi importa. Stasera ho capito una cosa importante.

Ho capito chi sono.

Non ho più paura del mio potere, dopo aver scoperto che può salvare le persone a cui tengo.

E... ora so cosa voglio.

Io voglio *loro*.

Edward, Pax e Ambrose.

Lo so che è un casino: è una pura follia. Non dovrei

desiderare tre uomini contemporaneamente, soprattutto se due di loro sono fantasmi. Non dovrei sognare tre uomini fuori dal tempo, e tutte le cose sudice e deliziose che sanno fare al mio corpo. Non dovrei inseguire questo desiderio caldo e doloroso che mi stringe il cuore.

Ma sono stanca di mentire a me stessa.

Li voglio più di quanto desideri essere normale.

Attraversiamo l'atrio. Sulle lastre di pietra dove è morto padre Bryne c'è una macchia scura, ma non riesco nemmeno a pensare di pulirla in questo momento. Ozzy è ancora appeso al lampadario, e russa emettendo un adorabile stridio.

Sono un po' invidiosa di quel piccoletto peloso. Ho un disperato bisogno del bagno di cui ho parlato. Ma uno sguardo a quella macchia per terra mi riporta alla mente l'orribile nottata appena vissuta e so che non riuscirò a dormire.

La festa. La rissa. La fuga dai fantasmi. La scomparsa di Pax. Padre Bryne che ci attacca. Pax nel cimitero. Il mostro. Pax che muore. Edward che si tuffa nel mostro per salvarci. Io, che conficco il coltello nel petto dello Squartatore finché non sento la sua vita scivolare via...

Pax *che muore*.

Un terrore fin troppo familiare mi stringe il petto. Mi giro verso la porta d'ingresso proprio mentre Pax la supera di corsa, molto vivo, con i vestiti da yoga macchiati di sangue e terra, che gli segnano il corpo muscoloso in tutti i punti giusti.

«Bree, cosa c'è che non va?» Ambrose mi sfiora il braccio con le dita. «Stai tremando. Non hai nulla da temere. Il mostro è sparito, e ci siamo liberati di padre Bryne. Niente può farti del male tra queste mura.»

«È proprio così» mormoro. «Stasera sono arrivata vicinissima a perdervi tutti. Ho bisogno... ho bisogno...»

Gli occhi di Edward si incupiscono. Poi si volta dall'altra parte. «Io devo andare.»

«Fermo!» Mi butto dietro di lui e lo prendo per mano, anche se le mie dita lo penetrano un po', il che mi provoca quel formicolio ormai familiare lungo il braccio. «Ti prego, resta con noi.»

Gli occhi di Edward affondano nei miei. «Non ti merito, Brianna. Tutto quello che è successo stanotte è colpa mia.»

«Ma non è vero. Tu hai salvato Pax. Hai salvato me. La colpa è *mia*. Ero troppo sconvolta dopo la festa e...»

«No.» Edward strappa via la mano. «Non ti permetterò di sentirti in colpa. Se tu sapessi le cose terribili che ho fatto, non mi perdoneresti così facilmente. Sono io che ho detto a Pax che stavi meglio senza di lui.»

Non posso fare a meno di trasalire. È una cosa terribile da dire. Edward si volta dall'altra parte e, tutto cupo, nasconde il volto. Non posso odiarlo: si odia già abbastanza da solo.

Pax gli lancia un'occhiata. «Il principe ha ragione, Bree. Non avresti dovuto riportarmi indietro. Sono io la causa di tutto il tuo dolore. Ora devo fare l'unica cosa che ti proteggerà da me stesso. Devi darmi la mia spada, così potrò porre fine a questa storia.»

«Pax, no...» Mi scendono grosse lacrime. *Odio* tutto questo. Odio che Pax creda di dovermi lasciare per proteggermi, e che Edward sia così distrutto da essere determinato ad allontanarci tutti. Afferro Edward per una spalla e questa volta sono così furiosa, ferita e disperata che le mie dita riescono a stringerlo. Lo costringo a girarsi verso di me. Sul suo volto un'espressione di sorpresa, che però viene subito sostituita dalla tristezza.

«Non so cosa ti stia succedendo, ma sappi che finisce qui. Ora. Tu sei convinto di avere fatto qualcosa di così malvagio da non poter essere perdonato. Ma io ti dico che non c'è nulla che tu possa fare a me, o a chiunque di noi, che possa indurci a odiarti. Giusto?»

Mi giro verso gli altri. Ambrose annuisce con forza. Pax

incrocia le braccia e fa il tipico gesto con il capo di quando vuole dire che sarà felice di usare la violenza per dimostrare la sua tesi.

Tra le lacrime, fatico a pronunciare le parole successive. «Io non sono tuo padre, Edward. Non metterò mai delle condizioni ai sentimenti che provo per te. Non riuscirai ad allontanarmi, nemmeno con tutte le tue stronzate, quindi smettila di provarci. Io ti sosterrò, sempre, anche quando tu non vorrai più combattere per te stesso. Padre Bryne avrà anche fatto parte di una società segreta di preti che vogliono uccidermi, però mi ha insegnato una cosa: il perdono è potente. Puoi smetterla di rinfacciarti i tuoi peccati. Ora: c'è qualcosa che devi dire a Pax?»

Edward distoglie lo sguardo, e le sue spalle tremano sotto le mie dita.

Rimango in attesa.

Pax tamburella con le dita sull'elsa della spada.

Passa parecchio tempo, poi Edward si schiarisce la voce.

«Senti, soldato. Io ti ho parlato con la rabbia nel cuore. Non volevo dire le cose che ho detto. Mi dispiace di averti ferito e di avere suscitato in te il desiderio di farti del male...»

«Come scusa?» dice Pax con un sorriso, la mano a coppa sull'orecchio. «Non ti ho sentito bene.»

«Mi dispiace!» urla Edward. «Devo prostrarmi davanti a te per farti accettare le mie scuse? Vuoi che te lo dica in rima? Sarò felice di accontentarti.»

Prima che qualcuno possa fermarlo, Edward si mette al centro della stanza, i piedi ben piantati e le braccia tese in quella che abbiamo imparato a riconoscere, con la dovuta trepidazione, come la sua posizione oratoria, e inizia a declamare:

«In questa sacra notte, mi inchino in umiltà,

Davanti al tuo valore, soldato, e in verità

Una storia di gravi torti confesserò

E nella mia terribile angoscia, pietà implorerò.

Con voce tremolante la mia storia ti relato,

Di azioni poco gentili, nella follia di un tempo passato,

Quando, in preda alla furia e dall'orgoglio accecato,

Ti ho colpito, e la tua nobile persona ho sfidato...»

Pax si copre le orecchie. «Fatelo smettere.»

Edward si inginocchia, una mano tesa verso Pax e l'altra sul cuore.

«Se il destino lo permette, concedimi clemenza,

E guarisci questo cuore che pulsa di colpa e sofferenza.»

Io scoppio a ridere, e rido così tanto che mi scendono le lacrime e non riesco più a respirare. Lo stomaco mi brucia e sono a corto di ossigeno. Edward mi lancia un'occhiata di sfida, e la sua espressione altezzosa mi fa ridere ancora di più, se possibile.

Pax si precipita da me e mi solleva da terra. «Sei perdonato» dice a Edward, «a patto che tu non declami mai più una poesia così ridicola. Hai quasi ucciso Bree.»

«Sto bene.» Appoggio la testa contro il petto di Pax, proprio sopra il punto in cui la lama dello Squartatore gli ha trapassato la carne. Il suo cuore mi rimbomba nell'orecchio, forte, regolare e felicemente vivo. Tendo una mano e gli accarezzo una guancia, gustandomi il calore della sua carne e la ruvidezza della barba. «Ho appena capito quanto... ho bisogno di voi tre. E che adesso non voglio stare da sola.»

«Allora riprenderò il mio posto.» Pax fa per rimettermi a terra. «Mi assicurerò che nessun uomo, o bestia, entri nella tua stanza...»

Mi aggrappo a lui. «Vieni a letto con me» gli sussurro. «Ho bisogno di sentirti dentro di me. Ho bisogno di sapere che sei davvero vivo.»

Sul volto di Pax si disegna un'espressione confusa. «Io non vado bene per te. Io sono un continuo intralcio nella tua vita.»

«Non è vero. Cioè, sì, è vero. Tutti e tre siete una complicazione che non ho chiesto. E a volte, come alla festa, siete un po'... troppo.» Deglutisco. «Però quando stasera ho rischiato di perderti, ho capito che sei un inconveniente di cui non voglio fare a meno. Mai. Non riesco a immaginare il mondo senza di te. Senza di voi.»

Faccio cenno a Edward e Ambrose di avvicinarsi. Edward sembra incerto, ma tocca il braccio di Ambrose e lo avvicina a me, finché mi sono tutti intorno. Sfioro la guancia liscia di Ambrose, e vorrei con tutta me stessa che fosse caldo e solido come Pax. «È per questo che ho esitato tanto a scoprire la tua questione in sospeso. Ho il terrore di compiere un gesto sbagliato e di perderti per sempre. Però ora che so cos'è, sono pronta a provarci. Sono pronta a smettere di scappare dalle mie paure.»

«È meraviglioso, ma non credo che riusciremo mai a risolvere la mia questione in sospeso» dice Ambrose con tono leggero. «Io mi accontento di essere il tuo fantasma, se mi vorrai.»

Edward si sposta. «Brianna, devo...»

Io scuoto la testa. Della sua questione abbiamo già parlato. «Per te ho qualche idea, Ambrose. Non credo che le cose siano così disperate come credi, però potrà aspettare fino a domani. Per ora...»

«Bagno.» Pax mi prende di nuovo in braccio e si dirige verso la mia stanza. Gli metto le braccia intorno al collo e mi aggrappo a lui, lasciandomi trasportare in bagno. Premo l'orecchio contro il suo petto, e ascolto il suo cuore che batte forte sotto l'armatura di cuoio tutta lacerata. Non mi stancherò mai di sentire il rassicurante martellio dell'organo che gli fa girare il sangue nel corpo.

È vivo. Grazie a me.

Perché sono un Lazzaro.

Qualunque cosa voglia dire.

Ma c'è tempo per capirlo. Quando sarò meno stanca. Quando non sarò tra le braccia di un miracoloso guerriero romano che si prepara a farmi un bel bagno.

Pax libera un braccio e si china per aprire i rubinetti. Riesce ad aprire con una mano sola il tappo del mio bagnoschiuma preferito al lampone e ne versa fin troppo, poi testa l'acqua per assicurarsi che sia bollente, proprio come piace a me. Chiamo Edward e Ambrose, perché ci raggiungano.

«Io e il Vittoriano abbiamo qualcosa di cui discutere» mi risponde Edward. «Aspetteremo che abbiate finito il bagno.»

Strano, ma... okay. «Promesso?»

«Promesso, Brianna.»

«Bene, perché io... ehi!»

Pax mi butta nella vasca, completamente vestita. Trattengo il fiato e affondo nell'acqua calda, sommersa da una montagna di bolle rosa. Ingoio una boccata d'acqua e poi riesco a risalire in superficie.

«Pax, parte del piacere di fare un bel bagno è quella di potersi immergere poco per volta.» Mi scosto i capelli bagnati dagli occhi.

Lui abbassa lo sguardo. «Mi dispiace. Al bagno, noi correvamo dagli spogliatoi e ci tuffavamo subito dentro. Perché la camminata dagli spogliatoi senza tunica era così fredda che ti faceva raggrinzire la verpa. Ed è meglio entrare subito nell'acqua calda, prima che le signore pensino che nemmeno ce l'hai, una verpa.»

«La versione romana di *via il dente, via il dolore*, ho capito. Ma per il futuro, sappi che posso entrare da sola nella vasca.» Cerco di togliermi il top, ma il tessuto tecnico mi si appiccica alla pelle bagnata. «Per questo, però, mi servirebbe un po' di aiuto.»

Sollevo le braccia. Pax mi accontenta, e le sue mani enormi mi passano sul corpo mentre mi sfila il top per poi lanciarlo lontano. Mi aiuta ad abbassare leggings e biancheria intima sui fianchi. Il sangue di padre Bryne e di Pax intensifica il rosa dell'acqua.

Pax si aggrappa al bordo della vasca, con gli occhi di ghiaccio spalancati, mentre raccoglie dell'acqua e me la versa in testa. Ha le mani così grandi che è come essere seduta sotto una cascata. Mi friziono i capelli mentre lui mi versa l'acqua addosso, e tutti i grovigli e la sporcizia di questa notte terribile mi si sciolgono.

Lui osserva ogni mio movimento. La mia pelle formicola a quell'attento scrutinio e, nonostante la stanchezza che impregna ogni osso del mio corpo, mi sento rivivere per lui.

«Entra» lo invito.

Scuote la testa.

«Sei un romano. Il bagno è il vostro passatempo nazionale. Forza.»

Pax aggrotta le sopracciglia. «Ma a te piace fare il bagno da sola. L'hai detto anche ad Ambrose. Vuoi stare da sola a leggere i tuoi osceni romanzi d'amore e...»

«Non ho bisogno di nessun osceno romanzo d'amore, quando i veri eroi sono qui con me. Pax Drusus Maximus, entra *subito* in questa vasca.»

Lui emette un sospiro drammatico, sporge il labbro inferiore e si alza. Lo guardo, ipnotizzata dalla potenza e dalla grazia del suo corpo fatto per la guerra, e intanto si sfila il top da yoga e i leggings attillati, intrisi di sangue. Il suo uccello (ops, verpa) è già in erezione, una minuscola goccia già sulla punta enorme e violacea.

Un brivido di pura libidine mi attraversa il corpo al ricordo di cosa si prova ad avere quella verpa dentro.

Pax scavalca il bordo della vasca. L'acqua ne esce a cascata e lui si sistema di fronte a me, le gambe intrecciate alle mie e la schiena contro i rubinetti. Deve essere scomodo, vista la sua stazza, ma non dice una parola.

Ridacchiando, in preda alla felicità e all'eccitazione, raccolgo una manciata di schiuma rosa e gliela metto in testa. «Ecco, ora sei bello.»

Il volto di Pax si illumina con uno dei suoi enormi e pericolosi sorrisi. «Quando eri piccola cercavi sempre di vestirmi in modo elegante. Una volta mi hai fatto una corona di margherite, ma non mi stava su.»

«Mi ricordo. Eri sempre disposto a giocare a prendere il tè. E a fare il malvagio nei miei stupidi giochi in cui io ero la principessa.» Il mio gioco preferito da bambina era fingere di essere una principessa ribelle, che si allenava di nascosto a diventare una maestra spadaccina. Uscivo di nascosto dal *castello* (la mia camera da letto) e mi incontravo con Ambrose in una taverna lungo la strada prima di accoltellare il mostro Pax per salvare Edward, il principe disperato prigioniero nella torre che mio papà mi aveva costruito con degli scatoloni.

«Ho giurato a Giove di proteggerti, di renderti sempre felice. Se questo significa che devo essere ucciso da te in una finta battaglia, così che tu possa salvare Edward, l'inutile principe, allora morirò con onore sotto la tua lama. Anche se tu saresti a malapena in grado di infilzare un elefante con le tue pessime doti di spadaccina.»

«Ho sentito dire che è davvero difficile colpire un elefante, con quella mole gigantesca che cerca di calpestarti o di afferrarti con la proboscide.»

«Hai sentito male.» Pax mi fa un sorriso perfido. «Il primo taglio è facile. Il secondo, un po' meno.»

«Ti prego, non accoltellare nessun elefante.»

«Se lo desideri, giuro sulle nocciole muschiate di Marte che tutti gli elefanti saranno al sicuro dalla mia lama.» Pax china la testa, e stringe tra le dita la piccola moneta che porta al collo, quella che i suoi soldati gli hanno messo in bocca come pagamento al traghettatore per attraversare il fiume Stige.

Mi si forma un groppo in gola. Quest'uomo mi è vicino da quando sono nata. La sua vita era stata solo morte e spargimento di sangue, eppure è stato con me ore e ore, fingendo di fare picnic con i miei orsacchiotti. Accorreva ogni volta che cadevo e un giorno ha finto di picchiare una lapide dopo che vi ero inciampata e mi ero sbucciata le ginocchia. Sarà anche un po' manesco, ma è anche dolcissimo, e non chiede mai niente in cambio. Non vuole mai nulla da me, se non che io sia felice...

...e ora che non sono più una bambina...

Pax tende il braccio in cerca della spugna che tengo sul tavolino accanto alla vasca. «Hai la faccia sporca» dice. «Te la pulisco io.»

«No.» Gli strappo la spugna di mano. «Lascia fare a me.»

«Ma...» Si acciglia.

«Stasera tocca a me occuparmi di te.»

Lui mi scruta con occhi socchiusi. «Questo non... non è...»

«Rassegnati, Pax.»

«Molto bene.» Incrocia le braccia e chiude gli occhi.

Fisso la spugna che ho in mano e la figura rabbuiata del guerriero romano di fronte a me. I contorni del suo corpo, perfettamente tracciati, sono rigidi per la tensione, e mi rendo conto che per lui questo è un territorio inesplorato. Non ha mai avuto nessuno che si prendesse cura di lui, prima d'ora. Da soldato, era un ingranaggio di una macchina da guerra. Da fantasma, è stato letteralmente invisibile fino al mio arrivo. Da quando è mio amico, si è sempre occupato dei *miei* bisogni e della *mia* felicità, ma quando mai io gli ho chiesto dei *suoi* bisogni?

Gli passo la spugna sul corpo, e gli tolgo lo sporco del cimitero dalla pelle. Così immerso nell'acqua calda, inizia a rilassarsi. Smette di strizzare gli occhi e mi guarda, con quelle iridi blu profonde e insondabili come il cielo.

«È una sensazione...» cerca una parola. «È bello.»

La sua voce è diventata roca e mi fa un certo effetto. È come un pugno diretto al mio clitoride pulsante.

Inzuppo la spugna e gliela passo sulle spalle, sulle braccia, sul petto. Il corpo di Pax è una mappa della sua carriera: ha cicatrici che gli attraversano il petto da scontri combattuti molto tempo fa. Una piccola cicatrice bianca sul cuore è tutto ciò che resta della battaglia di stanotte.

Ci passo sopra le dita. Lui inspira tra i denti.

«Fa male?» sussurro.

«Il dolore fa parte della vita» è la sua risposta. Non sembra rassegnato, ma riverente, come se il suo desiderio nell'Aldilà fosse stato quello di provare ancora dolore.

Poso le labbra sulla ferita e la bacio. La sua pelle è caldissima. Lui trema un po' contro la mia bocca.

Non capisco cosa ho fatto stanotte e perché sia di nuovo vivo, ma è qui, ed è un miracolo, e l'ho fatto *io*.

Stasera, per la prima volta, mi rendo conto che quella che ho sempre considerato una maledizione è in realtà un dono, perché ha portato questi tre uomini straordinari nella mia vita, e ha persino reso *reale* uno di loro. E forse non devo sentirmi un mostro per questo.

«Girati» ordino. «Voglio strofinarti la schiena.»

«Non posso resistere, quando mi dai ordini» mormora Pax.

Uno tsunami investe il bagno quando si gira e si inginocchia nella vasca, per permettermi di strofinargli la schiena. Gli lavo via lo sporco e il sangue per svelare quei muscoli lucidi che non aiutano affatto a rallentare il mio battito cardiaco o farmi venire sonno.

«Pax, io...»

«Adesso basta.» Gli esce un suono simile a un ringhio. Si appoggia all'indietro e con un braccio nerboruto mi cinge la vita, poi mi trascina su di sé e preme la mia schiena contro il suo petto. Sotto l'acqua, la sua verpa non è più semi-eretta. È dura come una roccia e spinge contro la mia coscia così forte da farmi perfino un po' male.

Deglutisco. Avevo quasi dimenticato quanto fosse grande.

Quasi.

«Ora tocca a me occuparmi di te» ringhia appoggiato al mio orecchio.

Non sono in grado di protestare. Non se mi tiene così, con tutti quei bei muscoli da guerriero, sodi e caldi. Non se mi parla con quel ringhio pieno di desiderio. Pax ha dei bisogni, e uno di questi è servire...

...e sono più che disposta a essere il suo generale se questo significa...

Mentre con un braccio continua a tenermi ferma, con l'altra mano mi trova il clitoride. Io trattengo il fiato. Pax non è né delicato né morbido, ma non voglio che lo sia. Voglio il guerriero, l'uccisore di uomini, il protettore.

Le sue dita si muovono in cerchi decisi mentre mi bacia in modo stuzzicante lungo il collo, e poi sulla clavicola. «Voglio sentirti gridare» sussurra. «Fai in modo che tutti gli dèi ti sentano e sappiano che sono tuo.»

«È un comando, Pax Drusus Maximus?» riesco a dire, a fatica.

«No.» Porta le dita dell'altra mano al mio mento e mi fa girare la testa per guardarlo da sopra la mia spalla. «Una preghiera.»

Le labbra di Pax reclamano le mie, e le sue dita mi

accarezzano nell'acqua calda e profumata, e io mi perdo, mi perdo, mi perdo. L'orgasmo mi squassa, mi fa sciogliere, e lui non ha altra scelta che ingoiare il mio piacere e farlo suo. Io sussulto, appoggiata al bordo della vasca, e scateno un altro tsunami in tutto il bagno.

Quando l'ondata di piacere si placa, mi accascio contro il bordo. Ma lui non ha finito con me. Oh, no. Mi cinge di nuovo con un braccio, e mi afferra saldamente mentre si mette in posizione.

Con una spinta del bacino, affonda dentro di me. Io stringo i denti e la punta del suo uccello spinge e mi dilata. L'acqua sembra riscaldarsi di altri dieci gradi. Pax mi bacia il collo, facendomi provare un brivido delizioso, e si spinge di un altro centimetro.

Ah. *Ah.*

Riesco solo ad afferrare il lato della vasca e a tenermi ben stretta. Pax grugnisce e spinge ancora un po'. Prima di affondare di nuovo, aspetta che il mio corpo si adatti, e intanto mi posa baci svolazzanti sul collo.

Per gli dèi di Pax, questa è una squisita agonia. È proprio ciò di cui ho bisogno: sentirmi *viva.*

Quando è tutto dentro, mi morde una spalla. Sono così piena di lui che faccio fatica a respirare. Mi rilasso, lasciando che mi prenda, che abbia il controllo. So di essere al sicuro tra le sue braccia.

«Sei un incanto» la voce di Pax è roca contro il mio orecchio, la sua barba mi sfiora la pelle. «Gli uomini hanno bruciato imperi per meno di questo.»

«E tu?» riesco a chiedergli.

«Se me lo chiedessi, brucerei il mondo per te. Darei la mia vita per la tua.»

«Lo so.» Le lacrime mi pizzicano gli angoli degli occhi. «Ti prego, non provare mai più a farlo.»

«Te lo prometto. È un onore vivere per te, e morirei per te. Sei la mia dea, la mia *amata*.»

E a tali parole si ritrae per poi immergersi di nuovo in me.

Non parliamo più. La forza delle sue spinte mi toglie la capacità di parlare. Pax devasta il mio corpo come se fosse una città che gli è stato ordinato di distruggere. Trema, appoggiato a me, e il suo bacino si muove in un ritmo perfetto che mi fa volare. L'acqua schizza fuori dalla vasca. Schiuma rosa mi sfarfalla intorno al viso.

Pax continua a muoversi, e mi tiene inginocchiata, stringendomi bene con le dita, per assicurarsi di non mandarmi a sbattere contro la parete della vasca.

Anche nel pieno della sua estasi, si prende cura di me.

Ecco chi è, il mio guerriero dal cuore tenero. I muscoli sodi e caldi contro di me, il corpo teso dal desiderio mentre mi porta fino al limite, con una mano che lavora senza sosta sul mio clitoride, perché so che non si concederà di godere finché io non sarò venuta di nuovo.

Quindi non mi trattengo. Non posso dirgli le parole che vorrebbe tanto sentire, però posso dargli questo. Mi abbandono alle sue dita, invasa dal suo sesso energico.

Un ragazzo francese che ho conosciuto in un bar di Queenstown ha flirtato con me come solo i francesi sanno fare, e mi ha detto che nella sua lingua l'orgasmo si chiama *la petite mort*, ovvero *la piccola morte*. Gli ho detto che non ci credevo minimamente e gli ho fatto pagare altri due drink, per poi tornarmene a casa con uno sciatore australiano che non si prendeva altrettanto sul serio.

Beh, ora quello scherzetto mi si ritorce contro, perché sono un po' morta tra le braccia di Pax, e un pezzetto della mia anima si stacca da me e si lega a lui.

Pax si lascia andare e i suoi muscoli si tendono, tanto che per poco non mi lancia dall'altra parte della stanza. Ma riesce a prendermi, prima di crollarmi addosso, con la guancia appoggiata alla mia schiena e la barba che mi graffia la pelle. Riesco a girarmi e a mettergli le braccia intorno. Abbasso lo sguardo e scoppio a ridere di fronte alla quantità irrisoria di acqua che è rimasta nella vasca.

Anche Pax se ne accorge e sorride. «Ora sai che significa fare il bagno come un romano.»

6

AMBROSE

Levito sull'angolo del letto e ascolto Pax e Bree in bagno. A giudicare dai gridolini felici di Bree, si stanno divertendo. Vorrei divertirmi con loro, ma Edward insiste perché restiamo qui. Dice di volermi parlare, ma non ha ancora detto una parola.

Alla fine non ce la faccio più. Mi alzo e mi dirigo verso il bagno. «Se non hai bisogno di me, mi faccio un bagno di bolle...»

«Ambrose.» Edward pronuncia il mio nome come una preghiera. «Aspetta.»

«Hai qualcosa di nuovo da insegnarmi?» Riesco a malapena a controllare la mia eccitazione. Edward è stato determinante nel mostrarmi i dettagli più fini su come si regala piacere a una donna, e credo di aver fatto qualche progresso in questo campo, soprattutto considerato che sono un fantasma. «Un modo nuovo e meraviglioso per far urlare Bree?»

«No.» C'è un accenno di sorriso nella voce di Edward. «Voglio dire: sì, sempre. Hai tanto da imparare e sei uno studente davvero diligente. Stasera forse parleremo dei cinque sensi... però non voglio chiederti questo.»

«E cosa?»

«Se tu fossi un umano, continueresti a...» Il respiro di Edward si fa affannoso. «Saresti ancora mio amico?»

«Non capisco.»

«Se tu e Pax foste... foste entrambi vivi, e voi due poteste stare con Brianna nel modo in cui solo tre umani possono stare, allora sarebbe più facile se io me ne andassi da Grimwood, no?»

«Grimwood è la tua casa, Edward, così come è nostra e di Bree. Nessuno di noi vorrebbe che tu la lasciassi.»

Mi prende la mano e me la stringe (in quanto entrambi fantasmi, siamo sempre stati in grado di toccarci). La sua pelle spettrale è fredda e umida: è senz'altro una conseguenza della serata impegnativa che abbiamo trascorso. «Dici così, ma non posso fare a meno di pensare che un principe spettrale, per quanto bello e affascinante possa essere, non farà altro che impedire a te, a Brianna e a Pax di vivere appieno la vostra vita. Sarete sempre asserviti ai bisogni dei morti, invece di godere dei piaceri dei Viventi. E se tu e Brianna voleste viaggiare? Io non potrei venire con voi, però non vorrei nemmeno costringervi qui, contro la vostra volontà.»

Edward deve aver visto un guizzo di inquietudine sul mio volto, perché trattiene il fiato.

Mi affretto a rassicurarlo. «Non possiamo saperlo. Magari, con le pietre di moldavite, saremmo in grado di portarti con noi...»

«Ecco, vedi? Sarei comunque un fardello.»

«Questa è una conversazione stupida.» Gli lascio la mano. «Che importanza ha, se tanto è una situazione che non si verificherà mai? Né io né te sappiamo quali siano le nostre questioni in sospeso. Se non siamo riusciti a scoprirle in diversi secoli, che speranza può avere Bree? Per quanto lei possa sognare che le cose stiano in modo diverso, io sono più che soddisfatto di rimanere in questa casa in eterno, sapendo che ho un pezzo del suo amore. Dovresti imparare anche tu ad accontentarti.»

«Così da guardare Pax e Brianna che fanno quella cosa là» sbotta, proprio mentre i gemiti di Bree riecheggiano dal bagno, «senza essere tormentato dall'invidia di non poter partecipare?»

«Io potrei unirmi a loro, se non fossi coinvolto in questa inutile conversazione con un principe poeta depresso.»

«Non è la stessa cosa» mormora con rabbia. «Non è la stessa cosa, non potere avere il suo cuore, la sua anima o il suo corpo. Non è la stessa cosa, se lui ha un corpo e noi no.»

Mi stringo nelle spalle. «Io sono felice per loro due.»

«Grr... ma perché devi sempre essere così *carino?*» Edward si stringe la testa, e con le dita si afferra gli scuri capelli indisciplinati. «Dovresti odiarmi. Perché non riesci a odiarmi?»

«Edward, tu sei il mio più caro amico. Ricordi il giorno in cui sono apparso in questa casa, un fantasma nuovo di zecca, e tu mi hai preso sotto la tua ala? Mi hai spiegato tu la fantasmaticità. Mi hai aiutato a evitare di essere infilzato da Pax quando ha deciso di fare un po' di esercizio di accoltellamento di druidi. Mi hai mostrato il tuo trucco con l'armadietto dei liquori, per i giorni in cui non ero il solito allegrone. Mi hai scritto quella terribile poesia per il mio compleanno: uno scempio letterario, però ricordo che apprezzai il tentativo. Non potrei mai *odiarti.*»

«Che razza di amico, sono» mormora Edward. «Ambrose, se avessi un'idea di quello che ti ho fatto... Pax questa sera mi ha donato il suo perdono, ed è straordinario e meraviglioso, e mi ha fatto capire che c'è qualcosa per cui ora ho bisogno del tuo. Però non sono degno di chiedertelo, non dopo che...»

Ma poi smette di parlare, perché nella stanza entrano Bree e Pax. Dal loro respiro affannoso e dall'assenza di fruscii di vestiti capisco che sono entrambi nudi.

7

BREE

Edward sta parlando, con urgenza ed entusiasmo, però si zittisce non appena entro in camera. I suoi occhi scuri si fanno ardenti non appena mi vede nuda, con in mano la manciata di pietre di moldavite che avevo in tasca. L'angolo della sua bocca si incurva nel suo caratteristico sorriso.

Edward fa un passo verso di me quasi fosse trascinato da mani invisibili. «Tu sei un sogno» esclama. «Una scultura vivente, una visione di bellezza che supera ogni mia descrizione terrena...»

«Bene, sei tornato quello di sempre» dico con un sorriso mentre stringo la mano di Pax. «Non descrivermi. Ci sono molte altre cose che vorrei facessi, con quella tua lingua.»

Nella stanza è come ci fosse uno spostamento di aria. Gli occhi di Edward scorrono sul mio corpo e con la lingua si umetta il labbro inferiore in un'espressione che posso solo descrivere come bramosa. Ambrose invece rimane immobile, in ascolto, il volto rapito ed estasiato. Un calore oscuro e voglioso mi artiglia lo stomaco.

«Ho rischiato di perderti stasera» dico, con voce incerta. «Io... so di averti detto delle cose terribili, e che abbiamo un sacco di interrogativi da risolvere, e non sappiamo nemmeno se ci siamo liberati per sempre di Jack lo Squartatore. Però, ancora per un po', non voglio pensare a niente di tutto questo. Non voglio nulla di complicato. Voglio solo che siamo... noi.»

Ambrose inclina la testa. «Non c'è nulla che desidero di più» dice in modo formale, quasi lo stessi invitando a un tè invece che a un'orgia.

«Ho promesso ad Ambrose che gli avrei mostrato un altro modo di soddisfare una signora.» Il pomo d'Adamo di Edward gli va su e giù. «Soldato, vuoi assecondare i miei capricci, visto che sei l'unico che la può toccare?»

Edward e Pax si guardano e tra loro passa qualcosa di non detto da tempo. So che ognuno sta cercando il proprio posto in questa nuova gerarchia di fantasmi e Viventi, e che nel proprio mondo entrambi sono abituati a essere i maschi alfa. Ma Pax si stringe nelle spalle e si china a baciarmi la testa.

«Non per molto» prometto a Edward. «Ti giuro che libererò anche te e Ambrose.»

«Quanto ne sarei felice, se fosse vero» dice Edward mentre chiude lo spazio tra noi. Alza la mano verso il mio viso e io cerco di non pensare al fatto che, attraverso la sua forma traslucida, riesco a vedere il letto. Le sue dita mi sfiorano la guancia, calde e formicolanti sulla pelle. Il tocco di un fantasma che riesce quasi a sfiorarmi.

Lui ci prova comunque, prendendomi le guance e tirandomi a sé, in modo che le nostre labbra si incontrino.

A differenza di Pax, che è tutto sangue e fuoco, il bacio di Edward è misurato, languido, esplorativo, come se avessimo tutto il tempo del mondo e lui intendesse usarlo per mappare con la bocca ogni centimetro della mia pelle.

Oh, dèi, quanto lo desidero.

Per qualche istante glorioso, dimentico che è un fantasma. È così reale, le sue labbra roventi sulle mie. Le sensazioni che mi trasmette sono più concrete di qualsiasi altra cosa. Sono attraversata da una sensazione di bisogno, che mi arriva fino ai piedi.

Ma poi le sue dita si infilano nei miei capelli. E finiscono anche nel mio cranio. Il calore *brucia*, e io vivo un lampo di memoria nella testa di Edward: suo padre, il re, tutto rosso e agitato, che lo sgrida davanti a una sala piena di cortigiani. Il tormento che avvertivo nel ventre si trasforma in una nausea ribollente, una vergogna terribile che mi tormenta.

Edward si tira indietro. I suoi lineamenti troppo perfetti fissi in una maschera divertita. Mi chiedo cosa abbia visto lui, nei miei ricordi.

«Mi dispiace» dice, le labbra atteggiate in un perfetto broncio da poeta. «Non riesco nemmeno a baciarti senza prendere da te più di quello che ho da darti. Non me lo merito. Non ti merito.»

«Tu sarai sempre abbastanza per me, senza bisogno di essere nulla di diverso da ciò che sei.» Mi avvicino a lui, ma lui si ritrae.

«Non posso. Non stasera.»

«Edward, ti prego...» Non mi vergogno nemmeno del senso di urgenza che c'è nella mia voce. «Mi piace baciarti. Sei stupendo. Non mi importa dei ricordi...»

Scuote la testa. «Brianna, tu ti fidi di me?»

«Sempre.» La parola mi esce senza volerlo.

Edward sembra sorpreso dalla mia risposta.

«Molto bene. Allora non hai nulla di cui essere triste. Ci divertiremo comunque. In fondo, non sono altro che il principe della dissolutezza. Vieni con me.» Le sue dita si intrecciano alle mie mentre mi conduce alla chaise longue sotto l'enorme bovindo della mia camera da letto. «Per prima cosa, posa le pietre di moldavite. Ci serviranno vicine.»

Appoggio la manciata di pietre sul divano.

«Ora metti i piedi qui, davanti al bracciolo.»

Faccio come mi dice. Sono di fronte alla parete. Edward e Pax sono dietro di me, quindi non posso vederli. Ambrose è in piedi all'altra estremità del sofà. Si toglie la redingote nera e si slaccia il nastro che gli raccoglie i capelli scuri. La sua chioma si libera e le mie dita affondano nel bracciolo del divano al pensiero di passarci le mani. Al tatto non sono come capelli veri, ma è bello toccarli. Quelli di Pax sono tagliati corti per la battaglia, quindi per lui non si può parlare di una vera e propria chioma.

Ambrose getta la redingote sul letto. «E adesso, Edward?» Ha un'espressione estasiata, come uno scolaretto che vede per la prima volta un paio di tette.

Dita calde e spettrali mi percorrono la schiena, tracciandomi dei disegni lungo la spina dorsale. *Edward.* Espiro piano, il mio corpo che attende con ansia ciò che arriverà.

Dita mi toccano tutta la schiena.

«Piegati in avanti» mi ordina Edward, con quel suo tono autoritario.

Io obbedisco, e poso le braccia all'estremità della poltrona. Ho il sedere in alto e tra le gambe mi si annida un'umida sofferenza. Un brivido mi percorre le vene al pensiero del panorama così intimo che sto offrendo a Edward e Pax.

Le dita di Edward mi scendono lungo le gambe: prima una, poi l'altra, e tracciano scie di fuoco sulla pelle. Mi afferra le caviglie. «Apri di più. Il soldato ha bisogno di spazio, per il suo bacino enorme.»

Obbediente, allargo i piedi. L'aria fresca della stanza mi bacia il clitoride e fa urlare quel fascio di nervi, che brama di essere toccato.

«Bene. Mi piace quando sei così obbediente.» Edward sembra soddisfatto. La sua voce è ferma, autorevole. Non lo vedo in viso, ma capisco che è a suo agio. Quando mi bacia, mi dona i suoi ricordi, e anche se ciò è troppo intimo per lui in questo momento (soprattutto ora che è ancora ferito per quello che è successo stanotte) sa che è in grado di tenere il comando del nostro rapporto.

«Soldato, prendi il filo che ferma la tenda, e legale le mani. Legale strette all'altra estremità della poltrona.»

Pax, che è ben abituato a eseguire gli ordini, entra subito in azione. Fa il giro della poltrona, posizionandosi dove posso vederlo, e srotola la corda della tenda. È spessa e dorata con una nappina decorativa a ciascuna estremità, e deglutisco in apprensione quando mi si avvicina tenendola tra le sue enormi mani.

Non sono mai stata legata prima. Non è una cosa che mi interessa. Credo di essere talmente abituata a scappare, da sempre, che l'idea di essere bloccata in qualche modo mi fa andare fuori di testa. Preferisco avere un piede fuori dalla porta, pronta a fuggire di corsa.

Però di Edward mi fido. Quindi lo faremo.

Esalo un lungo respiro e cerco di non trasalire quando Pax mi avvolge la corda intorno ai polsi, per poi legarla con un complicato nodo romano a cui non potrei mai sottrarmi nemmeno se lo volessi. Lega l'altra estremità al bracciolo ricurvo della poltrona, e mi tira in avanti in modo che le mie braccia poggino sui cuscini, ma io sia ben allungata, con il sedere in aria. Devo stare in punta di piedi per mantenere la posizione.

È una forzatura, ma è una sensazione bellissima.

Mi piace?

Credo di sì.

La cosa più sorprendente sono i loro sguardi su di me. Pax fa un passo indietro, gli occhi di ghiaccio spalancati dallo stupore. Non riesco a vedere Edward, ma percepisco il suo sguardo che mi brucia la pelle e non desidero altro che le sue mani o le sue labbra su di me. *Subito, diamine!* Cerco di avvicinarmi a lui, ma la corda stringe e ricordo che sono legata.

Non riesco a muovermi.

Perché mi piace questa cosa?

Perché la mia fica pulsa di desiderio?

È *deliziosamente* crudele.

Degli oggetti mi si posano sulla schiena. Le pietre di moldavite. Edward ordina a Pax di allinearmele lungo la colonna vertebrale. È una sensazione strana, sono un po' pesanti, ma almeno con loro vicino, i fantasmi possono toccarmi e io posso toccare loro.

«Lo sapevi che questa chaise lounge è qui dai tempi in cui la casa era di mia proprietà?» con la coda dell'occhio scorgo la mano di Edward. Sta passando le dita sul legno intarsiato. «Una volta si trovava nella suite padronale. Ho fatto sdraiare molte contesse su questo bracciolo, proprio nella posizione in cui sei tu adesso. Eppure, nessuna di loro è mai stata bella come te, o è stata così importante per me. Pax, ora legale le caviglie.»

Pax fa un balzo in avanti per soddisfare le richieste di Edward. Le sue dita ruvide mi allargano di più le gambe e me le legano ai piedi del divano. Lavora rapido sui nodi. Io provo a tirare, per capire quanto siano saldi. Mi sa che non scapperò.

«Ambrose.» La voce di Edward è densa di desiderio. «Ora puoi toccarla. Voglio che tu veda quanto è bella la nostra Brianna legata così, come un regalo che aspetta solo di essere scartato.»

La nostra Brianna.

Mi piacciono queste parole.

Mi piacciono quasi quanto il modo in cui tutto il mio corpo vibra e si tende al solo passaggio dell'aria sulla pelle nuda. C'è qualcosa di terribilmente crudo in tutto questo, eppure non mi sento in pericolo. Mi fanno sentire al sicuro.

Ambrose si morde il labbro e fa un passo avanti. Allunga

una mano spettrale. Le sue dita danzano sulla mia schiena e quel formicolio fantasma, ormai familiare, mi colpisce dritto tra le gambe.

Muove le mani su di me, e il suo volto si dipinge di estasi mentre esplora la mia pelle nuda. Fa scorrere le dita prima lungo la curva del mio sedere, poi di nuovo sulle spalle e quindi giù, giù, fino ad afferrarmi i seni. Mi sfiora le punte erette dei capezzoli e io sussulto, tirando le cinghie per... per cosa?

Per avere ciò che mi vorranno dare.

Appena Ambrose allontana le mani io protesto con un gemito. Le sue dita danzano lungo le mie braccia, sull'interno dei gomiti, fino ai polsi legati. Si ferma.

«Hai detto che mi avresti mostrato un altro modo di soddisfare una donna? Ma... Bree è legata? Come può essere piacevole?» chiede alzando la voce.

«L'amore, il sesso, la morte e l'agonia» dice Edward. «Questi sono i mondi che un poeta abita. Sono più legati tra loro di quanto si possa credere. Se portiamo a letto le nostre più grandi paure e le affrontiamo nella sicurezza dell'abbraccio di un amante, potremmo scoprire che non abbiamo più così tanto da temere. E la paura più grande di Brianna è cosa succederà se non potrà più scappare. Come ti senti, Brianna?»

«Bene» rispondo, con voce roca. «Strana. Nervosa, ma in senso positivo.»

Ambrose sembra incerto. Passa di nuovo le dita sulla corda. «È davvero legata?» chiede, con voce incerta. «Davvero non può scappare?»

«Ho ottenuto un distintivo da centurione scout per i miei nodi» dichiara orgoglioso Pax. «Non ci sfuggirà.»

«Bene» proclama Edward. «Ora, il tocco finale. Vedi il foulard drappeggiato sullo schienale di quella sedia? Voglio che tu glielo metta intorno alla testa, a coprirle occhi e orecchie.»

«Edward...» comincio a dire mentre la paura mi stringe il

petto. Ma è troppo tardi, Pax me lo sta calando sugli occhi. Io sbatto le palpebre nella penombra. Riesco ancora a scorgere qualche sprazzo di luce dalle applique e dal chiaro di luna fuori dalla finestra, ma non riesco più a vederli.

«Ora, soldato, ho bisogno che tu venga con me» ordina Edward. Con il foulard sulle orecchie faccio fatica a distinguere le sue parole. «Ci servono delle provviste dalla cucina, e ovviamente non le posso portare da solo.»

Ah, sì, ecco il vecchio Edward.

Abbassa la voce mentre spiega il suo piano a Pax, ma parlano a voce troppo bassa perché io possa sentire le loro confabulazioni. Subito dopo, con un bacio sulla testa Pax mi promette che torneranno subito.

Aspetta, in che senso? Torneranno subito?

Non può essere.

«Ehi?» li chiamo.

Non rispondono. Ma che stronzi! Mi hanno lasciata qui, legata al sofà, con la fica che arde. Tiro le braccia, ma non serve a nulla: sono legata stretta. Riesco solo a far rotolare via dalla schiena una delle pietre di moldavite.

«Edward, ti ucciderò!» urlo.

«Non si può uccidere ciò che è già morto» ribatte lui, sfacciato.

«Bree, tutto bene?» È la voce ovattata di Ambrose.

Sto bene? Non lo so più. Mi fido di loro, certo che mi fido, ma mi sale dentro la voglia di scappare e di essere libera, e...

Qualcosa di freddo mi tira i legacci, e poi ho un flash di uno dei ricordi di Ambrose: sono seduto accanto a un camino che arde in una locanda in Germania, e mangio un abbondante stufato mentre fuori cade la neve. Penso alle rovine di un castello medievale che ho visitato quel giorno, a come con il mio bastone ho percepito la liscezza dei gradini nella torre, consumate da secoli di piedi che le hanno percorse in su e in giù. Un senso di appagamento mi riempie il ventre, ma c'è anche qualcos'altro. Una sensazione di solitudine, un desiderio di avere qualcuno con cui poter condividere questa gioia...

Il ricordo si affievolisce con la stessa rapidità con cui è apparso, ma la soddisfazione rimane. Così come le dita fredde che si muovono frenetiche sulla corda.

«Ambrose, che stai facendo?»

«Sto cercando di slegarti, ma le mie dita non riescono ad afferrare questo nodo.»

«No, non slegarmi.»

Si blocca. «Ti piace quello che ti ha fatto Edward?»

«Penso di sì. Vedremo. Ma confido che mi libererà se non mi piacerà.» Cerco di pensare a un modo per fargli capire. «Hai presente quando hai un biglietto del treno per un posto eccitante, e il viaggio sarà tra qualche giorno, ma tu non riesci a pensare ad altro?»

«Conosco bene questa sensazione.»

«Ecco, io ora mi sento così. Solo che invece di un treno, ho te, Edward e Pax...»

«Beh, potremmo essere un trenino, in un certo senso...»

«Ambrose Hulme» esclamo. «Hai appena fatto una battuta sconcia?»

«Forse» dice lui, un sorriso nella voce. Le dita di Ambrose mi accarezzano la curva delle natiche e io mi rilasso e non penso ad altro se non a quanto mi fa stare bene.

Sento un rumore di fondo: devono essere i ragazzi che tornano dalla cucina. Qualcuno rimette al suo posto la pietra di moldavite.

Rimango immobile, tutta tesa, in attesa di capire cosa abbia in mente Edward.

Nessuno dice una parola per alcuni lunghi, angoscianti momenti. Mi fanno male le cosce e il mio clitoride ronza impaziente, perché Edward mi sta facendo aspettare...

Che cos'è?

Qualcosa di freddo e umido mi scorre sulle spalle e lungo la schiena. Immagino dovrebbe essere disgustoso, come il bacio di una lucertola, invece è così piacevole sulla pelle calda e sensibile che mi lascio sfuggire un sussulto.

È ghiaccio. Edward ha preso del ghiaccio.

Il cubetto si muove sulla mia schiena, tra le pietre. Mi contorco per il freddo, ma non posso andare da nessuna parte. Devo sopportarlo. L'impossibilità di muovermi mi costringe a concentrarmi sulla sensazione, e ho tutti i peli che mi si rizzano mentre sento che sto cadendo vittima dell'incantesimo di Edward...

Ora un secondo cubetto si è aggiunto al primo, ma lo fanno passare sotto il mio corpo e me lo strusciano sui capezzoli duri. Stringo i denti perché è così intenso che vorrei urlare. Quel cubetto freddo sui capezzoli così sensibili fa male. Malissimo. Ma allo stesso tempo ho il clitoride che pulsa di piacere.

E poi, qualcosa di caldo sulla schiena.

Sussulto. Un istante dopo non sento più il caldo, ma c'è solo un piccolo punto, ipersensibile, che attiva tutti i miei nervi. Succede di nuovo, e poi ancora: piccole punture di dolore bruciante che vengono raffreddate subito da un altro cubetto di ghiaccio. Io tiro cercando di liberarmi, anche se non è che voglia davvero essere libera. Non più.

Attraverso il foulard che mi copre gli occhi, scorgo una luce tremolante ai margini della mia visuale. È così che mi rendo conto che mi stanno facendo gocciolare sulla pelle la cera di una candela.

Il ritmo del mio respiro aumenta. *È una situazione di una intensità incredibile.* La mia pelle è *viva* e all'erta: percepisco ogni minimo spostamento d'aria mentre loro si muovono intorno a me. Sono un fascio di nervi scoperti e di desiderio puro, e loro stanno giocando con me, portandomi sempre più vicina all'orgasmo senza nemmeno sfiorarmi il clitoride che non aspetta altro.

Plic, plic, plic.

Mi perdo in questa sensazione mentre uno di loro (Pax, presumo) mi preme i cubetti di ghiaccio sui capezzoli. Non mi fanno nemmeno più male: forse ho superato la soglia del dolore. Da qualche parte dietro di me, sento Edward mormorare: «Ecco, proprio così. Ora proveremo qualcos'altro. Qualcosa per Ambrose.»

Il ghiaccio viene rimosso, e io rimango tesa e ansimante. Mi spalmano una sostanza fresca lungo la schiena e sulle natiche. L'unico paragone che mi viene in mente per descrivere la sensazione è che mi sembra di essere un pezzo di pane spalmato di crema al cioccolato, e non vedo l'ora che lo rifacciano. Riesco persino a sentire *l'odore* del cioccolato.

«Assaggiala, Ambrose» ordina la voce di Edward. Anche se è attutita dal foulard, la sento vicina alla mia testa. «La sua pelle si trasforma nel dessert più squisito del mondo.»

Qualcuno si china su di me e una lingua lecca via quello che ci ha spalmato Edward. Capisco che è una crema al cioccolato. Edward mi ha riempita di cioccolato, come se fossi una coppa di gelato.

Ambrose non si limita a leccare le strisce, ma *le divora*. Mi succhia la pelle sensibile, assaporando fino all'ultimo boccone, lungo tutta la schiena. Dato che è un fantasma, so che non sente il gusto, ma a lui non sembra importare.

Raggiunge la parte bassa della mia schiena e poi la sua lingua segue la scia tracciata da Edward... sulla curva delle mie natiche. Ambrose lecca, succhia e mi mordicchia le chiappe.

Questo è... è decisamente perverso. È troppo *intenso*.

Lo adoro.

Non sto analizzando la situazione. Il mio cervello si è spento e io mi limito a esistere, a fluttuare in questo bozzolo di sensazioni selvagge. Ogni tocco mi brucia, facendomi contorcere e tremolare quasi fossi fatta di gelatina.

Il ghiaccio, il fuoco, le dita fantasma unite a quelle reali di Pax: tutto si confonde fino a quando la mia fica urla e il mio stomaco è un groviglio di nervi e desiderio. Fino a quando qualcuno mi morde il culo, e io grido di piacere.

Qualcosa di freddo e duro mi si preme sulle labbra.

«Un drink, milady?» chiede Edward mentre qualcuno, immagino Pax, mi avvicina alle labbra una bottiglia di vino. «Normalmente, per accompagnare un pasto servirei solo il miglior champagne francese, ma dato che la mia famigerata cantina è stata depredata dai miei ingrati amici, dovrete accontentarvi di questa schifezza da 4,99 sterline, presa al supermercato. Pax ora la servirà.»

Non riesco a formulare nessuna parola, così inclino la testa all'indietro e permetto a Edward di versarmi in bocca un po' di bollicine da due soldi. Io deglutisco e sento gli schizzi sulla pelle perché me ne versa anche un po' sulla schiena.

«Assaggiala ora» sento Edward che incita Ambrose.

Spettrali labbra sfrigolanti mi accarezzano la pelle, succhiando ogni goccia di champagne che si accumula nella piccola pozza creata dalla mia schiena inarcata e poi...

...e poi un paio di labbra mi tocca il clitoride.

«Argh!» sussulto, ma sono sempre legata. Dopo tanta attesa, il tocco di quelle labbra calde e spettrali contro le mie parti più intime è troppo. Eccessivo.

Penso che potrei venire, solo per un bacio così delicato.

Invece no. È come se stessi galleggiando sull'orlo di un orgasmo, con loro che non mi concedono di abbandonarmi. Stronzi.

Deve essere Ambrose. Sì, è lui che mi accarezza in modo così tenero e amorevole, strappandomi dalla gola i suoni più disumani, mentre mi spinge sempre più vicina al bordo del precipizio senza permettermi di oltrepassarlo.

Il mio corpo non regge più. Mi contorco e mi dimeno, ma non riesco a scappare, e ciò lo rende ancora più intenso. Edward sta dicendo qualcosa, ma non riesco a cogliere: è come se fosse lontanissimo.

Credo di avere un orgasmo, ma non ne sono sicura. È come se fossi davvero caduta dall'orlo di un precipizio, solo che invece di cadere sto *volando*. Il cuore mi martella nelle orecchie e il sangue mi sale alla testa e sono sballottata da tutte le parti da venti selvaggi, però non sono venti: sono emozioni e sensazioni. Arrivano a ondate, e ognuna di esse è un mini orgasmo che minaccia di farmi crollare, ma poi vengo sorretta, sollevata e portata via…

Wow… woooowwww…

Dei puntini bianchi mi danzano davanti agli occhi e lentamente, molto lentamente, vengo riportata a terra. Ma non è finita. Edward non me lo concede. No, ora c'è qualcun altro tra le mie gambe, le mani ruvide che mi stringono il sedere mentre affonda il viso nel mio pube. Pax. Con avidità, mi prende in bocca il clitoride e si beve tutti gli umori che ha contribuito a creare.

Mentre Pax fa questo, qualcos'altro mi sfiora le labbra. È leggero e morbido e mi fa fremere la bocca di calore. Mi ci vuole un attimo per capire che si tratta di un pene fantasma.

«Ecco, da brava. Prendi in bocca il tuo principe» mi ordina Edward.

Io sono troppo persa per rimproverargli l'arroganza e per avermi detto di fare la brava.

Pax è ancora tra le mie gambe e mi divora con una ferocia che mi fa tremare tutta. Sento un altro orgasmo che arriva, come un'onda che mi si gonfia dentro. È lontana, ma si sta avvicinando alla riva.

Apro le labbra. Edward mi scivola dentro.

Ha il solito sapore incredibile: zucchero bruciato e fiori d'estate, con una sfumatura di oppio. Poiché è ancora un fantasma, non posso stringerlo con le labbra, ma faccio del mio meglio.

Lo prendo più a fondo, succhiando con forza e passandogli la lingua intorno alla punta. Cerco di fargli provare più sensazioni possibili, ben consapevole che potrebbe anche non riuscire a venire.

«Cosa devo fare?» chiede Ambrose.

«A lei piace molto che tu giochi con i suoi seni e il suo clitoride» dice Edward. «E credo che anche a te piaccia.»

«Oh, sì.»

E poi le mani di Ambrose sono sui miei seni, i pollici mi accarezzano con dedizione i capezzoli dolenti. In qualsiasi altro momento, questa sensazione sarebbe stata troppo tenue per me, ma dopo il modo in cui Edward mi ha eccitata con il ghiaccio, la cera e il cibo, ogni passaggio delle dita calde e spettrali di Ambrose mi fa tirare la corda che mi lega.

Edward mi tiene le mani sulla testa: ho sempre odiato i ragazzi che ti spingono la testa sul loro cazzo, manco pensassero di essere in un film porno. Però ora che lo fa lui, non percepisco nessuna sensazione di controllo o costrizione. Mi dà un piccolo brivido di perversione. O forse il brivido deriva dal fatto che ho il sesso di un fantasma in bocca, un altro fantasma che si sta trastullando con i miei capezzoli e un guerriero romano con la faccia sepolta tra le mie gambe?

Sì, potrebbe essere, in effetti.

Pax mi succhia il clitoride, e la marea si gonfia sempre di più, e l'oceano mi ruggisce nelle orecchie mentre io godo di nuovo. Quando mi riprendo, lui chiede a Edward cosa deve fare ora.

«Puoi slegarle le caviglie, soldato. No, non con la spada...»

Sono orgogliosa del modo in cui la sua voce tremola un po' e lui mi stringe i capelli con le dita mentre le mie labbra lavorano sul suo sesso.

La corda intorno ai miei piedi si allenta. Dita ruvide mi afferrano le caviglie, e mi allargano le gambe.

«Sì, così. Ora, posa quella lama prima di cavare un occhio a qualcuno» lo istruisce Edward. «Credo che ora tu sappia cosa fare.»

Mani ruvide mi afferrano le natiche e mi spingono sul divano. Io urlo, sempre tenendo in bocca l'uccello di Edward, mentre Pax mi penetra con una spinta potente.

È così, è così che morirò, legata a una chaise longue, con un cazzo fantasma in bocca e un centurione romano che mi squarcia.

Che bel modo, per andarsene!

Pax mi spinge così forte contro il divano, che la struttura scricchiola e geme. A ogni spinta affonda sempre di più, allargandomi e toccando punti che non credo abbiano mai ricevuto attenzioni prima di ora. Riesco solo a fluttuare in una nebbia di piacere e prenderlo tutto, *da brava*.

Con tutto questo lavorio, Edward e Ambrose non mollano mai. Ambrose mi passa ripetutamente la lingua intorno al capezzolo e con le dita mi stuzzica il clitoride. Le dita di un fantasma sono uniche, quando si tratta di orgasmi, perché hanno un modo tutto speciale di ronzare e sfrigolare sulla carne umana.

E intanto Edward... lui mi riempie la bocca più che può. Sa di caramello e di zucchero bruciato e vorrei mangiarlo tutto. Non è come un Vivente, che potrebbe essere anche sudato o puzzolente. Lui è perfetto.

Mentre Pax affonda dentro di me, il principe si avvicina e riesce a sollevare il foulard per sussurrarmi qualcosa all'orecchio.

«Quanto lo hai desiderato, Brianna? Quanto hai desiderato

che il tuo principe potesse essere di nuovo integro e Vivente per soddisfare tutti i tuoi desideri più selvaggi e oscuri?»

«Io... Io...» Non riesco a dire nulla perché il mio corpo si tende e sono investita da un altro orgasmo.

Perdo il conto di quante volte vengo, prima che Edward e Pax esplodano dentro di me. Non ricordo mi abbiano slegata, ma la scena successiva di cui ho memoria è che mi stanno sistemando a letto, con la schiena contro un accogliente guerriero romano, mentre due fantasmi si accoccolano protettivi intorno a noi, facendomi formicolare la pelle ovunque mi tocchino.

Stasera è cambiato qualcosa. Non so spiegarlo, ma quel senso di nervosismo che mi ha sempre afflitta, la sensazione di dovermi muovere, correre, scappare... è sparita, sostituita da un calore che mi si estende dalla punta della testa alle dita dei piedi.

E mi chiedo se forse mi sto innamorando di loro. O se magari mi sono già innamorata, e l'oceano del loro amore sta per tirarmi sotto, dove tutto è buio e io non posso fuggire...

8

BREE

Vengo strappata via dal sonno da una presenza, dalla sensazione di non essere sola, quasi ci fosse stato uno spostamento di aria intorno a me. Apro un occhio. Una figura solitaria si libra in fondo al letto. Le coperte sotto di lui non si affossano e non avverto il calore del suo corpo. La luce del sole che filtra attraverso le tende aperte trapassa il suo corpo, creando sfumature color arcobaleno sul piumone dove la luce si scompone intorno al prisma delle sue membra spettrali. Non mi guarda e, a giudicare dalla sua postura rilassata, sospetto sia lì da un po'.

Edward si passa le dita tra i riccioli scuri e indisciplinati e fissa pensieroso il cimitero fuori dalla finestra. Le guglie del suo mostruoso mausoleo gotico bucano il cielo grigio. Un'altra bella giornata estiva inglese, a quanto pare.

Mi alzo a sedere. «Dove sono gli altri?» chiedo.

Si gira, gli occhi scuri e profondi, e mi guarda sistemarmi i cuscini dietro la testa.

«Li ho mandati via» risponde serio. «Ho una cosa da mostrarti, ma non posso sopportare che siano qui quando lo faccio.»

«Edward, che c'è?» Colgo la gravità dei suoi lineamenti, le note cupe della sua voce. Mi si serra la gola.

Ecco. È questo che gli pesa da settimane.

Si alza brusco. Ancora una volta, sono rapita dalla sua bellezza aristocratica, dalla nobiltà del portamento e dal modo in cui il suo corpo alto e tonico trasuda potere ed eleganza. E da come indossa la tristezza, quasi fosse una maschera.

«Devi venire con me. Avrò bisogno di te per... per prendere un oggetto dal suo nascondiglio.»

Con rimpianto, guardo l'accogliente comodità del mio letto, poi butto via le coperte. Indosso un paio di jeans dal taglio maschile e una maglietta con una stampa di piccole ossa, e infilo i piedi nelle mie soffici pantofole nere fatte a gatto. Non sono pronta ad affrontare il cupo Edward di prima mattina, soprattutto non dopo la notte scorsa. Ho bisogno di una flebo di caffè, subito.

Gli afferro la mano. Le sue dita si infilano un po' nelle mie e il suo viso cambia espressione mentre lui vive uno dei miei ricordi, un altro mio nuovo potere che sembra essersi sviluppato da quando sono tornata a Grimdale. Anche io ho un lampo: un'altra festa a base di oppio e una contessa dai capelli d'oro legata al divano come ero io ieri sera, che urla in estasi. Le mie guance prendono fuoco.

«Dove stiamo andando?» chiedo, mentre Edward mi conduce alla porta.

«In soffitta.» La sua voce è incerta. «Alla scena del mio più grande fallimento.»

La soffitta?

Ha a che fare con padre Bryne? Ieri sera Edward mi ha trovata in soffitta e mi ha detto che Pax era scomparso e poi siamo stati attaccati dal prete mentre scendevamo le scale. Ma Edward non voleva entrare in soffitta, non finché c'era Ozzy.

Allora perché mi ci sta portando per la seconda volta in due giorni?

Confusa, lo seguo fuori dalla stanza. Superiamo la macchia scura nell'ingresso. Devo assolutamente ripulirla oggi, e prendere un nuovo tappeto per coprirla. Edward mi conduce su per le scale, ma io trascino i piedi, fermandomi a metà strada ad ammirare le fotografie di famiglia alle pareti. È passato molto tempo dall'ultima volta che mi sono fermata a guardarle: foto di me che gioco con un secchiello rosso in spiaggia, papà e tutti i suoi fratelli seduti sul cofano di un'auto d'epoca, la mia bisnonna nel suo vestito rosa preferito...

«Oh, guarda, Ozzy è ancora qui! Ciao, Ozzy!» Saluto il fantasma peloso appeso per i piedi al lampadario. Lui apre un'ala pigra e mi fa l'occhiolino, poi se la richiude addosso.

«Brianna, stai cercando di ritardare l'amara verità della storia che ho da raccontarti?» Edward si allontana dal pipistrello. «Perché è con cuore pesante che comporrò questi versi. Nella speranza che nel dolore il mio candore possa imporsi...»

«Mi dispiace. Non stavo cercando di perdere tempo. Sto solo ripensando alla notte scorsa.» Rabbrividisco, ma mi lascio condurre su per le scale. «A quanto vicina sono stata a perdervi tutti.»

«Dentro un vascello immondo una tempesta si scatenò, e la mia anima impura nelle proprie tenebre catturò. Ma mai tanto dolore mi riempì, come gli orrori delle ombre giunte fin qui.» Edward indica con un gesto le scale della soffitta ancora aperte. «Dopo di voi, signora.»

Qualsiasi cosa, pur che tu la smetta con queste rime. Comincio a salire i gradini, aspettandomi che Edward mi dia un pizzicotto sul sedere, invece non lo fa. *Caspita, deve essere una cosa seria.*

Accendo la luce della soffitta. Edward lancia un grido appena Ozzy si alza in volo sopra le nostre teste e va ad appollaiarsi su una delle travi più basse, dove ripiega le ali e ci guarda con quei suoi occhioni. Edward lo fulmina con un'occhiata. «È una questione privata.»

Il pipistrello fantasma solleva un'ala in un modo che può essere descritto solo come minaccioso.

Edward fa una smorfia. «Okay. Suppongo che questa sia casa tua.»

Il pipistrello abbassa le ali. Edward si rilassa visibilmente. Non posso fare a meno di chiedermi che cosa il piccolo pipistrello peloso e defunto abbia fatto ai miei tre fantasmi per terrorizzarli così tanto.

Edward attraversa la stanza, il suo volto un'immagine di pura tristezza. «Scatole e bauli, il cui contenuto è un mistero, come gli antichi fantasmi nella soffitta di questo maniero...»

«Edward, dimmi solo perché siamo quassù, così poi possiamo andarcene.» Mi tolgo una ragnatela dalla spalla. Ho un *disperato* bisogno di caffè.

«Molto bene. Ecco qui. Devi sollevare il coperchio.»

Mi indica il vecchio pianoforte che è qui sopra da quando ne ho memoria. Una volta mio padre lo fece stimare e a quanto pare avrebbe fruttato una discreta somma di denaro, però non è mai riuscito a trovare qualcuno che lo tirasse giù dalla soffitta. E così è rimasto qui.

Sempre più incuriosita, afferro il coperchio del pianoforte e lo sollevo. È più pesante di quanto mi aspettassi, ma riesco ad alzarlo, smuovendo una nuvola di polvere che mi fa prudere la gola.

«È dentro, nell'angolo in fondo.»

Infilo una mano, sfiorando con le dita le corde e le meccaniche. Tasto qualcosa che sembra di cuoio. Lo tiro fuori e lascio ricadere il coperchio con un tonfo.

Dietro di me, Edward emette una specie di squittio e Ozzy scende, a scrutare l'oggetto da sopra la mia spalla.

«È un libro?» Spolvero il volume rilegato in pelle e tiro il legaccio in cuoio. No, non è un libro, ma una specie di diario; pagine scritte a mano, legate insieme in una custodia di pelle. E la calligrafia è strana: le linee sono troppo perfette ordinate, i tratti discendenti delle lettere g e y non scendono sotto il rigo come dovrebbero...

«Una volta era un libro» spiega Edward triste. «Questo è il manoscritto di Ambrose. L'ha nascosto qui per tenerlo al sicuro dopo che l'incendio della casa editrice ha bruciato le copie rimaste.»

Ma certo. Per scrivere le sue storie Ambrose usava un telaio posto sopra la pagina. Per questo motivo non ci sono tratti che scendono sotto il rigo, e alcune lettere si sovrappongono.

Ma come... come fa a essere qui?

«L'hai trovato mentre ti nascondevi qui, qualche giorno fa?» Fisso il pesante pianoforte. Edward deve essere stato molto turbato per infilare la testa nel legno spesso del pianoforte. Una cosa che deve far male, anche a un fantasma.

Edward sospira. «No.»

«Non capisco.»

«Allora ti spiego. Era un'estate particolarmente calda, quella del 1878, e Pax aveva deciso di rinunciare alla tunica e all'armatura, per andare in giro nudo. Io mi nascosi quassù per preservare la mia povera vista, quando sentii un rumore sulle scale. Era Ambrose, che stava salendo qui, a nasconderlo nel pianoforte. È stato poco prima che partisse per il suo viaggio in Russia.»

Mi ci vuole un attimo prima di metabolizzare le parole di Edward. «Cioè, vuoi dire che hai visto Ambrose nascondere questa cosa quando era ancora *vivo?*»

Edward annuisce triste.

«E che per tutto questo tempo tu hai saputo che il manoscritto era qui?» Fisso le file ordinate di lettere che ho tra le mani, con lo stomaco tutto un groviglio. «Se è la questione in sospeso di Ambrose, lui sarebbe potuto passare oltre, se solo tu gliene avessi parlato.»

Edward annuisce di nuovo.

«Oh, *Edward*.»

«Non volevo che se ne andasse» dice a bassa voce. «Non avevo mai avuto un vero amico prima. Beh, ho Pax, immagino, ma la nostra amicizia è...»

«Ho capito.» Sorrido. Edward e Pax non sono mai andati d'accordo: sono diventati amici a causa delle circostanze, piuttosto che per un sincero desiderio di frequentarsi. L'affetto che provano l'uno per l'altro è genuino, altrimenti Edward non si sarebbe tuffato dentro lo Squartatore per salvargli la vita, ma nel corso degli anni hanno avuto tanti e tali disaccordi da scuotere Grimwood Manor fino alle fondamenta. Invece Edward e Ambrose sono diversi. Edward vede Ambrose come una sorta di adorante fratello minore, a cui insegnare i modi malvagi del mondo, e Ambrose sa ignorare con saggezza i tratti più fastidiosi di Edward. «Non mi piace che tu abbia mentito su questo, ma non posso dire di essere triste perché Ambrose non sia stato in grado di passare oltre. E ora...»

Fisso il manoscritto, e un raggio di pura gioia mi attraversa le vene stanche. *Questa è la chiave, lo so.*

È ciò che mi serve per riportare Ambrose dalla morte.

«Oh, Edward, grazie! Grazie per averlo trovato.» Gli butto le braccia al collo, dimenticando, nel mio entusiasmo, che è un fantasma. Le mie mani si posano su di lui per un istante, ma lui si scosta subito, prima che io mi infili dentro di lui.

Trema di orrore e si allontana da me. «Non puoi *ringraziarmi*. Non merito nessun ringraziamento. Non avrei mai dovuto tenere questo segreto. Vorrei che ci fosse un modo per farmi perdonare.»

Alzo lo sguardo, fino agli occhi oscuri e insondabili del mio cupo principe. «Forse c'è. Per quanto tempo Ambrose e Pax staranno fuori?»

«Hanno detto che non sarebbero rientrati prima di sera, per non essere costretti ad ascoltare le mie rime fastidiose.»

«Eccellente.» Infilo il manoscritto al sicuro sotto il braccio e gli tendo una mano. «Vieni con me, ho un piano. Ma avremo bisogno di aiuto...»

9
BREE

«Bree? Edward? Siete qui? Io e Pax abbiamo fatto tutto il possibile nel nostro esilio obbligato. Possiamo entrare?»

La voce allegra di Ambrose risuona nella casa vuota. Metto giù il manoscritto. Dopo aver lavato le lenzuola di padre Bryne, aver chiamato l'ente di beneficenza per chiedere scusa per la sua brusca partenza, aver cancellato il resto delle prenotazioni sul sito del nostro B&B e aver fatto tutte le cose che dovevo fare oggi con Edward, mi sono seduta a leggere qualche capitolo. Sono stupita dalla genialità di Ambrose. Riusciva a rendere un'avventura, anche la più banale, un fantastico racconto di viaggio. È come essere al suo fianco. Non vedo l'ora di parlarne con lui.

Però prima...

Accanto a me, Edward diventa ancora più pallido, se mai è possibile. Mi avvicino e gli stringo la mano, infilando un po' le mie dita nelle sue. I suoi lineamenti si ammorbidiscono. Spero che, se sta vivendo un mio ricordo, sia un ricordo felice.

«Quante visualizzazioni abbiamo ora?» sussurra Edward.

Controllo il telefono. «Più di ventimila. Non posso crederci. Sei pronto?»

«No, ma oggi non si tratta di me.»

«Siamo nel salotto degli ospiti» dico ad alta voce, e mi dirigo verso il corridoio, mentre Edward mi segue con poco entusiasmo. Nemmeno io sto camminando con troppa energia, a dirla tutta. Siamo stati in giro tutto il giorno mentre gli altri due erano fuori, a parte un breve momento all'ora di pranzo, quando la fantasmaticità di Ambrose si è esaurita e lui è tornato a casa per venti minuti per ricaricarsi (abbiamo scoperto che se mi stanno vicini, i fantasmi possono allontanarsi un po' di più da Grimdale, e per un tempo un po' più lungo, da soli). Spero ne sia valsa la pena.

Pax tiene aperta la porta d'ingresso ad Ambrose, che svolazza proprio sopra la macchia scura di sangue secco sulle lastre di pietra. *Devo* davvero pulirla, ma oggi sono stata un po' distratta. Sono ancora molto stanca e, comunque, non abbiamo nuovi ospiti in arrivo. Può aspettare.

«Siamo andati al Museo Romano» spiega Ambrose, agitando le mani con entusiasmo. «C'era Alice, che lavorava alla sua mostra. Pax si è scusato per aver rotto la teca di vetro e ha aiutato gli operai a ripararla. E poi Alice gli ha permesso di sistemare le sue ossa.»

«Davvero?»

Pax annuisce. «È stato divertente. Sono uno scheletro davvero carino. Lo ha detto Alice. Mi ha raccontato un sacco di cose che sa sull'Antica Roma. E pensa che i romani siano molto fighi. Ha detto proprio così. Io sono molto figo! Gli dèi le sorrideranno.»

«Sono contenta che vi siate divertiti.» Prendo la mano di Ambrose. Le sue dita sfrigolano. «Vieni con me. Edward e io abbiamo qualcosa da mostrarti.»

Conduco Ambrose nella sala degli ospiti. Gli occhi di

Edward incontrano i miei e noto quanto è agitato. L'angolo della sua bocca si alza in un sorriso triste e rassegnato.

«Salve, amici» dice nel tono teatrale di chi è abituato a ospitare raffinati festini a base di oppio. «Io e Brianna abbiamo qualcosa da dirvi. Quando avremo finito, so già che comincerete a sventrarmi con forconi arrugginiti. Vi assicuro che non scapperò, né cercherò di contrattare sulla mia vita ultraterrena per ottenere la vostra pietà...»

«Ehi, sembra divertente» esclama Pax scrocchiandosi le nocche.

«Edward, va tutto bene?» chiede Ambrose, la voce piena di empatia. Edward arrossisce, e mi supplica con lo sguardo di prendere in mano la situazione.

Io fisso l'oggetto che è sul tavolo, e poi gli occhi tristi di Edward, scoprendo che non ho più voglia di arrabbiarmi con lui. Ha fatto quello che ha fatto perché è un uomo distrutto e imperfetto e perché, per la prima volta nella sua vita, aveva un vero amico e voleva tenerselo stretto. Non posso biasimarlo.

Ma non è a me che deve chiedere scusa, e non so cosa farà Ambrose quando lo scoprirà...

«Siediti» dico ad Ambrose, e non posso trattenermi. È già quasi l'ora di cena, ho dormito solo tre ore, e sono distrutta. Inizio a piangere. «Devo parlarti.»

«Ehm...» Ambrose si gira e allunga una mano dietro di sé, in cerca del divano. Si accontenta di librarsi a pochi centimetri dai cuscini. «Va tutto bene, Bree. Sono pronto per qualsiasi cosa tu voglia dirmi.»

«Devo accoltellare qualcuno?» chiede pieno di speranza Pax.

«No!» Rido, anche se mi scendono altre lacrime. «E questa è una buona notizia.»

«Ma perché stai piangendo?» chiede Ambrose con voce incerta.

Come ha fatto a notarlo? Pensavo di aver nascosto così bene le mie lacrime. Ma è ovvio che se ne sia accorto. È Ambrose. Presta attenzione a ciascun piccolo dettaglio. Ha a cuore ogni minima parte di me.

«Non tutte le lacrime sono tristi.» Mi tengo il telefono davanti al viso. Devo sbattere le palpebre diverse volte prima di riuscire a parlare. «Ti farò ascoltare un video.»

«Bene.»

Respiro a fondo e schiaccio il tasto play. Il video inizia: proviene dall'account del cimitero di Grimdale e ci sono io, davanti ai cancelli di ferro di Grimdale. Le riprese le sta facendo Edward, che mi dirige con tutta la passione di una madre che partecipa a un concorso, ma per fortuna non si vede nella registrazione.

Ambrose si china ad ascoltare.

«Poche persone hanno sentito parlare del più grande viaggiatore della storia» dice la Bree sullo schermo. «Ma io sono qui per cambiare le cose. Sono Bree Mortimer e il mio lavoro di guida qui al cimitero di Grimdale consiste nel riportare alla luce le storie importanti del nostro passato. Oggi voglio mostrarvi una delle mie tombe preferite.»

La telecamera mi segue mentre mi muovo nel cimitero, lungo il Viale dei Poeti. Passo accanto alle tombe decorate dell'élite londinese, poi mi fermo su una tomba senza tante pretese, incastrata tra quella di un poeta e quella di una famigerata cortigiana. Edward ha fatto un lavoro straordinario. Ci sono voluti alcuni tentativi, perché il telefono continuava a sfuggirgli dalle dita, ma io mi sono messa in tasca altri due pezzi di moldavite e questo lo ha aiutato a tenere fermo il telefono.

«Questa è la tomba di Ambrose Hulme, morto all'età di venticinque anni.» Sullo schermo, faccio un gesto verso la tomba. Ambrose trattiene il fiato. Gira la testa per ascoltare meglio. «Fin da giovane, Ambrose ha avuto la passione per l'avventura e ha sempre desiderato vedere e sperimentare il mondo al di là della verde e piacevole terra inglese. Per realizzare il suo sogno si arruolò nella Marina, ma a causa di una malattia perse la vista prima che la sua nave arrivasse alle Americhe, e fu rimandato a casa da invalido. All'epoca di Ambrose le persone cieche erano oggetto della pietà altrui e considerate un peso per la società, in quanto destinatarie del sussidio per i poveri, a meno che non potessero venire impiegate in lavori *utili,* che fossero in grado di svolgere. Di solito si trattava di accordatura di pianoforti o tessitura di cesti e tappeti. Ma quella non era la vita che voleva Ambrose Hulme.»

Ambrose sbatte le palpebre e le sue lunghe ciglia tremolano. Ha la bocca leggermente aperta, ma non parla. Il video prosegue.

«La perdita della vista non riuscì a domare la sete di avventura di Ambrose. Era determinato a vedere il mondo, ma quando fu chiaro che la sua cecità non gli avrebbe reso le cose facili, decise di rifuggire da ciò che la società riteneva essere appropriato per lui, e di mettere i suoi sogni al primo posto. Così lavorò e risparmiò finché non riuscì a contrattare un passaggio su una goletta e salpò, per poi girare Europa, Asia e Africa a piedi. Con pochi soldi e ancor meno vista, esplorò il mondo e calpestò siti antichi, mangiando cibi insoliti e deliziosi e incontrando persone meravigliose che rimasero affascinate dal suo coraggio silenzioso, motore della sua missione.

«Tra un viaggio e l'altro, l'eccentrico Ambrose era ospite della famiglia Van Wimple a Grimwood Manor, l'edificio proprio sopra la collina.» Sullo schermo indico la direzione della casa e Edward gira tremante la telecamera per riprenderla. «Trascorreva le giornate a Grimwood dove scriveva le sue memorie di viaggio. Il Braille non era ancora stato inventato, così Ambrose tracciava con cura le sue lettere usando penna e inchiostro e la guida di un telaio, come questo...»

Il video riprende Mina che scrive con l'ausilio di una cornice di cartone rigido attraversata da uno spago, che traccia le righe sulla pagina. Naturalmente, ho convinto Mina e Quoth a lavorare a questo progetto con me. Sono stati felicissimi di aiutarmi, soprattutto quando Edward ha spiegato loro, attraverso di me, cosa tutto ciò avrebbe potuto significare per Ambrose.

Accanto a me, Ambrose si irrigidisce.

Sullo schermo, io continuo. «Le memorie di Ambrose furono pubblicate nel 1879. Inizialmente furono un successo, ma la novità del viaggiatore cieco sbiadì presto, e i critici cominciarono a screditare le sue eloquenti parole, sostenendo che un cieco non avrebbe mai potuto scrivere con tanta autorevolezza e immaginazione. Il lavoro di Ambrose Hulme finì dimenticato e il suo libro andò fuori stampa.»

Qui Quoth ha aggiunto una transizione in dissolvenza e una musica triste, che fa sorridere Ambrose.

«Nonostante ciò, la brama di viaggi e di avventura di Ambrose non venne mai meno. Incassò le scarse *royalties* del suo libro e le usò per finanziarsi un viaggio in Russia, da dove cercò un passaggio verso la Siberia, e là venne accolto dai soldati dello zar. Questi non credettero che fosse un cieco che desiderava scoprire il mondo, e lo fecero giustiziare scambiandolo per una spia britannica. E così si concluse la vita di uno dei più straordinari esploratori del diciannovesimo secolo. Con la sua mente vivace e il suo spirito curioso ed energico, Ambrose batté il record di distanza intorno al globo percorsa da un uomo a piedi, e fu anche una delle primissime persone che viaggiarono per il puro piacere di farlo. Credo...» Sullo schermo la mia voce si fa incerta. «Credo che se fosse vivo oggi, sarebbe l'anima di ogni festa. E anche un amico meraviglioso.»

Ambrose siede rigido, le mani incrociate in grembo, ogni muscolo teso. Gli scendono grosse lacrime, che non fa nulla per asciugare.

«Iscrivetevi al mio canale per altri video sulla vita e la morte nel cimitero di Grimdale.» Saluto in direzione dello schermo. «E vi prego di spargere la voce sulle visite guidate in questo interessantissimo cimitero, compresa quella sulla vita di Ambrose Hulme.»

Il video va in loop e riparte dall'inizio. Lo metto in pausa. Non dico nulla.

«Bree... che cos'era?» Ambrose si gira verso di me, le guance rigate dal pianto.

«È un video che abbiamo girato per il profilo Instagram del cimitero di Grimdale» dico. «Parla di te.»

«Sì, questo l'ho capito, ma... quando l'hai fatto?»

«Oggi.» Mi chino in avanti e prendo dal tavolo il suo diario rilegato in pelle. «Edward mi ha aiutato a scrivere la sceneggiatura, e Mina e Quoth mi hanno aiutato a filmarlo e a montarlo. Sono molto più artistici di me. Sto pensando di assumerli per occuparsi a tempo pieno del progetto storico di Grimdale.»

Ambrose riluce di un tenue bagliore. Il suo filo d'argento si contrae e si tende verso l'oggetto che tengo tra le mani.

«Ma perché? Il progetto doveva riguardare le tombe più famose e importanti di Grimdale.»

«Perché? Perché tu sei *straordinario*, Ambrose. Sei meraviglioso, e nella tua prima vita nessuno ti ha mai apprezzato. Molti di noi passano l'esistenza a desiderare una seconda possibilità. Tu, invece, nonostante sia stato depauperato perché la gente non riusciva a vedere più in là della tua cecità e apprezzare la tua persona, non hai mai espresso tale desiderio. Ti sei sempre accontentato di ciò che avevi. Ebbene, oggi hai la tua seconda possibilità. Edward e io... vogliamo che chiunque, in tutto il mondo, conosca la tua storia. E sta funzionando, meglio di quanto avremmo mai potuto immaginare.»

«Bree, mi sta succedendo qualcosa.»

Ambrose si tiene il ventre, dove il filo d'argento tira e si srotola, per poi avvilupparsi tra di noi. Una luce argentea gli sgorga dagli occhi e dalle labbra aperte. Le lacrime sulle sue guance si trasformano in fiumi argentei e non credo di aver mai visto nulla di più meraviglioso.

Seguo il suo filo fino a quando non si tuffa nel mio petto e tira. Stringo i denti. Un dolore mi attraversa il corpo, ma stavolta sono pronta. Nel cuore mi ronza una paura nota: temo di non sapere cosa sto facendo, di mandare via Ambrose per sbaglio, invece di portarlo a me. Ma resisto.

Ora so chi sono.

«Ambrose, abbiamo tante cose da dirti.» Guardo Edward, il volto illuminato non dal solito sorriso di autocompiacimento, ma da un sorriso vero, genuino. Abbiamo avuto una giornata fantastica. «Abbiamo pubblicato questo video stamattina ed è già diventato virale. Ha avuto più di venticinquemila visualizzazioni. Centinaia di persone lo hanno commentato. Il signor Pitts dice che il telefono continua a squillare: sono persone che vogliono prenotare visite al cimitero. C'è anche qualcuno che vuole realizzare un documentario. E non è tutto...» Stringo i denti per il dolore mentre alzo il telefono per cliccare su un pulsante che porta a un altro sito. «Mina mi ha aiutato a creare questa pagina. Serve a raccogliere le prenotazioni per il tuo libro. Abbiamo già venduto ottantadue copie...»

«Quale libro?» Gli occhi di Ambrose si incupiscono. «Io non ce l'ho un libro.»

«Invece sì. Un libro di memorie sulle tue avventure.»

Il corpo di Ambrose brilla. Sembra turbato. «L'unica copia del mio manoscritto è andata bruciata, nell'incendio.»

Gli poso in grembo il volume rilegato in pelle. Lui sussulta sorpreso, il libro lo attraversa e finisce sul divano con un tonfo. Dovrei sentirmi almeno un po' in colpa, ma il filo d'argento ci avvolge sempre più stretti, e ora sento solo lui, con il suo amore per me che si estende attraverso il vuoto che ci separa.

«È il tuo libro» dichiara Edward rigido. «L'ho trovato nascosto nel pianoforte in soffitta. L'hai nascosto lì per custodirlo e te ne sei dimenticato. Ti ho visto che lo facevi prima di partire per il tuo viaggio in Russia.»

«Mi hai visto nascondere il libro?» Ambrose spalanca gli occhi e si allontana di scatto dall'oggetto, quasi avesse paura di esserne morso. «Quando ero vivo?»

«Sì, e avrei dovuto parlartene, ma non l'ho fatto.» Edward si fissa le scarpe. «Ho sbagliato. Avevo capito che se tu avessi avuto il libro, la tua questione in sospeso sarebbe stata completata, e tu saresti passato oltre, lasciandomi di nuovo tutto solo con Pax. E il soldato sarà anche un figo, ma...»

«Certo che sono un figo!» interviene Pax.

«Non è... cioè...» Edward tossicchia. «Io e lui abbiamo un altro tipo di amicizia, ecco. Io non volevo perdere te.»

Ambrose deglutisce. Tutto il suo corpo si illumina. «Capisco. Nemmeno io voglio perderti.»

«No, non capisci. Avrei dovuto dirtelo prima, il giorno in cui Brianna ha riportato in vita Pax! O anche prima. Avrei dovuto darti la possibilità di scegliere.»

«Non hai nulla di cui dispiacerti» dice Ambrose.

«Invece ho *tutto* di cui dispiacermi» si sfoga Edward. «All'inizio avevo paura di perderti, ma poi, ero solo invidioso. Pax era riuscito a toccare Brianna. Lui ha potuto stare con lei in tutti i modi in cui io la bramavo da quando è tornata da noi. Tutto ciò che ho desiderato in questi anni di esilio tra i vivi e i morti è il tipo di amore che avrebbe fatto di me un vero poeta. E ora quell'amore ce l'ho, però... non posso toccarlo. Non posso renderlo reale. Tutti i rapporti che ho avuto nella mia vita si basavano sul fatto che gli altri volevano qualcosa da me. I miei amici mi cercavano solo perché ero sempre in mezzo a festini, e facevo scorrere assenzio a fiumi. Tutte le mie contesse adoranti erano innamorate della mia lingua malvagia e dei trucchetti che poteva fare loro, ma non hanno mai conosciuto il mio cuore come lo conosce Brianna, come lo conoscete tu e Pax. Ho avuto tanto dalla vita, eppure sono riuscito a rovinare tutto. Quindi, ora che cosa potrei mai reputare così importante nella morte, che mi possa legare a questo luogo per l'eternità? Non c'è risposta a questa domanda. Perché la verità è che io non sono rimasto fantasma per una questione in sospeso, bensì perché questa deve essere la punizione finale per i miei peccati.»

Ambrose allunga una mano verso l'amico. «Oh, Edward, no...»

Edward indietreggia e continua a parlare. «Non dolerti per me. Ormai ho accettato la verità. Tuttavia, quando ho trovato il libro, sapevo che era lo strumento con il quale Brianna avrebbe potuto riportare in vita anche te, e non volevo rimanere solo. Non sarei stato abbastanza forte da sopportare quella tortura. E così l'ho tenuto nascosto. Ora però so che, se è per avere anche solo un assaggio dell'amore di Brianna, posso sopportare qualsiasi cosa. E così, voglio che tu abbia ciò che io non potrò mai avere. Non sono stato un buon amico, per nessuno di voi due. E me ne scuso. Per farmi perdonare, scriverò un poema epico che immortali la mia sofferenza...»

«No!» urliamo all'unisono io, Pax e Ambrose.

La stanza scompare dalla mia vista, e io sono avvolta dalla luce argentata. La stretta al petto diventa insopportabile e mi manca il respiro. Ma continuo a tenere duro, continuo a tenere stretto il filo d'argento che lega Ambrose a me e al mondo dei

Viventi. La luce lo accoglie dentro di sé, lo avvolge nella mia magia, e la sua vita mi scorre tra le dita, decenni di tempo non vissuto che ancora lo aspettano...

«Grazie, amico mio.» Gli occhi di Ambrose si riempiono di lacrime che rilucono sotto le stelle. «Grazie per questo dono. Grazie per non avermelo detto prima, quando nei miei giorni più bui avrei potuto scegliere di lasciare questo posto per sempre. Non avrei mai incontrato Bree, e non avrei mai avuto questo momento, con te. Grazie... grazie al cielo, però ora mi sento strano... e all'improvviso qui è tutto luminoso...»

Ambrose allunga una mano verso Edward, avvolto dalla luce argentata. Mentre si muove, la luce si muove con lui, e lo strattona...

«Io...» Edward distoglie lo sguardo. Le sue spalle tremolano e vedo che sta lottando per trattenere le emozioni. Ma quando si volta verso Ambrose, sfoggia uno dei suoi tipici sorrisi. «Ambrose, l'argento ti sta divinamente.»

Pax ride. Io invece non ci riesco, perché il filo di Ambrose mi tira così forte che mi toglie il respiro.

Lui si china con cautela, a sfiorare il libro con le dita.

«Bree...» I suoi occhi si chiudono, le lunghe ciglia si abbassano. «Riesco a sentire il libro. Lo sento *davvero*. Deve essere un sogno. Non può essere reale. Però io sono un fantasma, e i fantasmi non sognano.»

«È tutto vero.» Sorrido e il filo si tende, fino a farmi annegare nella luce. Ricaccio indietro la paura. *Ora so cosa sono.* «E presto anche tu sarai reale.»

«Io...» Ambrose china la testa e afferra il filo. «Mi sento strano.»

Mi avvicino, come avevo fatto con Pax. E appoggio le labbra alle sue. Questa volta, quando sento il filo che ci avvolge, non cerco di opporre resistenza. Ho ancora il terrore di fare qualcosa di sbagliato e di perdere Ambrose per sempre, ma le sue labbra sono amorevoli e fiduciose.

La luce brilla e risplende, finché Grimwood, Edward e Pax scompaiono del tutto, e non esiste più nulla se non io e Ambrose, e questa forza che mi tira il cuore, mentre la corda si snoda, e si snoda, e si snoda, e...

E poi un corpo sodo e caldo preme contro di me, e le labbra che mi divorano sono dolci, morbide e *reali*.

«Bree?» Gli occhi di Ambrose si riempiono di meraviglia.

«Ambrose.»

Da vivo è ancora più bello. I suoi capelli sono fili di luce stellare e i suoi occhi azzurri danzano, pieni di bricconeria. Ma è il suo profumo a catturarmi: il profumo fresco, zuccherino e solare di un'avventura mediterranea che mi fa girare la testa per la sua vividezza.

Ambrose si porta una mano alla guancia e si tocca la pelle non più trasparente. Poi avvicina le dita alla mia guancia, e mi accarezza la mascella con il pollice. Bagna il dito sulle mie labbra e il suo volto si accende di un sorriso squisito.

«Sono vivo» sussurra.

«E lo stato di Vivente ti dona un sacco!»

Mi si gonfia il cuore.

Ce l'ho fatta.

Ce l'ho fatta e Ambrose è qui con me, *vivo*. Non è l'unico a cui viene data una seconda possibilità.

Il filo che gli esce dal petto non è più tutto argentato, ma brilla di un bagliore blu, come quello di Pax. Mi chiedo se la luce blu indichi che qualcuno ha subito la magia della resurrezione.

Ambrose mi mette una mano intorno al collo e mi cattura in un altro bacio radioso. Quando ci stacchiamo per prendere aria, continua a stringermi forte. Gli premo la testa sul petto e ascolto il battito del suo cuore.

«Ti sento... mi sento...» sussurra. «Incredibile. È semplicemente incredibile.»

Mi tiro un po' indietro, in modo da guardalo per bene, e tocco il bel tessuto morbido della sua redingote. «Cos'è la prima cosa che vuoi fare?»

«Posso baciarti ancora un po'?» Sembra un cucciolo eccitato.

Rido. «È proprio quello che ha fatto Pax. Ma dopo il bacio?»

«Voglio...» Gli occhi di Ambrose si illuminano. «Salire su un aereo! No, mangiare un gelato. No, nuotare nell'oceano. No, accarezzare Moon...»

«Miao!»

Moon salta fuori da un angolo buio e sfreccia via.

Rido. «Una cosa alla volta. Anche a me piacerebbe partire per un'avventura con te, però devo restare a fare da custode a Grimdale. Non me la sentirei di andare via da qui finché non avremo la certezza che Jack lo Squartatore sia davvero scomparso. E dovremo aspettare che Moon stia ferma abbastanza a lungo, per accarezzarla. Ma la faccenda del gelato, quella possiamo di sicuro risolverla.»

«Sono vivo!» Ambrose mi prende le mani e mi fa danzare in un cerchio vertiginoso, senza preoccuparsi affatto quando va a sbattere contro un tavolino e fa cadere a terra la collezione di statuine di Peter Rabbit di mia madre. La luce blu del suo filo d'argento pulsa gioiosa. «Sono vivo, e ora andremo a mangiare un gelato...»

Viene interrotto da un pesante tonfo alla porta d'ingresso.

«Chi è?» scatta Edward. «Sarà meglio che non sia Ozzy, che ha deciso di imparare a suonare la batteria.»

«SQUEAK!»

BANG-BANG-BANG.

«Ti giuro, pipistrello» Edward agita un pugno in aria, «che se avessi arti corporei e poteri magici, ti costringerei a frequentare attori per l'eternità, e ti lancerei una maledizione per la quale ti troveresti a entrare in stanze dove tutti ridono, ma nessuno ti dice perché. Ah, e poi farei anche in modo che per tutta l'eternità tu sottoscrivessi fastidiosi abbonamenti a immagini in movimento, da cui poi non riusciresti più a cancellarti...»

Le sue vuote minacce cessano quando una voce familiare risuona nella casa.

«Yuhuuu, Bree cara. Siamo a casaaaaa!»

IO

BREE

«Mamma?»

Strizzo gli occhi. Non può essere. Non ora. Non quando ho un ospite del B&B che è scomparso, e una macchia di sangue sul pavimento che non ho ancora pulito.

E Ambrose...

Gli lancio un'occhiata. Si è immobilizzato, la sua gioia per essere diventato umano trasformata in terrore. Mi tende una mano tremante. «I tuoi genitori» sussurra.

Barcollo all'indietro, e pesto Benjamin Bunny.

«Finalmente conoscerò i genitori di Bree!» Pax saltella eccitato, e fa vibrare tutti i mobili.

Oh no, oh no no no no no...

Mi lascio prendere dal panico poiché mi rendo conto che i miei stanno per incontrare due fantasmi appena riportati in vita, i quali non hanno idea di come comportarsi nel mondo moderno. Figuriamoci se sanno come ci si comporta di fronte a dei *genitori*. Almeno Ambrose ha maniere perfette, anche se un po' all'antica. Ma Pax...

«No, aspetta...»

Ma non c'è modo di frenare il mio eccitabile soldato, che salta fuori da dietro la porta, sbatacchiando i sandali di cuoio.

Edward mi guarda con una sorta di pietà. «Credo che dovresti bloccarlo, prima che sfidi tuo padre a un incontro di braccio di ferro.»

«Grazie, Capitan Ovvio.»

Gli corro dietro, ma poi sento uno schianto dietro di me, seguito da un mesto: «Ops, perdincibacco! Spero non fosse la statuetta preferita di Sylvie.» Fantastico. Avevo dimenticato che ora Ambrose non può più attraversare gli oggetti che non vede. Torno indietro di corsa, lo afferro per un braccio e me lo trascino dietro, mentre lui agita con frenesia il bastone intorno alle caviglie, nel tentativo di costruire in fretta una mappa del luogo dove si trova.

Ma è troppo tardi. Prima che arrivi al pianerottolo, la voce di Pax tuona nell'ingresso.

«Mike! Sylvie! Sono Pax, il ragazzo di Bree. Vedo che gli dèi hanno benedetto il vostro viaggio. Avete marciato per molti giorni? Avete visitato Roma? Avete per caso sentito dire di soldati che siano stati salariati per il loro servizio...»

«Mamma, papà!» urlo, nella speranza di interrompere Pax. Corro giù per le scale, trascinandomi dietro Ambrose. «Siete tornati! *Perché* siete tornati?»

Loro si scambiano uno sguardo. Sono ancora fermi sulla porta, bloccati dalla mole di Pax. Mia madre indossa dei pinocchietti e una maglietta bianca con la scritta *I LOVE PARIS* e ha un cuscino da viaggio intorno al collo. Mio padre, invece, indossa la sua maglietta preferita del concerto degli Who e ha un'espressione di totale smarrimento. Tiene una mano stretta al petto, come fa di solito ora che ha il Parkinson.

«Ehi, dolce Bree! Anche noi siamo contentissimi di vederti» dice tutto allegro.

«Sì, ma non volevo dire questo. È solo che non vi aspettavo

a casa ancora per qualche altra settimana.» (Cioè una volta messa a posto la mia vita e dopo essermi assicurata che Jack lo Squartatore non tornerà in preda a una furia omicida).

«Oh, beh, con tutti gli omicidi e i disordini che ci sono stati a Grimdale, volevamo assicurarci che tu stessi bene» sbotta mia madre, che avanza e posa la valigia proprio sopra la macchia di sangue. «Inoltre, tuo padre doveva tornare in tempo per il Festival degli Ortaggi Giganti. Hanno dovuto anticipare la data di qualche settimana perché quest'anno i lamponi sono maturati prima.»

«Eh?»

Cerco di capire.

«Il Festival degli Ortaggi Giganti di Grimdale, no?» spiega mio padre con un sorriso. «È il motivo per cui ti sei presa cura dei cetrioli nella serra e li hai annaffiati con regolarità.»

Cetrioli? Serra? Abbiamo una serra?

Papà si accorge della mia espressione assente. «Dolce Bree, li hai annaffiati i miei cetrioli, vero? Mi ero raccomandato con tua madre di assicurarsi che tu sapessi che hanno bisogno di almeno due litri d'acqua al giorno, e di essere fertilizzati con regolarità...»

«Oh, ehm...» Alle spalle di papà, mia madre mi rivolge un'espressione disperata che dice: *Ero così distratta dall'assicurarmi di aver messo in valigia le scarpe giuste che ho dimenticato di dirti dei cetrioli. Ti prego, salvami dalla sua ira.*

Così metto le braccia intorno al collo di mio padre e lo stringo forte.

«Sono così felice che tu sia a casa» sussurro, nascondendo il viso nella sua spalla. Per un attimo mi dimentico di preti morti, mostri, fantasmi e cetrioli. Appena inalo il familiare profumo di bosco di papà, mi tornano in mente le mie preoccupazioni, le ferite e l'amore. Non lo abbraccio da cinque lunghissimi anni, e ha sempre lo stesso odore.

Lui tende le braccia per ricambiare, e anche il suo tocco è sempre lo stesso. Lo sento un po' più vecchio, un po' più magro, ma sempre lo stesso uomo che mi ha baciato le ginocchia sbucciate, mi ha aiutato con i miei lavoretti per la fiera della scienza e ha preso parte a ogni sciocco evento organizzato a Grimdale. È sempre il mio papà. La malattia non gli ha tolto tutto.

«Mi sei mancata, dolce Bree» mi sussurra tra i capelli.

«Anche tu.» Deglutisco, cercando di non piangere. Fino a ora non mi ero resa conto di quanto mi fosse mancato.

Mia madre ci abbraccia entrambi. Il suo profumo si mescola a quello di papà: speziato e fruttato, arricchito da uno sconosciuto profumo italiano. Dei braccialetti d'argento le tintinnano sul polso e la sua espressione severa si addolcisce quando mi bacia la sommità della testa.

«È bello vedere che non hai bruciato casa» dice tirandosi indietro. Mia madre non è mai stata molto propensa ai sentimentalismi quando ha una lista di cose da fare che le frulla in testa. «Ora, dimmi, al Goat fanno ancora il pasticcio di rognone? Perché dopo tutto questo cibo straniero, la cosa che desidero di più per cena è un buon pasticcio di carne vecchio stile.»

«Oh, sì. Possiamo mangiare pasticcio di carne?» Pax flette i muscoli. «Secondo la scatola delle immagini che si muovono, la carne fa bene ai muscoli.»

«Non mangio pasticcio di carne da centoquarant'anni» dice Ambrose entusiasta, dalla cima delle scale.

«Almeno tu ne hai assaggiato uno» si intromette Edward infastidito. «Quando ero vivo io, era tutto un fagiano tartufato e una lepre ripiena di pane bianco e frutta candita.»

«Andremo al pub» dichiara Pax. «Porterò Ambrose in braccio, così non inciamperà lungo la strada. E banchetteremo fino a notte fonda, mentre Sylvie e Mike ci racconteranno le loro avventure e dei nemici che hanno ucciso.»

«Come, scusa?» Mia madre squadra Pax e aggrotta le sopracciglia, quindi posa lo sguardo su Ambrose. «E tu, chi sei?»

Oh, dèi del cielo, ci siamo. Mi schiarisco la gola, pregando in silenzio i due ex fantasmi di comportarsi bene. «Questo è Pax. E quello sulle scale è Ambrose.»

«Piacere di conoscerla.» Ambrose fa un piccolo inchino. Si aggrappa alla balaustra con così tanta forza che gli si sbiancano le nocche, e sembra un po' pietrificato. «Verrei a stringerle la mano, ma mi è caduto il bastone, ho dimenticato dov'è posizionata la poltrona, e non voglio rompere altre statuette...»

«Aspetta, quali statuette si sono rotte?» Mia madre sposta lo sguardo su di me.

«Oh, ah, no, no, nessuna. Non preoccuparti. Ambrose è cieco e in questo momento è un po' insicuro» dico. «Forza, accomodatevi. Ora gli trovo il bastone e...»

«Sì, ma cosa ci fanno qui lui e questo gigante rozzo?» Mia madre dilata le narici. «Ambrose, a dire il vero, è vestito con una redingote piuttosto elegante. Ma... state andando a una festa? Chi dei due è il tuo più uno? L'altro è quello di Dani? Sapevo che avremmo dovuto chiamare prima, ma tuo padre voleva farti una sorpresa. Tranquilli, non cambiate programmi per questi due vecchi!»

«Siamo entrambi i più uno di Bree» dice Pax con orgoglio. «Siamo i suoi fidanzati.»

La mamma si volta verso di me con un'occhiata tagliente. «Tutti e due? Non credi che sia un po'... esagerato?»

«No, noi... cioè, loro...» Cerco le parole. A volte è difficile starle dietro. «Non stiamo insieme. Sono solo amici, dai miei viaggi. Sì, ecco: amici che ho conosciuto all'estero. Sono a

Grimdale per un po', quindi usciamo insieme, e alloggiano nelle stanze degli ospiti inutilizzate. Tutto qui. Solo amici.»

Pax si incupisce. Spero che mia madre sia troppo presa dalla redingote di Ambrose per accorgersene.

«E io sono Edward, Principe del Regno, vostro *Signore e Padrone*.» Edward si presenta con il suo tono spensierato, scendendo le scale.

«Cosa hai detto, dolce Bree?» Mio padre sembra confuso.

Ho le tasche piene di moldavite: ovvio che sentano Edward. Di male in peggio!

«Mi chiedevo se vi siete stufati di mangiare *panettone al mascarpone*» replico pronta. «Perché ne ho giusto un po'. Potremmo mangiare quello, per cena. Così non serve uscire.»

Papà fa una smorfia. «Ti prego, basta mascarpone! Dopo l'Italia, mi sembra di avere blocchi di mascarpone che mi viaggiano per le arterie.»

«E comunque, non serve che tu ti dia da fare per noi» dice mia madre agitando una mano. «Potremmo mangiare qualcosina fuori, e andare a letto presto. Anche se ci piacerebbe conoscere i tuoi non-fidanzati. Siamo appena stati a Innsbruck, in Austria. Davvero noiosa: tutta salsicce e riciclo. E pochi uomini italiani sexy, per i miei gusti.»

Edward piazza una mano davanti al viso di mia madre, le nocche rivolte verso l'alto. «Hai il permesso di chinarti, e l'anello *baciare*.»

«Siete andati a *pescare*?» chiedo rapida, quando vedo la faccia perplessa di mia madre. «Ho sentito dire che a Innsbruck si pesca bene.»

«In... Austria?» Mio padre sembra confuso. «L'Austria non è sul mare. Stai bene, tesoro?»

«Non fare storie, Mike» lo rimprovera mia madre. «Bree è ancora scossa da tutti gli omicidi. Altrimenti come te li spieghi, tutti questi ragazzi per casa, e quella chioma, che sembra non si pettini da giorni?»

Beh, è proprio così.

«Ehi, dov'è finito il tappeto?» chiede corrucciato mio padre mentre prende in mano la valigia di mamma. «Me l'aveva dato Albert dieci anni fa, in cambio di una vasca per uccellini fatta a mano. L'hai spostato tu? E cos'è questa macchia sul pavimento?»

«Oh, ehm, è un daiquiri al lampone» dico rapida. «Io e Dani abbiamo dato una festa, che però si è fatta un po' troppo movimentata.»

«Spero che non abbiate fatto troppo rumore» mi ammonisce mia madre. «Dobbiamo pensare al nostro ospite. Probabilmente a padre Bryne non piace la vostra musica death rock.»

«È heavy metal, mamma, e padre Bryne è andato via prima del previsto. È stato chiamato per un'importante questione ecclesiastica. Ho rimesso in ordine la stanza.» *E spero di aver eliminato ogni prova che un fantasma cieco gli abbia accidentalmente sparato nell'atrio.* «Farò pulire le pietre da qualche professionista specializzato, non appena...»

«Non preoccuparti» dice mio padre con un sorriso. «A me piace. Dà l'impressione che sia successo qualcosa di interessante.»

Non sai quanto.

«Mike, non essere ridicolo. I nostri ospiti non vogliono vedere un'enorme macchia rossa appena varcano la porta. Sembra che uno degli omicidi di Grimdale sia avvenuto proprio qui.» Mia madre aggrotta la fronte. «La faremo pulire questa settimana. Ora... Pax, giusto? Se hai voglia di renderti utile, ho diverse valigie da portare dentro. E, Ambrose, tu puoi scendere dalle scale e aiutare Mike a preparare una tazza di tè per tutti.

Sarai anche cieco, ma hai due braccia che funzionano. Brianna, sarà meglio che gli porti il bastone e che la smetti di fare quelle facce spazientite quando pensi che io non ti stia guardando...»

II

BREE

Vengo strappata al sonno da Entwhistle che mi batte sugli occhi e da un disperato, irrefrenabile bisogno di caffè. Do un'occhiata al telefono: 10:14, un orario più che rispettabile, per alzarsi. Mi trascino fuori dal letto. Questa volta sono sola: Edward se n'è andato tutto imbronciato nel suo boudoir e io sono riuscita a convincere Pax e Ambrose a condividere una delle altre stanze degli ospiti, per sostenere la storia che ho raccontato a mia madre, cioè che sono amici che ho conosciuto durante i miei viaggi e che sarebbero stati qui da noi per un po'. Ambrose sembrava davvero affranto quando le nostre strade si sono separate, ma non sono ancora pronta a svelare ai miei genitori i miei intrallazzi con il mio principe fantasma del diciassettesimo secolo e i due ex spiriti. Dalla cucina mi arriva un delizioso profumo familiare, e lo seguo.

In fondo al corridoio si apre una porta. Pax esce a passo di marcia, vestito in un paio di jeans grigio scuri e una maglietta nera che mette in evidenza gli enormi muscoli del petto e delle spalle. Si trascina dietro Ambrose, costretto a indossare il vestito che indossa da centocinquant'anni, perché nella concitazione di ieri io e Edward ci siamo dimenticati di comprargli qualcosa da mettere. Il povero Ambrose cerca di usare il suo bastone per schivare i vari mobili di seconda mano che mio padre ha dipinto di colori vivaci, ma Pax è troppo eccitato per rallentare e aspettarlo. Con il delizioso profumino che invade tutta la casa, non lo biasimo.

Mi accodo a loro e ci dirigiamo verso la cucina. Mia madre è ai fornelli, che gira pancetta e salsicce nella padella. Accanto a lei, mio padre imburra il pane tostato. Non riesco ancora a credere che siano qui, in carne e ossa.

«Muoio dalla voglia di una Full English» dice mio padre posando una ciotola. È strapiena di *baked beans*. «In Norvegia si mangiavano solo aringhe a colazione, pranzo e cena. Muoio dalla voglia di fagioli, frittelle di patate e sanguinaccio.»

«Sto morendo di fame.» Pax fa il giro del tavolo e si riempie il piatto.

Io ne prendo uno per Ambrose. «Cosa vuoi? C'è bacon, frittelle di patate, baked beans, pomodori fritti, sanguinaccio...»

«Sì.»

«E che ne dici di un...»

«*Sì*» dice con veemenza.

Sorridendo, gli riempio il piatto, poi gli preparo una tazza di caffè e lo dirigo verso una sedia tra Pax e mio padre. Deve fare un paio di tentativi per ricordare come si usano coltello e forchetta, ma i miei sono troppo impegnati a bisbigliare tra loro per accorgersene. Io preparo la mia porzione, mi verso un enorme caffè energizzante e mi siedo accanto a loro, nell'attesa che mia madre cominci a snocciolare un elenco di lavoretti che i nostri strani ospiti potrebbero fare in casa, ma hanno ancora la testa china e bisbigliano qualcosa con aria tesa.

«Mamma? Papà?»

Ho un tuffo al cuore quando entrambi si girano verso di me, con un'espressione colpevole. È *esattamente* l'espressione che avevano quando mi hanno telefonato per rivelarmi la diagnosi di Parkinson di mio padre.

A me cade la forchetta. «Beh? Che c'è adesso?»

«Niente!» risponde mia madre, giuliva. «Prendi altri fagioli...»

«Mamma, c'è qualcosa che non va.»

«Non dovremmo parlarne in presenza degli ospiti.»

«Penso che i fidanzati di Bree possano farcela, Syl» dice mio padre.

«Non sono i miei fidanzati» replico pronta.

«Dovremmo dirglielo e basta, Syl» sbotta papà con una smorfia. «Bree deve sapere.»

Si scambiano un altro lungo sguardo significativo.

«Sapere cosa?» gracchio.

Mia madre appoggia la schiena, e stringe così tanto la tazza di caffè che le nocche le diventano bianche. «Tesoro, abbiamo delle novità. Io e tuo padre abbiamo deciso di vendere Grimwood Manor.»

12

BREE

All'inizio le parole non hanno alcun senso. È come se all'improvviso mia madre avesse iniziato a parlare in basco, o in accadico antico. Mi faccio rotolare le sillabe sulla lingua, cercando di decodificarne il significato.

Ma poi mi rendo conto. E sarei disposta a fare qualsiasi cosa per tornare a quei pochi e beati momenti di ignoranza.

Accanto a me, Ambrose si irrigidisce. «Davvero volete sbarazzarvi di Grimwood?»

«È uno scherzo, vero?» Pax si mette le mani sulla pancia. «Fate finta di volervi sbarazzare della vecchia casa, ma in realtà farete entrare una troupe per una storia di quelle immagini che si muovono, così che diano una bella rinnovata al posto. Ah, ah, che ridere. Siete dei veri burloni.»

Ma la risata di Pax non gli illumina gli occhi. Lo sguardo con cui mi osserva è al contempo disperato e speranzoso, come se io avessi il potere di far cambiare idea ai miei genitori.

«Ma... ma perché?» Panico puro mi riempie il petto.

«Non mi aspettavo che fosse un problema, per te.» Mia madre si allunga sul tavolo per afferrarmi una mano, ma io la scosto.

«Per noi questa casa è troppo grande, dolce Bree» dice mio padre. «Ci sono tante riparazioni da fare, le luci sfarfallano in modo terribile e, per quanto puliamo, c'è sempre polvere dappertutto. Inoltre, gli ospiti stanno diventando più esigenti. Presenti esclusi, ovvio.»

«Le luci sono a posto.» Lancio un'occhiata a Edward, che almeno ha il coraggio di sembrare mortificato.

«Non sono solo le luci.» Mia madre alza gli occhi al soffitto mentre beve un altro sorso di caffè. «Gestire il B&B è un lavoro duro, e noi stiamo invecchiando. Vorremmo fare altre cose nella vita, invece di starcene qui a Grimdale tutto l'anno. E con il Parkinson, per tuo padre sarà più difficile fare i lavoretti che servono per tenere in piedi questa vecchia casa.»

«Potrei aiutare io» dico. «È quello che ho fatto per tutta l'estate. Me la sono cavata benissimo da sola.»

«Non vogliamo chiederti di abbandonare la tua vita e di tornare a Grimdale in pianta stabile.» Mia madre sta perdendo la pazienza. Lei e papà hanno già preso questa decisione e vuole solo che io mi dichiari d'accordo. Praticamente le vedo negli occhi la lista di cose da fare che ha già preparato. *Punto 1. Dire a Bree della vendita della casa. Punto 2. Cucinare altra pancetta, dato che il tizio enorme con la maglietta nera l'ha mangiata tutta. Punto 3. Rimuovere la misteriosa macchia sulle piastrelle dell'ingresso...*

«Quindi, deciso? Venderete la nostra casa? Ma appartiene alla famiglia da generazioni. Te l'ha lasciata tua nonna. Sarà un po' come calpestare la sua eredità, rinunciare al tuo sacro dovere di...»

«È solo una casa» sbotta mia madre. «Nonna Elsie sapeva che avrei fatto ciò che era meglio per la famiglia. Nel testamento ha persino lasciato istruzioni su alcuni protocolli che desiderava fossero seguiti, in caso di vendita.»

«Non è *solo* una casa.» Gli occhi mi pizzicano per le lacrime. «Sono cresciuta qui. Tutti i miei ricordi sono qui.»

Tutta la mia vita con i fantasmi è *qui*. E c'è la piccola questione di Jack lo Squartatore e dell'Ordine della Nobile Morte, che ci stanno dando la caccia. Devo assicurarmi che non tornino, ma come posso farlo, se cambiamo casa?

E se non riuscissi a capire come riportare indietro Edward? E se non tornassimo mai più a Grimdale? E se andassimo in un posto in cui lui non può venire?

Guardo Edward. Nei suoi occhi si agitano tempeste scure, perché anche lui ha lo stesso mio pensiero. Pax batte le dita sul tavolo, con un'espressione infelice perché non riesce a pensare a una soluzione. Ambrose non gli presta attenzione. È troppo concentrato sulla sua prima colazione da vivo in centocinquant'anni. La sua forchetta si libra incerta sul piatto, ma io non riesco a trovare le energie per aiutarlo.

«Non sapevamo che fossi così affezionata a Grimwood, dolce Bree.» Mio padre si avvicina e prende la mano di mamma. «Non desideravi altro che andartene da questa casa e dalla città, e sei stata via per cinque anni. Pensavamo che tu...»

«Oh, per tutti gli dèi!» grida Ambrose.

«Che succede?» Mi giro di scatto. Ha la forchetta che gli penzola dalla bocca e gli occhi lucidi.

«Mi hai spaventata!» esclama mia madre, una mano stretta al petto.

«Mi sono versato il tè addosso» dice mio padre prendendo un panno per pulirsi la camicia.

«Chiedo scusa.» Ambrose sorride imbarazzato e infilza un'altra salsiccia. «È che questo cibo è semplicemente *divino*.»

Io mi alzo dalla sedia. «Devo andare.»

«Dolce Bree, non fare così. Parliamone.» Papà mi guarda con occhi enormi. Ha un'espressione sciocca, come quella che mi faceva quando ero piccola, e che non mancava mai di rallegrarmi.

Questa volta non funziona.

Mi giro e mi avvio verso il giardino.

«PERCHÉ MI STATE SEGUENDO?» ringhio a uno spirito e a due ex fantasmi mentre mi inoltro negli orti di Grimwood infestati da erbacce. I bordi rialzati delle aiuole si trovano proprio ai margini del bosco. Nel corso degli anni, la natura si è insinuata per reclamarli. I rampicanti si avviluppano intorno alle aiuole, spaccano le fioriere di pietra e serpeggiano nella giungla di erbacce tra le piante di digitale che vi hanno preso dimora. Radici spuntano tra i ciottoli dei sentieri, creando una superficie irregolare che rende tutto piuttosto difficile per Ambrose. Cammina battendo a terra il bastone, tutto accigliato. Pax lo prende sottobraccio e lo conduce verso di me, mentre Edward si allontana con un'espressione imbronciata sui lineamenti troppo belli.

«Perché sei arrabbiata» risponde Ambrose.

«Perché non hai un orgasmo da almeno dodici ore» aggiunge Edward.

«Perché devi dirmi chi devo accoltellare per risolvere le cose» replica Pax incrociando le braccia sul petto possente.

«Non si accoltella nessuno» replico subito.

È troppo. È tutto troppo. Pensavo che dopo la confessione di padre Bryne e quella parola, *Lazzaro*, le cose sarebbero andate meglio. Ora ho un nome, ma il nome non significa nulla: ancora non riesco a capire i miei poteri, Pax per poco non moriva, e non so se lo Squartatore può ancora tornare. E come se non bastasse, ora sto anche per perdere Grimwood, proprio quando avevo capito che era il mio posto...

Sprofondo in un'aiuola ricoperta di digitale, e scruto la casa.

Per la maggior parte delle persone, Grimwood è un maniero spaventoso, freddo e inquietante. Per me, è il luogo in cui mi sono sempre sentita al sicuro. Anche quando ero dall'altra parte del mondo, Grimwood e i suoi fantasmi mi chiamavano, tenendomi legata al passato, alla mia famiglia, ai miei segreti.

Per tutta la vita mi sono raccontata una storia sul perché me ne fossi andata, una storia che mi sono ripetuta così tante volte da finire per crederla vera. Avevo lasciato Grimdale perché volevo la possibilità di essere normale.

Ed è in parte così, anche se non è mai stata tutta la verità. Me ne ero andata per tenere *al sicuro* la mia casa. Al sicuro da me e dai miei strani poteri. Al sicuro da me che faccio del male alle persone che amo, come è successo con i fantasmi: li ho feriti al punto che mi hanno abbandonata.

Se i miei genitori la vendono, non avrò più una casa.

Il pensiero è più spaventoso che la prospettiva di affrontare un serial killer vittoriano risorto.

«So che è sconvolgente, ma c'è sempre un modo positivo di vedere le cose. Noi non siamo più legati alla casa» dice Ambrose nel tentativo di confortarmi. «Casa può essere qualsiasi luogo dove si appoggi la testa. Ovunque tu voglia andare, insieme a te noi saremo una nuova casa.»

«Parla per te» borbotta Edward.

In un altro momento, il suggerimento di Ambrose avrebbe allietato la mia anima vagabonda. Ora, invece, guardo alla mia destra, verso il cimitero, dove solo due notti fa ho accoltellato Jack lo Squartatore e seppellito il corpo di padre Bryne nella tomba di un altro uomo. Penso a Vera e a Penny Hatterly, e so che per quanto veloce o lontano io possa correre, non impedirò all'Ordine della Nobile Morte di trovarmi.

Ma Ambrose è ancora fisso sulla sua idea. Cammina su e giù per il giardino, il bastone che oscilla come un pazzo davanti a lui, e che si va a impigliare nelle erbacce. «Con abbastanza moldavite, potremmo portare Edward ovunque con noi, no? Andremmo in Egitto, o nel selvaggio West, o in quel posto a Bali di cui mi parlavi. Potremmo berci un cocktail sulla spiaggia e... ehi, cos'è questo?»

Il suo bastone sbatte contro un oggetto metallico. Mi volto a guardare e sono quasi accecata dal sole che si riflette su una superficie piatta. È... vetro?

Mi avvicino incespicando e rimuovo alcune erbacce, a rivelare diversi pezzi di vetro sporco, incorniciato in una struttura metallica. Il resto è sepolto dalle erbacce e dai rampicanti. «Questa deve essere la serra di cui parlava mio padre, quella dove coltiva i cetrioli. Non posso credere che ci sia qualcosa da coltivare, qui.»

Cerco di spingere la porta, ma è invasa dalle erbacce. Pax mi solleva e mi sposta da una parte, cosa che la femminista arrabbiata che è in me non approverebbe, se non fosse che osservarlo aggredire le erbacce è piuttosto eccitante.

Edward gira la testa di lato e sorride mentre osserva Pax che strappa l'erba a mani nude. «Sarà anche fastidioso, ma è un esemplare splendido.»

«Sì, sì, vero.»

Pax si sbarazza delle erbacce e spalanca la porta della serra. Io, Edward e Ambrose entriamo dietro di lui. Con mia sorpresa, l'interno si rivela abbastanza ordinato. Papà deve averla ripulita prima di iniziare il suo esperimento con gli ortaggi giganti. Qualche erbaccia è cresciuta sotto, ma la maggior parte dello spazio è occupato da due aiuole rialzate, piene di piante di cetriolo.

Nella prima aiuola ci sono cetrioli di dimensioni normali, ma dato che non sapevo della loro esistenza, sono cresciuti troppo per essere ancora buoni. Molti sono stati beccati dagli uccelli o rosicchiati dagli insetti.

Al centro della serra, però, c'è uno spettacolo straordinario:

un cetriolo enorme, grande quanto un bassotto (e più o meno della stessa forma).

È magnifico. È il cetriolo più grande che abbia mai visto, compreso quello che Pax porta sotto la tunica...

Ehm, lasciamo perdere.

Purtroppo, anche questo è in cattive condizioni. La buccia ha iniziato a raggrinzirsi e le foglie della pianta si sono rinsecchite e sono diventate marroni.

La mia bocca si fa secca.

Mio padre deve averci lavorato tanto e io l'ho lasciato morire. Come farò a dirgli...

Aspetta, cos'è quello?

Mi avvicino al grosso ortaggio e ne tocco la superficie. Un flebile filo d'argento si snoda sulla buccia raggrinzita. È simile a quelli che provengono dai fantasmi e dalle persone, anche se è molto meno luminoso.

Lo afferro. Lo sento appena, ma chiudo gli occhi e mi concentro. Chiudo le dita e do un piccolo strattone.

«Brianna, che stai facendo?» chiede con dolcezza Edward.

Non so spiegarlo, ma qualcosa dentro di me si muove quando stringo quel filo. Un calore mi si diffonde dal petto alle braccia, e poi alle dita. Mi sento formicolare dappertutto, come se avessi appena attraversato un fantasma.

«Per le avide mele di Apollo, si sta *gonfiando*» grida Pax.

Smettila, Bree. Smetti di fare pensieri sconci.

Apro gli occhi di scatto. Non posso crederci. Il cetriolo si sta *davvero* gonfiando. La buccia si distende e le macchie marroni svaniscono. Le mie dita sfrigolano di energia e il filo d'argento si illumina, quasi come quello di Edward.

Appena tolgo la mano, il cetriolo sembra nuovo.

«Intrigante» esclama Edward.

Sì, davvero.

Mi guardo la mano, incapace di credere che ancora una

volta ho riportato in vita qualcosa di morto. Ma com'è possibile? Il cetriolo non poteva avere nessuna questione in sospeso.

«Questo cetriolo sfamerebbe un'intera legione!» esclama Pax battendo le mani. «Portiamolo dentro. La scorsa settimana al *Bake-Off* avevano un'eccellente ricetta di frittata di cetrioli che voglio provare...»

Mi ci butto davanti prima che Pax possa affettarlo con il pugnale che senza dubbio porta nascosto addosso. «Nessuno toccherà questo cetriolo. Passerà da questa serra alla postazione dei giudici, e basta.»

La mia vita può anche andare a rotoli, ma dannazione, mio padre vincerà il Festival degli Ortaggi Giganti di Grimdale.

13
BREE

«Signor Pitts, sono terribilmente dispiaciuta, ma sono costretta a cancellare le mie visite guidate di oggi. I miei genitori sono tornati dal loro viaggio e hanno deciso di...» Non riesco a pronunciare quelle parole. «Hanno deciso di vendere Grimwood, e hanno bisogno del mio aiuto per preparare la casa per l'agente.»

Il signor Pitts si acciglia. «Vendere Grimwood? È un vero peccato.»

«Sì.» Devo distogliere lo sguardo per non fargli vedere le lacrime. «Lo è.»

«Vorrei che me lo avessi detto prima. Grazie al video di Ambrose Hulme che hai postato, ho due pullman di turisti e una scolaresca in arrivo da Londra, e mi dispiace disdire così tardi.

Immagino di poterli guidare io, i gruppi, ma speravo di iniziare a sistemare un po' il Monumento alle Streghe. Sta cominciando a cedere di lato e, se non lo facciamo, mi ritroverò con l'Ispettorato di Sicurezza alle calcagna. E ho anche scoperto che nel mausoleo del Principe Poeta ci sono delle lastre di pietra pericolanti, che dovranno essere fissate.»

«Nessun problema.» Mi sposto e faccio un gesto ad Ambrose, che fa un profondo inchino. «Questo è il mio... ehm... il mio amico. Anche lui si chiama Ambrose, non è una coincidenza incredibile? Comunque, è un appassionato di storia locale e ha fatto il tour diverse volte. Non avrà problemi a guidare i gruppi al posto mio. E, guardi: si è anche vestito per l'occasione.»

Il signor Pitts sgrana gli occhi quando nota la redingote vittoriana di Ambrose con tanto di orologio da taschino.

«Salute, buon uomo.» Ambrose si passa il bastone alla mano sinistra e tende la destra al signor Pitts.

«Ehm, sì, ciao, Ambrose. Sei l'immagine sputata di... no, non importa. Grazie per sostituire Bree.» Il signor Pitts gli stringe la mano e mi guarda con aria interrogativa. So che sta cercando di trovare un modo gentile per chiedere ad Ambrose se sarà in grado di orientarsi da solo nel cimitero, dato che è cieco. Il fatto che decida di non chiedergli niente è una prova del carattere che lo contraddistingue.

«Apprezzo l'opportunità» dice Ambrose. «Tengo molto al cimitero. Conosco bene i vecchi sentieri e ho anche fatto delle ricerche e trovato storie nuove che posso usare per deliziare i nostri visitatori.»

«Fantastico. Okay, se vieni con me alla biglietteria, ti mostro dove teniamo le mappe e gli opuscoli.»

Il signor Pitts si fiderà di noi.

Abbraccio Ambrose. «Andrai benissimo» gli dico. Lo osservo allontanarsi e iniziare a chiacchierare amabilmente con lui delle sue tombe preferite, e capisco che il signor Pitts è già attratto dal suo fascino. Soddisfatta che le mie visite guidate siano in buone mani, torno verso il buco nella recinzione e mi ci infilo, imboccando il sentiero incolto che riporta a Grimwood.

Raggiungo la cima della collina e mi volto verso il cimitero proprio nel momento in cui arriva il primo autobus pieno di turisti. Ambrose li accoglie allegro, distribuisce gli opuscoli e verifica che tutti acquistino i biglietti. A quanto pare, il signor Pitts non è l'unico ad aver notato la sua somiglianza con l'avventuriero Ambrose Hulme, ormai famoso su Internet, perché diverse ragazze (immagino studentesse universitarie) gli chiedono a gran voce di fare un selfie con loro. Una signora con dei bambini gli chiede informazioni sul suo abbigliamento e lui inizia a spiegarne tutte le caratteristiche. Poi mostra ai bambini il suo orologio da taschino e alla fine conduce tutti, con fare cordiale e allegro, lungo il Viale dei Poeti.

Se la caverà egregiamente.

Il che è un bene, perché quello che ho detto al signor Pitts sul fatto che i miei genitori hanno bisogno di me era una balla. In realtà, mia madre e mio padre non vogliono essere disturbati perché devono pulire la casa da cima a fondo, dato che durante il Festival degli Ortaggi Giganti sarà piena di ospiti.

Ma, per quanto io ami il mio lavoro, devo mettermi alla seria ricerca di altre informazioni sull'Ordine della Nobile Morte che rispondano alla mia domanda se mi sono liberata per sempre di Jack lo Squartatore. E per farlo, ho bisogno dell'aiuto di un'esperta di pompe funebri e di un'investigatrice dilettante, che uccide vampiri.

«BENVENUTI ALLA LIBRERIA NEVERMORE» ci saluta sorridente Mina mentre entriamo nella sala principale del negozio. Si dice che un tempo la libreria fosse cupa e polverosa, ma ora non lo è più. Ogni superficie che non è coperta da libri ospita lampade di tutte le forme, dimensioni e stili, mentre gli scaffali sono delineati da fili di lucine e da strisce LED. Mina e i suoi amici hanno trasformato il negozio, perché Mina ha bisogno delle luci per muoversi.

«Ciao, Mina e Oscar. Siamo Bree, Pax e Ambrose. E Edward sta fluttuando dietro di noi» dico entrando. Ho imparato che, quando si incontra una persona non vedente, è molto utile annunciarsi, assieme agli eventuali accompagnatori. Mina riconosce la mia voce, ma per lei è utile sapere chi altro c'è con me, soprattutto se io e lei vogliamo spettegolare sui ragazzi, perché è giusto che sappia se sono presenti, o no. «Mi dispiace che siamo in ritardo. Abbiamo perso il primo autobus perché *qualcuno* si è distratto ad annusare i fiori del giardino di Maggie.»

«Hai mai annusato una fresia?» interviene Ambrose. «Avevo dimenticato quanto fossero deliziose: sono come fragole fresche.»

«Non so se le ho mai sentite, ma la prossima volta portatemene un po'. Ora andiamo in città.» Mina finisce di attaccare le etichette dei prezzi in Braille su una pila di libri, spinge indietro la sedia e afferra la pettorina di Oscar. «Heathcliff! Tocca a te stare al banco. Cerca di non uccidere nessun cliente mentre sono via.»

«Non ti prometto niente.» L'amante scontroso di Mina, un bestione brontolone, il cattivo Heathcliff di *Cime tempestose* (sì, sul serio: ci sarebbe da scriverci sopra un libro!), esce a grandi passi dall'ufficio sul retro e si accomoda sulla sedia ora vuota. Quoth vola giù dal suo trespolo sul lampadario antico e atterra sulla spalla di Mina mentre lei e Oscar ci conducono al piano di sopra.

Saliamo due piani fino al piccolo appartamento dove vivono Mina, Heathcliff, Morrie e Quoth. È pieno di altre lampade e di tonnellate di stupide insegne a LED che dicono cose come *Che ne direbbe Moriarty?* e *Mi hai conquistato con il "moralmente ambiguo"*.

«Ho ristrutturato il tutto» dice Mina con un sorriso. «Heathcliff odia le insegne: per questo continuo a metterle. Morrie ha commissionato a un cartellonista un ritratto gigante di se stesso, che appenderà sopra il letto di Heathcliff.»

«Ricordami di tenermi alla larga da Argleton quando lo scoprirà» dico con un sorriso.

Dani esce dalla minuscola cucina con un piatto di formaggi e delle pile di donuts alla crema, provenienti dal panificio all'angolo. «Tutto pronto per la nostra epica sessione di brainstorming» dichiara. «Mina, tu vuoi qualcosa da bere? Morrie ha lasciato una bottiglia di vino sul bancone.»

Il mio cuore batte forte. Non vedo Dani dalla sera della tumulazione. Non ha risposto ai miei messaggi. Non so se siamo ancora amiche, però è qui che prepara stuzzichini e versa bevande, come se nulla fosse.

«È un Bordeaux?» chiede Edward all'improvviso interessato. Lui e l'altro amante di Mina, Morrie (abbreviazione di Moriarty, come James Moriarty, il cattivo di Sherlock Holmes) hanno in comune l'amore per gli alcolici costosi.

«È rosso. E comunque tu non lo puoi bere.» Dani dà un enorme morso alla ciambella alla crema, sporcandosi la punta del naso. «Ehi, è divertente riuscire a sentire Edward, adesso.»

Lui si avvicina alla finestra che si affaccia su Butcher Street. «Divertente per chi?» borbotta. «Dovreste essere tutti grati che io sia ancora uno spettro senza corpo terreno, perché la mia lista di vendette è lunga, e il mio repertorio di torture ampio.»

«Forza, sbrighiamoci. Prima che arrivi qualcuno che farà esplodere la testa di Heathcliff chiedendogli consigli su libri da leggere in treno per far venire voglia alle ragazze di andare a letto con lui.» Mina si accomoda su una delle sedie accanto al fuoco. «Bree, hai portato la scatola di Vera? Quoth, puoi aprire la lavagna degli omicidi?»

Un gatto nero salta via mentre io verso sul tavolino il contenuto della scatola che ho ereditato. Quoth vola fino a un trespolo sopra il camino, infila il becco in un piccolo cerchio e tira giù un grande schermo sul quale sono appesi campioni di tessuto, nastri rossi e la foto di due scheletri che si baciano, sopra una torta nuziale.

«Sei nel bel mezzo di un altro caso?» chiedo. «Magari il caso di una wedding planner in overbooking, che decide di sbarazzarsi delle sue spose più esigenti?»

«Oh, non farci caso: avevo dimenticato che Heathcliff sta usando la nostra lavagna per organizzare il matrimonio. Puoi ammucchiare su un lato le sue cose» esclama Mina agitando una mano. «Sto pregando tutte le dee in ascolto che il giorno del mio matrimonio non ci siano omicidi.»

Rovescio il contenuto della scatola di Vera e spiego di nuovo ciò che ho visto e sentito quando abbiamo ucciso Jack lo Squartatore. Dani traccia la cronologia sulla lavagna e ci appunta un disegno che ha tracciato lei, di padre Bryne e della sua strana croce con le borchie. Sono davvero commossa che si sia lasciata coinvolgere nella nostra storia.

«Almeno padre Bryne ci ha dato qualcosa di nuovo: ho un nome per quello che sono e so che ci sono altri Lazzari in giro. Però, prima di andare a cercarli, il problema più urgente è assicurarci che Jack lo Squartatore non torni. Credo che padre Bryne ci abbia sentito parlare di Penny e le abbia mandato lo Squartatore. Non voglio che ci rimetta qualcun altro. Come possiamo usare questo strano assortimento di oggetti per ottenere ciò?»

Mina si passa tra le dita il sacchetto di velluto. «Questo è pieno di erbe, giusto? La mia amica Jo è medico legale. Posso farlo analizzare nel suo laboratorio e chiederle di fornirci una lista dettagliata del contenuto. Presumo che sia un incantesimo di qualche tipo, quindi se scopriamo gli ingredienti dell'incantesimo, possiamo cercare la ricetta esatta online e scoprire a cosa serve.»

«È una buona idea. Forse è una magia di protezione o... o... boh, non lo so.» Alzo in aria le mani. «Non posso credere che stiamo parlando di *incantesimi*.»

«A Roma si pagherebbero due oboli per un incantesimo in un sacchetto con un bel filo d'oro come quello» dice Pax malinconico. «Cioè, per una maledizione di alto livello. Io non mi sono mai potuto permettere una bella maledizione in sacchetto. Dovevo accontentarmi di legare una pietra maledetta alla punta della mia spada, però poi cadeva sempre.»

«Sicuramente una spada che recide la testa di una persona basterà, come maledizione?» chiede Edward con il suo solito sorriso sardonico.

«Verrebbe da dire di sì, ma... arghhhh!»

Quoth atterra sul tavolo, facendo volare piume nere ovunque. Il corvo passa in rassegna i santini e ne estrae uno: un uomo che indossa un mantello, con una mano sollevata in aria, dalle cui dita escono fili che tirano le membra di un altro uomo. Quest'ultimo è nudo e scatenato in una danza selvaggia, e calpesta a piedi nudi un mucchio di teschi. Dagli occhi e dai polpastrelli gli escono volute di fumo. Quoth batte il becco sull'immagine e noto che l'uomo ammantato porta al collo una croce identica a quella di padre Bryne.

Credo che volesse usare queste immagini per mostrarti alcune delle creature che potrebbero dare la caccia a te e ai tuoi poteri mi dice Quoth nella testa.

«Spero di no.» Fisso la grande pila di mostri disseminati sulla scrivania.

Penso che questa immagine raffiguri un membro dell'Ordine e uno dei suoi servitori evocati, come lo Squartatore.

Mina ripete ad alta voce ciò che Quoth ha detto, poiché solo io e lei possiamo sentire le sue parole quando ha la forma di corvo.

«Immagino che Quoth abbia ragione» replica Dani. «Non l'avevamo mai notato prima, ma l'uomo con la veste nera assomiglia a padre Bryne. La croce è la stessa, e Bryne controllava lo Squartatore. Però Bree non controlla Pax e Ambrose in questo modo. Mi sono informata, e su Internet ho trovato che si tratta di un *revenant*, ovvero un'anima risorta che viene corrotta e controllata da qualcun altro. E c'è una scritta accanto ai teschi, vedete? Forse ci dice come sconfiggerlo.»

«Oh, eccellente» sospiro. «Meno male che siamo tutti esperti di latino...»

«Dice: *Un revenant è una creazione ripugnante e abominevole, in cui lo spirito inquieto del defunto, una volta sottoposto a terribili incantesimi, può risorgere dalla tomba per adempiere ai turpi compiti stabiliti dal suo padrone*» spiega Pax, puntando un dito sulla scritta. «Oppure, se quella è una U, allora è una ricetta per uno stufato di pesce davvero delizioso.»

Mi sporgo in avanti. «C'è scritto qualcos'altro?»

Pax scuote la testa.

Dani picchietta sul telefono. «Non ci serve il latino, se abbiamo Internet» esclama. «Mi sono imbattuta nei revenant durante le mie ricerche, ricordi?»

«È, tipo, un demone?»

«Non proprio. Un revenant è più simile a uno zombie. È

qualcuno che è morto ed è stato riportato in vita da uno stregone o da un sacerdote dell'oscuro.»

«Quindi... Pax e Ambrose?» Mi dà fastidio essere definita *uno stregone*.

«No. I revenant non hanno anima. Funzionano seguendo gli istinti primordiali, ed è per questo che lo Squartatore andava in giro a uccidere, proprio come faceva quando era in vita. Il loro stregone li controlla e li fornisce di poteri empi, qualunque cosa voglia dire. Tuttavia, il revenant deve rimanere vicino al suo stregone, per essere chiamato ad agire quando serve.»

«Certo, ha senso» confermo. «Sia padre Bryne che lo Squartatore hanno parlato di avere un legame, e l'Ordine vorrebbe dei morti viventi come servitori, così da poterli controllare.»

Tutto ciò che Dani dice mi appare in qualche modo corretto, come se fossero cose che già sapevo, ma che avevo dimenticato fino a questo momento. Penso alla sensazione che ho provato nel cimitero quando ho trapassato lo Squartatore con il coltello, e a quando ho inserito il filo d'argento di Pax dentro le sue labbra. Sapevo *esattamente* cosa fare, anche se era tutto nuovo e terrificante.

«Quando si recide il legame con lo stregone, il revenant perde la magia che lo protegge. Diventa mortale in tutto e per tutto, e può essere ucciso come qualsiasi altro essere umano» prosegue Dani.

Per esempio, con un coltello nel cuore.

«Quindi lo Squartatore se n'è andato per sempre?» Mi sento sollevata.

«Non ne sono così sicura.» Gli occhi di Dani scorrono sullo schermo del telefono. «I revenant sono spinti dal desiderio di rivivere le cose che hanno apprezzato in vita. Se la loro volontà è molto forte, possono essere in grado di tornare dove *il Velo è debole* senza avere un padrone, così da realizzare lo scopo della loro vita. E Jack lo Squartatore ha ucciso solo due vittime.»

«Tre.» Le conto sulla punta delle dita. «Vera, Penny e Pax. Solo perché l'ho riportato indietro non significa che lui non...»

...sia morto.

Non riesco a dire quelle parole. Non voglio nemmeno *pensarle.*

«Okay, quindi tre vittime» dice Mina con cautela. «Ufficialmente, Jack lo Squartatore aveva ucciso cinque donne, anche se gli esperti stanno ancora dibattendo in merito al numero esatto. Ci sono altre duecento morti che potrebbero essere attribuite alla sua lama. Non chiedetemi come faccio a saperlo; quando si è un'aspirante investigatrice e si esce con la più grande mente criminale della letteratura, si ascoltano un sacco di podcast di cronaca nera.»

«Ricordami di non mettermi mai contro di te» dice secco Edward.

«Ehi, questa volta l'ho sentito!» esclama Mina felice. «Edward, sappi che l'unico modo per metterti contro di me è che tu venga in libreria e mi chieda di darti un libro abbinato al tuo abbigliamento.»

Deglutisco a fatica: il panico mi assale così in fretta che non apprezzo la battuta di Mina. «Quindi lo Squartatore *potrebbe* tornare, anche senza l'aiuto di padre Bryne.»

«Secondo Internet, che sappiamo tutti non sbaglia mai, potrebbe.» Dani si acciglia. «Anche se non sappiamo cosa intendano con questa cosa del *Velo debole*. Avrà a che fare con un matrimonio?»

«È una metafora poetica» interviene Edward. «È il sudario che separa il mondo dei morti da quello dei vivi.»

«Grazie, Edward» dice Dani, guardando un punto da qualche parte oltre la spalla destra di Edward. «Sei stato davvero utile. E forse se il Velo è debole, significa che può essere attraversato.»

«Però non sappiamo dove sia questo punto di debolezza» osserva Ambrose. «Magari a chilometri di distanza da qui. Possiamo fare delle ricerche.»

«E dovremmo anche capire se ci sono modi per proteggersi dai revenant» afferma Mina entusiasta. Abbassa una mano accanto alla sedia e raccoglie una pila di tomi polverosi, che posa sul tavolo. «Questi sono tutti i nostri libri più pregiati sull'occultismo, compreso almeno uno che è magico davvero. Forse qui c'è qualcosa che può aiutare ad allontanare lo Squartatore, o almeno ad aiutare Bree a capire come controllare i suoi poteri da Lazzaro. Dani, mi occuperò io delle ricerche su Internet: posso usare l'applicazione che mi legge lo schermo.»

«Ottimo.»

Io e Dani prendiamo dei libri e iniziamo a sfogliarli, anche se non ho idea di cosa sto cercando. Ambrose si aggira dietro Mina, e ascolta da uno dei suoi auricolari, mentre lei scorre siti web sull'occulto. Pax dà delle bacche a Quoth, ridendo quando l'uccello gliele becca dalle dita. Edward fissa fuori dalla finestra, e sospira in modo teatrale.

Dani si butta sul divano accanto a me, con un libro pesante sulle ginocchia. Si immerge nelle pagine, senza nemmeno guardarmi, e io non resisto più.

Deglutisco. «Senti, Dani, io...»

«Ehi, guarda questo qui!» Dani tocca la pagina dove una creatura d'ombra e di fumo striscia sul terreno come un serpente. Dalla testa gli spuntano corna arricciate, e porta con sé una frusta di fuoco. «Si chiama mangia-anime. Non è delizioso?»

«*Dani.*»

«Lo so.» Dani mi tende una mano senza nemmeno alzare lo

sguardo dal libro e con il mignolo stringe il mio. «Ci aiutiamo a vicenda e restiamo unite.»

«Restiamo unite.» Allaccio anche io il mignolo al suo. Non ho mai avuto il cuore gonfio come in questo momento: la mia migliore amica è tornata al mio fianco, nonostante le abbia chiesto di fare una cosa indicibile.

«Ehi.» Dani mi guarda con un enorme sorriso che mi fa battere il cuore. «Sai chi sarebbe davvero brava a fare questo tipo ricerche? Alice.»

La mia euforia si trasforma in allarme.

«Perché quella faccia? Alice ama ciò che è antico e inquietante. È il motivo per cui ha studiato archeologia.»

«È vero, ma se volessi l'aiuto di Alice, dovrei spiegarle che posso comunicare con i fantasmi, e che Vera è stata uccisa da Jack lo Squartatore, e che il tizio che le ha rovinato la festa di compleanno in realtà è un guerriero romano tornato dai morti, quello che l'ha aiutata a sistemare le *proprie* ossa per esporle.»

«Credo che ti crederebbe.»

«Dani, *no*.» Sono colta dal panico. Ho ricominciato ora a fidarmi di Alice, dopo tutti i casini successi al liceo. «Riconosco che Alice non è più la ragazza stronza che era al liceo. È in gamba, e sono felice che vi siate ritrovate. Però non sono pronta a confidarle questo segreto. Ci arrangeremo da sole.»

«Okay.» Dani annuisce. «Giusto. Sei tu quella coinvolta. Ma sai, c'è una soluzione semplice che non hai considerato. Hai davvero bisogno di libri vecchi e polverosi se nella tua vita hai tre streghe autentiche che potrebbero insegnarti a usare la magia?»

Ma certo, le tre streghe.

Dani ha ragione, sarebbero una fonte di conoscenza più diretta. Ma mi fido davvero che Agnes, Lottie e Mary mi insegnino a fare magie? Potrebbero anche costringermi a passare tutto il tempo a trasmutare oggetti in ciambelle da annusare. «Non siamo nemmeno sicuri che siano vere streghe. La maggior parte delle donne impiccate per stregoneria nel medioevo erano solo persone normali, cadute in disgrazia presso i vicini e diventate vittime di orribili campagne diffamatorie...»

«La settimana scorsa Lottie ti ha raccontato di aver fatto un maleficio a un allevatore di maiali che non le aveva dato una tazza di farina, così che ogni volta che andava al mercato a vendere la sua carne, dalla sua bocca uscivano solo grugniti: sono *streghe*.» Dani sorride a trentadue denti. «Dovresti interpellarle. Che male può fare?»

Rabbrividisco. *Che male può fare?*

Perché mi sembra tanto un ammonimento?

14

BREE

Il giorno dopo, scovo le streghe in giro nel parco. Un uomo e una donna stanno facendo un bel picnic romantico sulla riva del laghetto, e Mary sta annusando le loro uova alla scozzese mentre Agnes e Lottie sono intente a criticare il modo in cui l'uomo bacia. E in effetti, a dirla tutta, avrebbe bisogno di un bel po' di pratica.

Io mi nascondo nel fogliame vicino e richiamo la loro attenzione con un gesto della mano. «Pssst, da questa parte.»

Naturalmente, i due smettono di pomiciare e mi vedono mentre, con i capelli pieni di foglie, mi sbraccio nella loro direzione. Divento paonazza e, portandomi il cellulare all'orecchio, urlo: «No, niente segnale neanche qui tra i cespugli. Adesso provo ad avvicinarmi alla sede degli scout.»

Bene, Bree, bella mossa. Non penseranno affatto che tu sia stramba. Ovvio!

Mi affretto a seguire la linea degli alberi. Non appena i due piccioncini si mettono a imboccarsi a vicenda con le loro uova in crosta, ricomincio ad agitarmi. «Agnes, Lottie, Mary, da questa parte...»

Finalmente Mary si accorge di me. Si allontana dal picnic

con le mani sui fianchi. «Che vuoi, Bree? Sono un po' occupata al momento. Oooh, quelli sono panini al cetriolo...»

Si gira e ricomincia a fluttuare.

«Ti prego, torna indietro!»

«Salve, signora. Posso aiutarla?» Il pessimo baciatore mi guarda e sembra sul punto di chiamare la polizia.

«Oh, non fate caso a me» dico io con una risatina, mentre mi tolgo ramoscelli dai capelli con il cuore che mi martella nel petto. «Sto solo... sto cercando la mia cucciola smarrita. L'avete vista? È un volpino bianco. Ti prego, torna piccola *Ghostie*, torna, ti prego!»

Le tre streghe sembrano aver capito. Mary sospira in modo teatrale, Lottie tira fuori la testa dal cestino da picnic e Agnes smette di urlare all'orecchio della donna e di dirle che può fare di meglio. Le tre donne fantasma mi seguono più a fondo tra gli alberi. Mi siedo su un tronco caduto, con l'auspicio di essere abbastanza lontana dal sentiero da non essere udita da nessuno.

«Spero che tu abbia un'ottima ragione per trascinarmi via da quel picnic» dice Mary, strofinandosi lo stomaco. «E sarà meglio che tra le ottime ragioni ci siano dei cupcake.»

Tiro fuori la scatola bianca della pasticceria che nascondevo dietro la schiena. «Il tuo preferito: il red velvet di Maggie, con la glassa di caramello al burro.»

Apro il coperchio e Lottie e Mary vi immergono la testa, inspirando a fondo. Ma Agnes mi studia con gli occhi ridotti a due fessure. «Che cosa vuoi?»

«Come, scusa?»

«Non sei mai stata gentile con noi e non ci hai mai portato cupcake senza motivo, prima d'ora. Vuoi qualcosa?»

«Sono sempre gentile con voi!»

Agnes stringe ancora di più gli occhi. Io annaspo. La strega ha quella che io definisco la *Grande Energia del Fantasma da Film Horror che ti Strappa l'Anima dalle Narici.*

«Okay, okay, mi hai beccata. I cupcake sono un tentativo di corrompervi.»

«Sono disposta a farmi corrompere.» Mary si lancia verso la scatola, ma io chiudo di scatto il coperchio.

«Ehi!»

«Ecco la questione.» Poso la scatola sul tronco accanto a me e mi torco le mani, nervosa. «Sono riuscita a riportare in vita sia Pax che Ambrose, e con Pax l'ho fatto ben *due volte*. E ora so perché: sono un Lazzaro. Possiedo la magia della resurrezione e... vedo cose. Vedo fili d'argento che escono dalle persone, sia dai Viventi che dai fantasmi. Si snodano e si aggrovigliano nell'aria intorno a me, ma li vedo solo a volte. Non so bene cosa fare con quei fili o come controllare i miei poteri, e mi spaventa. Non voglio avere paura di questo potere. Voglio imparare a controllarlo. Voi... potreste insegnarmi a usare la mia magia?»

Le tre streghe mi fissano.

«Come *osi* chiedere una cosa del genere?» sbotta Mary, con gli occhi che le si fanno vitrei.

«Siamo state *uccise* perché la gente ci accusava di essere streghe» sbuffa Lottie, con le mani sui fianchi. «E stiamo solo cercando di goderci la nostra vita ultraterrena. E tu vieni qui a usare quella parola, e a distrarci dal nostro picnic.»

«Milioni di donne innocenti sono state uccise perché persone come te diffondono disinformazione sulle streghe. E poi ti definisci una femminista» aggiunge Agnes, il tono indignato.

Vorrei davvero non averle insegnato quella parola.

Ho lo stomaco annodato. «Mi dispiace. Non volevo...»

Le tre streghe si guardano l'un l'altra.

E scoppiano a ridere.

Uff. Streghe.

«Avresti dovuto vedere la tua faccia!» riesce a dire Lottie, senza fiato.

«Eri più rossa di una torta red velvet» commenta Mary.

«Non posso credere che tu ci sia cascata» mi rimprovera Agnes. «Non è certo questa la grinta che vogliamo in un nuovo membro della congrega.»

Sbatto le palpebre. «Quindi *siete* streghe?»

«Certo che lo siamo!» Agnes agita una mano in aria. «Ai nostri tempi non potevi essere una donna e non conoscere almeno un po' di magia. Altrimenti la vita era assolutamente noiosa. Ora, alzati e passa quei cupcake. Se vogliamo fare da insegnanti a una completa neofita della magia come te, abbiamo bisogno di energie.»

«Quindi mi aiuterete?»

«Ovvio!» esclama Lottie battendo le mani.

«A un prezzo.» Agnes incrocia le braccia.

«Ma vi ho portato i cupcake!»

«E andranno bene... per cominciare.»

Sospiro. *C'ero quasi.* «Cosa volete? Un altro banchetto? I miei genitori sono tornati, quindi sarà difficile organizzarlo, ma immagino che potremmo fare un picnic.»

«Vogliamo tornare vive» dichiara Agnes.

«Come Pax e Ambrose» aggiunge Lottie.

«Non voglio più solo annusarlo, il cibo» aggiunge Mary con un sospiro, strofinandosi la pancia. «Voglio *assaggiarlo*.»

«Voglio scoprire se gli uomini hanno migliorato le loro tecniche a letto da quando ero una ragazza vivente.» Lottie sbatte le ciglia. «Anche se, a giudicare da quel tipo al picnic laggiù, non mi sto perdendo molto...»

«Okay, sì, va bene. Farò quello che posso. Però dovete capire che per riportarvi indietro ho bisogno di sapere che cosa avete lasciato di irrisolto. E in questo momento le mie priorità sono aiutare Edward e proteggere questa città da Jack lo Squartatore.

Ma se riuscirò a resuscitare Edward, vi prometto che cercherò di aiutarvi a scoprire le vostre questioni in sospeso e a tornare a vivere.»

Le tre streghe si guardano. Mary scoppia in grida di gioia. Lottie si avvicina e mi abbraccia, provocandomi un brivido di calore.

«Allora siamo d'accordo.» Agnes si scrocchia le nocche. «Ora, facciamo di te una utilizzatrice di magia degna di essere bruciata sul rogo.»

15
BREE

«La prima cosa da sapere sulla magia è che è in tutto, e in tutti» mi spiega Lottie.

«Un po' come Lottie quando era una Vivente... ahia! Non pizzicarmi il braccio.» Agnes le lancia un'occhiataccia.

«Allora non disturbare la lezione. Ora, come stavo dicendo, la magia è in ogni cosa...»

«...e le streghe non fanno altro che spargerla in giro.» Mary fa roteare le braccia in aria. «Come mescolare i marshmallow in una cioccolata calda... accidenti, non vedo l'ora di tornare a vivere e assaggiare una vera cioccolata calda...»

La mia prima lezione di magia è iniziata alla grande.

Siamo vicino all'antico altare dove ho trovato il corpo di Pax. Gli archeologi hanno finito di sistemare il sito e hanno chiuso lo scavo, ma l'erba non è ancora ricresciuta, quindi c'è una zona spoglia che però cerco di non fissare mentre le streghe battibeccano.

Mi appoggio alle pietre cadenti dell'altare mentre loro si mettono a camminare in cerchio intorno a me con le braccia in aria, e mi ispezionano: agitano le dita, scalciano e cantilenano parole strane.

«Riesco a vedere la sua aura» dice Lottie con voce profonda. «È piena di un tipo di magia che non ho mai visto.»

«Beh, immagino l'aveste già notato, no?» Non posso fare a meno di mormorare. «Dato che siete tutte dei geni della magia.»

«L'hai mascherata bene dietro il tuo carattere perlopiù cupo» borbotta Agnes. «Ora, vuoi fare silenzio e lasciare che ci concentriamo?»

Mi siedo mentre loro continuano il loro strano rituale: girano in tondo, cantano, canticchiano e si agitano con movimenti spasmodici. Mi aspettavo che avrei visto strani fenomeni, come una luce argentata che saliva da loro, o dei folletti del bosco che intrecciavano corone di margherite nei loro capelli. Passo in rassegna il mio corpo alla ricerca di sensazioni particolari, invece mi sento solo un po' sciocca.

Le streghe danzano sempre più veloci, finché non cadono tutte nel fango.

«E ora?» chiedo mentre si rialzano. «Adesso posso fare magie a comando?»

«Cielo, no.» Agnes fa ondeggiare il bacino con forza. «Però almeno queste vecchie articolazioni artritiche si sono sciolte un po'.»

«Non puoi avere l'artrite. Sei un fantasma!»

«Non secondo le *tue* regole fantasmatiche, signorina.»

«I disturbi, le disabilità e i difetti della personalità non si *risolvono* magicamente quando si muore» spiega Lottie. «Ecco perché il tuo amico Ambrose è ancora cieco. Sono tutte cose che fanno parte di noi, e lasciano un'impronta nella nostra anima.»

«Quindi mi confermate che i fantasmi sono questo? Anime che fluttuano senza corpo?»

«Beh, grazie per la domanda.» Mary solleva la testa dal

rospo che stava annusando. «Pitagora sostiene che l'anima sia di origine divina, e quindi esisterebbe sia prima che dopo la morte, ma Epicuro...»

«Siamo qui per discutere sulla filosofia della morte, o vogliamo fare un po' di magie?» sbotta Agnes.

Io salto giù dall'altare e tendo le mani. «Forza, allora. Mostratemi il modo.»

«Cosa vuoi fare? Perché se hai intenzione di trasformare il soldato in un rospo, allora devo protestare» esclama Lottie leccandosi le labbra. «Un uomo con un cetriolo succoso come il suo sarebbe sprecato come creatura anfibia.»

«Come fai a conoscere la parola *anfibia*?»

«L'abbiamo sentita in un documentario di David Attenborough dalla finestra di casa Kingson. È così che Mary ha imparato le sue nozioni sulle anime. Ma tu vuoi sapere della tua magia e di come controllarla. Sarà meglio che inizi a raccontarci quello che ti è successo.»

Racconto loro di tutte le volte che nelle ultime settimane ho usato la mia magia di resurrezione. Agnes mi chiede di descrivere i fili d'argento che vedo intorno a me, e non sembra affatto divertita quando le dico che non ne vedo, nemmeno i loro.

«Succede solo a volte» spiego. «Come per esempio poco prima che lo Squartatore uccidesse Pax, o quando Arthur è passato dall'altra parte, oppure...»

«Questo perché non hai capito come incanalare la magia. Puoi attingere al tuo potere solo quando sei molto stressata o disperata» mi spiega Lottie. «Se un assassino con un'ascia in mano o un cacciatore di streghe irrompesse nel bosco in questo momento, probabilmente saresti in grado di metterlo al tappeto con la sola forza del pensiero.»

«La mia magia funziona semplicemente così?»

«No. Puoi imparare a evocarla, se vuoi. Però devi essere in grado di concentrarti anche quando non c'è un pericolo vicino.»

«Cominciamo.» Agnes alza di nuovo le braccia e, modulando la voce in un roco gorgheggio, dice: «Libera la mente.»

«Come faccio?»

Agnes fa una smorfia come se fossi una completa incapace. «Tu... fallo e basta. Non pensare a nulla.»

«Come faccio a non pensare a nulla?»

«Trovo che sia utile avere un luogo in cui rifugiarsi con la mente, o un oggetto su cui concentrarsi.» Mary chiude gli occhi e solleva le mani, i palmi rivolti al cielo. «Deve infonderti sensazioni piacevoli o neutre. Non qualcosa di brutto o spaventoso. Io penso a un piatto di dolci deliziosi. Mi concentro su quello e, se mi arriva un pensiero che mi distrae, lo scaccio via e continuo a fissare i miei pasticcini.»

«Io penso all'uccello di mio marito» aggiunge Lottie premurosa. «Dato che era inesistente.»

«Okay, ci provo.» Mi metto in piedi, con la schiena ben dritta, e alzo le mani, i palmi rivolti verso l'alto, come ha fatto Mary. «Però io non penso al marito di Lottie. Devo invocare una dea o qualcosa del genere?»

«Si può, se vuoi. Potrebbe essere utile. Alcune streghe si concentrano meglio se pensano a un'entità. Anche una bella spiaggia o un delizioso pasticcio di rognone possono aiutare. Varia da strega a strega.»

Oooookay.

Faccio come dicono. Chiudo gli occhi e, mentre tendo le mani così che i palmi accolgano il calore del sole, immagino che tutti i problemi attuali mi svolazzino intorno e si trasformino in piccole lucciole che danzano nella mia testa.

Uno a uno, li faccio sparire con un battito di ciglia.

I miei genitori che vendono la casa. *Click.* Edward che non ha un corpo fisico. *Click*. Pax che non riesce a non pensare di accoltellare qualcuno per più di cinque minuti. *Click*. Non appena elimino l'ultimo problema, la mia mente è buia e vuota. Ma quasi subito preoccupazioni e dubbi si insinuano di nuovo, striscianti.

Devo ragionare su altro, per non distrarmi. Qualcosa di *piacevole*. Vorrei pensare ai ragazzi, ma in questo momento sono troppo legati a tutti i miei problemi. Ho bisogno di andare più indietro nel tempo.

Scelgo un ricordo a caso, che mi fa sempre sorridere. Siamo io e mio padre nel suo laboratorio, che dipingiamo le fiancate di una macchinina costruita con degli scatoloni per l'annuale Gara di Macchinine di Cartone di Grimdale. Nel suo vecchio lettore CD (i CD: ma che dolci!!!) c'è un album degli Who, e cantiamo insieme *My Generation* e *Boris the Spider* mentre dipingiamo.

Non succede nulla di particolare. È solo bello stare insieme. Mi piace il rumore del pennello sul legno e la voce di mio padre, stonata e tremolante.

Apro gli occhi.

Il mondo è cambiato.

Il bosco è ricoperto da una rete di fili d'argento. Si snodano intorno agli alberi e si infiltrano nei sentieri. Un passero prende il volo da un ramo vicino, trascinandosi dietro il suo filo d'argento. Ci sono persino flebili tracce argentee che si infilano nella terra, dove ogni lombrico scava la sua galleria.

«Li vedo» sussurro. «I fili d'argento.»

«È un sollievo» mormora Agnes. «Quasi pensavamo che non ne fossi capace.»

«Parla per te» dice Mary. «Io ho sempre saputo che Bree era una di noi.»

Un topo corre intorno alla base di un albero tirandosi dietro il suo filo. «E adesso cosa faccio?»

«Comincia con poco.» Lottie indica una piantina che avevo

calpestato appena entrata nella radura. «Lascia che la magia fluisca attraverso di te. Ricorda che vive in tutto ciò che ci circonda: non stai creando nulla di nuovo, stai solo spostando cose. Il tuo potere chiede di essere usato. Ti chiama. Tu devi solo ascoltare.»

Non sono sicura che tutto questo abbia davvero un senso, ma i fili d'argento che escono dal mio petto vibrano, come a esprimermi il loro accordo. *Okay, lo faremo.*

Mi inginocchio davanti alla pianta. È morta: il gambo è spezzato e le foglie pendono flosce. Un tenue filo d'argento esce dal gambo reciso, l'estremità arricciata in aria mentre la luce svanisce via via.

Allungo la mano e pizzico l'estremità del filo prima che possa scomparire del tutto. Lo afferro tra il pollice e l'indice. Salta e sussulta nella mia mano, desideroso di fare... non saprei spiegarlo.

Collego il filo all'estremità dello stelo, come quando ho infilato in bocca a Pax il suo. Poi guardo le streghe, chiedendomi se ora devo anche baciare la pianta. Il filo si sta spegnendo, e io perdo la presa sulla magia, così torno a rifugiarmi nella mia testa, in quella bella giornata con mio padre a dipingere la macchinina.

E capisco.

Non so come, e non riesco a spiegarlo, ma mentre intingo il pennello nella vernice rossa, in qualche modo immergo anche le dita nel filo e nello stelo e li unisco, dipingendoli con la mente. È come se il filo e lo stelo non fossero più due entità separate (una pianta morta, e un elemento di una magia che non capisco) ma fossero diventate di nuovo un tutt'uno.

Nei miei ricordi, mio padre mi dice: «Sembra perfetta, dolce Bree.»

«Ma guarda un po'» sibila Agnes tra i denti spettrali, tutti storti.

Abbasso lo sguardo sulla pianta. Il fusto non è più spezzato, ma integro. Le foglie, di un verde brillante, si aprono e si inclinano verso la luce screziata del sole. L'intera pianta brilla di una luce argentea, mentre il filo la avvolge stretta e affonda nelle sue fibre.

«Ce l'ho fatta!» Mi allontano, fissando la pianta con stupore. «Non ci posso credere!»

«Non abbiamo mai dubitato di te» dice Lottie con un sorrisone. «È stato fantastico.»

Mary mi getta un braccio sulle spalle, trasmettendomi un brivido caldo lungo la schiena. «Prima o poi faremo di te una strega, Bree Mortimer.»

«Bah... Per essere una strega non basta riportare in vita qualche arbusto di scarso valore» brontola Agnes. «Spero che tu sia preparata a passare ore su ore a cantare nenie, a mandare a memoria tutte le proprietà delle diverse erbe, e a imparare la ricetta esatta per preparare una pozione senza saltare in aria. E, naturalmente, non sarai una *vera* strega finché non ti avremo iniziata alla nostra congrega con un rituale da fare *nature* al chiarore della luna piena.»

«Un *cosa*?»

Lottie batte le mani per l'eccitazione. «Oooh, la mia cerimonia preferita» esclama. «Sono almeno duecento anni che non facciamo un vero e proprio ballo *nature*. Ti piacerà, Bree. Ci spogliamo tutte e ci strofiniamo con...»

«Aspetta, non avevate parlato di dovermi mettere nuda!»

In che cosa mi sono cacciata?

16
PAX

Quando Bree si è svegliata, Ambrose era già partito per il suo turno al cimitero e lei non ha voluto che Edward e io la accompagnassimo alla sua prima lezione di magia con le streghe.

Mike e Sylvie sono usciti e staranno fuori tutto il giorno: stanno consegnando dei piccoli e brutti ex voto raccolti durante i loro viaggi, che chiamano *portachiavi* e *calamite da frigo*, con scritte tipo *Il mio amico è andato in Italia senza di me*. Quando Sylvie me li ha mostrati, le ho detto che l'avrei aiutata volentieri a consegnarli ai suoi nemici, ma lei mi ha guardato in modo strano e ha risposto che in realtà erano per i suoi amici in paese. Le ho chiesto se sarebbero stati ancora suoi amici dopo aver ricevuto dei regali così malefici, e lei se ne è andata stizzita.

Non mi abituerò mai alle usanze della gente di Bree.

Trascorro la mattinata allenandomi con la spada nel cortile sul retro. Edward invece è nel suo boudoir, a esercitarsi nella poesia mentre mi guarda dalla finestra.

Mike rientra verso l'ora di pranzo e si dirige verso la serra. Ora cammina in modo diverso: ha un passo un po' più lento. E in testa ha uno strano copricapo di paglia, probabilmente deve indossarlo quando fa le sue offerte rituali a Cerere per avere un raccolto abbondante. Lo saluto agitando la spada e gli chiedo se vuole allenarsi con me. Lui si abbassa per schivare la mia arma e risponde che deve vedere se c'è qualcosa di salvabile tra i suoi cetrioli.

Poi torna di corsa in giardino, raggiante in volto. «Bree scherzava quando ha detto di aver dimenticato il mio cetriolo! È fantastico. Deve averlo annaffiato bene, per farlo crescere così tanto. Credo proprio che il primo premio al Festival degli Ortaggi Giganti sarà mio.»

«Lode a Cerere!» esclamo. Vedere Mike così felice rende felice anche me, anche se non capisco perché mai si debba coltivare un cetriolo gigante che nessuno può mangiare.

Mike incrocia il mio sguardo e poi scruta la spada, la fronte aggrottata. «Allora Pax, tu... fai rievocazioni medievali?»

Non capisco la domanda, ma dal modo in cui guarda la mia spada intuisco che vuole saperne di più. «Io infilzo cose» gli dico premuroso, dandogli una dimostrazione di alcune delle mie mosse più valorose sul campo di battaglia. «Posso insegnarti, se vuoi. Ho insegnato a Bree, anche se non è molto brava. Si distrae sempre.»

«Ah, magari un'altra volta. Devo preparare il pranzo prima che torni Sylvie. Però grazie, Pax.» Mi dà qualche pacca sulla spalla. «È bello sapere che ti sei preso cura di Bree mentre eravamo via.»

Lo saluto e lui rientra in casa. Ho appena avuto una vera conversazione con Mike! E non ha minimamente intuito che sono un vero centurione romano. Sono molto bravo a fare l'umano moderno.

Non vedo l'ora di dirlo a Bree.

«HAI FATTO *COSA?*» strilla Bree. «Hai cercato di dare una lezione di spada a mio padre?»

«Mi sorprende che Mike non abbia accettato» esclama Edward strizzando gli occhi mentre attraversa la parete della camera da letto di Bree. «Lui adora gli hobby inutili.»

Gli agito la punta della lama davanti agli occhi. «Non dirai più che è un hobby inutile quando te la infilerò nel...»

«Qualcuno vuole una focaccia?» grida Ambrose dall'ingresso. In una mano tiene in equilibrio un vassoio pieno di focaccine ai datteri e vasetti di panna e marmellata, e con l'altra batte a terra il bastone. «Ho incontrato Mike e Sylvie sul vialetto. Stavano andando al pub per la serata quiz, ma Mike ci ha lasciato queste.»

«Oooh.» Ne prendo due e ci spalmo una generosa dose di burro, marmellata e panna. Mi giro per offrirne una a Bree, ma lei sta fissando lo schermo del telefono e si mordicchia un labbro.

«O-oh» dice Bree.

«Chi devo infilzare?» La mia mano vola verso la spada.

«Nessuno.» Solleva una mano. «Ho appena ricevuto un messaggio da mia madre. "Ciao tesoro, siamo al secondo giro e la nostra squadra sta vincendo! Dovremmo essere a casa verso le dieci. Ti ricordo solo che domattina verrà un agente immobiliare a valutare la casa e poi dovrò preparare le stanze per i prossimi ospiti, quindi i tuoi amici non potranno fermarsi a dormire. Fammi uno squillo se vuoi che porti qualcosa a casa. Mamma".»

«Che cosa significa?»

«Significa che non puoi dormire nella stanza degli ospiti.»

«E dove andiamo?» Ambrose sembra sull'orlo del pianto.

«Facile! Dormiremo nel letto di Bree!» esclamo io, sbattendo la mano sulla testiera di ferro del letto. *Questo significa che dovrà dire ai suoi genitori che siamo i suoi fidanzati. Oggi è un grande giorno!*

«Non potete» dice lei, secca.

«Ma dove andremo?» Il tono di Ambrose si alza per il panico. «Non ho soldi per una locanda e non voglio lasciare Grimdale. Io e te non abbiamo nemmeno... cioè, non abbiamo...»

«Sta cercando di dire che voi due non avete fatto neanche un po' di tricchete-tracchete» interviene Edward. «Cioè che c'è stata una netta carenza di congressi amorosi, un'assenza di pucciamento di stoppino, una latitanza di gnocca, una scarsità di dissolutezza, un'assenza di scopate. Che la tua rosea fortezza deve ancora essere conquistata, che la bestia a due schiene è fuggita dalle stalle e che i pescioloni di un certo fiume stanno scappando dalla rete...»

«Abbiamo colto l'idea, grazie, Edward. E non è affatto così. Lo giuro.» Bree è diventata paonazza. Prende una mano di Ambrose. «Mi dispiace. So... so che sei appena diventato un umano e non vorrei altro che condividere la serata con te. Ma non è che posso dire a mia madre che non avete nessun posto in cui andare. Non sarebbe certo il modo migliore perché lei vi apprezzi, anche perché probabilmente ha preso questa decisione dopo che mio padre ha visto Pax allenarsi con la spada.»

«Cosa c'è di male nell'allenarsi? Agli occhi di tuo padre dovrebbe essere un disonore se *non* mi allenassi. Preferirebbe mi trovassi a duellare contro di lui e gli cavassi un occhio per sbaglio?»

«Pax, tu non duellerai mai con mio padre» esclama Bree incrociando le braccia. «Non l'avrai sfidato a duello, vero?»

Io abbasso la testa.

«Pax!»

«Abbiamo sempre vissuto qui» le spiego, incupito. «Non voglio andarmene, nemmeno per una notte. Devo restare nelle vicinanze, per vegliare su di te. E se tornasse lo Squartatore?»

«Secondo le streghe non tornerà. Dicono che il Velo, la barriera invisibile che separa il mondo dei vivi da quello dei morti, qui è *bello grosso*. Parole di Lottie, non mie. Inoltre, mi sono allenata tutto il giorno.» Bree flette le dita. «Ho riportato in vita almeno dieci fiori. Penso di poterlo sconfiggere.»

Non può essere seria!

«Tu hai *bisogno* della mia spada.» Gliela porgo, come un'offerta. Bree ha *bisogno* di me. *Deve* avere bisogno di me. Perché senza di lei io non ho più alcuno scopo.

«Pax, tu sei molto più della tua spada. E non conosci mia madre. Questa è una prova. Ecco perché ha aspettato fino alle otto di sera per dirmi che non potete restare. Vuole assicurarsi che non vi stiate approfittando di me, e probabilmente anche che non siate dei pazzi maniaci armati di spada che distruggeranno tutto non appena vi verrà chiesto di andarvene.» Bree affonda il viso tra le mani. «Le parlerò, lo giuro. Ma per favore, solo per stanotte, dovete andare a dormire da qualche altra parte.»

«Bene. Prenderò la stanza degli ospiti in fondo al...»

«No! Non puoi.» Bree ha uno sguardo selvaggio. «Mia madre ha passato tutto il pomeriggio a pulire le stanze per l'agente immobiliare e i nuovi ospiti. Se trova il letto anche solo sgualcito, capirà subito che hai dormito lì.»

«Potremmo dormire nella mia camera da letto» propone Ambrose.

Bree scuote la testa. «Le spalle di Pax non passerebbero per la porticina segreta.»

«E allora dove dovremmo andare?» chiede Ambrose.

Conosco solo un posto. «In soffitta.»

«Dobbiamo tornare in soffitta?»

«Non posso chiedervi di farlo.» Bree prende di nuovo il telefono. «Chiamo Dani. O Mina. Ci sarà pure qualcuno in grado di ospitarvi.»

«No, non ti lascerò qui solo con Edward a proteggerti. Vada per la soffitta.»

Bree mi bacia sulla guancia. «Credo... credo sia meglio che andiate a letto, allora. Mia madre dice che saranno a casa tra un'oretta.» Si solleva in punta di piedi e si china per sfiorarmi le labbra con le sue. Non riesco a trattenermi: la abbraccio e la stringo forte, come se potessi schiacciare le sue ossa sulle mie, e fare di noi due una cosa sola. Le mie labbra aprono a forza le sue per fare danzare le nostre lingue insieme e, quando lei si ritrae, ha gli occhi che brillano di desiderio e rimpianto.

«Non mi piace più di quanto piaccia a voi, ma sarà temporaneo. Ve lo prometto. Ne parlerò con la mamma.» Bree mi bacia la guancia. Le sue labbra mi lasciano un'impronta calda sulla pelle, che spero non svanisca mai. «E Pax, per favore, fai silenzio lassù. Se si sente qualche rumore ogni tanto, i miei penseranno che siano dei topi, però devi ricordare che i topi non fanno lo stesso chiasso di un guerriero romano alto un chilometro che si aggira per la soffitta, okay?»

«Okay.»

So essere silenzioso quando serve. Ho ottenuto anche il distintivo *Stealth* ai Centurion Games.

Bree si volta verso Ambrose, attirandolo a sé per un bacio prolungato. «Ti prometto che avremo il nostro congresso amoroso (come sottolineato da Edward in modo così eloquente) molto presto.»

«Buonanotte, allora!» augura Edward con una voce tutta compiaciuta. Però lo fulmino con lo sguardo appena mi rendo conto che, in quanto fantasma, lui può stare nella camera di Bree.

«Edward, forse non vuoi far arrabbiare Pax: ricorda che una volta ha minacciato di infilarti una cannuccia nel naso per svuotarti il midollo osseo.»

Edward deglutisce rumorosamente. «Giusto, sì. Beh, allora dormi bene, soldato. Non farti, ehm, mordere dalle cimici.»

Ambrose si ferma davanti a un piccolo armadio nel corridoio e prende alcune coperte. Si aggrappa al mio braccio e saliamo a fatica le scale. Arrivati in cima, spalanco la porta della mansarda con così tanta forza che la maniglia scheggia il rivestimento in legno.

«Credevo dovessimo fare *silenzio*» borbotta Ambrose.

«*Sto* facendo silenzio.» Spingo la botola della soffitta. Va a sbattere sul pavimento. Mi sollevo e mi giro per aiutare Ambrose. Lui grida sorpreso appena lo isso da sotto i gomiti e lo trascino su, facendolo finire sul pavimento di legno e alzando una nuvola di polvere.

«Grazie mille, Pax.» Si toglie la polvere dalla redingote. «Ma sono in grado di fare da solo. Sono cieco, non invalido.»

«Mi dispiace. Sono un po' nervoso.» Accendo la luce e mi guardo intorno. «Non veniamo quassù da...»

«Lo so» dice Ambrose sconsolato. «Solo che ora che siamo umani è peggio, perché i nostri corpi hanno esigenze umane. Non ricordo un letto qua. E nemmeno una latrina.»

«A Roma, se non avevamo una casa con le tubature, buttavamo i nostri affari direttamente in strada, dalla finestra.»

«Sì, anche a Londra si usava così, anche se si viveva in una casa con le tubature» dice malinconico Ambrose. «C'era persino un sistema di punti, per quanto non ufficiale. Una volta ho ottenuto un punteggio pieno per aver colpito in faccia il cameriere del re. Una vera e propria botta di fortuna, si capisce. Comunque, ho fatto i miei bisogni subito dopo cena, quindi ora la cosa più urgente è un letto...»

«Un soldato è abituato a dormire ovunque posi la testa» dico io, appoggiandomi al pianoforte. Ahi. Non è esattamente comodo, rispetto alle lenzuola di lino e al materasso memory su cui ho dormito da quando sono arrivato nella Terra dei Viventi.

«Beh, sono molto contento per te.» Ambrose dispiega la pila di coperte che ha portato di sopra in quello che somiglia a un letto davvero comodo. Quasi quasi gli chiedo di farmi stendere accanto a lui, ma poi mi rendo conto che sarebbe inutile. Questa notte non dormirò, non finché sarò qui in soffitta con...

...*Ozzy*.

È qui da qualche parte, lo so...

Eccolo. Appeso a quella trave, che fa finta di dormire ma ci osserva da un occhio semi chiuso.

Trattengo un brivido.

Guardo Ambrose che sonnecchia, ma non stacco mai gli occhi da quel piccolo e peloso culo di druido, in attesa del momento in cui deciderà di colpire. Di fronte al pianoforte c'è una piccola finestra sudicia che dà su Grimwood Crescent. La luce del portico si accende e sento le voci di Sylvie e Mike che tornano a casa. La luce si spegne e mi ritrovo di nuovo al buio. L'unico suono è il respiro affannoso di Ambrose, e la sola luce è la pallida luna che si riflette negli occhietti di Ozzy.

Penso a Edward, che dorme beato nel letto di Bree, o forse non dorme nemmeno, e magari è impegnato in un congresso amoroso, ignaro delle nostre sofferenze perché lui è ancora un fantasma...

All'improvviso ho un'orribile illuminazione.

«Ehi, Ambrose.»

«Pax?»

«Sei sveglio?»

«Ora sì. Che c'è?»

«Se sta arrivando l'agente immobiliare, non abbiamo molto tempo.»

«Per...»

«Per risolvere la questione in sospeso di Edward.»

«Cosa c'entra con l'agente immobiliare?»

«Se Mike e Sylvie vendono Grimwood Manor, dovremo andarcene tutti. E allora non potremo più andare a ficcare il naso negli affari di Edward, e lui non potrà venire via di qui con noi.»

Ambrose si mette seduto. La luce della luna proietta lunghe ombre sul suo volto. «Hai ragione. È molto probabile che la questione in sospeso di Edward abbia a che fare con questa casa. E se Mike e Sylvie la vendono, senza accesso a Grimwood Manor, o a Edward, non saremo in grado di risolvere il problema. Sarà bloccato nella sua forma di fantasma per sempre.»

«E noi non vogliamo che succeda, vero?»

«No» esclama Ambrose con fermezza. «Affatto.»

«Però pensa a quanto fastidioso sarà, da umano.»

«Bree lo vuole» si limita a dire Ambrose.

Ha ragione. Se Bree vuole Edward, allora farò tutto ciò che è in mio potere affinché lo ottenga. Anche se a volte vorrei trasformare i suoi muscoli in una lunga corda intrecciata, e usarla per saltarci.

«Forse possiamo risolvere la questione prima della compravendita. Tu conosci Edward da più tempo: non hai idee?» Ambrose si sistema meglio, con i piedi raccolti sotto di sé e la coperta avvolta intorno alle spalle. Io mi appoggio al pianoforte e mi stringo le ginocchia tra le mani.

«Le ho esaurite tutte.» Sfodero la spada e la rigiro sotto il fascio di luce lunare, ammirando come la luce pallida proietta prismi arcobaleno sulla superficie d'acciaio. «Per tutti gli anni in cui eravamo solo noi due, quando si prendeva gioco dei miei sandali e sosteneva che la cucina inglese è migliore di quella italiana, non ho pensato ad altro che a risolvere la sua questione in sospeso, per conquistare un po' di pace. Non sai quante volte l'ho spinto giù dalla finestra per vedere se gli dèi si fossero resi conto di aver commesso un errore a tenerlo fantasma, ma non sono mai riuscito a trovare una risposta.»

La bocca di Ambrose si tende in una smorfia cupa. «La questione di Edward è la più difficile di tutte. Sia io che te avevamo cose importanti nella nostra vita: io dovevo raccontare la mia storia e tu dovevi sapere che i tuoi uomini ti rispettavano abbastanza da darti una degna sepoltura. Invece per Edward non c'era nulla di troppo importante, tranne bere, i *congressi amorosi* e le sue terribili poesie. E non riesco a pensare a come una di queste abitudini possa essere rimasta una questione in sospeso, visto che ha finito ogni singola bottiglia...»

Una piccola forma scura cade dal soffitto, proprio davanti ai miei occhi. Io lancio un grido e mi tuffo sotto le coperte di Ambrose, facendo cadere a terra una pila di scatole.

«Pax, dovremmo fare silenzio!» sussurra Ambrose. Cerca di allontanarmi dal suo giaciglio, ma io mi rintano ancora di più. *È davvero molto caldo e accogliente qui sotto.*

«È Ozzy. Ha cercato di aggredirmi.»

«Ah.» Sento Ambrose rabbrividire. «Cosa sta facendo adesso?»

Scosto il bordo della coperta e guardo. «Niente. È solo lì, in piedi sul pianoforte, che ci fissa.»

«Ah.» Ambrose abbassa lentamente la coperta. Ha il mento che tremola. «Ciao, Ozzy. Ci dispiace averti disturbato. Stiamo qui solo una notte e ti prometto che Pax non emetterà più rumori fastidiosi...»

«Sshhh.» Serro la mano sulla bocca di Ambrose, gli occhi fissi su Ozzy.

Ora quel piccolo demonio peloso si sta muovendo. Saltella su e giù. Si afferra la gola con le mani. Fa una smorfia con la lingua di fuori e cade all'indietro, giù dal bordo del pianoforte. Io mi tuffo a prenderlo, ma a metà caduta lui si raddrizza e galleggia fino ad arrivare giù, e atterra tenendosi il sedere.

Proprio nel punto in cui a Edward spunta il frammento di vetro.

«Credo... credo che Ozzy stia cercando di dirci qualcosa.»

Mi sporgo in avanti.

Ozzy ricomincia la sua danza: saltella da un piede all'altro con le ali spiegate e agita nell'aria le piccole dita. Sembra quasi che stia spingendo una persona invisibile. Quindi indirizza la punta delle ali oltre la finestra, verso il cimitero di Grimdale che dorme sotto la luna pallida, mentre con l'altra mano si stringe il collo così tanto da strabuzzare gli occhi.

Si sta strangolando.

No. Lo stanno *strangolando.*

E poi cade di nuovo dal pianoforte.

E poi ancora.

Sono un guerriero: riconosco un attacco, anche se viene recitato male da un mostriciattolo peloso e triste.

«Credo che Ozzy ci stia dicendo che lui ha visto la morte di Edward» dico mentre sollevo le coperte di Ambrose e mi ci accoccolo dentro. «Edward non è semplicemente caduto dalla finestra da ubriaco. È stato *spinto*.»

17

AMBROSE

«Dobbiamo dirlo a Bree.» Pax batte i pugni sul pavimento, facendo vibrare le travi.

È proprio quello che penso.

Il cuore umano, reale e corporeo che ora possiedo sta correndo. È una cosa *grande*. Monumentale. In tutti i secoli in cui noi tre siamo stati insieme in questa casa, non abbiamo mai avuto la minima idea di quale fosse la questione in sospeso di Edward. Ma non avevamo mai pensato di chiederlo a Ozzy.

«Grazie.» Tendo la mano verso il punto in cui credo si trovi la palla di pelo. Un attimo dopo, la mia pelle formicola dove saltellano due piccoli piedi fantasma con tanto di artigli. Che strano essere di nuovo dall'altra parte, e sentire un fantasma!

«Che fai?» chiede Pax. «Perché stai facendo amicizia con quel demone peloso?»

Allungo un dito e accarezzo delicatamente, e con prudenza, la testa di Ozzy. Lui si appoggia a me, coccolandomi la mano con la testa. Il suo musetto entra un po' nella mia pelle e lui emette un piccolo squittio soddisfatto.

È caldo, solleticoso, morbido e... piuttosto piacevole, in realtà.

Il corpo di Ozzy vibra, e lui emette un altro piccolo squittio. La sua testa affonda nella mia mano e all'improvviso mi vergogno di come lo abbiamo trattato. Se Ozzy ha assistito alla morte di Edward, allora è in questa casa almeno da allora, ed è sempre stato in soffitta, da solo.

Quando ci siamo trasferiti tutti qui sopra, Edward ha cercato di cacciarlo via e *naturalmente* Ozzy ha reagito in modo violento perché voleva proteggere l'unica parte della casa che era sua. Provo una fitta di rammarico: per tutti questi anni siamo stati terrorizzati da lui e ci siamo nascosti in sua presenza, quando in realtà voleva solo che diventassimo amici.

«Grazie, Ozzy» dico, grattandolo sotto il mento fantasma.

«Non posso credere che tu stia facendo amicizia con quel servo di Ade.»

«Ci ha aiutato a salvare Bree da padre Bryne» osservo. «E ora ci ha dato delle informazioni su Edward. Credo che Ozzy stia cercando di seppellire l'ascia di guerra.»

«Gli mostrerò io come si seppellisce un'ascia di guerra...»

«Sssssssh.»

«Ma è una buona notizia, no?» Pax fa una smorfia disgustata. «Scendiamo subito al piano di sotto per dire a Bree quello che ci ha detto Ozzy, e quindi chiederemo a Edward e...»

«È una buona notizia» sussurro, cercando disperatamente di farlo smettere di parlare con quella sua voce roboante. «Però sento Mike e Sylvie in camera. Sono proprio sotto di noi. Se scendiamo, li sveglieremo e sapranno che Bree ci nasconde qui. Dobbiamo aspettare che escano domani mattina e vadano a fare colazione.»

«Uff.» Pax ci pensa. «Sì, forse hai ragione. Riposiamo un po', prima di scendere in campo per la mortalità di Edward.»

Afferra l'angolo della coperta e la strattona, portandosela dietro quasi tutta mentre si rigira. Poi un braccio robusto mi si posa sul petto. Il peso di questo umano, nonché ex-fantasma nuovo di zecca, è estasi pura. Ma è anche qualcosa di più. Mi chiedo se mi farà collassare i polmoni.

Cerco di liberarmi, ma lui mi tiene stretto. «Ti consiglio di non dimenarti e svegliarmi nei miei viaggi nella Terra di Somnia» mormora mentre accoccola il suo petto muscoloso contro la mia schiena. «L'ultimo uomo che l'ha fatto si è ritrovato con il collo spezzato.»

Ah. Prendo nota.

Pochi minuti dopo, Pax russa così forte che la soffitta rimbomba.

Qualcosa mi sfiora la spalla. Mi volto di scatto. Ozzy emette uno squittio infastidito. Distendo l'altro braccio e il piccolo pipistrello fantasma mi si avvicina strisciando, le ali ripiegate sul viso, e si addormenta subito.

«Ambrose? Pax?»

«Stai alla larga, turpe druido!» Accanto a me, Pax si sveglia agitando le braccia e getta via le coperte nel tentativo di spaventare il suo nemico invisibile.

«Sono io, Pax. Sono salita per dirvi che i miei sono andati a vedere se Maggie è in grado di fare una tazza di vero caffè italiano, quindi potete scendere.» Bree mi prende la mano e se la infila nell'incavo del braccio. «Sto preparando delle frittelle. Sempre che vogliate uscire dal vostro accogliente mucchio di coccole.»

«Io voglio le frittelle!» Pax si dimena per districarsi dalle coperte. Bree mi tira via prima che mi stacchi la testa.

«Anche io apprezzerei delle frittelle.» Mi scrocchio il collo. «E un bel massaggio.»

«Ogni giorno che passa diventi sempre più simile a Edward. Davvero, voi due siete adorabili e vorrei che poteste rannicchiarvi nel mio letto. Ma almeno ho risolto temporaneamente il problema, così non dovrete più dormire in soffitta.» Sento Bree che picchietta sul telefono con la mano libera. «Andrete a stare nella libreria di Mina.»

«No. È troppo lontana» si lamenta Pax. «Non sarò in grado di proteggerti.»

«Nemmeno io voglio stare lontano da te» dico.

Soprattutto non ora, quando sono appena tornato a essere un Vivente e il mio corpo si sente strano e fuori posto, tranne quando sono accanto a lei.

«Solo fino a quando tutti gli ospiti che sono arrivati per il Festival degli Ortaggi Giganti non se ne saranno andati. Poi cercherò di capire come dire ai miei genitori di noi e...» Bree deglutisce. «Verrò a stare da voi qualche volta, ve lo prometto. E Mina farà in modo che ve la passiate bene. Basta che non infastidiate Heathcliff o che non vi lasciate trascinare da Morrie in uno dei suoi piani, e andrà tutto alla grande.»

«Faresti meglio a dire a Mina che deve fare spazio per un altro» dico, mentre un piccolo corpo peloso si apre un varco e mi spunta dal colletto del cappotto.

«Oh, Ozzy, sei adorabile.» Bree lo accarezza sulla testa, e sembra piacergli perché il suo corpicino fantasma vibra tutto e lui emette un basso ronzio. «Non credo che Ozzy potrà venire con voi. La moldavite funziona solo con me e non so quanto sia potente sui fantasmi che non sono persone.»

«Non stavo parlando di Ozzy.»

Lui protesta con uno squittio e io allungo una mano e gli accarezzo con affetto la testa. Dietro di me, Pax emette un gemito lamentoso.

«Allora di chi stavi parlando?»

«Risolveremo la questione in sospeso di Edward» le annuncio.

«Ammiro il tuo entusiasmo, Ambrose, e sicuramente ci lavoreremo. Ma non mi aspetto che riusciremo a capire presto quale sia la sua questione. Non abbiamo indizi e...»

«Certo che ce l'abbiamo un indizio!»

Ozzy squittisce per confermare, e Pax me lo toglie dalla spalla. «Mostra a Bree quello che hai mostrato a noi.»

«Squeak!»

«Falle vedere! Non costringermi a mantenere la mia promessa di farti il solletico alle rotule con le tue...»

«Squeeeeeeeak!»

Non riesco a vedere cosa sta facendo Ozzy, ma sento le sue piccole ali demoniache che sbattono, e poi un forte *PLONK* mentre si lancia di nuovo dal pianoforte. Qualche istante dopo, Bree sussurra: «Sta dicendo quello che penso io?»

«Non dice nulla: squittisce solo.»

«Sì, grazie, Pax. Voglio dire, Ozzy sta cercando di dirmi che Edward è stato ucciso?»

«Penso di sì.»

Sento un altro *PLONK* e immagino sia Ozzy che ripete la dimostrazione.

«Mi chiedo se ci sia un modo per averne la certezza... Ozzy, vieni qui.» Sento Bree che si avvicina. «Una volta ho visto un tuo ricordo. Se lasci che ti tocchi, me lo puoi mostrare di nuovo?»

«Squeak.»

«Grazie. Sei molto gentile.»

Tutto tace per qualche istante. Poi Bree emette un enorme singhiozzo. Sia io che Pax ci avviciniamo, ma lei ci spinge via con delicatezza.

«Va tutto bene. Sto bene. Ho visto quello che ha visto Ozzy quella sera dalla sua posizione sul lampadario del corridoio.

Edward stava discutendo con qualcuno nella sua stanza... non sono riuscita a vederlo in faccia. Poi c'è stata una colluttazione e Edward ha urlato «Lo prendo io!» oppure «Ti prendo io!» e poi il vetro si è rotto con uno schianto terribile. L'espressione sul suo volto era...» Bree rabbrividisce. «Orribile.»

«Però adesso sappiamo che qualcuno ha spinto Edward.»

«Sì. Credo che lo abbia tenuto per il collo. Edward ha un piccolo livido sul collo. L'ho notato altre volte, ma non gliene ho mai parlato. Sapete anche voi quanto ci tiene al suo aspetto.» Bree mi stringe la mano. «Mentre ero nella testa di Ozzy, ho anche visto voi tre raggiungere di corsa la mansarda di Ozzy sette anni fa. Vi siete impadroniti dei suoi punti preferiti per dormire, avete buttato via la sua collezione di cadaveri di ratto e poi Edward lo ha chiamato *portatore di peste* e ha minacciato di annegarlo nello scolo.»

«Sì... ehm, ci dispiace per questo, Ozzy» dice Pax incupito.

«Sì, ci dispiace moltissimo.»

«Così, per vendicarsi, lui...» Bree si fa prendere dalla ridarella. «Oh, Ozzy, è geniale.»

Trasalisco. «Sarà meglio che Ozzy non ti mostri quello che è successo con l'orologio a pendolo.»

«O quell'altra volta, con la piuma di pavone» grida Pax. «Quella non è stata una mossa leale!»

«Pax, non ti ho mai visto così rosso in viso.» Immagino Bree prenda in braccio Ozzy, perché lui squittisce di felicità. «Ozzy è un *genio* ed è ufficialmente parte della nostra squadra. E magari, una volta riportato indietro Edward, potremo risolvere anche la sua questione in sospeso.»

«Squeak!»

«A quanto pare, gli piacerebbe» commento.

«Non vedo perché dovrei aiutare quel figlio di Ade» ringhia Pax.

«Perché lo voglio io» dichiara Bree. «Ma prima dobbiamo capire cosa fare di queste nuove informazioni su Edward.»

«Credo che la questione di Edward sia scoprire chi lo ha ucciso.» Mi sfrego le mani con allegria. Adoro i misteri. «Quindi è semplice: noi risolviamo l'omicidio e tu puoi usare i tuoi poteri di resurrezione per riportarlo indietro.»

«E vuoi che risolviamo un mistero vecchio di quattrocento anni che è sfuggito anche ai più illustri studiosi reali?» Bree si china e mi stringe la mano. «Bene. D'accordo. Andiamo a cercare Edward. Potrà dirci tutto sui suoi amici, e chi era che lo odiava così tanto da spingerlo giù dalla finestra.»

«Non credo che dovremmo dirglielo» dico io. «Penso che dovremmo fargli una sorpresa.»

«Adoro le sorprese» interviene Pax battendo le mani. «Una volta ho messo la testa di un re celtico in un vaso di argilla e ho dato il vaso a sua madre. È stata una sorpresa enorme!»

Bree ride, suo malgrado. «Non credo sia il tipo di sorpresa che aveva in mente Ambrose. Ma non dovremmo dirglielo?»

«E se ci sbagliamo? Non voglio rischiare di alimentare inutilmente le speranze di Edward: metti che ci infiliamo in un vicolo cieco? Lui è convinto che non ci siano speranze, ma noi sappiamo che non è così.» Le stringo la mano. È così incredibile, così *reale*. «Niente è impossibile con te, Bree.»

Quando lei mi parla, la sua voce è dolce. «Ambrose, perché vuoi fare questo per lui? Dopo che lui non ha parlato a nessuno del tuo libro...»

«Perché...» Mi stringo nelle spalle. «Perché immagino che sarà più divertente.»

Ed è vero. Adoro essere vivo e non vedo l'ora di condividere queste straordinarie sensazioni e tutti i miei sentimenti con il mio caro amico Edward. Come posso odiarlo per avermi nascosto quel libro? Se me lo avesse dato anni fa, sarei passato oltre e non avrei mai conosciuto Bree. E adesso non sarei vivo.

Edward si odia per quello che mi ha fatto, ma in realtà mi ha salvato.

«Questo è un piano eccellente» dichiara Pax. «Roba da legionari, degna del grande Cesare in persona. C'è solo un problema. Come facciamo a scoprire chi avrebbe voluto uccidere Edward se non possiamo chiederlo a lui? Sospetto che tutti coloro che lo conoscevano volessero ucciderlo, e la lista è molto lunga.»

«Beh, possono essere solo le persone che quella notte si trovavano a Grimwood Manor» osserva Bree. «E questo riduce i nostri sospetti. Scommetto che in uno dei libri di storia c'è la lista degli invitati, anche se non saprei proprio come restringere il campo.»

«Sono sicuro che ce la faremo, senza bisogno di chiedere nulla a Edward: sono anni che io e Pax lo ascoltiamo parlare di questi suoi cosiddetti amici. Sappiamo tutto quello che c'è da sapere su di loro.»

Pax sbuffa. «Vuoi dire che tu lo ascolti, quando parla?»

«D'accordo: *io* so tutto di loro. E potrebbero aiutarci anche Mina e Quoth. Penso che tra noi e loro saremo in grado di mettere insieme una lista di sospetti e iniziare a depennarli.»

Bree ride e mi abbraccia. «Okay, Ambrose. Lo faremo. Sei ufficialmente il responsabile della nostra campagna *Make Edward Human Again*.»

Appoggio la testa alla sua spalla, godendo del calore delle sue braccia intorno a me, così solide e piene di fiducia. Il mio stomaco borbotta, una sensazione nuova che, ricordo, indica che sto morendo di fame. Mi volto verso Bree. «Hai parlato di frittelle?»

18

BREE

«No. No, no, no. Non va per niente bene. Dovremo cambiare *tutti* questi mobili.»

Gwen, l'agente immobiliare che ha preso il posto di Annabel dopo che l'abbiamo messa dietro le sbarre per frode, si guarda intorno nella camera degli ospiti viola, le mani sui fianchi.

«Perché?»

La parola mi sfugge di bocca prima che me ne renda conto. Mia madre mi guarda, ma io non faccio nulla per correggermi. Non c'è niente che non vada in questa stanza. È una delle più richieste dagli ospiti. Ricordo che mio padre ha dipinto le pareti di un colore vivace per abbinarle ai tendaggi viola e oro fatti da mia madre. Ci sono un letto a baldacchino, vecchio e pesante, e alcuni mobili che abbiamo preso di seconda mano, e sulla parete dietro il letto mio padre ha dipinto un murale con un gruppo di fenicotteri dorati che danzano.

Perché Gwen vuole cambiarlo?

L'agente immobiliare fa una smorfia. «Questa stanza è troppo... stravagante. Con tutti questi colori scuri e mobili in legno pesante, mi sembra di essere sul set della Famiglia Addams.

Gli acquirenti di oggi cercano ambienti moderni, leggeri e ariosi. Non vogliono stanze disordinate e troppo piene. Credetemi, tutto questo...» Si acciglia e indica una lampada a forma di scimmia sorridente che mio padre ha raccolto dal ciglio di una strada. «Una stanza con *personalità* può andare bene per gli ospiti di un B&B, ma non se parliamo di vendere la casa. Dobbiamo dare agli acquirenti una tela bianca, sulla quale immaginare la loro vita.»

Non voglio che immaginino la loro vita. Voglio che escano dalla nostra.

«Cosa proponi?» Mia madre prende appunti su una piccola cartellina mentre mio padre accarezza con affetto la testa pelosa della lampada a scimmia.

«Dipingeremo tutte le camere da letto di un bel color crema, che dà un tocco di calore. Ho dei mobili che potete usare. Non avete quella vecchia dependance sul retro del giardino? Mettete...» Gwen guarda di nuovo la lampada a forma di scimmia. «Tutta questa stravaganza là dentro. Io farò in modo che i potenziali acquirenti non entrino nella dependance: posso dire loro che ci sono dei ragni. I compratori odiano i ragni quasi quanto i murales con i fenicotteri.»

«Dobbiamo portare fuori tutti i mobili?» Ricordo il giorno in cui acquistarono la struttura del letto e mio padre preparò un sistema artigianale di carrucole per issarlo sul balcone con l'argano, visto che non passava per le scale. «E come facciamo? Togliamo il tetto e li tiriamo fuori da sopra, con l'elicottero?»

«Bree, zitta.» Mia madre guarda con rimpianto le sue tende. «Anche le tende?»

«Sì. E questo *deve* sparire.» Fa un gesto verso il murale.

«No!» mi oppongo.

«Mi dispiace, Bree, ma ora non stiamo parlando di ciò che piace a te.» Il tono di Gwen mi fa capire che è una conversazione che ha fatto un milione di volte, con altre figlie testarde di altri clienti. «Si sa che questi manieri sono difficili da vendere. Non ci sono molti acquirenti con la liquidità necessaria per affrontare la manutenzione di una vecchia proprietà. Se i tuoi genitori vogliono avere una minima speranza di spuntare un buon prezzo per questo vecchio ammasso di roba, dovranno fare dei cambiamenti drastici nell'arredamento. Comprese le pitture sui muri.»

«Ma...» Guardo mia madre, in cerca di aiuto. Si sta mordendo le labbra. Nemmeno lei vuole che il murale venga cancellato.

Da dietro la porta spunta la testa di Pax. «C'è qualche problema? Ho sentito urlare, evento che di solito precede un'eviscerazione...»

«Pax?» I miei genitori si scambiano un'occhiata. Mio padre aggrotta la fronte e so che sta pensando a Pax che agita una spada in giardino. Credo che lo stia pensando anche mia madre, perché le sue labbra si trasformano in un piccolo sorriso e lei lo afferra per mano e lo tira dentro la stanza.

«Benvenuto, Pax. Non ti aspettavamo. Entra, entra. Gwen, questo è Pax, il ragazzo di Bree...»

«Non è il mio ragazzo.» Se lo presentassi come il mio ragazzo, vorrebbe dire scartare gli altri due. Mamma e papà sono abbastanza moderni, ma non credo tanto da accettare che io abbia tre ragazzi.

Ecco perché quella parola mi fa ancora sudare freddo, non perché io non voglia avere dei fidanzati.

Per niente.

«Se proprio vuoi saperlo, sì, c'è un problema» sbuffa Gwen. «Sto cercando di ottenere il meglio, da questa vendita per i Mortimer, e la tua ragazza sta rendendo tutto parecchio difficile.»

«Non sono la sua *ragazza*.»

«In effetti, Bree a volte è complicata.» Pax mi fissa mentre attraversa la stanza e si dirige verso Gwen. «E anche testarda.»

«Esatto. Non vuole che cancelliamo questo murale piuttosto datato e orrendo, che non farebbe altro che allontanare gli acquirenti.»

«Però, se Bree vuole tenere l'affresco, allora l'affresco rimane.»

«Giovanotto, non è certo una decisione che spetta a te...»

«*L'affresco rimane*» ribadisce lui, iniziando a scrocchiarsi le nocche.

Gwen deglutisce rumorosamente.

Nella stanza cala un silenzio spaventoso, rotto solo da Pax, che si scrocchia le nocche, una per una.

So che dovrei affrettarmi a portarlo via, ma sono così commossa che stia qui a litigare per me per uno stupido murale da non riuscire a muovermi.

Mia madre è la prima a riacquistare la compostezza. Mette le braccia su una spalla di Gwen e la indirizza verso la porta. «Gwen, mi dispiace per questa storia. Mike, puoi accompagnarla in cucina e prepararle una tazza di tè? Pax, tesoro, posso parlare un attimo con mia figlia?»

Lui indietreggia di un passo. Io gli faccio un cenno di assenso con il capo, così esce dalla stanza. Mike conduce Gwen, tutta tremante, in cucina, e sento che parla con grande entusiasmo del bovindo e della cucina economica, per cercare di distrarla dall'enorme guerriero romano un po' troppo appassionato di affreschi.

Mia madre si lascia cadere sul letto viola. Dà qualche colpetto sul piumone, in modo eloquente. Io esito un attimo, ma poi mi siedo accanto a lei.

«Bree, tesoro.» Aspira l'aria tra i denti. «So che è difficile pensare a tutti questi cambiamenti, ma dobbiamo ascoltare quello che dice Gwen. È lei l'esperta, e se dice che per spuntare il prezzo migliore per Grimwood è necessaria una sistemata, allora è quello che dobbiamo fare.»

«Ma sta privando la casa della sua anima. Perché deve buttare via tutti i nostri mobili e cancellare l'affresco... ehm, il murale?» Do un calcio alla cassapanca. Un errore. È di mogano massiccio, e ora ho un dito del piede che pulsa. «Tu e papà avete scelto con cura ogni singolo mobile. Qui ci sono il vostro cuore e la vostra anima. Perché siete così pronti a distruggere tutto con una mano di vernice?»

Lei si volta verso di me e, nonostante la sua espressione severa, le affiorano delle lacrime ai bordi degli occhi. La mia rabbia si spegne all'istante, come un rubinetto che si chiude. Mi avvicino e la abbraccio.

«Non sono pronta. Neanche un po'» mi dice, tutta rigida. Ma continua a trattenere le lacrime, come da suo stile. «Ma che importa se cambiamo le cose adesso? Gwen ha ragione. Questo posto sarà probabilmente ridipinto da chiunque lo compri. Quel murale non è certo un'opera d'arte. Tuo padre l'ha copiato da una foto trovata in una rivista, solo perché era un modo economico per nascondere il pessimo intonaco che aveva fatto.»

Io fisso il muro. «Non lo sapevo.»

Mia madre si allontana. È un'emozione troppo forte per lei.

«Sul serio, mi sorprende che tu sia così attaccata alla casa, visto che te ne sei andata appena hai potuto.» Parla in tono piatto, all'apparenza privo di emozioni, però non mi guarda e ha ancora gli occhi lucidi. «Sei stata via per cinque anni, e sei tornata solo perché ti abbiamo pregato.»

Rimango senza fiato. Come se mi avessero dato un pugno nei polmoni.

Mamma non aveva *mai* parlato del fatto che non ero più tornata a casa. Ogni anno mi chiedeva di rientrare per Natale e per il mio compleanno, però poi accettava con la sua solita indifferenza le scuse che mi inventavo, e passava ad altro.

Non è che non mi siano mancati. Ho passato delle notti orribili, nel *bush* della Nuova Zelanda o nel mio minuscolo letto in un ostello in Vietnam, e mi sentivo terribilmente sola quando chiudevo gli occhi, battevo tre volte i talloni e sussurravo *Nessun posto è bello come casa mia*, perché desideravo con tutta me stessa tornare a Grimdale.

Ma non potevo.

L'idea di tornare a Grimdale mi faceva sudare freddo.

Pensavo che fosse perché avevo un disperato bisogno di sentirmi normale, che tornare sarebbe stato come ammettere di aver fallito nel sogno che coltivavo da sempre di viaggiare per il mondo. Invece, la profonda e oscura verità che portavo dentro di me è che non sopportavo l'idea di tornare in una casa senza fantasmi.

Avevo cacciato i miei amici, e mi odiavo per averlo fatto. Mi odio ancora. Quei due tristissimi anni in cui ho vissuto in casa senza di loro sono stati i peggiori della mia vita. Non sapevo nemmeno se fossero passati oltre, o meno. Pensavo di averli persi per sempre, perché ero stata così presa da me stessa da non apprezzare ciò che avevo davanti.

E per questo ho ferito mia madre.

Ho ferito Pax, Edward e Ambrose.

Ho perso un sacco di anni dei miei genitori.

Chi l'avrebbe mai detto che scappare non risolve i problemi?

Abbasso lo sguardo. Oggi mi odio.

Mia madre fa un sospiro. «Non intendevo essere brusca con te, tesoro. So che hai avuto un'adolescenza difficile. Capisco perché te ne sei andata, e io e tuo padre siamo davvero orgogliosi del fatto che hai preso l'iniziativa e ti sei costruita una vita.»

Non sono sicura che definirei vita *cinque anni passati a lavorare in pub lerci e a essere palpeggiata da tour manager brufolosi e adoratori di Kerouac che puzzano vagamente di formaggio, ma... okay.*

Mamma si schiarisce la voce e continua. «Siamo orgogliosi di te... ma ci sei anche mancata. Soprattutto a tuo padre. So che sei arrabbiata perché ti abbiamo tenuta nascosta la sua malattia per tutti questi mesi, ma abbiamo pensato che fosse la cosa migliore. Non volevamo che ti preoccupassi mentre eri in giro a vivere le tue avventure. Non volevamo ostacolare il tuo desiderio di realizzare ciò che avevi sempre desiderato.»

E se quello che avevo sempre voluto fosse stato solo un inganno?

«Anche a me dispiace, mamma.» Le parole mi escono di getto, come se fossero state lì, in attesa di uscire, sulla punta della lingua. «Mi dispiace di avervi fatto pensare che stavo scappando. Non è andata così. Grimwood è stato un posto meraviglioso in cui crescere. Era il mio rifugio da Kelly, Leanne e tutto il resto. Ma poi... all'improvviso le cose sono cambiate, e non sapevo come affrontare la nuova situazione. Mi ero persa e avevo bisogno di ritrovare me stessa. Pensavo l'avrei fatto in Grecia, o in Nuova Zelanda, ma mi sbagliavo. Non ho mai avuto intenzione di ferire te o a papà. Mi siete mancati tanto, ma più stavo via, più era difficile tornare. E ora che sono tornata, sta cambiando tutto. E non voglio rendervi le cose più difficili. So che dovete farlo. È solo che... credo di aver pensato che Grimwood sarebbe stata sempre qui. Che tu e papà sareste sempre stati...»

Mia madre fa una smorfia addolorata. Mi prende tra le braccia. A differenza di mio padre, lei non è solita agli abbracci, quindi rimango sorpresa. Mi stringe forte, premendo la mia guancia sul suo petto: «Oh, tesoro. Si tratta di questo? Ma noi non abbiamo nessuna intenzione di andarcene a breve.»

Non potete saperlo. Nessuno può saperlo.

E la prova è una vita intera trascorsa tra fantasmi che urlano contro l'ingiustizia della morte.

Mi asciugo le lacrime. «Qui ogni stanza ha l'impronta di papà. Non voglio che venga dimenticato, cancellato da una mano di tintura, o nascosto nel magazzino, soprattutto perché nella vostra nuova casa non potrà dipingere altri murales.»

«Ascoltami bene, Bree Mortimer. Tuo padre avrà anche le mani che gli tremano e qualche nuova pillola da prendere, ma non sta morendo. Il Parkinson non è una malattia terminale. Papà affronterà questa sfida nello stesso modo in cui ha affrontato tutte le sfide della sua vita: con un sorriso, una battuta sciocca e tanta creatività.» Mi sorride, ma percepisco una nota di tristezza. «Riempirà la sua vita con nuovi hobby, come andare in bicicletta e infastidirmi per cose che non ricorda dove ha messo.»

«Papà ha una bicicletta?»

«Oh, sì. È verde acido, con un grande cesto e un corno da nebbia al posto del campanello.»

«Ovvio!» Non posso fare a meno di sorridere.

«Tuo padre non penserà di essere inferiore a nessuno, né di essere vittima di un destino ingrato, quindi non pensarlo nemmeno tu.»

«Lo so.» Tiro su con il naso. «Ma...»

«Non devi spiegare nulla.» Mi accarezza i capelli. «Lo so. Lo so bene, cazzo.»

Sbuffo una risatina. Non credo di aver mai sentito mia madre imprecare.

«Non voglio che copriate il murale di papà» dico triste. «So... so che è una sciocchezza, e che i nuovi proprietari probabilmente ci dipingeranno comunque sopra, ma non posso...»

«D'accordo.» Mia madre mi dà una pacca su una gamba. «Senti, faremo tutto quello che dice Gwen, tranne coprire il murale. In cambio, mi aspetto che tu (e Pax) mi aiutiate a smontare questo maledetto letto e a spostarlo nel magazzino. Affare fatto?»

«Affare fatto.»

«Bene.» Mi dà qualche altra pacca sul ginocchio. «E, tesoro?»

«Sì?»

«Se fossi in te, non continuerei ad allontanare i tuoi ragazzi.»

«Io non...»

«Pax e Ambrose saranno anche un po'... anticonvenzionali, però ci tengono a te. E se tu tieni a loro, devi fare in modo che lo sappiano. A volte rinunciamo alle occasioni perché ci raccontiamo che non fanno per noi, o perché abbiamo paura di essere feriti. In realtà, e lo dice una che è felicemente sposata con un uomo meraviglioso e irritante da ventisette anni, l'amore vale sempre la candela.»

«Ma io non sono innamorata...»

Mi accarezza di nuovo il ginocchio e si alza per andarsene. «Certo che no, tesoro. Certo che no. Una tazza di tè?»

19
BREE

«Bree, non ci crederai» esclama Ambrose entrando in casa con un gran fracasso. Cerca di appendere il cappello all'appendiabiti, ma sbaglia mira e lo fissa al corno di un cervo impagliato. Lo trovo buffo, quindi non lo sposto.

«Che succede?» Lo stringo tra le braccia, affondando il viso nel pastrano e inalando a fondo per saziarmi del suo profumo.

«Il signor Pitts vuole darmi un posto fisso come guida per le visite al cimitero. Un lavoro! Non ho mai avuto un lavoro da quando ho dovuto lasciare la Marina! È meraviglioso. E mi pagherà, anche se dice che dovrò avere un conto corrente. Dice anche che dovremmo organizzarci e preparare un calendario dei turni tra me e te.»

«Ambrose, ma è fantastico.» Lo abbraccio con più forza.

Il mondo non è pensato per le persone con disabilità. Lo so perché ho sentito Mina che si lamentava della mancanza di accessibilità e della discriminazione sul posto di lavoro. Ma, rispetto ai tempi di Ambrose, quando le persone come lui venivano spesso mandate in istituti per tutta la vita, è una grossa svolta.

Inoltre, sarà bello avere uno dei fantasmi che guadagna

soldi. Con tutti gli abiti da uomo che devo acquistare, e con l'appetito insaziabile di Pax, il mio misero stipendio e i miei risparmi stanno rapidamente finendo.

«Vero?» Ambrose mi cinge le spalle con un braccio. Con l'altra mano impugna il bastone, e lo muove picchiettando e spazzolando davanti a sé. Il metodo abituale di Ambrose per orientarsi consiste nel battere la pallina del bastone a terra e usarne l'eco per distinguere l'ambiente circostante, ma Mina gli ha mostrato come spazzare con il bastone davanti a sé per identificare altri ostacoli, e lui ha scoperto che le due azioni combinate funzionano alla grande, per lui.

«Ho guidato un gruppo dell'Istituto Nazionale Ciechi, di Liverpool. Sono venuti appositamente, perché hanno visto il tuo video sulla mia tomba.» Ambrose mi conduce in cucina, dove mio padre ha lasciato un piatto di focaccine fresche, che aveva offerto a Gwen per aiutarla a calmarsi dopo la visita disastrosa di oggi. Ambrose si siede sulla sedia mentre io spalmo burro, marmellata e panna su entrambe le focaccine. Ne morde una grossa porzione e, tutto felice, si lecca la crema dalle dita. «Volevano sapere tutto su Ambrose Hulme e sul suo bastone da passeggio, su come faceva a leggere gli orari dei treni, su come scriveva le sue memorie, e una serie di altre curiosità di ogni tipo. Una signora mi ha detto che la storia di Ambrose l'ha incoraggiata così tanto che ha prenotato un viaggio a Disneyland. Non so cosa sia, ma questa signora non è mai stata all'estero prima d'ora e ora andrà a Disneyland. Non è incredibile?»

«In effetti, lo è.» L'orgoglio mi gonfia il petto e mi chiude un po' la gola. «Però non sono affatto sorpresa. Io con te mi sento coraggiosa, come se tutto ciò che sogno fosse possibile. Non mi meraviglia che gli altri si sentano allo stesso modo. E Disneyland è un parco a tema: è pieno di cibo orrendamente costoso e di giostre, ma cento volte più fico. Forse un giorno ci andremo.»

Lui sorride radioso. Ha uno sbaffo di crema sul naso. «Mi piacerebbe. Edward è qui vicino?»

«È nel suo boudoir. Sta componendo un'ode a Grimwood Manor, che potremo leggere al momento della vendita.» Mi sporgo verso di lui. «Perché? Hai scoperto qualcosa sul suo omicidio?»

«Per ora no, ho appena iniziato. Durante la pausa pranzo, sono andato in paese e ho interrogato tutti i fantasmi che sono riuscito a trovare, per capire se per caso quella notte qualcuno di loro era nelle vicinanze e ha visto qualcosa.»

«E?»

Ambrose scuote la testa, triste. «Sia il Muratore Schiacciato che la Maestra Avvelenata non erano ancora fantasmi all'epoca, e Lottie dice che lei in effetti era alla festa di Edward, quella fatidica notte, ma era piuttosto distratta dal bel cetriolo del visconte, e non ha visto nulla.»

«Ah, sì, tipico di Lottie.»

«Ma non preoccuparti.» Ambrose prende una seconda focaccina. «Ho appena iniziato le indagini. Sono certo che risolveremo il mistero.»

Alzo lo sguardo verso il soffitto, da dove mi arriva la voce ovattata di Edward che recita i suoi versi. Un attimo dopo, le luci sfarfallano.

Spero davvero che tu abbia ragione. Perché non credo che Grimwood Manor possa sopportare ancora a lungo il tedio di Edward.

Dopo cena, Morrie, il fidanzato di Mina, arriva in una Mini rossa tutta fiammante, per prendere Pax e Ambrose. Io li saluto con la mano dal portico. Pax guarda implorante mia madre, ma lei gli dà un rapido bacio sulla guancia e non lo invita a restare.

Anche se si sta avvicinando agli ex fantasmi, non è ancora pronta a ospitarli. Domattina dobbiamo iniziare a spostare i mobili e a dipingere, quindi suppongo che anche questo vada tenuto in considerazione.

Però mia madre non sa che ho ancora un uomo in casa.

Torno dentro. Lei si dirige in cucina per accendere il bollitore per il tè, mentre mio padre è stravaccato sul divano del salotto principale dell'ala est, dove vivono, a guardare il telegiornale. Ha gli occhi chiusi e sta russando piano, e Moon è un'adorabile palla di pelo sul suo petto, gli occhi gialli che mi seguono in giro per la stanza.

Edward levita in un angolo, scrutando con disgusto il contenuto del mobile della televisione. «È pieno di cavi attorcigliati e di centinaia di dischi d'argento. Nemmeno una bottiglia di vino francese o di assenzio. Come fanno i tuoi genitori a vivere in condizioni così squallide?»

«Quei dischi d'argento sono DVD» sussurro avvicinandomi a lui. Lancio un'occhiata dietro di me per assicurarmi che mio padre stia ancora dormendo. «Li usavamo per conservare le immagini in movimento prima di avere Netflix.»

«Affascinante» dice lui, con un tono che lascia intendere tutt'altro. Prova a rigirarsi un DVD tra le dita, ma questo rotola sul tappeto. Entwhistle gli corre dietro e lo placca sotto il divano.

«Pax e Ambrose sono andati via con Morrie» mormoro. «Io e te cosa facciamo?»

«Avrei qualche idea...» mi sussurra all'orecchio.

«Dobbiamo fare piano, però» rispondo sottovoce. «I miei genitori...»

«Non sarò certo io a urlare.»

«Parli tanto, signor Principe Poeta, ma quando te lo prendo tra le labbra...»

«Hai detto qualcosa, dolce Bree?»

Mi giro, le guance in fiamme, e vedo mio padre che si sta mettendo seduto e si strofina gli occhi. Moon cade dalla sua pancia e corre dietro le tende.

Io faccio un enorme sbadiglio, per finta. «Dicevo che sono molto stanca. Credo che andrò a letto.»

Lui guarda l'ora. «Ma sono solo le sette e mezza!»

«Lo so, ma è stata una...» Cerco la parola giusta. «Una giornata stressante. Inoltre, immagino che domani vorrai iniziare presto a spostare i mobili, e sai quanto divento scontrosa se non dormo le mie dodici ore.»

«Ma certo, tesoro.» Gli occhi di mio padre mi scrutano il volto. «Però pensavo che forse potremmo stare un po' insieme. Se non stasera, un'altra sera, okay? Mi piacerebbe sapere dei tuoi viaggi e degli amici interessanti che ti sei fatta.»

«Mi piacerebbe molto...» *Ma non quando ho un principe che mi accarezza il culo e mi sussurra cose sconce all'orecchio.* «Un'altra volta, okay?»

«Okay.» Si alza dal divano. Edward mi lascia andare, ma non si sposta in tempo, e quando mio padre viene ad abbracciarmi, infila un braccio nel collo di Edward. Lui crolla a terra, ululando di dolore, e io faccio del mio meglio per rimanere seria mentre mio padre mi stringe a sé.

«Buonanotte, papà.»

«Ti voglio bene, dolce Bree.» E mi bacia sulla testa.

«Mi sembravi una persona a posto, per essere un popolano, ma questo era prima che mi infilassi il gomito nel collo.» Edward si strofina la pelle nuda sotto il colletto aperto, e si rimette in piedi. I capelli scuri gli ricadono sul viso e io intravedo quel segno sul collo: il livido pallido che ha sempre avuto. Odio pensare che sia dovuto a qualcuno che l'ha stretto, per poi spingerlo giù dalla finestra.

Seguo Edward e mi chiudo la porta alle spalle.

E, un istante dopo, le sue labbra sono sulle mie. *Sì*, urla la mia mente, e dimentico che se mia madre decidesse di passare di qui, vedrebbe solo la mia bocca aperta e i miei occhi chiusi mentre io limono il nulla.

Ma per me Edward non è invisibile, non è *il nulla*. Per me tutto ciò che lo riguarda è reale: le mani che mi stringono le guance come se fossi qualcosa di prezioso da maneggiare con cura, quegli occhi scuri che mi fissano... non chiusi, lui non li chiude mai perché gli piace vedere tutto. La pressione del suo desiderio contro la mia coscia, così forte che sembra impossibile che questa volta un fantasma e una Vivente non possano...

Poi abbassa una mano lungo la mia schiena e mi guida all'indietro lungo il corridoio, mentre la sua lingua reclama ogni recesso della mia bocca. Mi manca il fiato e le mie mani vagano sul suo petto e sulla sua schiena, seguendo le linee tese dei muscoli. Il calore pulsante della sua aura spettrale si irradia sulla mia pelle.

È tanto, davvero tanto. Eppure, non ne avrò mai abbastanza di lui.

Non riesco a credere che possiamo stare insieme, due persone le cui vite non avrebbero mai, e poi mai, dovuto incrociarsi, due creature che vengono da mondi e tempi diversi, eppure posso baciarlo e toccarlo e...

Torno alla realtà prima che mi venga in mente la parola successiva. Non sono ancora pronta.

Le dita spettrali di Edward mi toccano il seno, il suo pollice disegna dei cerchi intorno al capezzolo, finché non mi si indurisce. Io ansimo, le labbra appoggiate alle sue. Lui inghiotte il mio grido in modo che mio padre non lo senta.

È meglio se andiamo in camera mia.

In qualche modo, riusciamo a percorrere le scale senza inciampare. Una delle mie ave più arcigne, che non ho mai conosciuto, mi fissa dalla sua fotografia mentre le passiamo davanti incespicando e giurerei di aver visto con la coda dell'occhio che ci faceva l'occhiolino. Sbattiamo contro la porta della mia camera da letto. Edward la richiude con un calcio e l'intera parete trema.

Ora che siamo soli e al sicuro dai miei genitori, i suoi occhi si fanno scuri e determinati. Le sue dita passano dalla mia guancia alla nuca, e si intrecciano nei miei capelli. A volte li afferrano e a volte li attraversano. Limonare con un fantasma è una sensazione strana e meravigliosa. Non si sa quando (e se) il potere della moldavite cesserà temporaneamente, o se il fantasma perderà forze e fisicità.

Con l'altra mano continua a lavorare sui miei capezzoli, pizzica e torce prima uno, poi l'altro, finché io non ansimo muovendomi contro di lui, desiderando di più.

Poi Edward sposta le mani e fa una cosa che mi sorprende e pulsare il cuore a mille. Si inginocchia davanti a me e con le dita giocherella con i bottoni dei miei pantaloni.

«Cosa stai facendo?»

«Secondo te? Non mi sono mai inginocchiato per nessuna, prima d'ora» mormora mentre mi afferra le cosce e riesce ad abbassarmi i pantaloni e le mutandine senza bisogno di aiuto. «Ma davanti a te, alla mia musa, mi prostrerò ogni giorno e ogni notte, grato per qualsiasi favore tu ti degnerai di concedermi.»

«Edward, non è così. Non sto con te per farti un *favore*...»

Qualsiasi cosa stessi per dire viene interrotta dalla sua lingua che trova il mio clitoride.

Io riverso la testa all'indietro e la sua lingua disegna piccoli cerchi deliziosi. Le sue mani mi stringono le natiche, tenendomi in posizione e trasmettendomi un calore soprannaturale che mi scorre nelle vene. E la sua lingua... è magica. È l'unico modo in cui posso descrivere quello che sta facendo, e l'abilità di accrescere il mio piacere, dal ventre a tutto il mio corpo.

Proprio quando penso di non farcela più, lui cambia. Mi stuzzica con la punta della lingua, poi si concentra su quel punto sensibile, prima di colpirlo fino a dominarlo con veemenza, e io credo di non farcela più. Però, caspita, che bel modo, per andarmene!

Oh, dèi del Cielo! Sì. *Ancora!*

Oh, sì.

«Non mi sazierò mai del tuo sapore» mormora, addossato a me.

Io mugolo qualcosa, incapace di parlare, perché mi distrugge a ogni lussurioso colpo della sua lingua.

Mentre lecca, Edward mi passa un dito sulla fica, stuzzicandomi e ricoprendosi dei miei umori. Gemo. Per gli dèi, desidero troppo averlo dentro. Non ne avrò mai abbastanza di quest'uomo.

Ho i battiti impazziti, mentre lui mi venera con la bocca. Il mio corpo è ridotto in pappetta. Non so come faccio a reggermi ancora in piedi.

«Lasciati andare, Brianna» mormora, le dita affondate nel mio sedere mentre mi tira più vicina a sé. «Lasciati andare. Non sei mai così bella come quando gridi il mio nome.»

«Edward...»

Mi succhia il clitoride e io *vengo*. Grido il suo nome mentre sono presa da una spirale di piacere che mi fa ubriacare. Mi perdo, e tutto intorno a me diventa nero.

Quando mi riprendo, sono a terra e lui è in piedi che mi guarda preoccupato.

«Le tue gambe hanno ceduto. Ho cercato di prenderti.» Ha gli occhi bassi. «Ma mi sei caduta tra le braccia.»

«Fai bene a essere così dispiaciuto.» Afferro il bordo del

letto e mi trascino per salirci sopra. «È colpa tua se ora le mie gambe non mi reggono più. Cosa mi hai fatto, principe?»

Edward ride, e si stende sul letto accanto a me. Mi tolgo pantaloni e mutandine, ma tengo addosso la felpa. Lui mi passa le dita sulle cosce, trasmettendomi un delizioso formicolio alle gambe.

«Dimmi qualcosa di bello» gli dico. Gli tocco una guancia. So che non possiamo andare oltre, e questo mi lacera. Voglio stargli vicino. Vorrei infilarmi dentro di lui e conoscerlo in tutti i modi in cui una persona ne può conoscere un'altra. Ma non posso. Non posso avere quel pezzo del suo corpo.

Così, invece, avrò un pezzo del suo cuore.

«Qualcosa di bello...» Gli occhi scuri di Edward mi fissano. «Lo sto guardando in questo momento.»

«No, qualcos'altro. Forza, Principe Poeta, stupiscimi.»

Edward si rotola a pancia in giù, il mento appoggiato su una mano. I suoi gomiti sono pochi centimetri più in alto del letto. Aggrotta la fronte mentre riflette sulla domanda.

«Tuo padre ti ha mai detto come sono arrivati ad adottare Moon ed Entwhistle?» mi chiede.

«Ha detto di averli trovati in uno dei magazzini. Avevano solo un paio di settimane e la loro madre era morta. L'ha seppellita e li ha portati in casa per metterli accanto al fuoco, e quando si sono rimessi in salute, non è riuscito a darli in adozione.»

Edward annuisce. I suoi occhi scuri si velano appena, e si ritira in uno dei suoi ricordi. «Dopo la mia morte, Grimwood Manor rimase vuota per molti anni, mentre varie persone si contendevano la mia proprietà. Pax e io vivevamo qui insieme, naturalmente, ma eravamo sempre ai ferri corti. Forse a quei tempi non ero il miglior compagno per l'Aldilà.»

«Forse no» esclamo con un sorriso.

«Lui passava le giornate a perlustrare la foresta in cerca di druidi, mentre io preferivo il passatempo più poetico di rimanere in casa a crogiolarmi nella mia autocommiserazione. Vedevo la mia famiglia e i miei cosiddetti amici andare e venire mentre selezionavano i miei mobili pregiati: cercavano invano la mia cantina segreta e litigavano su come spendere la mia fortuna. In un'occasione si presentò anche mio padre; avrebbe voluto che la casa venisse abbattuta e le mie cose bruciate, in modo da cancellare ogni traccia del suo figlio eretico, ma Hugh lo dissuase. Gli suggerì invece di pubblicare una raccolta commemorativa delle mie opere poetiche, per dimostrare al mondo intero che era un padre in lutto, e lui rispose: "Non passerò un solo momento a piangere per quello spreco d'aria. Per quanto mi riguarda, non è figlio mio, e le sue poesie blasfeme dovrebbero essere bruciate."»

«Oh, Edward.» Gli passo le dita lungo la spina dorsale, seguendo le linee della sua infelicità. Non riesco a immaginare quanto debba essere crudele venire disprezzati così dal proprio padre.

Un ricciolo scuro gli cade su un occhio mentre scuote la testa, poi riprende a parlare. «Un giorno fluttuavo nel mio boudoir, lamentando la mia triste fine, quando sentii un suono. Era piccolo, appena percettibile. Una specie di flebile miagolio.

«Cercai di ignorarlo, ma diventava sempre più insistente e triste. Non riuscivo a pensare. Fluttuai in giro per tutta la casa finché non entrai nella sala da ballo, dove ora c'è il salone degli ospiti, e vidi un ammasso tremolante di pelo logoro, proprio nel mezzo del pavimento di marmo.»

«Un gatto?»

Annuisce. «L'avevo già visto. Era un gattino nero con le zampe bianche, una cosina triste e magra che il giardiniere inseguiva con il forcone e la cuoca spazzava via dalla cucina con la scopa. A volte si avvicinava alla casa durante le nostre feste, ma i miei amici non avevano tempo per una creatura così triste e patita. Spesso le lanciavano oggetti contro, o vi si prendevano gioco, oppure, senza volerlo, erano troppo socievoli e capitava che le tirassero la coda.

«E ora era lì, dentro casa *mia*. Avrei dovuto essere furioso, invece il suo grido mi straziò l'anima. Quando piangeva, sembrava me da dentro: infelice, solo e disperato, in cerca di amore.

«E mentre la fissavo, mi resi conto che attraverso il suo pelo del color della notte erano visibili gli intarsi di marmo sottostanti. Anche lei era un fantasma. Era morta da sola, da qualche parte, e il suo spirito era venuto a casa mia, alla ricerca di… cosa? Quello che cerchiamo tutti, credo. Sicurezza, calore, gentilezza.» La sua voce si incrina. «Non avevo mai preso in considerazione quella creatura, da vivo. Ma poi, quando mi fissò con quegli occhi enormi sopra il nasino rosa, capii che eravamo uguali. Entrambi avevamo vissuto soli ed eravamo morti soli. Non avevamo mai conosciuto l'amore.»

«Oh, Edward.» Gli occhi mi pizzicano per le lacrime.

«Mi inginocchiai accanto a lei, stando attento a non infilare il ginocchio nel pavimento. Era molto spaventata. Non posso biasimarla, perché non aveva mai conosciuto la gentilezza degli umani. Si allontanò, ma poi lentamente, molto lentamente, tornò da me. Mi annusò. E mi saltò in braccio. Si accoccolò sulla mia spalla, la testa appoggiata a me, e il suo corpo vibrava con piccole e squisite fusa.

«La portai nel mio boudoir, facendo attenzione a non infastidirla, e ci sdraiammo insieme. Il suo corpicino irradiava un calore che riuscivo ad avvertire, nonostante fossi un fantasma. La guardai e pensai che ero fortunato a non avere più un cuore, perché si sarebbe di certo spezzato. Lei dormiva. E io dormivo. Oppure ero andato alla deriva, verso un luogo in cui ero una persona che poteva essere amata, che poteva meritare amore, anche se era solo l'amore di un minuscolo, per quanto perfetto, gattino. Per la prima volta da quando ero morto, e in realtà per la prima volta da molto tempo, ero in pace.»

Il suo respiro si fa irregolare. «Mi svegliai qualche tempo dopo, e la gatta stava passando oltre. Era circondata di luce, come è successo ad Ambrose, e lei attraversò il Velo per raggiungere l'altro regno.»

Mi vengono le lacrime agli occhi a pensare a quella piccola gattina e spero che, ovunque sia ora, stia inseguendo gomitoli di lana e mangiando tutto il caviale dell'universo.

Ricordo che alla Nevermore Edward aveva detto a che il Velo era una metafora poetica. Invece ora sappiamo che è una barriera vera e propria.

Edward prosegue: «Ha alzato la testolina e mi ha guardato negli occhi mentre se ne andava. Sembrava che dicesse *Grazie*. Per tutta la vita la gente l'aveva ignorata e maltrattata. Nessuno l'aveva amata. Era quella la sua questione in sospeso. Voleva solo sperimentare l'amore. E io...» Scuote la testa. «A volte mi sento anche io così, come se tutto ciò che volessi al mondo fosse solo essere abbracciato e amato. E fu così che un giorno, mentre vagavo per il giardino commiserandomi, trovai quei due gattini e la loro povera madre morta. Allora decisi di fare saltare i fusibili della casa, così Mike dovette andare a prendere il generatore nel magazzino, e li trovò.»

Chiudo gli occhi mentre metabolizzo la sua storia. Li riapro e lui mi guarda, senza più quell'espressione arrogante, ma l'espressione piena di dolore e speranza. Sbatte le palpebre e la maschera torna al suo posto.

«Vorrei...» sussurra. «Vorrei essere dentro di te, in questo momento. Vorrei poterti scopare fino a farmi amare.»

«Non è così che funziona» dico. «Però c'è qualcos'altro che possiamo fare. Qualcosa di ancora più intimo.»

Lui si rallegra. «Come vuoi tu.»

«In un certo senso, tu puoi essere dentro di me.»

Sembra confuso. «È proprio questo il problema. Non posso, e questo mi fa impazzire.»

«No, voglio dire, potrei allontanare la moldavite e tu potresti fluttuare dentro di me, come hai fatto con lo Squartatore...» Scuoto la testa appena vedo la sua espressione. «No, lascia perdere. Idea stupida...»

«Non è affatto stupida.» Edward si fa serio. «Sarebbe un onore. Solo che nei tuoi ricordi potrei vedere particolari che magari tu preferiresti rimanessero nascosti. Sei disposta a farlo? Perché vorrei provare, se te la senti.»

Faccio un respiro profondo. Me la sento? Invitarlo a entrare significa consegnargli i miei ricordi, *tutti*. Anche quelli di cui mi vergogno di più, come il vero motivo per cui ho avuto paura di tornare a Grimwood durante tutti questi anni.

Come i sentimenti che provo per lui, Pax e Ambrose.

Ma quello che mi ha dato stasera è più prezioso di un orgasmo. Mi ha regalato un pezzo nascosto della sua anima, un pezzo che non ha mai permesso a nessun altro di vedere. Voglio fargli lo stesso regalo anche io.

Mi sdraio sui cuscini. Lentamente tolgo la manciata di pietre di moldavite dalla tasca della felpa e le lancio in un angolo della stanza. Vanno a sbattere contro il rivestimento in legno, e poi rimbalzano a terra. Faccio un cenno a Edward.

«Entra.»

Lui si morde un labbro. Si tocca il colletto allentato della camicia bianca, e tirandolo espone di nuovo quel piccolo livido. La luce della luna filtra dalla finestra alle sue spalle, e sfiora i suoi capelli scuri, facendolo apparire molto più vecchio e saggio: non solo il principe poeta, il signore della dissolutezza, ma una persona molto bella e complessa.

Gli tendo una mano. Lui mi tocca le dita. Le punte si sfiorano, ma poi perde la presa e mi scivola dentro, infilandomi la mano nel braccio. Avverto del bruciore, nel punto in cui è entrato, e l'interno del mio braccio è stretto, come se la mia pelle fosse più tesa di prima. È imbarazzante, ma non spiacevole.

«Fa male?» chiedo.

«È meraviglioso» risponde. Che non è proprio una risposta. Ma poi mi ricordo delle cose che ho letto su Edward, che durante alcuni dei suoi passatempi più dissoluti il dolore era parte del suo piacere. Trovare la bellezza nell'oscurità fa parte dell'essere poeta.

«Vai più a fondo» lo esorto.

Lui arriccia le labbra, aggrotta la fronte e si china in avanti. Le sue labbra sfiorano le mie per un attimo e poi tutto il suo corpo affonda dentro di me.

È... strano. Sembra sbagliato, ma nel modo in cui a volte le cose sbagliate sono esattamente ciò di cui si ha bisogno. Mi sento tutta tesa e piena. Lui si muove, si mette a suo agio e io sono nervosa per la sua presenza. Però è anche... bellissimo. È dentro di me. È nelle mie vene, nel mio cuore e nelle mie ossa.

Lui è me e io sono lui.

Ciò che pensa e prova affolla i miei pensieri e le mie sensazioni, finché non so più dove finisco io e dove inizia lui.

Un ricordo affiora in superficie. È incerto, i bordi sono sfocati. Non appena mi ci immergo, la testa mi gira.

Questo è un ricordo da oppio, me ne rendo conto. Non mi appartiene. Edward è fuori come un balcone, e ora lo sono anch'io.

«Come sarebbe a dire che non vuoi sposarti?» La voce stridula di una donna mi perfora il cranio. «Sarò un'ottima moglie. Non ti incatenerò mai, se è questo che vuoi sapere. Voglio solo che continuiamo così per sempre. Ti amo, Eddie. Voglio essere tua moglie.»

Il mio corpo si riempie di emozioni che non mi appartengono. C'è pietà e c'è anche un'ondata di speranza, che forse questa è la mia volta buona, e il suo amore mi renderà libero. Ma ho preso la mia decisione. So che non mi ama come io desidero essere amato. Lei ama l'*idea* di me, ma so che non sarò mai all'altezza dei suoi alti ideali. Non appena la deluderò, si innamorerà di un altro. Con la stessa forza, veemenza e profondità.

«Te ne pentirai. Ti pentirai di aver rinunciato alla tua vita per me» le dico, e questa voce è mia ma non è mia, le parole vengono da me, eppure non le ho mai sentite prima. «Non sono degno della tua devozione e non ti amo come meriti di essere amata. Devi restare, sopportare e lasciare che il tuo dolore alimenti la tua arte. Ma sappi che ovunque io sia, tu sarai sempre una musa per me.»

Così le dico di no e guardo il suo bel viso contorcersi per la tristezza e in seguito per la rabbia. Stringe a pugno le sue belle mani e le batte su un cuscino.

È furiosa. «Se non posso averti io, non potrà averti nessuna!»

Scoppia a piangere e fugge dalla stanza, ma io non la seguo. La vista mi si annebbia e afferro la bottiglia di vino accanto al letto, ma è vuota. Dannazione, ne devo avere ancora. Barcollo per alzarmi e in quel momento un'ombra scura mi piomba addosso e tutto diventa nero...

...e quando riapro gli occhi, Edward si libra sopra di me, e mi guarda con occhi cupi e preoccupati.

«Stai bene, Brianna? Ero dentro di te, e poi mi hai lasciato.»

«Sono caduta troppo in profondità in uno dei tuoi ricordi» dico. «Eri fatto e mi hai trascinata giù. Grazie per avermi tirata fuori.»

«Non avrei mai dovuto accettare. Dovevo saperlo che avrei potuto farti del male.»

«No, Edward, è stato bellissimo. Com'è stato per te?»

Sbatte le lunghe ciglia e le sue labbra si tendono in un

sorriso raro e genuino. «Ti ho vista, Brianna. Vi ho visti tutti. Ero te, ed è stata l'esperienza più bella della mia vita ultraterrena. E mi ha fatto capire una cosa.»

Mi si chiude la gola. Non voglio parlare di ciò che potrebbe aver visto. «Cosa?»

«Quando ero nello Squartatore, forse ho avuto un indizio che può aiutarci.»

Non è affatto quello che mi aspettavo. Ma lo accetto. Ho avuto fin troppa vulnerabilità per stasera. Mi metto seduta. «Che cosa?»

«Ho visto lo Squartatore che guardava mentre veniva scoperto il corpo di una delle sue vittime. C'era un uomo con un pastrano che cercava di tenere a bada la folla. Sembrava essere di particolare interesse per lo Squartatore, che si divertiva a schernirlo. Faceva parte del gioco per lui. Forse era un agente di polizia e probabilmente conosce lo Squartatore meglio di chiunque altro. E se potessimo ottenere il suo aiuto?»

«Ma sarà già morto da tempo... ah.» Capisco cosa sta suggerendo. «Se è un fantasma, potremmo parlargli. Hai ragione.»

Mi alzo dal letto e recupero il libro di Vera sui serial killer. Sfoglio le quattro pagine su Jack lo Squartatore e indico la litografia di una figura nell'angolo in basso. «È questo l'uomo che hai visto?»

«Proprio lui.» Edward studia la pagina con gli occhi socchiusi. «Ispettore Frederick Abberline.»

«Era il responsabile del caso dello Squartatore. Non ha mai preso l'assassino.»

«Nelle mie visioni, lo Squartatore si divertiva a vedere i fallimenti di Abberline che balzavano agli onori della stampa scandalistica, dato che ogni indizio che lo Squartatore aveva piazzato lo portava in una nuova direzione.» Gli occhi di

Edward si conficcano nei miei. «Sembra abbastanza per spingere un uomo a...»

«...mettersi a caccia di prostitute.»

«Se Abberline è un fantasma, allora potremmo andare a chiedergli dello Squartatore» dice entusiasta. «Potrebbe sapere qualcosa su come assicurarsi che sia davvero morto o su come l'Ordine lo abbia resuscitato.»

«Vale la pena provarci.» Afferro il telefono e inizio a scrivere con foga. È strano, ho passato tutta la vita a cercare di evitare i fantasmi e ora mi metto a cercarne uno. «Se fossi il fantasma di un detective, infesterei il luogo del più famoso omicidio che è rimasto irrisolto. Cioè il quartiere Whitechapel di Londra.»

«Oh.» Edward si incupisce. «Allora suppongo che mi lascerai per andare a Londra con Pax e Ambrose. E magari anche con Mina e l'uccellino. Che allegra banda di detective.»

«Sciocchezze. Vieni anche tu.» Tengo in mano un pezzo di moldavite. «Non oseremmo andare a Londra senza il nostro principe che ci illustri tutti i posti più famosi.»

Edward tira su con il naso. «Io non frequentavo zone malfamate come Whitechapel.»

«Non essere ridicolo, Edward. Eri un noto libertino.»

Lui mi fa un sorriso ampio e sinistro che mi scioglie dentro. «Se insisti, Brianna. Però sappi che dal momento in cui i miei piedi toccheranno di nuovo il suolo londinese, il mio fiuto per la dissolutezza darà la caccia a ogni fornitore e fornitrice di piaceri peccaminosi e a ogni covo di iniquità della bella città.»

«Te lo do io, già ora, un covo di iniquità» E gli sorrido mentre mi avvicino e gli sfioro la guancia, abbassando il viso per baciarlo.

«Se la mia signora insiste» dice lui. E ci rimettiamo a letto.

20

BREE

«Bravo! Ci stai prendendo la mano!»

Mi trascino giù dal letto per andare alla finestra, attirata dalle grida di mio padre. Ma sono assalita dal panico perché non vedo Pax al solito posto di guardia. Poi mi ricordo che ha dovuto smettere di farlo quando: 1. Si è reso conto che, ora che è un Vivente, ha bisogno di dormire, 2. è stato cacciato via perché devono vendere la casa, e 3. ora che i miei genitori sono a casa non può più comportarsi come un selvaggio guerriero romano.

I miei genitori. *Papà*.

Corro alla finestra e guardo giù. Papà è lì, in sella alla sua bicicletta verde acido, e lancia grida di incoraggiamento a Pax che sta girando, lento e traballante su un'altra bicicletta, intorno al mosaico dello zodiaco. Ai margini del prato, il più lontano possibile dalle membra agitate di un centurione in equilibrio precario, ci sono Mina e Oscar, Quoth in forma umana e Ambrose.

E Dani.

Lei sorride timida e mi saluta con la mano. Io ricambio il saluto. Non so bene a che punto siamo, dopo che ci ha aiutato a trovare un posto per seppellire padre Bryne, ma ora è qui. E ne sono davvero felice.

«Cos'è questo baccano che mi sveglia dal sonno?» Edward attraversa il muro fluttuando, e infila il naso nella finestra per scrutare fuori. «Ah, il soldato sta facendo di nuovo qualcosa di assurdo. Avrei dovuto immaginarlo.»

«Bree, guarda!» grida Pax mentre gira intorno al vialetto, con la sua stazza che traballa in cima alla bici. «Sono in sella a una biga senza cavalli.»

«La sua *biga senza cavalli* è fucsia» osserva Edward.

«È un problema?» Pax ci lancia un'occhiataccia. «A me piace il rosa. Il rosa è il colore di Marte, Dio della guerra. Cosa c'è di sbagliato nel rosa? Perché non vieni qui e me lo dici in faccia, eh?»

«Non c'è niente di male nel rosa» mi dice mio padre facendomi l'occhiolino. «Mi sorprende che tu sia così sessista, dolce Bree. Il rosa è un colore molto maschile, vero, Pax?»

«Assolutamente!» dichiara Pax.

«Davvero, Bree!» dice Dani con un sorriso, rendendosi conto che mio padre deve aver sentito Edward parlare e ha pensato che fossi io. «Non ti ho mai vista discriminare le biciclette per il loro colore. Credo che dovrai riconsegnare il tuo distintivo di femminista intersezionale per questo.»

Okay, credo che Dani mi abbia perdonato.

Guardo male Edward. «Li vedi, i problemi che provochi?»

«Come può essere colpa mia? Sono stanco di queste sciocchezze» esclama lui con un sospiro. «Torno nella mia stanza per lavorare alle mie poesie. Chiamami se succede qualcosa di interessante.»

Mi siedo alla finestra e osservo Pax e mio padre che girano per il vialetto. Pax suona il campanello della sua bicicletta come se stesse annunciando la scadenza del tempo in un'orgia romana.

Quoth aiuta Mina e Ambrose a muoversi in quel caos. Dani li segue, portando un oggetto sotto il braccio. Con riluttanza, mi vesto e scendo al piano di sotto per raggiungerli.

«Guardate cosa mi ha regalato Mina!» dichiara Ambrose, tenendo in mano un aggeggio che sembra un incrocio tra una macchina da scrivere e una pagnotta di pane. «Mi ha iscritto all'Istituto Nazionale per Ciechi e mi hanno mandato un pacchetto di benvenuto per imparare a leggere e scrivere in Braille. Che bella invenzione!»

«È fantastico. Buongiorno.» Gli do un bacio sulla guancia. Lui arrossisce. Non riuscirò mai a capacitarmi di quanto mi renda felice vederlo vivo, che si gode la vita.

«Ti sei persa una bella serata ieri sera» dice Mina tutta allegra. «Siamo rimasti alzati fino a tardi a giocare a poker con Morrie e Heathcliff, e Ambrose li ha distrutti. Ha anche mangiato il suo primo curry take-away.»

«Cosa ne pensi?»

Ambrose si strofina lo stomaco. «Mi ha ricordato i giorni in cui saltavo da un treno all'altro in India.»

«E Ambrose mi ha raccontato ciò che avete saputo dal pipistrello» sussurra Mina senza farsi sentire. «Ci sono venute alcune idee su chi potrebbe aver ucciso Edward. Abbiamo scoperto parecchi libri sul famigerato Principe Poeta in libreria, e contengono dettagli e testimonianze di prima mano di tutti gli ospiti di Grimwood la notte dell'omicidio di Edward. Così Morrie, Quoth e Dani ci hanno aiutato a stilare una lista.»

«È fantastico» dico a tutti. «Ma ora che avete una lista, come farete ad accertare chi è l'assassino?»

«Abbiamo un'idea anche per questo» dice Ambrose. «Li interroghiamo. O meglio, *tu* li interroghi.»

Ovvio.

Bree, la ragazza che sussurra ai fantasmi, salva di nuovo la situazione.

«Edward e io abbiamo avuto un'idea simile ieri sera» spiego. «Lui pensa che dovremmo trovare il fantasma del detective Abberline a Londra e vedere se sa qualcosa che possa aiutarci a trovare, o fermare, lo Squartatore.»

«È perfetto» replica Mina. «Il nostro principale sospetto sta infestando un hotel a Londra. Questo significa che è ora di fare un bel viaggetto!»

«Bree?» chiama mia madre dalla porta d'ingresso, con il grembiule addosso e le mani coperte di pastella. «Tu e i tuoi amici volete fare colazione? Sto preparando una Full English.»

«Minuscoli cubetti di delizia patatosa!» grida Pax tutto eccitato, gettando la bicicletta a terra. «Per il *dongle* gocciolante di Giove, ci sto.»

Mina fa una smorfia. «Ma che immagine deliziosa! Comunque sia, io adoro la pancetta bella croccante, per cui ci sto.»

Mentre gli altri entrano seguendo mia madre, Dani mi si avvicina e mi porge il fagotto che aveva sotto il braccio. «Ti ho preparato qualcosa» dice.

Lo prendo, con il cuore in gola. Non merito l'amicizia di Dani.

«Non sbirciare, finché non arrivi a Londra» mormora con un timido sorriso. «È un kit per evocare i fantasmi. L'idea mi è venuta dalla madre di Mina, che prepara degli adorabili kit per uccidere i vampiri.»

«Ho sentito dire che hanno provocato dei disastri...»

«Io invece spero che questo kit ti tenga *alla larga* dai guai, anche se so che è una vana speranza, quando si tratta di Bree Mortimer.» Dani porta lo sguardo verso la suite degli ospiti al secondo piano, dove Edward è senza dubbio nel bel mezzo di un sonetto. «Edward come sta prendendo il fatto di essere l'unico fantasma che ti sbatti?»

Divento paonazza. «Ti prego, non dirlo così.»

«Come vuoi che lo dica?» Le labbra di Dani si tendono nel suo caratteristico sorriso sardonico. «Devi ammetterlo, sei una vera e propria zoccola da fantasmi.»

«Mi sa che preferivo quando mi odiavi» mi lamento. «Edward... beh, la sta prendendo esattamente come ci si aspetterebbe che la possa prendere Edward: lagne lancinanti, mescolate a sesso spettrale davvero incredibile.»

«È adorabile che Ambrose voglia fare questo per lui.»

«Ambrose è fatto così.» Sposto lo sguardo verso la finestra. Edward compare in mezzo al vetro. Ci guarda accigliato. «Spero solo che il nostro burbero principe apprezzi lo sforzo che stiamo facendo per lui.»

«Beh, gli ultimi amici che ha avuto lo hanno spinto giù da una finestra, quindi io dico che dovrebbe imparare a essere felice di quello che ha.» Dani mi prende a braccetto nel modo in cui abbiamo sempre fatto, e ci avviamo lungo il vialetto verso la casa, con il mio nuovo kit da fantasmi infilato sotto l'altro braccio. «Tuo padre ha un bell'aspetto. Sembra felice.»

«Sì. Vederlo è stato fantastico. Avevo davvero tanta paura di ciò che la diagnosi avrebbe potuto significare per lui, ma ora che è qui e lo vedo, è *esattamente* lo stesso di sempre. È mio padre e il Parkinson non ce lo porterà via.»

«Esatto.» Dani appoggia la testa alla mia spalla. È più alta di me e la posizione è così buffa che ci mettiamo a ridere. Si passa i capelli scuri dietro l'orecchio e mi chiede: «Allora, ci hai pensato di nuovo se svelare il segreto ad Alice?»

«Dani...»

«Immagino debba essere strano, perché scoprirebbe che tutto ciò per cui ti bullizzava è vero, però Alice ci sarebbe davvero utile. Potremmo venire a Londra anche noi, aiutarti a interrogare i fantasmi e magari andare a uno spettacolo, trovare un cocktail bar divertente, fare un weekend tra ragazze.»

Dani sembra tenerci proprio. E l'idea di andare a Londra con lei e Alice (e forse Mina) e passare un weekend divertente con amiche in carne e ossa, come ho sempre desiderato, mi fa salire un nodo in gola.

«Inoltre, credo stia iniziando a sospettare qualcosa.» Dani sembra imbarazzata. «Dopo la giornata con Pax e Ambrose al museo, continua a chiedermi come fa Pax a sapere così tanto di storia romana e dove abbia frequentato l'università per leggere il latino così fluentemente.»

E sarebbe proprio così che finirebbe nel mirino dello Squartatore.

Scuoto la testa. «Non ancora. Non prima di esserci liberati dello Squartatore una volta per tutte. Non deve avere alcuna possibilità di tornare. Non voglio mettere Alice in pericolo. Sai che se glielo dicessimo, si tufferebbe in questa storia; non può farne a meno. Ho già visto abbastanza persone ferite a causa dei miei poteri. Non voglio aggiungere alla lista la tua ragazza e mia ex bulla.»

«Va bene. Il segreto è tuo e decidi tu come vuoi gestirlo, ma voglio che sia messo a verbale che credo che alla fine lo scoprirà comunque, e *adesso* è il momento in cui potrebbe esserci utile. Ma lasciamo perdere per ora, perché è urgente arrivare alla montagna di bacon che tua madre ha preparato, prima che Pax la spazzoli via tutta.»

Corriamo, ridendo, verso la casa. Jack lo Squartatore e l'Ordine della Nobile Morte sembrano così lontani. Con la mia migliore amica di nuovo nella mia vita, cosa può mai andare storto?

21

BREE

«**S**ono su un *treno!*» esclama Ambrose saltando a bordo con una mossa teatrale per superare lo spazio tra il binario e la carrozza. La borsa che ha sulla spalla ondeggia di qua e di là. «*Sono sopra un treno* che funziona con l'elettricità invece che con una vecchia e sporca locomotiva a vapore.»

«È vero, ma per gli altri non è altrettanto eccitante, quindi se puoi abbassare il volume del tuo divertimento in modo da non far venire un infarto a qualche povero manager qui presente, tutti apprezzerebbero.»

«E fatevi da parte, così che il vostro principe possa salire a bordo» dice Edward in tono annoiato. «Ai miei tempi, uomini come voi si sdraiavano a terra e si lasciavano calpestare la schiena perché io non mi sporcassi i piedi... Ehi, attento a dove metti quegli enormi zoccoli, brutto e farfugliante pendaglio di toro!»

Edward inveisce contro l'uomo tutto elegante che lo ha appena attraversato. Pax è ai distributori automatici, con un pugno sollevato come se pensasse che l'unico modo per farne

195

uscire il contenuto sia rompere il vetro. Il più in fretta possibile, li faccio salire tutti a bordo e individuo i nostri posti.

Ambrose si accomoda sul sedile vicino al finestrino. «Ti prego, descrivimi tutto quello davanti a cui passiamo.»

«Ti prometto che...»

«Guarda, quello sta caricando a bordo una biga senza cavalli» esclama Pax corrucciato mentre un ragazzo entra con una bici. «Tu hai detto che non potevo portare la mia.»

«È vero, ma immagino che quel ciclista riesca a fare strada senza dover prendere a pugni i finestrini delle auto di passaggio.»

«Ma quelli mi avevano chiamato cavaliere in calzamaglia!» grida Pax, sbattendo il pugno sull'esile tavolinetto tra i sedili. «Non so cosa voglia dire, ma a me sembra un insulto. L'ultima persona che mi ha insultato...»

«Lo so, lo so, l'hai sventrata e hai usato il suo intestino come filo interdentale. Sembri proprio mio padre, dopo una delle sue giornate in giro per le strade in bicicletta.»

Lascio che Edward si infili nel posto accanto a me, in modo che si trovi di fronte ad Ambrose, accanto al finestrino. Una donna mi guarda male mentre passa, perché sembra che io stia tenendo occupato il posto per impedire agli altri di usarlo. Mi volto per non guardarla. Li ho pagati tutti, questi posti. Anche quello in cui si è sistemato Edward.

Mina ha una fretta matta di finire di revisionare il libro che ha finito, quindi ha deciso di non venire con noi. Dani ha dovuto rinunciare all'ultimo minuto perché il sidro fatto in casa da sua madre era esploso di nuovo. Andremo a Londra da soli, anche se Mina ha detto che Quoth potrebbe seguirci in forma di corvo, nel caso ci trovassimo nei guai.

Ma chi vogliamo prendere in giro? Stiamo andando a parlare con dei fantasmi, e abbiamo due uomini redivivi da poco e completamente fuori dal tempo. *È ovvio,* che ci metteremo nei guai.

La croce di padre Bryne si trova sul fondo della mia borsa, insieme al sacchetto di erbe della scatola di Vera, e a un mucchio di suoi appunti incomprensibili: non si sa mai che siano degli incantesimi di protezione, o altro. Ho anche il kit per l'evocazione dei fantasmi regalatomi da Dani, e un opuscolo che pubblicizza i tour di Jack lo Squartatore.

«Mi chiedo quanto resisterà la mia fantasmaticità» esclama Edward annoiato, come se in realtà non gliene importasse molto e non fosse entusiasta di questo viaggio come il resto di noi. Scruta fuori dal finestrino, per nulla impressionato dai graffiti sconci che adornano le pareti di cemento del tunnel della stazione.

Prendo dalla tasca la mia manciata di pietre di moldavite e gliele mostro. «Le sto stringendo più forte che posso.»

Ambrose mi tocca il piede con il suo, sotto il tavolo. Io ricambio. Edward non sa che in realtà noi speriamo che la moldavite si esaurisca, così la sua fantasmaticità lo riporterà a casa prima che troviamo il primo fantasma del suo passato. Per quanto ne sa lui, stiamo andando a Londra solo per trovare l'ispettore Abberline.

Il viaggio verso Londra è più o meno come me lo aspettavo, con Ambrose che pretende una cronaca dettagliata della morbidezza di ogni singola pecora che incrociamo (e siamo in mezzo alla campagna inglese: le pecore sono *tante*), Edward che recita una terribile poesia pastorale di sua composizione, e Pax che sfida a gran voce i nostri compagni di viaggio a una gara di braccio di ferro. Un ragazzo in tenuta militare accetta l'offerta: Pax lo abbatte con così tanta violenza che spacca il tavolino. A quel punto, molti passeggeri si trasferiscono nel vagone ristorante.

Non riesco a smettere di ridere. Ricordo che un paio di mesi fa ho fatto lo stesso viaggio nella direzione opposta, sola e preoccupata per mio padre, e nervosa per ciò che... o per chi... avrei trovato in casa.

Arriviamo in città e prendiamo un taxi per andare a lasciare i bagagli nell'albergo economico che ho preso per la notte. Il taxi non ha abbastanza posti per tutti, così Edward siede davanti con l'autista, il quale rabbrividisce quando una curva presa a velocità troppo elevata manda accidentalmente il mio principe a sbattergli addosso.

«Brrr... maledetto tempo londinese» impreca l'autista.

«Come mi hai chiamato?» scatta Edward. «Ti farò frustare, per tanta impertinenza.»

«Hai detto qualcosa, dolcezza?» mi chiede l'autista girandosi verso di me appena si ferma dietro un autobus rosso.

«Oh... sì, chiedevo se tutti i tassisti hanno l'assicurazione, o possono fare senza.»

Arriviamo all'hotel troppo presto per fare il check-in, il che è una benedizione, perché non vorrei che Edward incontrasse per sbaglio il fantasma, che potrebbe trovarsi al piano di sopra. Il receptionist ritira i nostri bagagli e li sistema dietro il bancone. Pensiamo che il momento più probabile per trovare Abberline sia di sera tardi, e nel frattempo sono più che felice di ammazzare il tempo facendo la turista, soprattutto...

«Non posso credere di essere tornato a Londra!» Ambrose saltella per la gioia. «Possiamo visitare il Crystal Palace? Potremmo prendere un tè a Holland House, oppure dare un'occhiata a quei pamphlet super-volgari in vendita dai librai di Wych Street...»

«Perché non ti accontenti di stare in mezzo a Hyde Park con le braccia aperte, e lasciare che i piccioni vengano a posarsi su di te?» lo schernisce Edward. «A me questi intrattenimenti non interessano.»

«Beh, meglio così, perché tanto niente di ciò che Ambrose

ha suggerito esiste più. C'è qualcosa che tu vorresti vedere, Edward?» gli chiedo con tono dolce.

«Mi piacerebbe rivedere il palazzo dove sono cresciuto.»

«È lì che vive la *gallina*?» chiede Pax illuminandosi.

«Non è una gallina, Pax. È il principe del *Galles*. Che poi, in realtà ora è il re e...»

«Non sapevo che le galline avessero la monarchia» osserva Pax. «Ho sempre pensato che fossero repubblicane, come Cicerone.»

Per raggiungere il palazzo facciamo un percorso un po' tortuoso: prima la metropolitana fino a Camden, perché voglio acquistare un paio di stivali nuovi, poi Kew Gardens, così che Ambrose possa girovagare un po' tra gli splendidi esemplari di piante e annusare cose interessanti e deliziose. Dentro il palazzo, Edward ci racconta le sue imprese prima che suo padre lo bandisse da corte.

Dopo che sono riuscita a convincere i Beefeater che Pax è solo un turista italiano un po' eccentrico, e non ha nessuna intenzione di rovesciare la monarchia, prendiamo la metropolitana fino a Whitechapel. Do un'occhiata al telefono e vedo che siamo in perfetto orario per i tour guidati serali.

In cima ai gradini veniamo accolti da un signore con i capelli color sale e pepe, che indossa un pastrano vittoriano e agita come un folle una lanterna. «Forza, volete sbirciare dentro la mente oscura e depravata del più famoso serial killer di tutti i tempi?» ci chiede. «Venite a scoprire la psiche di questo gentiluomo venuto qui a Whitechapel per assecondare i suoi gusti macabri.»

«No, no, no» brontola una voce dietro di lui. «È *tutto* sbagliato. Il fatto che fosse un gentiluomo è un'invenzione dei giornali. In realtà, noi credevamo fosse un...»

«Ehm, no, grazie.» Supero di corsa l'esperto dello Squartatore, alla ricerca di quella voce che brontolava, e quasi subito mi imbatto in una donna con i seni strizzati in un corsetto.

Tiene in mano un cartello e grida qualcosa in un terribile accento dell'est di Londra: «Camminate con una moderna prostituta di Whitechapel mentre scopriamo insieme i segreti delle donne di strada che sono state fatte fuori con tanta crudeltà.»

«Anche questo è sbagliato. *Io* non ho mai detto che le vittime fossero prostitute. Il fatto che si trovassero per strada di notte non significa che fossero donne di cattiva reputazione.»

Mi giro. Finalmente lo vedo. L'ispettore Abberline è identico a tutti i disegni che lo ritraggono nel libro di Vera. Indossa un pastrano sbiadito e dei pantaloni coordinati, e ha un volto così triste che gli sembra cucito addosso come fosse un sudario. Oltre la sua stazza robusta riesco a vedere la donna con il corsetto che conduce allegramente un folto gruppo di turisti dentro un vicolo laterale.

«Non è affatto così che è andata!» urla Abberline a un altro accompagnatore del tour dello Squartatore, al momento impegnato a raccontare al suo gruppo le macabre lettere che il misterioso assassino inviava alla stampa, con tanto di organi prelevati dalle vittime. «Mi auguro proprio che troviate delle donne brutalmente assassinate nel giardino di casa *vostra* e che poi tutti passino il resto dell'eternità a confezionare dei tristissimi souvenir sulla vostra fissazione!»

È lui. Sembra un tipo divertente.

Raddrizzo la schiena e attraverso la piazza a passo deciso. Il fantasma mi vede arrivare e si affretta a scostarsi, ma invece di passare per il posto dove prima si trovava lui (come si aspettava) mi fermo e lo guardo dritto negli occhi.

«Mi scusi» dico avvicinandomi a lui. «Ispettore Abberline?»

«Io...» Il fantasma si blocca. «Mi vedi?»

«Sì. Mi chiamo Bree Mortimer e vedo i fantasmi. Voglio...»

«Bene.» Abberline tira fuori dalla tasca un blocchetto e ci batte sopra il mozzicone di una matita. «Allora forse potrai spiegare a questi cretini alcuni punti cruciali. In primo luogo, nel caso del corpo di Catherine Eddowes nessuno ha trovato raspi d'uva nelle vicinanze, quindi non c'è motivo di supporre che...»

«Ehm, un attimo. Non sono qui per aiutare nessuno con i tour dello Squartatore. Io...»

«Poi, nel caso di Polly Nichols, un giornale ha riportato che è stato trovato solo un po' di sangue vicino alla scena del crimine, ma questo non significa che lo Squartatore abbia spostato il suo corpo a Bucks Row. Semplicemente, il sangue è stato assorbito dagli strati dei vestiti...»

«Senta, ispettore Abberline, tutto questo è molto interessante, ma io...»

«Ma quella ragazza è pazza o cosa?» sussurra una turista americana al marito, mentre il loro gruppo ci passa di fianco. «Sta parlando con il nulla.»

«Forse è una delle guide?» sussurra l'amica. «Sono un gruppo strano.»

«E per quanto riguarda l'idea assurda che sia coinvolta la massoneria, io sono amico di un paio di massoni e sono persone integerrime...» Abberline ha molti sassolini da togliersi dalle scarpe. Immagino che non lo trattino troppo bene in questi tour: in fondo, è lui che è riuscito a catturare lo Squartatore.

«In realtà, possiamo spostarci qui per un attimo...» Sembra non mi senta, così faccio un cenno a Edward, che si fa avanti.

«Mio caro amico, forse non mi conosci, ma io sono il tuo principe. O almeno, lo sarei se fossi stato vivo. Mi piacerebbe scrivere un'ode sulla tua valorosa lotta per consegnare questo cattivo alla giustizia, ma in questo momento la mia Brianna ha bisogno che tu la ascolti.»

«Ascoltare? Perché dovrei ascoltare?» Abberline getta a terra con disgusto il blocchetto fantasma. L'oggetto svanisce nel momento stesso in cui tocca l'acciottolato, e subito dopo gli rispunta dalla tasca. «Io non faccio altro che ascoltare! Giorno dopo giorno, sono più di cento anni che sono in questa piazza e sento solo parlare dell'assassino che *non* ho catturato. E per quanto riguarda te» prosegue, battendo un dito sul petto di Edward. «Che cosa diamine ha fatto la monarchia per me, eh?»

Edward fa un passo indietro, il suo sorriso sardonico trasformato in un'espressione di vero terrore. Nella sua forma di fantasma, Abberline potrebbe davvero fargli del male. Noto la sagoma di un revolver nella sua tasca.

Mi muovo per mettermi tra di loro, ma Edward si riprende, gli occhi ardenti di passione. Si scaglia contro Abberline e lo afferra per il colletto. «Ora, ascoltami bene, detective Abberline, tu puoi anche avere un conto in sospeso del tutto legittimo con questa folla di esperti di Jack lo Squartatore, che fanno soldi con il tuo nome. Ma ora ci siamo noi. E io ho qualcosa che tu non hai.»

«Ah, certo, e cosa sarebbe?» sbotta Abberline, ma i suoi occhi brillano di paura.

«Un senso esagerato della mia importanza.» Poi Edward fa un gesto a Pax. «E un guerriero selvaggio che ha il potere di trasformarti la milza in una bella palla di mozzarella se non collabori.»

Pax si scrocchia le nocche tutto felice.

Vai, Edward!

«D'accordo, d'accordo» brontola Abberline, agitando un braccio mentre fluttua di là della piazza. «Parliamo al pub. Ma non pago io.»

Ci infiliamo in un tavolo del vecchio pub all'angolo. L'ispettore Abberline mi chiede di ordinare una pinta di birra scura, per poterla annusare.

«Sapete...» Abberline si appoggia allo schienale del divanetto, con il sedere che levita sul sedile, «tutti pensano che il Ten Bells sia il pub frequentato dallo Squartatore, invece qui venivano molto spesso proprio Polly Nichols e Annie Chapman, a bere. Kate Eddowes di solito era al pianoforte e intratteneva il locale con qualche entusiasmante canzone o con una bella ballata su qualche assassino. Aveva una voce bellissima.»

Si china e infila il naso nel collo del bicchiere.

«A-ah!» Edward schiocca le dita. «Ti mostro un trucchetto. Se vuoi ottenere la sensazione di essere leggermente inebriato, allora non devi fare altro che...»

Alzo una mano. «Prima che vi ubriachiate sniffando come fate voi fantasmi e facciate saltare tutte le lampadine di questo locale, abbiamo un discorsetto da fare.»

«Ah, sì.» Abberline annusa a lungo la birra. «Cosa vuole da me una ragazza che parla con i fantasmi?»

«Il fatto è che...» Faccio un respiro profondo. «Jack lo Squartatore mi sta dando la caccia.»

Mi aspetto una reazione da parte di Abberline. Invece si limita a fare un sospiro e a giocherellare con il suo taccuino. «Quindi quei bastardi fanatici l'hanno riportato in vita, di nuovo?»

«Aspetta, in che senso *di nuovo?*»

«Tu lo conosci, questo mostro?» Ambrose si sporge in avanti, impaziente.

«Un attimo.» Abberline si china e annusa il bicchiere, prima di continuare. «Ho le informazioni che volete. Se rispondo alle vostre domande, cosa ottengo in cambio?»

Io sbatto le palpebre. Mi sta prendendo in giro? «In che senso?»

Il volto di Abberline si illumina con un sorriso terrificante e genuino. «Vi dirò tutto quello che volete sapere... dietro compenso.»

«Sei un uomo di legge. E pure fantasma. Che tipo di compenso potrai volere?» borbotto. «D'accordo. Ti prometto che potrai venire in camera con noi, e ordinerò tutti i tuoi piatti preferiti da UberEats, così potrai annusarli...»

«Non è questo, che voglio» replica pronto Abberline. «Tu mi riporterai in vita.»

Mi ritraggo, scioccata.

Come fa a saperlo?

Pax si china in avanti sul tavolo, un pugno minacciosamente vicino al viso di Abberline. «Come fai a sapere del potere di Bree? Tu lavori per il mostro?»

«Per favore! Io so riconoscere un guerriero romano in abiti moderni, quando ne vedo uno.» Abberline si tappa il naso. «Anche se sono un fantasma, sento che hai l'alito che puzza.»

«Ehi, io *non* sono il feroce e sanguinario centurione romano Pax Drusus Maximus.» Pax continua a brandire minaccioso il pugno mentre si sforza di ricordare la storia di copertura che gli ho inculcato. «Sono... un umile turista italiano, e sono qui per assaggiare l'ottima cucina britannica.»

«Sei un maledetto romano, sandali e tutto.» Abberline si rivolge a me. «E se non mi sbaglio, il signore seduto di fronte a me è della mia epoca. Ho ragione, vero? Li hai riportati in vita tu. Siete come *lui*.»

«Come chi? Come padre Bryne?»

«Pagate, e ve lo dirò.»

Emetto un sospiro. «Non funziona così. Per far agire la magia della resurrezione, dobbiamo risolvere la tua questione in sospeso. E la tua questione è identificare Jack lo Squartatore, uno dei più grandi misteri irrisolti della storia dell'umanità...»

«Oh, ma io so chi è lo Squartatore» rivela Abberline. «L'ho visto in giro, con tanto di cappello a cilindro e tutte le sue arie, l'ultima volta che è stato resuscitato. Una sera mi ha confessato i suoi crimini davanti a una pinta di birra. È Lord Fitzwilliam.»

«Allora, se sai chi è, come mai non sei passato oltre?»

«Perché non l'ho *fermato*!» Abberline batte il pugno sul tavolo. Dato che è seduto di fronte a me e io ho la moldavite in tasca, il suo pugno colpisce davvero il tavolo, e fa volare in aria il suo bicchiere da birra, oltre la mia spalla, mandandolo a colpire in testa il tizio dietro di me. L'ignaro cliente si gira per dirmene quattro, ma poi vede Pax che lo squadra, e ci ripensa.

Abberline si fissa il pugno, incredulo, poi mi guarda con occhi spalancati. «Tu sei come lui?»

Chi è lui?

Ma non glielo chiedo. Mi limito a guardarlo. «Non stiamo parlando di me. Che mi dici della tua questione in sospeso?»

«Io dovevo assicurare lo Squartatore alla giustizia. Però non sono mai riuscito a prenderlo e lui è scomparso prima che potessi catturarlo. Poi Lord Fitzy va a morire di sifilide, e doveva concludersi tutto così. Peccato che invece continua a essere trascinato fuori dall'Inferno perché vada a uccidere altre donne innocenti, e io sono praticamente inutile, no?»

«Okay, okay!» Alzo le mani in segno di resa prima che lanci anche la ciotola di patatine sulla testa del poveretto alle mie spalle. «Ti prometto che se ci aiuterai, una volta che ci saremo liberati per sempre dello Squartatore, userò i miei poteri per riportarti in vita. Però solo se accetti che io non so che cazzo sto facendo e che potrei anche intrappolarti per sbaglio in qualche altra dimensione, oppure reincarnarti in un pinguino, d'accordo?»

«Non conosco il significato di nessuna delle parole che hai detto.»

«Giusto, dimenticavo che la fisica quantistica non è ancora stata scoperta ai tuoi tempi.» Gli tendo una mano. «Dimmi solo se abbiamo un accordo o no?»

L'ispettore Abberline mette la sua mano spettrale nella mia, e le stringiamo il più possibile, fino a quando le mie dita non penetrano nelle sue. Lui si risistema sul divanetto e si arriccia un baffo intorno a un dito.

«Allora...» dice. «Vuoi sapere di Jack lo Squartatore.»

«Sì. Voglio sapere come e perché un assassino morto da tempo ha attaccato me e i miei...» Ho la parola *fidanzati* che mi danza sulla lingua, ma la respingo. «Amici.»

«Fammi indovinare, aveva dei fumi rossi che gli uscivano dagli occhi ed era controllato da una specie di ecclesiastico squilibrato?»

Faccio il gesto della pistola con le dita, e gliela punto contro. «Indovinato al primo colpo. Sappiamo che è un revenant.»

Lui si adombra. «L'Ordine della Nobile Morte ha avuto modo di riportare la mia nemesi nel regno dei vivi non meno di tre volte, da quando è stato mandato all'Inferno la prima volta.»

«Aspetta.» Prendo un lungo sorso del mio G&T. So che ne avrò bisogno. «Tu sai dell'Ordine? Stai dicendo che Jack lo Squartatore è già tornato, in passato?»

«Sì. All'Ordine non piace fare il lavoro sporco da soli. A che serve il potere di resuscitare i morti se non si può diventare loro padroni? Loro resuscitano i filosofi perché analizzino i vari documenti, Pitagora perché faccia quadrare i loro conti, e poi hanno un tizio di nome Steve Jobs che si occupa di tutta la parte informatica, e assassini che formano il loro esercito personale.

Ma lo Squartatore è l'arma migliore che hanno. Devi aver dato molta noia a qualcuno, perché mandino lui a cercarti.»

Beh, Vera, non io.

Posso immaginare. Vera faceva saltare i nervi a tutti.

Il più in fretta possibile, gli spiego nel dettaglio cosa è successo a Vera e cosa abbiamo vissuto nel cimitero. Edward gli descrive anche, con dettagli fin troppo poetici, come è entrato nello Squartatore e ha usato i suoi ricordi per aiutarci a rintracciarlo. L'investigatore fantasma sembra davvero colpito, il che lusinga Edward.

«La prima cosa che dovresti sapere è che non l'hai ucciso» mi svela Abberline. «Non per sempre, comunque. L'hai solo rallentato.»

Faccio un gemito. «Temevo che l'avresti detto.»

Abberline annuisce. «L'Ordine richiamerà lo Squartatore non appena si accorgeranno che lui e il sacerdote se ne sono andati. Oppure potrebbe anche tornare di sua iniziativa, se è abbastanza arrabbiato. Non si fermerà finché non avrà ricreato ognuno dei suoi cinque macabri omicidi, per il capriccio dell'Ordine. Prenderà le sue vittime e poi sparirà finché non ci sarà di nuovo bisogno di lui.»

«Che cosa facciamo?»

«Non capisci. Non si può fare nulla. È impossibile catturare lo Squartatore, e ancora più impossibile ucciderlo.»

«Allora, come mi suggerisci di agire?»

«Da quello che dici, lo Squartatore è stato impiegato per uccidere persone con il tuo dono. Quindi ti suggerisco di trovare altre tre donne in grado di fare questa magia di resurrezione, e di assicurarti che lui raggiunga prima loro.»

Ma. Che. Cazzo?

«È un piano che mio padre approverebbe» esclama Edward.

«E proprio per questo non è un'opzione percorribile» grido, imbufalita. «Non getterò nessuno in pasto a questo mostro, né me ne starò qui seduta ad aspettare che lo Squartatore mi faccia a pezzi. Quindi, se ti servo viva per poterti resuscitare, è meglio che ti inventi qualcosa di meglio di questo.»

Abberline si stringe nelle spalle. «C'è un prete alla chiesa di All Souls, proprio dietro l'angolo. Ogni tanto lo incontro per fare due chiacchiere. È stato lui a parlarmi dell'Ordine. Ogni settimana organizza un incontro tra fantasmi e noi, spiriti locali, andiamo lì a parlare dei problemi che ci angustiano.»

«Dimmi di più su questi incontri» interviene Edward con una mano alzata. «Ho parecchie lamentele da fare...»

«Vorresti che parlassimo con un prete?» chiedo scuotendo la testa. «No, grazie. Ne ho avuto abbastanza di preti che hanno cercato di uccidermi.»

«Questo sacerdote è diverso. Lui odia l'Ordine. Ed è... beh, è un po' strano. Parla per poesie.» Abberline si stringe di nuovo nelle spalle. «Devi solo conoscerlo.»

«Perché non l'hai detto prima?» esclama Edward cercando di spintonarmi giù dalla sedia. «Uno come me. Andiamo a vedere questo *prete poeta* fastidioso.»

22

BREE

Vorrei andare di corsa alla chiesa, ma è già tardi e dobbiamo tornare in albergo. Abbiamo un altro appuntamento.

Salutiamo Abberline, che torna a lamentarsi delle inesattezze storiche davanti ad altre persone che si accalcano alla Aldgate Tower per partecipare a un altro tour dello Squartatore.

Edward si interrompe mentre sta imprecando contro un gioviale turista americano che senza volere lo ha attraversato, e scompare. La moldavite che ho in tasca deve aver smesso di funzionare. Guardo Pax, stringo la mano di Ambrose e tiro un sospiro di sollievo. «Okay, è sparito. Finiamola con questa messinscena.»

«Cominciavo a pensare che non se ne sarebbe mai andato.» Gli occhi di Ambrose brillano di gioia. «Spero davvero che funzioni, Bree. Voglio farlo per lui. Voglio fargli l'incredibile dono di poterti toccare.»

Tu sei troppo gentile: nessuno di noi ti merita.

Pax si distrae davanti a un'esposizione di coltelli dello Squartatore, ma io lo trascino via e torniamo in metropolitana.

Un paio di fermate dopo scendiamo e, con una breve deviazione verso un negozio di fish and chips per prenderci la cena, camminiamo per un isolato fino al nostro hotel, un edificio Tudor fatiscente che un tempo era stato una grande tenuta. Ora è un hotel economico, per gli standard londinesi, il che significa che ho dovuto saccheggiare i miei risparmi per potermi permettere l'Imperial King Suite. Ma è fondamentale che stiamo lì.

Mi chino per passare sotto la bassa insegna secondo la quale l'edificio è *L'hotel più infestato di Londra* e cerco nella mia borsetta l'antiquata chiave della porta. La signora alla reception fa una faccia strana appena vede me, il mio corpulento guerriero e il gentiluomo chiacchierone, che ci portiamo il nostro unto takeaway in stanza, ma chi si crede di essere?

Lungo le scale sono appesi ritratti degli ospiti più famosi, insieme a ritagli di giornale incorniciati che descrivono le infestazioni dell'edificio, tra cui l'avvistamento di una donna in abito bianco che sbircia nelle vasche da bagno degli ospiti e li butta giù dal letto: proprio quello in cui dormo io.

Infilo la seconda pesante chiave nella porta della camera, ed entriamo tutti e tre nella King Suite, anche se a me non pare affatto degna di un re. Di sicuro Edward storcerebbe il naso. Ma questo è ciò che si ottiene quando si ha un budget limitato a Londra.

Ci accalchiamo tutti e tre intorno al tavolinetto del televisore e consumiamo la cena. Ambrose è troppo eccitato per stare fermo. A ogni gocciolio delle tubature o scricchiolio del vecchio edificio, lui salta sulla sedia. «È lei? È già arrivata?»

«Calmati e mangiati il tuo panino con le patatine. Quando arriva te lo dico.»

Una volta che siamo sazi, Pax prende in mano la spada e inizia a camminare su e giù per la stanza, controllando sotto il letto e dentro l'armadio. Ambrose si siede accanto a me e io rovescio il contenuto del sacchetto evoca-fantasmi di Dani sul letto malconcio.

Accenno un sorriso mentre passo in rassegna uno per uno gli oggetti scelti con tanta cura. Un elegante fazzoletto di pizzo. Un pettinino d'argento. Una fiala di profumo floreale. Una bottiglietta di assenzio che le avevo spedito per scherzo quando sono stata a Praga. Afferro il telefono e le mando un rapido messaggio.

Bree: Sei fantastica. Hai pensato a tutto.

Dani: Anni e anni di tuoi racconti di Edward con la contessa mi hanno lasciato un'immagine indelebile di lei.

Bree: Sei fantastica.

Dani: Ehi, sono eccitata quasi quanto te di incontrare il principe poeta in carne e ossa. Recupera il tuo uomo, ragazza!

Metto da parte il telefono e dispongo gli oggetti sul letto. Prendo il profumo e lo spruzzo in giro, poi accendo le candele e aspetto.

E aspetto.

E aspetto.

«Adesso mi annoio.» Pax fa roteare la spada con le dita. «Posso andare al parco a dare da mangiare agli scoiattoli?»

«No. Ho bisogno di te qui, nel caso in cui la contessa non sia esattamente entusiasta di conoscere la nuova amante di Edward.»

«Magari se le reciti una delle sue poesie?» suggerisce Ambrose pieno di speranza.

«Ah, potrebbe non essere una cattiva idea.» Mi scervello ma, se devo essere sincera, molte volte mi disinteresso un po' alla produzione di Edward. È davvero, *davvero* brutta. L'unica sua poesia che mi viene in mente è quella sul mio sedere:

«Oh, dolce creatura dal posteriore fatato
Soave vision per puro volere del fato,
Nel regno del fuoco, dove arde il piacere,
Le tue curve seducenti non sanno tacere...»

«Edward, sei tu?»

Scende un freddo glaciale.

Le tende sbatacchiano, nonostante le finestre siano ben chiuse.

La fiamma delle candele tremola.

Deglutisco con forza. Pax alza la spada. Accanto a me, Ambrose agita inquieto una gamba.

«Ehilà?» dico a gran voce.

Una sagoma grigia attraversa la parete del bagno e si ferma ai piedi del letto. Indossa una veste bianca trasparente, e dei boccoli le svolazzano davanti al viso di porcellana. La parte anteriore del vestito è macchiata di rosa sul punto in cui il marito l'ha pugnalata dopo che lei lo ha scoperto a letto con l'amante.

E attraverso il suo corpo spettrale si vedono la sagoma della porta del bagno e i miei calzini buttati a terra.

Il fantasma della contessa Marie de Rothschild mi fissa, con quel nasino perfetto. «Chi sei tu e cosa ne hai fatto del mio Edward?»

23

BREE

Ho visto immagini della contessa di Rothschild in molte biografie di Edward, ma anche se è uno spettro, non sono preparata alla sua bellezza. Provo a parlare, ma mi accorgo di non riuscire a trovare la voce. Non ora, che l'unica cosa che riesco a vedere sono gli occhi scuri di Edward che adorano questa creatura così perfetta. Come potrò mai sperare di essere alla sua altezza?

Ma poi ricordo l'espressione estasiata di Edward l'altra sera, quando l'ho lasciato fluttuare dentro di me, e mi sento più ottimista.

Lei sarà anche squisita, ma Edward e io abbiamo qualcosa di speciale.

«Edward, mio caro? Sei venuto a trovarmi? Hai attraversato gli oceani dell'Aldilà per raggiungermi?» Scorre la stanza prima di soffermarsi su di me. «Tu! Chi sei? Dov'è il mio Edward? Che ci fai in casa mia?» Poi si scaglia contro Pax. «Sciocchi furfanti! Questa è la *mia* casa e sto aspettando il mio amante, Edward...»

«Noi siamo amici di Edward» intervengo pronta.

«Amici del mio principe Eddie?» Si porta una mano alla

bocca. «Non ti credo. Non ne avete certo l'aria. E poi, il tuo seno non è abbastanza attraente per lui.»

«Invece il mio seno gli piace proprio.» Incrocio le braccia. «Comunque, se intendi *il principe Eddie* che ama la rima baciata e si diverte con gli interruttori, beh sì, siamo amici suoi, e dobbiamo parlarti.»

«Sembra proprio il mio Eddie» dice lei tutta dolce, sedendosi sull'angolo del letto. «Parlami un po' di questa presa elettrica: non ho un orgasmo decente da... beh, dalla notte in cui Eddie è morto, in effetti. Perché, le cose che quell'uomo sa fare con la lingua...»

Il suo Eddie? Non riesco a trattenere la vampata di gelosia che mi attanaglia il cuore mentre lei parla. Non voglio pensare alla sua lingua vicina a lei, anche se la loro storia risale letteralmente a *secoli* fa.

Ecco perché non si dovrebbero mai cercare i fantasmi delle ex del proprio amante.

«Tu eri con Edward quando è morto?» Ambrose si sporge in avanti, tutto emozionato. «Tu l'hai visto cadere dalla finestra?»

«Ahimè, no. Avevamo finito i nostri rapporti e Edward era caduto in un torpore da oppio. Ricordo che gli avevo rimboccato le coperte ed ero tornata a unirmi ai bagordi. Avevamo condiviso l'ultima bottiglia di vino, capite, e volevo scoprire quali altre deliziose prelibatezze mi aspettassero al piano di sotto...» I suoi occhi sognanti si perdono, mentre visita qualche luogo dei suoi ricordi.

«Chi altro era presente durante questi... bagordi?» Abbiamo con noi la lista dei nomi che Mina ha recuperato dai libri di storia, ma magari a quel punto molti degli ospiti erano stati già catturati dai fumi dell'oppio. Mi si stringe il cuore alla consapevolezza che potrebbe essere stata proprio questa donna a uccidere Edward, oppure che potrebbe aver visto qualcosa di utile.

La contessa li elenca sulla punta delle dita. «Il birbaccione conte di Bainbridge. Caroline di Bexley, una sgualdrina francese di cui non ricordo il nome, l'artista Cavendish, l'occultista Thronsden. E, ovviamente, Hugh, il migliore amico di Eddie. Aveva portato una cassa di assenzio francese, ed è stato un bene, perché il vino l'avevamo finito tutto.»

«Qualcuno ha lasciato la festa, dopo il tuo arrivo?»

«Ma certo! Ricordo che Caroline e il conte di Bainbridge uscirono nel giardino sul retro per fare una serenata alla luna. Hugh andò a tagliare altra legna da ardere, Cavendish, Bainbridge e Thronsden, invece, si dedicarono ad atti di fornicazione nella vasca da bagno del piano di sotto.»

Non userò mai più quella vasca.

«Quindi chiunque di loro avrebbe potuto sgattaiolare al piano di sopra e spingere Edward giù dalla finestra?»

«Suppongo di sì.» La contessa si stringe nelle spalle. «Ma tutti volevano molto bene a Eddie. Organizzava delle feste deliziose, ed elargiva denaro a tutti, perché potessero concentrarsi sulle proprie opere d'arte. Non riesco a pensare che sia stato uno di loro a farlo.»

«In realtà» interviene Ambrose. «Noi pensiamo che possa essere stata tu.»

«Cosa?» si ritrae, inorridita. «Pensate che possa aver fatto del male al mio Eddie?»

«Sì, è proprio quello che pensiamo» le grido io. Sono stufa che si riferisca al *mio Edward* come al *suo Eddie.* «Potresti averci mentito sul fatto di aver lasciato la stanza e di esserti riunita alla festa. In fondo, da ciò che ci hai descritto, erano tutti troppo inebriati per sapere se c'eri oppure no. Avresti potuto spingerlo fuori dalla finestra.»

«Che motivo avrei avuto di ucciderlo?»

«Perché si era rifiutato di sposarti.» Rivedo il ricordo di Edward, lei che si aggrappava a lui e lo implorava. «Credo che tu gli abbia detto che se non potevi averlo tu, non l'avrebbe avuto nessuna.»

Lei impallidisce. «Non intendevo certo dire che volevo ucciderlo. Perché mai? Per privare il mondo della straordinaria lingua di quell'uomo? No, ero isterica, ubriaca, volevo solo che fosse mio... e poi, come avrei potuto ucciderlo? Io non sono altro che un fiore delicato, mentre Edward è una forte quercia.»

«Puah» sbotta Pax. «Non sono d'accordo con questa descrizione, anche se potremmo concordare sul fatto che le braccia di Edward siano dei ramoscelli.»

«Magari hai aspettato che cadesse nel torpore indotto dall'oppio e poi l'hai trascinato alla finestra» le dico. «Ha un piccolo livido sul collo, dove qualcuno l'ha trattenuto. Un'assassina determinata trova sempre un modo per arrivare dove vuole.»

«Ma non l'ho ucciso io!» singhiozza la contessa. «Non tollererò questa calunnia in casa mia, proprio sul posto dove io stessa sono stata ammazzata!»

Trasalisco, perché in effetti è crudele affrontarla qui. Ma se è stata lei a uccidere Edward...

«Non posso sopportarlo!» La contessa si scaglia contro il muro, ma grazie alla moldavite che ho ancora in tasca, invece di attraversarlo e trovarsi nella stanza di fianco, vi si schianta contro e cade a terra.

Mi fulmina con lo sguardo. «Come hai fatto?» mi chiede, strofinandosi un fianco.

«Ho poteri che tu non puoi immaginare» le rivelo, minacciosa. «Io sono un'umana che può raggiungerti oltre la morte, il che significa che sono in grado di incasinarti per bene. Posso anche farti passare oltre, e non infesterai più questo posto.»

È un bluff, ma spero che mi creda.

«No, non voglio passare oltre» geme e si tuffa sul

pavimento in una mossa teatrale. «Mi piace stare qui. Questa è casa mia. Mi piace conoscere gente e vedere come sbarrano gli occhi quando li sorprendo nella vasca da bagno.»

«Non farai mai più il solletico a un ospite nella vasca da bagno.» Mi sfrego le mani. «A meno che tu non ci dica la verità su quella notte.»

La contessa trema e si stringe il busto con le braccia. «Io... io lo giuro sul membro virile del mio Eddie!» esclama. «Non potrei mai fargli del male. Lo amo. Avrei lasciato mio marito per lui. Sarei diventata la sua musa per sempre. Una volta finita la festa saremmo fuggiti insieme in Francia. Perché avrei dovuto ucciderlo?»

Edward stava per scappare con questa donna?

La rivelazione mi colpisce più di quanto mi aspettassi. Edward ha sempre parlato della contessa de Rothschild nello stesso modo in cui parla di tutte le altre sue conquiste: come un incontro tra le lenzuola, e niente di più. Ma c'era qualcosa di più profondo tra loro? Perché non me ne ha mai accennato?

Mi butto sul letto. La contessa potrebbe sempre mentire, ma sembrava di certo angustiata. Le ho creduto, il che significa che se non è lei l'assassino, forse può aiutarci a capire chi è stato.

Ma poi mi viene in mente il resto del ricordo nebbioso e denso di oppio in cui sono caduta quando Edward era dentro di me, quando le ha detto che non sarebbe andato via con loro. Quello che lei mi sta dicendo ora non combacia con quel ricordo. «Edward stava per scappare *con* te?»

«Beh, non aveva ancora accettato» risponde lei in tono signorile. «Ma ci stavo lavorando. So essere *molto* persuasiva.»

Te ne pentirai. Ti pentirai di aver rinunciato alla tua vita per me. Non sono degno della tua devozione e non ti amo come meriti di essere amata. Devi restare, sopportare e lasciare che il tuo dolore alimenti la tua arte. Ma sappi che ovunque io sia, tu sarai sempre una musa per me.

Quelle erano state le parole di Edward per lei. Ora capivo il loro significato. Mi siedo di nuovo sul letto e osservo il volto della contessa rigato dalle lacrime e le macchie di sangue sul suo vestito dove il marito l'ha pugnalata. Aveva cercato di resistere, e vedi un po' come sono andate le cose. Alle donne non va mai bene.

Mi ammorbidisco un po' nei suoi confronti. Solo un po'. «Okay, diciamo per ipotesi che non l'hai ucciso tu. Ha idea di chi potrebbe aver voluto fargli del male?»

«A parte suo padre, intendi?» La contessa si illumina. «Sì, non mi sorprenderebbe sapere che suo padre ha chiesto a un assassino di scalare l'edificio, entrare dalla finestra e spingere Edward verso la morte.»

Pax sbuffa.

Lo guardo con sorpresa e lui scuote la testa. «Non è andata così. Quella notte io stavo pattugliando il terreno, come facevo ogni notte prima di diventare mortale e dover soccombere al sonno infernale. Se un assassino si fosse intrufolato a Grimwood, l'avrei visto.»

«Ehi, non mi hai mai detto di aver visto Edward cadere.»

«Tu non me l'hai mai chiesto. E poi, Edward non vorrebbe saperlo.»

Vero.

Mi sento sollevata a questa notizia. Ma se Pax non ha visto chi ha spinto Edward, e nemmeno che è stato spinto, non può darci altre informazioni utili. Mi rivolgo di nuovo alla contessa. «Deve essere stato uno dei suoi amici presenti quella sera. Edward aveva dato a qualcuno di loro un motivo di serbargli rancore?»

«Ricordo una cosa» esclama la contessa accigliata. «Avevo lasciato Eddie che dormiva, e sono scesa al piano di sotto per verificare il motivo di tutto quel rumore. Qualche tempo dopo, non ricordo quando, udii delle voci dal piano di sopra. Erano

Edward e Hugh e stavano litigando. O, almeno, discutendo. Avevo bevuto un sacco di assenzio...»

«O stavano litigando, o *non* stavano litigando. Cosa facevano?»

«Parlavano a voce alta, pieni di ardore» sbotta. «Non era una cosa che accadeva di rado. I poeti, come vedi, sono per natura tutti scossi dalle emozioni. Non mi aspetto che tu ne sappia qualcosa, ma Edward sapeva essere davvero parecchio passionale, soprattutto nei suoi rapporti amorosi...»

Non voglio sentire. «Riesci a ricordare di cosa stavano discutendo?»

Dopotutto, era stato proprio Hugh che aveva rubato a Edward la poesia *Tu vieni come ladro.*

Lei si mette le mani sui fianchi e mi fulmina con un'occhiata. «Mi stai chiedendo di ricordare qualcosa che è successo quattro secoli fa, mentre danzavo con la fata verde?»

«Per Edward sarebbe molto, molto importante» le spiega Ambrose. È decisamente migliore di me, in questo. «Se potesse essere qui, so che vorrebbe ringraziarti per avermi detto tutto questo.»

«Oh, caro Eddie.» La contessa si porta una mano al cuore e ricade sul divano. Immagino si aspettasse di cadere *nel* divano, solo che, dato che ho ancora la mia moldavite con me, ci sbatte sopra. Urla e si alza di scatto. «Non mi piace questa cosa. Che mi hai fatto?»

«Non ci pensare» dice Ambrose. «Bree farà tornare tutto come prima. Se ci dici quello che ricordi, allora posso mostrarti il trucchetto di Edward con le lampadine.»

Questa promessa la ringalluzzisce. «Okay, sì, ora che mi ci fate pensare, mi sta tornando tutto in mente. Incrociai Hugh sulle scale, il quale mi disse che doveva parlare con Eddie. Poi qualcosa andò in frantumi al piano di sotto. Hugh urlò: *È la fine!* Edward rispose: *Lo dico io, quando avremo finito.* E poi... e poi

Hugh disse qualcosa tipo: *Non lo accetto*. Edward replicò con: *Io sono un poeta più bravo di quanto tu potrai mai essere*.

«Poi non ricordo altro, solo altre grida e, a un certo punto, vetri rotti, ma Eddie rompeva sempre cose, quando era su di giri. Poi rividi Hugh dopo il ritrovamento del corpo di Eddie. Era sdraiato nella vasca da bagno, con una bottiglia di vino in mano, e mormorava in continuazione il nome di Edward.»

Così, appena prima che Edward cadesse e morisse, lui e Hugh erano soli, nella sua camera da letto, che discutevano di poesia. E nella mia visione, c'era un'ombra scura che incombeva nell'angolo della stanza...

Per nulla sospetto.

«Non è che tu sai che fine ha fatto Hugh?»

È un fantasma? Possiamo parlargli?

La contessa agita una mano in aria. «Oh, ha fatto la fine di tutti i grandi poeti: si tuffò di notte nel Tamigi dopo aver fumato troppo oppio. Il giorno dopo lo trovarono che galleggiava a faccia in su, nudo come il giorno in cui era nato, con le parole della sua ultima poesia scarabocchiate sul petto.»

«Wow, sembra la classica morte violenta che potrebbe trasformare un poeta in un fantasma» dice Ambrose pieno di speranza.

«Come faccio a saperlo? Non riesco a lasciare questa maledetta casa. Adesso tu raccontami l'ultimo trucco di quel monello di Edward.» Fissa con attenzione l'interruttore della luce.

24

BREE

Dopo una notte di scarso sonno, interrotto dai lamenti della contessa di Rothschild su Edward, e dai passi contrariati degli altri ospiti quando scoprono che i fusibili sono saltati, Ambrose deve scuotermi per svegliarmi e farmi scendere in tempo per la colazione.

Avevo sperato che potessimo passare la nostra prima notte insieme da quando Ambrose era diventato un Vivente, ma tra Pax che rubava tutte le coperte, e le bizze della contessa, la situazione non era abbastanza romantica per lui, così si è limitato a baciarmi la mano da bravo gentiluomo e a dormire sul divano.

Io sono rimasta sveglia quasi tutta la notte sepolta dal braccio protettivo di Pax, la pelle tutta arrossata al pensiero di quello che *avremmo potuto* fare se non avessimo avuto il nostro visitatore fantasma... e ora ho un aspetto inguardabile e mi sento uno schifo.

«Colazione continentale e bevande fredde» dice tutta scocciata la padrona di casa mentre mi posa davanti una ciotola di yogurt. «È saltata la corrente!»

«Delizioso.» Ambrose prende una fetta di pane non tostato.

Come fa quest'uomo a essere sempre così allegro? Non avrebbe voglia di strapparmi i vestiti di dosso, come io vorrei fare con lui?

Vorrei vedere Edward. Parlerebbe con Ambrose, gli direbbe di smetterla di fare il gentiluomo e di aspettare il momento giusto. E di scoparmi. Stringo forte la moldavite e penso a lui, ma non appare. Immagino che se è stato trasportato indietro dalla fantasmaticità, dovrei essere nelle vicinanze per riportarlo via.

Ma non possiamo ancora tornare a casa. Dobbiamo stare a Londra ancora per un giorno.

Dobbiamo andare in una chiesa.

Devo incontrare questo misterioso prete di cui ci ha parlato Abberline.

Il tempo è quello tipico dell'estate britannica: nuvoloso e fresco, e ci sono confezioni di cibo da asporto che svolazzano sul marciapiede. Ambrose infila il braccio nel mio e attraversiamo un parchetto fiancheggiato da querce, diretti alla All Souls. Pax cammina qualche passo avanti a noi, con la spada che gli scende dalla cintola. Nessuno commenta in nessun modo. Dopotutto, siamo a Londra.

Raggiungiamo la chiesa. È un edificio gotico che incute timore, con una guglia imponente che buca il cielo grigio. Un paio di persone si aggirano per il cimitero, osservando i nomi sulle antiche tombe, ma sembra che oggi non ci siano funzioni. La porta della chiesa è chiusa.

Ci avviciniamo e bussiamo, ma nessuno risponde. Cerco un elenco dei servizi, e non trovo nulla, se non un piccolo cartello con la scritta *Incontri spirituali del giovedì, aperti a tutti*, e c'è il disegno di un fantasmino sorridente. Siamo *per certo* nel posto giusto, solo che non è aperto. Una chiesa può essere chiusa? È consentito?

«Il tuo misero dio cristiano non può competere con la mia

forza romana.» Pax si scrocchia le nocche. «Lo trovo io il nostro sacerdote, a costo di rompere ogni singola porta di questo tempio.»

Ma appena colpisce la spalla contro la porta, questa si spalanca e lo manda dritto sul pavimento di marmo.

«Era aperto» gli grido.

«A quanto pare» commenta Ambrose allegro.

«Quindi non devo più spaccare niente?» Pax fa una smorfia delusa, e si rialza da terra.

«Non questa volta.»

La porta sbatte sui cardini e io entro. La chiesa è buia e vuota. Una stretta navata conduce, oltre le file di banchi di legno, a un piccolo altare sotto un arco gotico in pietra. Le vetrate colorate riflettono una luce soffusa.

Faccio un passo e scruto gli angoli bui, alla ricerca di un sacerdote. *Perché questo posto è così...*

«Alt, in nome di Odino. Chi va là?»

Pax estrae la spada e con un balzo si piazza davanti a me, proprio nell'istante in cui un uomo grande e barbuto esce da dietro l'altare e si lancia verso di noi lungo la navata. Solleva una spada e si scaglia contro Pax.

Ha una spada?

Socchiudo gli occhi per scrutare l'uomo che corre verso di noi. Non è un uomo, ma una bestia, con una barba selvaggia e incolta, intrecciata con perline di vetro colorate. Ha lunghi capelli biondo fragola intrecciati che gli arrivano fino a metà schiena, e indossa una tunica, dei pantaloni di lana, stivali di cuoio e un mantello foderato di pelliccia.

Sembra un po'... un vichingo, ma è assurdo. Perché un uomo con un costume da vichingo dovrebbe essere in una chiesa?

Il bestione si ferma a metà del corridoio, la punta della spada puntata alla gola di Pax. «Il mio Signore non sarà disturbato. Tornate indietro o, nel nome di Odino, vi pentirete della vostra impertinenza.»

Il mio cuore batte forte, ma Pax scruta l'uomo con interesse. «Tu... maneggi la spada quasi sapessi usarla.»

«Vuoi scoprirlo, amico?» ringhia la bestia. «Contempla il tuo destino, perché con questa spada io reciderò la tua bocca di verme bugiardo da quella tua testa di porco!»

«Per il fagiolino floscio di Giove, vorrei vederti provare!»

Pax urla, il vichingo urla e io me la do a gambe mentre loro si scagliano l'uno contro l'altro.

Le loro spade si scontrano. Pax salta su un banco e tenta di colpire in testa il vichingo con l'impugnatura della spada, ma il vichingo gli colpisce entrambe le ginocchia con un colpo solo e lo fa cadere a terra. Entrambe le spade scivolano via sul pavimento liscio. Il vichingo sale in groppa a Pax, e gli stringe il collo con le mani enormi.

«No, fermi!» grido.

Accanto a me, Ambrose mi stringe una mano, e mi tira indietro, verso la via di fuga offerta dalla porta.

«Nel nome di Odino, arrenditi!» urla il vichingo, stringendo con tutta la sua forza il collo di Pax.

«Mai!» riesce a dire lui.

Poi allunga una mano e pizzica il naso del vichingo.

Questi lancia un urlo acuto e toglie le mani per portarsele al viso. Pax si allontana e si lancia per prendere la spada, ma con un calcio il vichingo la allontana.

«Tu... tu, brutto scarafaggio sul potente martello di Thor!» grida mentre anche lui si avventa sulla propria spada. La solleva sopra la testa e si dirige verso Pax. «Fetido carbuncolo sul culo rugoso di Loki! Io... io...»

«Fermi!»

Una figura vestita di nero esce di corsa dalla sacrestia.

«No, no, così non va. Per favore, Björn, posa l'arma. Sono i nostri ospiti.»

Con mia grande sorpresa, la bestia abbassa la spada all'istante e indietreggia indispettito.

«Pax!» Senza lasciare la mano di Ambrose, mi precipito da Pax e lo aiuto a rimettersi in piedi. Lui tossisce e si strofina il collo, ma non sembra ferito. Guarda confuso il nuovo arrivato. «Devo combattere contro di te, ora? Pensi che sarebbe una scelta più saggia? Tu sei più gracile e ti spezzerei come un fuscello.»

«Altro che, amico.» L'uomo posa una mano sulla spalla di Pax. «Ecco perché non ci sarà sangue versato in questa chiesa. Venite con me, tutti quanti. Stavo giusto preparando una tazza di tè.»

«Quindi niente battaglia?» Pax sembra deluso.

«No, niente battaglia. Però ho un tronchetto di cioccolato e dei biscottini Jammy Dodgers, se può consolarvi. E so anche parlare nel tuo latino, se preferisci.» L'uomo mi guarda e mi fa l'occhiolino. Solo allora mi rendo conto che indossa una tunica nera da prete.

Deve essere il prete di cui parlava Abberline, ma...

«Lei... lei sa che Pax è...»

«Un soldato romano?» Il sacerdote sorride. «Certo! Riconosco la fattezza della sua spada e il timbro dei suoi insulti. Stranamente, non è il primo guerriero romano che incontro.»

«E il suo amico non è un Dungeon Master, ma...»

«Bjorn è un vichingo del IX secolo d.C., sì.» Il sacerdote dà dei colpetti sull'armatura di cuoio della bestia. «Fu ucciso dai monaci che difendevano questo monastero dal saccheggio, e per diversi secoli ha infestato le pertinenze della chiesa. Ma ora è in carne e ossa, come i tuoi due amici. Venite in sacrestia con me. Vedo che abbiamo molto di cui parlare.»

25

BREE

Il sacerdote ci conduce oltre il piccolo arco gotico sulla sinistra dell'altare e ci fa attraversare una stanzetta che ospita paramenti e oggetti vari per la Santa Messa. Sul fondo della stanza c'è un'altra porta ad arco, che il sacerdote apre con una spinta.

Arriviamo in un piccolo salotto, con sedie di legno spaiate, una scrivania sotto la finestra e pile di libri che ingombrano ogni superficie. Qui Mina e Quoth si sentirebbero a casa loro. Accanto alla poltrona di pelle malconcia, un tavolino con sopra una tazza di tè e una fetta di tronchetto di cioccolato mangiucchiata. Un'altra poltrona che inizia a perdere l'imbottitura si trova di fronte alla scrivania.

Il sacerdote indica le sedie. «Prego, fate come se foste a casa vostra. Vi taglierò un po' di tronchetto. L'acqua ci mette un attimo a bollire.»

Aiuto Ambrose a individuare il bordo della prima poltrona, sulla quale si accomoda. Io sposto alcuni libri dalla sedia di fronte e mi ci siedo. Il prete si dirige verso un piccolo angolo cottura, mette un bollitore sul fornello a gas e prende tre tazze spaiate. Solleva il coperchio di una scatola di latta da biscotti, a rivelare un tronchetto di cioccolato dall'aspetto squisito. Björn gli offre un pugnale, ma il prete lo respinge con un gesto, per prendere dalla credenza un coltello da torte e alcuni piattini. Poi inizia a servire fette generose.

«Io prendo questo.» Pax strappa la latta dalle mani del prete e passa il dito sulla panna.

«No, è mio.» Björn si allunga verso la latta, ma Pax la tiene fuori dalla sua portata.

«Ti sfiderò a duello, e vedremo chi la avrà.»

Il vichingo spalanca gli occhi per la gioia. «Si può?»

Il sacerdote agita la mano verso una piccola porta in fondo alla stanza. «Andate nel bosco, così nessuno vi vedrà. Però combattete solo fino al primo sangue. La torta non vale una battaglia all'ultimo sangue.»

«Manco fosse l'ultima pallina Lindt.» Björn annuisce con foga e spinge la porta, rivelando un sentiero invaso dalla vegetazione che passa dentro il cimitero e scende verso un boschetto di alberi. Chiamarlo bosco è piuttosto generoso.

«Esatto. Le palline Lindt sono meglio del sesso» esclama il prete con un sospiro. «Lo so bene.»

Osservo con una sorta di stupore Pax che trotterella nel camposanto, dietro al suo nuovo amico: entrambi brandiscono le spade e parlano di come si batteranno a vicenda.

La mia vita è troppo surreale.

Il prete si chiude la porta alle spalle e porge a me e ad Ambrose un piatto con la nostra fetta di tronchetto. Noto che aiuta Ambrose a chiudere le dita intorno al bordo del piattino e a trovare la forchetta. L'acqua bolle, così ci versa una tazza di tè.

È giovane, forse sulla trentina, capelli biondo sabbia e occhi gentili. Ma sono già stata ingannata da un paio di occhi gentili e da un colletto da prete.

Ora che ha servito gli ospiti, il sacerdote si mette a sedere e taglia un pezzo di torta per sé. Lo porta alle labbra con un sospiro soddisfatto.

«Suppongo» dice mentre taglia un'altra grossa fetta dal pezzo di Pax (o di Björn), riducendolo a meno della metà, «che siate venuti qui per vedermi. Quale fantasma vi ha indotto a farlo?»

«Il detective Abberline.»

«Ah, sì. A volte, per catturare un furfante come lo Squartatore, serve affidarsi un furfante suo pari, se non superiore. Abberline non era abbastanza furfante, anche se ci ha provato.» Il prete finisce di masticare e mi guarda con quei suoi occhi blu tormentati. «Ora, vogliamo metterci al lavoro?»

La torta che ho in bocca all'improvviso sa di polvere, perché mi rendo conto che è la prima volta che mi trovo in una stanza con una persona come me. Cioè, ho conosciuto Vera nel suo negozio, ma all'epoca non sapevo che avesse i miei stessi poteri. «Non so proprio da dove cominciare.»

«Il tuo nome sarebbe un buon inizio.»

«Ah, sì. Io sono Bree. Bree Mortimer.»

«Ambrose Hulme, al suo servizio.» Ambrose china il capo. «E il tizio con la spada è Pax Drusus Maximus.»

«Bene, Bree Mortimer e Ambrose Hulme, benvenuti nella chiesa di All Souls. Come vedete, qui gestisco un tipo di congregazione molto diverso dal solito. Io sono padre Maxwell. È un piacere conoscervi.»

«Se è un piacere, perché il tuo vichingo per poco non ci ha ucciso prima?»

«Dovete perdonare Björn. Lui è molto protettivo.» Padre Maxwell congiunge la punta delle dita. «Ho avuto parecchi problemi nel corso degli anni. Ora, Bree: mi sembra di capire che tu sia un Lazzaro.»

A sentire quella parola, ho un sussulto. È solo la seconda

volta che qualcuno mi chiama così, e la prima persona che lo ha fatto ha cercato di uccidermi. E anche lui era un prete.

«Suppongo di sì.» Sbuffo un lungo respiro. Ambrose si avvicina e mi posa le dita sul braccio, offrendomi il suo sostegno.

«Ammetterlo è il primo passo» commenta padre Maxwell con un sorriso gentile.

Stringo forte la tazza da tè e ne bevo un sorso. Il tè mi calma un po'. «L'ultimo prete con cui ho parlato, aveva resuscitato Jack lo Squartatore dalla sua tomba perché mi desse la caccia.»

«Ah, quindi l'Ordine della Nobile Morte ti ha trovata.»

«Sai di loro? Come mai non sono venuti a prendere te?»

Per tutta risposta, il sacerdote apre un piccolo cassetto della scrivania e ne estrae un oggetto. Una scatola di legno. La apre e la regge in modo che io ne veda il contenuto.

È una collezione di croci metalliche borchiate, identiche a quella che ho strappato dal petto di padre Bryne.

«Che cos'è?» chiede Ambrose tutto eccitato. «Oro? Una caramella? Una specie di mappa del tesoro?»

Estraggo la mia croce dalla tasca e gliela metto tra le dita. «È una scatola piena di croci simili a quella che portava padre Bryne» gli spiego. «Solo che lì dentro ce ne saranno almeno venti.»

«Avere ai propri ordini un berserker resuscitato può essere utile» commenta il sacerdote in tono mite mentre rimette la scatola nel cassetto.

«Ma, padre Maxwell, questo non mi sembra molto *amore per il prossimo*, da parte tua» ribatto con un sorriso.

Nonostante la paura che avverto, credo che questo ragazzo mi piaccia.

«Prima o poi l'Ordine oscura la porta di chiunque abbia i nostri poteri.» La voce del prete si fa più cupa. «Ora sanno che non devono avvicinarsi troppo a questa chiesa. Tra la spada di

Björn e gli incantesimi che ho praticato lungo tutto il confine, non rimangono mai a lungo. Però l'Ordine mi tiene d'occhio da lontano. Non ho dubbi che sappiano già che sei venuta a trovarmi. Non sei il primo Lazzaro disonesto che mi individua.» Di nuovo, congiunge le dita delle mani.

«Come fanno a saperlo? Sentono la magia di Bree?» chiede Ambrose.

«No. Si può parlare con i fantasmi quanto si vuole, e l'Ordine non interviene mai. È solo quando scopri il modo per resuscitare i morti, che ti si scagliano addosso come fosse la fine del mondo.» Lo dice lanciando un'occhiata tagliente ad Ambrose che però, come è ovvio, non coglie.

«Non so come faccio» dico, anche se non è del tutto vero. Non è il momento di dirgli che ho allenato i miei poteri insieme a un gruppo di streghe fantasma. «È successo per caso.»

«Però l'hai fatto due volte, vedo. Quindi credo che tu abbia una discreta idea di come funzioni la nostra magia della resurrezione.» Con questo prete non si scherza. «La mia domanda per te, Bree Mortimer, è: tu, cosa vuoi da me?»

«Secondo le mie ricerche, dovrei avere ucciso Jack lo Squartatore, però potrebbe anche ripresentarsi, dove il *Velo è debole*. E questo non mi sta bene. Io voglio che Jack lo Squartatore sparisca per sempre. Non voglio che faccia più del male a nessuno. Non voglio che l'Ordine mandi altri revenant sulle nostre tracce.»

«Purtroppo, non è un desiderio che posso esaudire. L'Ordine non smetterà mai di darti la caccia. E poi, immagino che tu non desideri che i tuoi amici appena riportati in vita tornino a essere cenere e polvere.»

«Certo che no!» Allungo una mano e la metto, protettiva, sul petto di Ambrose. «Questi ragazzi sono miei amici da quando ero piccola. Mi piace... mi piace averli davvero nella mia vita, ora. Non voglio perderli.»

«Allora devi imparare a proteggerti dall'Ordine e dai mostri che ti verranno scagliati dietro. Avrai anche sconfitto Jack lo Squartatore, e tutto sommato è piuttosto improbabile che sia abbastanza potente da attraversare di nuovo il Velo, ma lui è solo il primo.»

Rabbrividisco. Padre Maxwell si china in avanti. «Posso aiutarti a proteggerti. Però, prima dimmi cosa sai dei tuoi poteri di resurrezione.»

Deglutisco. «Okay, allora, da quando ho avuto un incidente a cinque anni e ho battuto la testa, sono in grado di vedere i fantasmi...»

«Non è del tutto vero.» Padre Maxwell sorseggia il suo caffè. «Il nostro potere è innato. Noi vediamo gli spiriti dal giorno in cui siamo nati.»

In che senso?

Rilascio un lungo e lento respiro. Sono sempre stata in grado di vedere i fantasmi? Non ha alcun senso. Perché non lo ricordo?

Ma poi ho un flash. Ricordo che una volta Edward mi ha detto che era certo che lo vedessi quando ero piccola. Che a volte lo indicavo, o gli offrivo i miei giocattoli. Un brivido gelido mi percorre la schiena.

Ambrose mi stringe la mano. «Te l'ho sempre detto che sei speciale.»

«Ci vogliono anni perché tutte le sfaccettature della nostra capacità si manifestino» spiega padre Maxwell. «La botta in testa deve aver accelerato il processo. Ha smosso qualcosa, per così dire. Di solito non otteniamo il potere di parlare con i fantasmi fino a tarda età. Tutti i Lazzari possono riportare in vita i fantasmi. Un fantasma è un'anima che non è ancora passata oltre. Quando moriamo, le nostre anime passano il Velo e lì vengono giudicate e inviate nelle Terre dell'Aldilà, dove nemmeno gli uomini di Dio come me sanno cosa ne sarà di loro. Noi ci troviamo all'estremità di un filo che attraversa il Velo:

possiamo tirare indietro un'anima e darle un corpo. D'altronde, un corpo è solo polvere di stelle ed energia.»

Io non ho mai voluto essere speciale. Desideravo, e desidero, essere normale. Spesso ho pensato che se quel giorno non fossi uscita in bicicletta, non sarei mai diventata la stramba del paese. Guardo le dita di Ambrose che mi stringono, così calde, rassicuranti e reali, e mi rendo conto che ora non lo penso più.

Ho smesso di desiderare di essere normale. Sono quello che sono: sono Bree e sono un Lazzaro. Ho sempre pensato che il mio potere fosse dovuto a uno stupido incidente, invece fa parte di me. *È* me.

Non voglio essere normale, soprattutto se questo significherebbe non aver mai incontrato Ambrose, Edward e Pax. E lotterò fino all'ultimo respiro per tenerli al mio fianco.

Guardo padre Maxwell, che mi rivolge un altro dei suoi timidi sorrisi. «Va tutto bene, Bree Mortimer. Qui sei tra amici.»

«Va bene.» Annuisco piano. «Okay. Allora: sono nata con questi poteri di arrivare al Velo. E da quando avevo cinque anni vedo i fantasmi e parlo con loro. Vivo in un vecchio maniero, a Grimdale, quindi mi capita di vederne parecchi. Pax, Ambrose e Edward (che è ancora un fantasma, quindi oggi non abbiamo potuto portarlo con noi) erano miei amici. A volte è stato difficile, soprattutto quando ero un'adolescente. Non stavano mai zitti. Spesso dimenticavo che nessuno poteva vederli, tranne me, e per questo gli altri ragazzi mi prendevano per pazza. Ero un bersaglio per i bulli, e credo di non aver gestito molto bene la cosa. Al compimento del diciottesimo anno sono partita per un viaggio, e quando sono tornata a Grimdale, un paio di mesi fa, e ho incontrato di nuovo i miei tre amici fantasmi, le cose erano cambiate.»

Il sacerdote alza un sopracciglio, come se avesse già capito. «Cambiate in che senso?»

«A volte riesco a toccarli, a sentirne i contorni. E quando

loro si trovano vicini a me, riescono a interagire con il mondo umano. Vanno a sbattere contro i mobili oppure riescono a tenere in mano gli oggetti. Un'altra Lazzaro di nome Vera mi ha dato una pietra di moldavite, e quando ce l'ho in tasca, riescono anche a uscire di casa e venire in giro con me per un certo tempo.»

«Questa moldavite è una novità per me» dice padre Maxwell. «È per questo che l'Ordine cerca di eliminarci. Vogliono impedirci di trovarci a vicenda e di condividere informazioni su ciò che possiamo fare. Comunque sia, tutto ciò che hai descritto fa parte dell'acquisizione del tuo potere. Durante gli anni le tue capacità si sono sviluppate, ma poiché hai fatto di tutto per stare lontana dai fantasmi, non te ne sei accorta finché non sei tornata.»

Mi ero chiesta cosa fosse cambiato da quando ero tornata, e ora scopro che ciò che è cambiato... sono io. «Non è tutto. Ho anche iniziato a vedere delle cose.»

«Fammi indovinare: fili d'argento che escono dai fantasmi?»

Gli racconto dei fili argentati che si snodano da ogni persona e da ogni fantasma, di come ho riportato in vita Ambrose e Pax e di come sono riuscita a guarire Pax dopo che lo Squartatore lo aveva pugnalato.

«Interessante.» Padre Maxwell si alza sulle lunghe gambe e attraversa l'angusta biblioteca, per andare a estrarre alcuni libri, apparentemente a caso, dagli scaffali. «Di solito i Lazzari impiegano decenni per scoprire i segreti dei loro poteri di resurrezione, la funzione dei fili che ci legano al Velo, e la necessità di trovare la scintilla, ovvero il catalizzatore della questione in sospeso del fantasma. Tu hai capito tutto in fretta. E hai fatto qualcosa che pochi di noi sono stati in grado di fare: hai rispedito lo Squartatore nel Velo. Puoi dirmi come ci sei riuscita?»

«A dire il vero, non lo so.» Mentre torna a sedersi, io gli descrivo come l'ho pugnalato con il suo coltello, e ciò che abbiamo scoperto dai nostri libri, ovvero che con l'eliminazione del suo padrone, lo Squartatore era diventato temporaneamente mortale.

Padre Maxwell sorseggia il tè, senza mai staccare gli occhi dal mio viso. Fuori dalla finestra alle sue spalle, Pax e Björn lottano ai margini del parco alberato, dietro la chiesa.

Il religioso gira il libro che ha in grembo e mi mostra un'immagine orribile di un'oscura serpe. Ho un sussulto quando mi rendo conto di aver già visto la stessa immagine. Il libro sull'occulto che Dani stava studiando alla Libreria Nevermore ne conteneva una versione più cruda. La creatura si chiama *mangia-anime*.

Solo che questa immagine raffigura una donna che, aggrappata a un corno del mangia-anime, gli conficca una lama nelle budella.

«Si tratta di Santa Caterina che uccide un demone. Lei era una Lazzaro, e durante il Medioevo girò il mondo come guaritrice ed esorcista. Prima di essere ammazzata perché accusata di stregoneria, ha rispedito oltre il Velo molti esseri demoniaci, però i suoi miracoli sono stati riconosciuti solo secoli dopo. Di lei si sa molto poco, ma io ho avuto la fortuna di ereditare questo volume di suoi scritti. Si tratta dell'unico libro che abbia mai letto su come un Lazzaro possa riportare in vita un fantasma. L'Ordine ha lavorato alacremente per eliminare ogni altra traccia nella documentazione storica. Non vogliono che i Lazzari sfuggiti al loro controllo mettano le mani su questa magia.»

Lo sfoglia, e riconosco un altro disegno. Su una delle pagine che Vera mi ha lasciato ce n'era uno simile, anche se più spaventoso.

«È l'immagine di un revenant.» Fisso l'illustrazione e sono percorsa da un brivido.

«Esatto, e sono stupito che to lo riconosca. I revenant sono corpi privi di anima, di persone che un tempo erano vive. Possiamo considerarli un po' come i golem dei miti ebraici: sono capaci solo di impulsi primari, ed esistono unicamente per raggiungere il loro scopo. L'Ordine forma soldati assassini perché i revenant conservino le loro pulsioni elementari a mutilare e uccidere. Ma Santa Caterina sapeva come fermarli: prima avvelenava il loro padrone, in modo che perdesse la sua presa, e poi, quando il revenant diventava mortale, lo uccideva con la sua stessa arma per limitarne il male. Che è esattamente ciò che hai fatto tu a Jack lo Squartatore.»

Rabbrividisco al ricordo del sorriso dello Squartatore che affondava il coltello nel petto di Pax.

«Ma noi non siamo così, vero?» chiede Ambrose, con un fremito di paura nella voce di solito brillante. «Io e Pax non siamo dei revenant? Noi siamo pieni di anima come non lo siamo mai stati.»

Guardo il mio avventuriero, gli occhi sgranati per la paura, le dita intrecciate alle mie. E non serve che padre Maxwell mi dia una risposta. Ambrose non è affatto come lo Squartatore.

«Solo Dio può vedere la verità della vostra anima, però sì, per quanto ne so io, voi siete di nuovo integri» dice padre Maxwell toccando il libro. «È vero che se il Velo fosse debole, lo Squartatore potrebbe tornare, ma credetemi, il Velo è ben sorvegliato. È al sicuro. Però sarà solo questione di tempo prima che l'Ordine faccia tornare lo Squartatore, se non di peggio. Ma credo di poter trovare in questo libro qualcosa per proteggervi. Devo studiare il testo con più attenzione. Il latino è molto complesso... ehi, forse il vostro soldato può aiutarmi...»

CLANG.

Il suono ci fa balzare tutti sulla sedia. Guardo fuori dalla finestra e mi rendo conto che non vedo più né Pax né Björn. La porta si apre di scatto, va a sbattere contro il muro e fa cadere diversi libri su Ambrose. Björn e Pax provano per ben due volte a passare insieme attraverso la porticina, e alla fine Pax cede e lascia passare per primo il vichingo.

«Devi venire subito, padre» dice Björn, con voce grave. «Ne abbiamo un altro.»

26
PAX

Quando entriamo nella stanza il sacerdote è già in piedi. «Scusami» dice a Bree. E poi si affretta a seguire il mio nuovo amico Björn. Gli occhi di Bree, ampi e curiosi, incontrano i miei.

«Pax, cosa sta succedendo?»

«Non lo so. Io e Björn eravamo impegnati in una feroce battaglia d'ingegno quando...» Le afferro un braccio e la trascino verso la porta. «Devi vedere tu stessa.»

«E anche io.» Ambrose si liscia il cappotto. «Voglio sapere anch'io.»

Non c'è tempo per discutere né costringere entrambi a stare lontani, nel tempio, dove sono al sicuro. Bree ha il solito sguardo che la contraddistingue: più testarda di un cartaginese nel bel mezzo di un assedio. Afferro la mano di Ambrose e trascino entrambi fuori dalla chiesa, fino al cimitero dove ci eravamo sfidati io e Björn.

Non mi piace questo posto, con le file di lapidi storte come i denti di una Gorgone. I corpi sono stati sepolti all'interno delle mura della città, e ciò non va bene. Ma Björn era a suo agio qui, e io non volevo mostrargli la mia debolezza.

E ora...

Conduco Bree a una tomba alta, con una croce di pietra. Sulla tomba è seduta una ragazza che avrà sì e no quindici estati, le guance rigate dalle lacrime. Ha fatto irruzione nel bosco e ha interrotto il nostro combattimento proprio mentre Björn mi stava mostrando il suo leggendario colpo di martello di Thor, mossa che gli ha fatto perdere l'equilibrio e per poco non si è tagliato un dito del piede.

La ragazza aveva un bambino tra le braccia. Un bambino di appena cinque estati, con gli stessi capelli rosso fuoco e le stesse lentiggini sul naso. Ha posto il suo corpo privo di vita ai piedi di Björn e lo ha implorato: «Chiama padre Maxwell. Lui può salvare mio fratello.»

Ora il sacerdote è chino sul ragazzo, che giace sull'erba, con l'ombra di quella croce di pietra sul viso mortalmente pallido. Il suo petto non si muove. Qualunque cosa il sacerdote speri di fare, è troppo tardi, perché il ragazzo è ormai nell'Ade.

Björn prende tra le braccia la ragazza, la stringe al petto e le accarezza i capelli. Mi guarda negli occhi, da guerriero a guerriero. Ci capiamo al volo. Abbiamo visto troppi morti sul campo di battaglia, ma ogni compagno caduto è come fosse il primo.

Questo bambino è morto prima del tempo.

Il sacerdote ha gli occhi chiusi. Tiene una mano sopra la ferita rotonda sul petto del bambino, e muove le dita in aria, in cerchio. A casa di Bree ho visto abbastanza immagini in movimento per saper riconoscere un foro di proiettile. Da una minuscola arma da assedio, che credo si chiami pistola. Sono armi terribili, armi da vigliacchi. Se si vuole uccidere un uomo, lo si dovrebbe fare faccia a faccia, con una spada, così da vedere le sue budella che diventano tagliatelle.

«Cosa sta facendo?» chiede Bree a Björn, ma il vichingo scuote la testa, la lunga barba piena di perline che gli sbatte sul viso. La macchia rossa sul petto del ragazzo si allarga, ed entrambi ci perdiamo in ricordi viscerali di battaglie.

La ragazza singhiozza mentre il sacerdote stringe il bambino. «La prego, padre. So che lei può fare miracoli. Per favore...»

Immagino Bree legga sul mio volto quanto sono sconvolto. Lei e Ambrose mi abbracciano, ma i suoi occhi non lasciano il prete, che passa le mani sul bambino e mormora le sue inutili preghiere al suo dio sadomaso.

«Li vedo» sussurra. «I fili. Sta... tenendo il filo del ragazzo. Sta cercando di riportarlo indietro...»

Sopra le nostre teste, si addensano nuvole scure. In lontananza si sentono tuoni. L'aria si fa più rarefatta, piena di malvagità. Faccio il segno contro il maligno. Giove è scontento. I morti devono rimanere morti.

Il bambino apre gli occhi e tossisce.

Il sacerdote toglie la mano dal suo petto. Vedo che la ferita si è richiusa. Dalla mano del sacerdote cade sull'erba un piccolo oggetto metallico. Il proiettile.

Il bambino è guarito. Si aggrappa a padre Maxwell e tossisce, rantola e sputacchia. Un brivido freddo mi percorre la schiena.

Non va bene. L'aria è troppo rarefatta, come se il campanile della chiesa avesse squarciato un buco nel cielo.

La ragazza si abbandona, sorretta da Björn. «Grazie, padre.»

Padre Maxwell si mette in piedi, spolverandosi polvere e foglie dall'abito nero. «Devi stare attenta, Kiera. Sai che non dovresti frequentare quelle persone.»

«Lo so.» Stringe tra le braccia il bambino e ci guarda tutti, a turno. Riconosco quel fuoco nei suoi occhi: me lo sento bruciare dentro quando penso che qualcuno mi possa strappare via Bree. «Ma loro sono l'unica famiglia che abbiamo. Io e Brayden non abbiamo altro posto dove andare.»

«Björn andrà di nuovo da tuo padre, per scoprire se la situazione si calma. Se vogliamo tenere Brayden al sicuro, ci serve un nuovo piano.» Padre Maxwell gli mette una mano sulla spalla. «Prendi Brayden e aspettami nel mio ufficio. Vedrò cosa posso fare.»

Björn accompagna i due in direzione della chiesa. Mi fa un cenno con la testa da sopra la spalla. Io ricambio il cenno. Sono orgoglioso del mio nuovo amico Björn e del lavoro che svolge qui. Bree temeva che non mi sarei adattato al suo mondo moderno, invece Björn mi ha dimostrato che c'è sempre lavoro per uomini come noi. Devo continuare a proteggere Bree, nello stesso modo in cui lui protegge padre Maxwell e i suoi parrocchiani, come Brayden.

Bree si avvicina a padre Maxwell con uno sguardo che non capisco. «Che cosa è successo?»

«Brayden si è trovato nel mezzo di una faida tra bande del fratello maggiore: un'altra sfortunata vittima della crescente violenza sulle strade di Londra. Ci sono molte bande in questa zona e questi ragazzi... cadono vittime del fuoco incrociato. Io faccio quello che posso. Mi assicuro che sappiano che qui all'All Souls c'è sempre un rifugio per loro, ma...» si fa il segno della croce con fervore. «Spesso, quando vengono da me, è troppo tardi.»

«Non era troppo tardi per Brayden. Come hai fatto a resuscitarlo, senza risolvere la sua questione in sospeso?»

«Nello stesso modo in cui tu hai resuscitato Pax dopo che è stato ferito dalla lama dello Squartatore. Serve risolvere le questioni in sospeso per i fantasmi che vengono separati dal loro corpo terreno. Ma Brayden ce l'aveva ancora il corpo. Riesco a ricucire i pezzi recisi del suo filo, e a riportarlo in vita.»

«Quante persone hai resuscitato, padre?» chiede Bree.

Alla sua domanda, c'è un tremolio nell'aria.

«Ho perso il conto.»

«Ci sono... conseguenze per questo?»

«Ci sono sempre delle conseguenze.» Il sacerdote chiude gli occhi. «Ma come posso rifiutare un'anima che chiede aiuto? Come potevo lasciare che Brayden morisse?»

Sopra le nostre teste si scatena un altro tuono.

Il potere di Bree e di padre Maxwell non piace agli dèi.

27

AMBROSE

È passata una settimana dal nostro viaggio a Londra. Il morale di Bree è migliorato dopo la conversazione con padre Maxwell. Il prete ha trovato a Brayden una camicia nuova nei bidoni della beneficenza della chiesa e ha chiesto alcuni dati a Kiera, in modo da aiutarla a trovare un lavoro e un posto in cui vivere. Poi ha insegnato a Bree come creare delle protezioni usando gli incantesimi di Santa Caterina. Ha unto con oli profumati diverse delle croci che aveva preso ai Cavalieri dell'Ordine e le ha benedette con delle formule magiche. Io e Bree abbiamo passato la settimana a piantare in terra tali croci protettive in tutti gli angoli di Grimwood Manor e della Libreria Nevermore. Questo dovrebbe tenere Bree, e tutti noi, al sicuro dallo Squartatore quando tornerà, sempre che ci troviamo dentro uno dei due edifici.

In teoria, tutta questa storia dovrebbe essere terrificante, invece Bree la sta gestendo meglio di quanto mi aspettassi. Canta sotto la doccia, aiuta suo padre a dipingere le camere degli ospiti e sua madre a trasportare i mobili nel magazzino, e concede persino a Edward di recitarle alcune delle sue poesie.

Ora ha delle risposte. Sa cosa è.

Non sfugge più ai suoi poteri.

Sta persino facendo degli esperimenti con la sua magia. Oggi mi viene incontro mentre arrivo al cimitero per il mio turno mattutino.

«Ambrose, tieni questi fiori.» E mi mette in mano alcuni gambi.

«Sono io che dovrei regalare dei fiori a te. E questi non mi sembrano particolarmente freschi.» Tocco i petali e li sento raggrinziti e sottili.

«Tu tienili ben stretti, okay?» dice con un sorriso nella voce. Non vedo cosa sta facendo, ma sento le sue mani che si muovono nell'aria intorno a me. Gli steli si scaldano tra le mie dita e diventano meno esili... si gonfiano. *La vita.*

Una morbida fragranza aleggia nell'aria.

«Toccali ora» mi invita Bree.

Faccio scorrere le dita sui petali, che ora sono pieni e turgidi. I fiori sono passati da steli morti e avvizziti a splendidi boccioli. Infilo il naso nel mazzo e respiro a fondo. Hanno un profumo *divino.*

Naturalmente, penso che tutto ciò che fa Bree sia divino.

«Bree, hai fatto rinascere i fiori! È incredibile.»

«Vero? Mi sono esercitata sulle piante. Devo sapere come controllare il mio potere.» Abbassa la voce. «Ho cercato di dare un po' di magia anche al cetriolo gigante di mio padre, per compensare il fatto che non l'ho annaffiato. Ora è così grande che per portarlo alla fiera potrebbe essere necessario tagliare la porta della serra.»

«Mi piace molto.»

«Sto diventando abbastanza brava con i fiori e la frutta, ma la loro questione in sospeso è semplice. I fiori vogliono sbocciare e la frutta vuole essere mangiata. Però non riesco a fare pratica sulle persone. Le streghe potrebbero aiutarmi, ma loro non sanno nulla della magia della resurrezione. Vorrei che mi potesse insegnare qualcuno come Vera. O come padre Maxwell» dice. «Ho ancora il terrore di sbagliare e di finire per fare del male a qualcuno di voi. Credo che potremmo cercare nella lista di Vera nomi di altre streghe che hanno comprato la moldavite, ma con l'Ordine della Nobile Morte che mi tiene d'occhio, non voglio condurli ad altri Lazzari.»

«Penso che tu te la stia cavando abbastanza bene da sola» le dico. «Sei pronta per il nostro appuntamento di oggi pomeriggio?»

«Certo.» Mi bacia sulla guancia, lasciandomi sulla pelle un fuoco ardente che impiegherà ore a svanire. «Vorrei che fosse un vero appuntamento per poter finalmente... sì, insomma, *scopare*. Aspettare il momento perfetto mi sta facendo impazzire.»

Sentirla parlare in modo così esplicito fa scattare sull'attenti il mio bastone da gentiluomo. Non potrebbe essere più d'accordo.

«Anch'io» le assicuro con sincerità, perché ero piuttosto agitato per il fatto che non fossimo ancora riusciti a stare un po' da soli. «Ma ho tutta la vita, per godere della tua compagnia. Non dovremmo mancare di rispetto ai tuoi genitori facendo queste cose in casa loro, e la casa di Mina è piuttosto affollata. E poi, la felicità di Edward è più importante delle nostre... frustrazioni. Ci vediamo qui, vicino ai cancelli, quando finisci il turno. Spero davvero che abbiamo trovato la risposta.»

«Lo spero anche io.»

Ho fatto qualche piccolo progresso nel mio progetto personale: l'Operazione *Make Edward Human Again*.

Dopo aver scoperto dalla contessa de Rothschild che il poeta Hugh è morto annegato nel Tamigi, ho cercato sul computer di Mina tutti i fantasmi in qualche modo associati al fiume, ma non ne ho ancora trovato uno che gli assomigli.

Continuerò a cercare, ma nel frattempo ho un'altra strada da seguire.

La poesia di Hugh Bancroft.

Dato che Hugh era uno dei più importanti poeti romantici britannici, la sua opera è stata resa immortale da molti libri, e persino trascritta in volumi Braille che Mina è riuscita a procurarmi. La sua ultima poesia, quella che aveva scarabocchiato su un biglietto che conservava in tasca al momento del ritrovamento del corpo, è molto interessante. Si tratta di una straziante lettera di scuse, intrisa di dolore, dedicata a qualcuno che ha ferito.

Abbiamo anche scoperto che nel villaggio di Crookshollow c'è un museo dedicato a Hugh Bancroft, dove sono conservati molti dei suoi carteggi personali. E Bree ha accettato di accompagnarmi lì oggi.

È la giornata in cui troveremo la risposta alla questione in sospeso di Edward. *Lo sento.*

Bree mi aspetta ai cancelli, come promesso. Sono lieto di scoprire che è sola.

«Ho mentito a Edward dicendogli che avremmo visitato un museo di arte francese. Lui ha dichiarato che trova l'arte francese *assolutamente noiosa e poco raffinata,* così ha declinato l'invito a unirsi a noi» mi spiega mentre camminiamo verso la stazione ferroviaria. Anche Pax ha deciso di non venire, perché lui e Mike avevano in programma un giro in bicicletta fino al vecchio mulino per un picnic. Però ha insistito perché Bree portasse con sé la sua spada. Per fortuna, infilata in diagonale, ci sta nel suo zaino.

Prendiamo il treno per Crookshollow. Mina mi ha insegnato alcuni elementi sull'accessibilità del trasporto pubblico e sono felice di trovare una mappa tattile della stazione, dei segni in rilievo a terra che mi aiutano a raggiungere il bordo del marciapiedi senza cadere (una mia paura costante quando ero un Vivente) e scritte in Braille a bordo, che mi dicono quale pulsante premere per aprire le porte. Inizio ad avere l'impressione che questo mondo bellissimo e imperfetto voglia che io ne faccia parte, e devo confessare che i miei piedi hanno di nuovo voglia di esplorare.

Ma non desidero più essere un viaggiatore solitario, se posso avere Bree al mio fianco.

Quarantacinque minuti dopo, scendiamo e ci incamminiamo verso il museo, che in realtà è una piccola casa padronale in pietra ai margini del villaggio, dove il poeta Hugh Bancroft viveva quando non era a Londra. Non è certo sontuosa come Grimwood Manor, ma percepisco l'uniformità dei ciottoli sotto i piedi mentre saliamo lungo il sentiero verso la casa, e capisco che è ben curata.

Paghiamo un biglietto d'ingresso e Bree mi consegna un aggeggio da applicare alle orecchie: mi griderà delle informazioni mentre andiamo in giro per il museo. Che meraviglia! Passeggiamo per la casa e il parco e intanto imparo tutto sulla vita e sulla poesia di Hugh Bancroft. Posso persino toccare alcuni degli oggetti esposti. I musei hanno fatto molta strada rispetto ai miei tempi, quando erano solo stanze di grandi case piene di oggetti rubati da qualche parte, e cervelli in barattoli di vetro.

La visita termina in un grande salotto sul davanti della casa. Dal modo in cui la luce si riduce quando entriamo, capisco che le tende sono chiuse. Bree mi si avvicina e sussurra: «Le finestre sono drappeggiate con meravigliose tende damascate d'oro. Tutto è nei toni del verde smeraldo e dell'oro.

Sembra... sembra proprio il tipo di stanza che Edward adorerebbe.»

Il commento del mio aggeggio mi informa che questo era il *salotto dell'assenzio* di Hugh, dove intratteneva scrittori, musicisti, artisti e altri bohémien. Famosi occultisti vi conducevano sedute spiritiche e la gente più trendy di Londra attendeva con ansia di essere invitata.

Prendo uno dei bicchieri da assenzio in finto cristallo, ma per poco non mi cade di mano quando la voce nomina Edward.

Stringo le dita di Bree.

«Ho sentito.» Ricambia la stretta e ci addentriamo nella stanza. «Edward era un assiduo frequentatore della casa di Hugh. Non posso credere che non ci abbia mai detto che il suo amico viveva così vicino. Nell'angolo c'è un'esposizione di lettere. Andiamo a dare un'occhiata.»

Metto in pausa la registrazione per ascoltare Bree che legge le lettere di Hugh. Una di esse inveisce contro il suo editore londinese perché ha riscritto uno dei suoi saggi senza avergli chiesto l'autorizzazione, molte altre raccontano storie incredibili di festini dissoluti. Ammetto di provare un po' di invidia. I Van Wimple organizzavano delle feste fantastiche a Grimwood, ma niente a che fare con i festini descritti da Hugh.

Non c'è da stupirsi che Edward mi trovi così terribilmente noioso.

Forse, se mai riusciremo a risolvere la sua questione e a riportarlo in vita, gli permetterò di mostrarmi un po' del suo mondo...

«Ambrose...» sussurra Bree. «Hai sentito quello che ho appena letto?»

«Ti prego, ripeti» dico, vergognandomi di essermi distratto proprio ora che Bree ha bisogno di me.

«È una lettera indirizzata semplicemente *Al mio amico*, ed è scritta da Hugh.» Bree si schiarisce la voce. «La data è di pochi giorni prima della festa e della morte di Edward. Senti.

«Al mio amico. Ho letto la poesia che hai allegato alla tua ultima missiva, e devo ammettere che apprezzo il tentativo, anche se mi fa venire in mente qualcosa che avrei voluto dire da tempo. Scrivo queste righe con il massimo rispetto e riverenza per la nostra amicizia, sperando che le mie parole possano trovare posto nelle stanze del tuo cuore oscuro e licenzioso. Ho a lungo rimandato di farlo per rispetto alla tua posizione, ma è mio dovere di poeta dire verità che possano risuonare al di là di meri versi frivoli.

«Come sempre, nutro profonda ammirazione per la tua nobiltà e i tuoi fastosi banchetti in campagna, dove veri artisti come me sono liberi di perseguire i propri scopi intellettuali. In verità, il mondo intero tesse le lodi della tua maestria come sovrano dei festeggiamenti. Tuttavia, pur contemplando la grandezza dei tuoi incontri, non posso fare a meno di notare che sul tuo cammino il regno della sostanza rimane inesplorato.

«Mentre le persone della nostra cerchia applaudono la tua capacità di divertire e deliziare, c'è un'ombra di preoccupazione per gli artisti veramente seri e talentuosi che ti circondano. Il tuo nome ha peso e influenza, ma il mondo non prenderà mai sul serio i nostri sforzi artistici se il centro della narrazione rimangono i tuoi modi libertini. Mentre tu ti abbandoni a piaceri sempre più degradanti, gli sforzi dei tuoi amici più genuini e sinceri possono venire liquidati come meri svaghi di indulgenza.

«Ti prego, mio caro principe, di riflettere sullo scopo più grande della tua posizione e sull'impatto che puoi avere al di là dei piaceri effimeri del presente. La corte di tuo padre attende il tuo ritorno con ansia. Abbraccia il mantello della difesa dei tuoi più amati amici, veri artisti di fama, perché in un cuore nobile risiede il potere di promuovere una rinascita della creatività e del progresso intellettuale. Immagina la profonda influenza che potresti esercitare, non solo come sovrano dei festeggiamenti, ma come mecenate della

cultura, della letteratura e dell'arte! Sostieni quelli tra di noi che si sforzano di lasciare un'eredità duratura di bellezza e significato, poiché il nostro lavoro arricchisce non solo il tuo regno, ma anche l'essenza stessa dell'umanità. Se non puoi fare questo, temo che non ci rimanga altro: è la fine, e dovrò prendere in considerazione...»

«E... cosa? Cosa?» Saltello per l'eccitazione. «Che cosa deve prendere in considerazione?»

«Fine. La lettera è strappata. Il resto non è sopravvissuto.» Bree rabbrividisce. «Ambrose, quelle parole... *è la fine*: sono le *esatte* parole che la contessa de Rothschild ha detto di aver sentito pronunciare da Hugh a Edward la notte in cui è morto.»

«Hugh voleva che Edward tornasse alla corte di suo padre.» Ripenso a tutte le notti in cui, dopo aver infilato la testa nell'armadietto dei liquori, Edward aveva allentato la sua solita natura guardinga, e si era lasciato sfuggire alcuni dettagli sulla sua famiglia infelice. Suo padre che lo picchiava quando lui esprimeva interesse per la scuola d'arte, suo padre che dispensava punizioni ben peggiori quando lui si rifiutava di partecipare a una caccia reale. Qualsiasi vero amico non gli avrebbe mai suggerito una cosa del genere.

E poi, aveva insultato la poesia di Edward, sostenendo che la sua opera mancava di sostanza. In gran parte, era vero. Ma l'ultima poesia di Edward, quella che Hugh aveva rubato, è un'opera di profonda e straziante emozione che mi commuove ancora.

Questa lettera avrebbe ferito Edward nel profondo. Ma è chiaro che Hugh ci teneva parecchio, e quindi deve essere stato il motivo del loro litigio la notte in cui Edward morì.

«Sono le parole che stava dicendo a Edward la notte in cui è morto» ripete Bree a bassa voce, come se non riuscisse a crederci. «E poi ha spacciato la poesia di Edward per opera sua...»

«Beh...» dico, cercando di reprimere l'agitazione che mi

sento nello stomaco. «Non dobbiamo saltare a conclusioni affrettate. Questo ci dice solo che due amici stavano litigando, non che Hugh ha ucciso Edward.»

In realtà, è proprio quello che sospettavo, però sentirne le prove con le mie orecchie mi fa desiderare con tutto me stesso che non fosse vero. Vorrei che Edward non fosse stato ucciso dal suo più caro amico. Vorrei che fosse stato amato e rispettato come meritava. Nel modo in cui lo amiamo e rispettiamo io, Pax e Bree.

Anche se siamo entrambi riluttanti ad allontanarci dalla lettera, c'è un'ultima stanza da visitare. Bree mi guida attraverso uno stretto passaggio sul retro. La voce registrata spiega che stiamo entrando in una stanza che era nascosta al pubblico e che è stata scoperta solo di recente, durante i lavori di risistemazione del museo.

«Abbiamo chiamato questo luogo *La stanza del Pentimento*. Questo ambiente rappresenta gli ultimi anni della carriera di Hugh, quando divenne un recluso e le sue poesie divennero oscuri e contorti racconti carichi di sensi di colpa e di disperazione. Hugh scriveva spesso di qualche gesto scellerato che aveva commesso in gioventù, di azioni che potevano avergli assicurato fama e fortuna, ma che avevano anche condannato la sua anima.»

«Ambrose» dice Bree all'improvviso. «Devo uscire da qui.»

«Certo. Andiamo.»

Mi stringe forte il braccio e scappiamo dalla porta, per ritrovarci al negozio di souvenir del museo. Bree trema tutta.

«Qual è il problema?» La cingo con le braccia e per poco non faccio cadere un espositore di portachiavi. Bree riesce a prenderlo al volo.

«Mi dispiace, non so cosa mi succede. Quella stanza...» Rabbrividisce di nuovo. «È una fortuna che tu non abbia visto nulla. Era piena di immagini grottesche. Hugh aveva scarabocchiato di tutto sulle pareti. Le parole *mio principe, mi dispiace* e *l'ho rubato io*, più e più volte.»

«È stato Hugh.» Capisco tutto. «Questa è l'unica spiegazione. Hugh è l'assassino di Edward.»

«È terribile.» Bree appoggia la testa sulla mia spalla. La stringo. Odio sentirla così triste, ma apprezzo la sensazione di lei che si adagia a me. Mi si gonfia il petto perché ho l'occasione di offrirle conforto e protezione. «Non voglio dire a Edward che è stato ucciso dal suo amico. Non voglio pensare che qualcuno possa averlo buttato giù da quella finestra così, senza nessun vero motivo. In pratica, solo perché Hugh non lo voleva più tra i piedi. Perché nessuno vede quello che vedo io in lui? Perché la sua vita deve essere stata così tragica? Non è *giusto*.»

«Ma è anche meraviglioso. Ora che abbiamo scoperto chi l'ha assassinato, possiamo liberare Edward.»

«Ma Edward è sempre stato rifiutato, lasciato indietro.» Bree abbassa la voce. «Persino le persone che lui credeva amiche l'hanno spinto da una finestra e l'hanno lasciato marcire all'aperto per tre giorni...»

«Sono sicuro che non è vero...»

«*È così*, Ambrose. So che non ti piace pensarci, ma è quello che vedrà Edward non appena glielo diremo. Edward non deve vedere questa stanza segreta di Hugh. Sarebbe terribile. Però hai ragione, dobbiamo mostrargli la lettera, spiegargli che sappiamo che è stato Hugh a ucciderlo. Edward merita una seconda vita, merita di essere l'uomo che non gli è mai stato permesso di essere nella sua prima. Però non gli lasceremo mai mettere piede in questo museo. E non posso certo biasimarlo.»

«Allora dobbiamo portargli la lettera» dichiaro.

«Come facciamo? Non credo che il museo presti i suoi reperti ai Lazzari ribelli.»

«La ruberemo.»

«Non posso credere che stiamo rubando in un *museo*» dice Bree mentre Quoth apre la serratura di una finestra superiore con il becco. «Essere tornato vivo ti ha corrotto, Ambrose Hulme.»

Quando sono riuscito a convincere Bree a tornare al museo dopo l'orario di chiusura, lei ha scritto un messaggio a Mina. Mezz'ora dopo, un corvo stanco morto si è posato sulla spalla di Bree per offrire i suoi servigi come esperto scassinatore.

«È un peccato che io non sia più un fantasma» rifletto mentre aspettiamo che Quoth ispezioni l'interno. «Sarei potuto passare attraverso il muro.»

«Sì, ma poi come avresti fatto a prendere la mappa?» chiede Bree. Sento dalla sua voce che sta sorridendo.

«Facile. Tu mi avresti aspettato qui fuori con un pezzo di moldavite in tasca. E avresti fatto da guardia per evitare che qualcuno tentasse di ostacolare le nostre bravate illegali.»

«E se qualcuno l'avesse fatto?»

«Beh, sarei saltato fuori dal muro e li avrei spaventati» dico con orgoglio. «So essere abbastanza terrificante, sai. Chiedi a Kelly Kingston.»

«Oh, lo so bene.» Bree fatica a trattenere le risate.

«Li avrei spaventati fino a stordirli, il che ci avrebbe dato tutto il tempo di scappare, belli energici e uccelluti.»

Bree ride così tanto che non riesce a parlare. «Vuoi dire energici e cazzuti, vero?»

«Ecco, sì.»

«Sembra proprio che tu abbia pensato a tutto. Peccato che non sia più un fantasma.»

«Anche se ammetto che mi mancano alcuni aspetti della

vita da spirito...» Mi chino verso di lei e le sfioro le labbra. «Preferisco di gran lunga essere umano.»

«Anch'io ti preferisco umano» mormora Bree contro la mia bocca. Mi infila le dita tra i capelli e mi tira più vicino. «Ambrose, non ce la faccio più. Ho voglia di te. Di tutti voi.»

Deglutisco. Devo riconoscere che ho pensato parecchio alla nostra prima notte insieme, da ex fantasma. E il mio bastone da gentiluomo è stato piuttosto insistente nei suoi desideri. È così rigido quando c'è lei nei paraggi, che mi sta diventando difficile camminare. In questo momento, per esempio, è sull'attenti e io sposto il peso sull'altra gamba per evitare che vada a sbattere sulla gamba di Bree. Un gentiluomo deve mantenere una certa rispettabilità.

Anche se, in questo momento, non è alla rispettabilità che sto pensando. Sto pensando a quanto sia straordinaria la lingua di Bree contro la mia e che vorrei spogliarla e passare le mani su quelle bellissime curve, inginocchiarmi tra le sue gambe e assaggiarla.

«Il momento non è quello giusto. Sono certo che quando saremo finalmente in grado di...» Cerco freneticamente una parola che non venga dal vocabolario di Pax o di Edward «...fare l'amore, sarà bellissimo, e speciale, e...»

«Al diavolo. Ti voglio dentro di me. Stanotte. Se devo aspettare un altro giorno credo che morirò di disperazione...»

«Ahia!» Mi strofino la testa. «Che cos'è stato?»

«Cra!» Poi un paio di artigli mi strizzano una spalla.

Grazie, uccellino. Avevo bisogno di una distrazione. Credo di essere stato sul punto di fare qualcosa di molto poco signorile...

«Quoth dice che gli dispiace, ma erano ben cinque minuti che stava cercando di attirare la nostra attenzione. Ha la lettera.» Bree accarezza l'uccello sulla testa. La sua voce è tesa e roca, e me lo fa diventare ancora più duro. «Forse ci siamo un po' distratti. Grazie per avercela procurata, Quoth.»

«Apprezziamo il tuo lavoro, uccellino.» Tiro fuori il pacchetto di bacche secche che ho in tasca e gliene porgo un po' sulla mano.

«Dice che è troppo stanco per volare fino ad Argleton, quindi dobbiamo trasportarlo noi. E fermarci lungo la strada per comprargli un sacchetto di noci.» Bree fa una pausa mentre Quoth gracchia altre istruzioni. «E magari un topo.»

Stringo in mano la lettera arrotolata. «Allora affrettiamoci, perché abbiamo un ultimo fantasma da far rivivere.»

28

BREE

Siamo in treno verso Grimdale, ed è quasi mezzanotte. Ho gli occhi che bruciano e vorrei tanto chiuderli, ma rimango sveglia. La lettera con la questione di Edward che abbiamo scoperto insieme si trova sul tavolino tra di noi, e mentre Quoth emette piccoli rantoli con la testa infilata sotto un'ala sul sedile accanto a me, io e Ambrose impazziamo dal desiderio.

I preliminari con un gentiluomo vittoriano tutto rispetto e formalità sono qualcosa di straordinario. Ambrose non farebbe nulla di audace su un treno dove rischia di essere visto dagli altri passeggeri, ma questo in qualche modo rende tutto più perverso e delizioso. Un suo piede che sfiora il mio, le sue dita che mi scorrono su un braccio o mi scostano una ciocca di capelli dalla guancia. Io che lascio cadere a terra la mia bustina di tè per potermi chinare ad accarezzargli l'inguine finché non sussulta e mi implora di fermarmi...

Okay, qui sono stata un po' crudele, lo ammetto.

Ogni tocco accende dentro di me una torcia che solo lui può spegnere. Quando finalmente il treno arriva, penso che potrei esplodere da un momento all'altro.

Non mi interessa se dobbiamo drogare i miei genitori, o cacciarli via con un pretesto. Io lo voglio. *Stasera.*

Dopo essersi lamentato un'ultima volta al mio orecchio perché lo abbiamo trasformato in un criminale, Quoth prende il volo e si avvia verso Argleton, con il suo sacchetto di noccioline stretto nel becco. Io e Ambrose arranchiamo su per la collina fino a Grimwood Manor, con la lettera che sembra piombo nella borsa. La mano calda di Ambrose che mi tiene il gomito mi fa immaginare tutti i possibili scenari più indecenti su come andrà a finire la serata.

Magari stasera trasformiamo Edward e poi loro due insieme potrebbero...

Ma prima ancora che io riesca ad afferrare la maniglia, la porta si apre di scatto. Con la spada alzata Pax ci guarda, nero in volto. «Dove siete stati?» chiede. «Dovevate essere a casa *ore* fa. Stavo per iniziare a dare la gente in pasto ai leoni.»

«E questo, in che modo avrebbe potuto aiutarti a trovarci?» chiedo.

«Suppongo non mi avrebbe aiutato» riconosce Pax, grattandosi la testa. «Però mi avrebbe fatto sentire meglio. Quando sono preoccupato per te, io ho bisogno di distruggere qualcuno.»

«Mi sembra giusto.» Sbadiglio. Sono troppo stanca per spiegare a Pax qualche rudimento sul controllo della rabbia. «Dov'è Edward?»

«Dove pensi che sia? Nello studio, a farmi impazzire con le sue poesie.»

«E i miei genitori?» Non vorrei fossero in casa quando Edward torna in vita. Avrò bisogno di stare un po' da sola con lui prima di trovare il modo di presentarglielo.

«Sono con Maggie al Cackling Goat, a reclamare la loro corona di re e regina della Serata Quiz.»

«Eccellente.» Ciò significa che saranno fuori fino all'ora di chiusura, e torneranno a casa talmente bevuti che non si accorgeranno nemmeno se la casa prenderà fuoco.

Questa è una buona notizia, perché ho dei progetti per il mio gentiluomo vittoriano e il mio principe oscuro, e per i loro corpi fisici...

Con Ambrose che mi stringe il braccio e mi fa tremare le gambe, salgo gli scalini due alla volta. Entriamo nella sala degli ospiti proprio mentre Edward si mette a terra su un ginocchio, il ritratto della tristezza in persona, e inizia a declamare: «Oh, Morte! La tua presenza è un'ombra di tristezza, uno spettro che l'effimera fioritura della vita accarezza, in questa valle, dove segreti giaccion nelle tombe, per mano tua l'alito incostante della vita soccombe... Oh, Brianna, sei tornata.»

Si raddrizza e si ricompone, ma ho scorto la sua espressione infelice. Edward ha sempre cercato di farci credere di essere al di sopra di tutto e di tutti, ma lui soffre per la perdita e il tradimento più di quanto io abbia mai capito.

E ora sto per spezzargli di nuovo il cuore. Il dono di una nuova vita ne varrà la pena? Spero proprio di sì.

«Edward, puoi... ehm, sederti» gli dico. «Io e Ambrose abbiamo una cosa da dirti.»

«Solo se tu ti siedi accanto a me.» Edward si butta sulla poltrona con una mossa da attore di teatro, trasalendo quando la sua coscia entra un po' troppo nel cuscino. «Mi piacerebbe sentire il fantasma del tuo corpo contro il mio, visto che è l'unica cosa che mai avrò di te.»

Mi siedo accanto a lui, e lascio che la mia gamba sfiori la sua, percependo lo strano calore ultraterreno che emana. Potrebbe essere l'ultima volta che sento questo tocco così spettrale... ma presto avrò Edward, in carne e ossa, e sarà molto meglio.

Guardo nei suoi occhi senza fondo, neri come la pece, e il mio cuore ha un piccolo sussulto. Cosa mi farà stanotte?

Un brivido delizioso mi percorre. Non vedo l'ora di scoprirlo. E con Ambrose che impara da questo principe oscuro...

Tutte quelle oscenità che mi ha sussurrato all'orecchio... quali vorrà provare per prime?

Cosa gli lascerò fare?

Appena Edward si avvicina, con le labbra carnose imbronciate, so che la risposta è... qualsiasi cosa.

«Edward, io...» Cerco di trovare le parole, ma scompaiono davanti all'intensità del suo sguardo, e lava fusa mi scorre nel corpo. «Ambrose ha qualcosa da dirti...»

«Sei stato assassinato!» dichiara Ambrose tutto d'un fiato.

Edward assottiglia gli occhi. «Non scherzare con me, avventuriero. Conosco modi per costringerti a dire la verità più feroci di quelli che il nostro Romano può anche solo immaginare.»

«Ehi, mi si offende» dice Pax tutto giulivo dall'ingresso. «Io possiedo un'immaginazione eccellente. Una volta ho inventato un gioco alcolico in cui ognuno ha in mano una rapa e un tridente e...»

«Sto dicendo la verità!» grida Ambrose prima che Pax inizi a spiegare nei minimi dettagli le regole del suo gioco delle rape. «Abbiamo capito tutto. Tu non sei caduto dalla finestra. Sei stato *spinto*.»

«Ecco perché hai quel livido sul collo» gli spiego. «È stato causato dalla mano di qualcuno.»

Edward si strofina la macchia sul collo, i suoi occhi scuri sono insondabili.

«La tua questione in sospeso era trovare il tuo assassino» dice Ambrose agitando la lettera. «Bene: noi abbiamo scoperto la verità per te.»

Con il fiatone, Ambrose gli spiega entusiasta le sue deduzioni sulla questione in sospeso e su come, al museo di Hugh Bancroft, abbiamo trovato la traccia indicata dalla contessa de Rothschild. Tralascia saggiamente alcune dei dettagli più inquietanti che gli ho raccontato sulla stanza segreta di Hugh.

«Hugh, in casa sua, ha una stanza dedicata a me?» Gli occhi di Edward dardeggiano.

Come prevedibile, è l'unico aspetto che attira l'attenzione di Edward in tutta questa sordida storia.

«È stato divorato dai sensi di colpa per quello che ti ha fatto. So che non è una consolazione, ma...» Metto la lettera sul tavolo, davanti a lui. «È la nostra prova. È una lettera in cui Hugh spiega che voleva tu rinunciassi alla tua vita a Grimwood e tornassi alla corte di tuo padre per fargli apprezzare le arti. È il motivo per cui voi due avete litigato prima della tua caduta. La contessa vi ha sentito discutere proprio prima che il vetro si rompesse. E quindi tutto ha un senso.»

Srotolo la lettera davanti a Edward. Lui scorre le prime due righe, ma poi esita. «Io... non ricordo affatto questa lettera.»

«Forse l'hai rimossa. È datata solo pochi giorni prima della tua morte. Secondo la contessa, tu e Hugh avete litigato nella tua stanza, appena pochi minuti prima che cadessi per andare incontro al tuo destino.»

«Non posso crederci...» Gli occhi di Edward tornano alla lettera. «Quel furfante fingeva di essermi amico. Credeva che tutte le mie opere artistiche fossero solo un'esibizione? E poi ha avuto l'ardire di *rubarmele*. Come ha *osato*? Gli taglierò la lingua. Lo scuoierò con le mie stesse mani... no, sporcherei in giro. Manderò... manderò Pax a occuparsi di lui!»

«Basta una tua sola parola, principe.» Pax si scrocchia le nocche. «Userò la sua milza per farci dei ravioli.»

«Edward, Hugh è già morto. Si è annegato nel Tamigi, perseguitato dai sensi di colpa. Ma credo che tu non abbia colto il punto. Abbiamo risolto la tua questione in sospeso.»

«Voi... questo significa...» Edward sgrana gli occhi. «Mi riporterai in vita? Potrò essere un Vivente?»

«Sì.»

«Allora non voglio perdere un altro momento senza stringerti tra le braccia.» Edward inclina la testa. «Puoi iniziare la mia trasformazione.»

«Sì, lo farò. In questo momento. Solo che...» Afferro il filo d'argento che gli esce dal petto, ma mi sfugge dalle dita. Ci riprovo, ma mi scivola di nuovo, come uno spaghetto che scivola via dal bordo di un piatto. «Mmm.»

«Mmm? Non è questo il suono che dovrebbe fare la mia donna prima che io la spogli e le riempia l'ombelico di vino dolce e...»

«No, aspetta...» Gli poso una mano sul petto, sopra il filo d'argento, e lo stringo tra le dita. Ma è inutile. Nemmeno il corpo di Edward brilla. Non è così che dovrebbe essere. «C'è qualcosa che non va.»

«Bree?» La voce di Ambrose si alza preoccupata.

«Non c'è niente che non va!» Edward gonfia il petto in modo che la mia mano vi affondi dentro, anche se il suo volto si contorce per il dolore. «Non importa se stai facendo una cosa straziante, se è per farmi tornare umano. Non sono preoccupato che sembri tu mi stia tirando fuori l'anima dalle narici, se poi sarò in grado di prenderti tra le braccia e finalmente, *finalmente*, potrò mostrarti cosa sa fare un uccello principesco e... uff...»

Edward tende le mani verso di me, ma mi si infilano nel braccio e lui crolla dentro il tavolo, finendo a quattro zampe. «Ahiaaa. Fa malissimo!» Si rotola su un fianco, stringendosi la spalla che ha subito il contraccolpo della caduta. «Perché sono caduto dentro il tavolo?»

«Perché sei ancora un fantasma.» Lascio il suo filo d'argento. Gli occhi mi si riempiono di lacrime. «Mi dispiace, Edward. Non funziona. Non sei circondato dalla luce come lo erano Pax e Ambrose. Evidentemente, scoprire chi ti ha assassinato non era la tua questione in sospeso.»

«Ma... ma deve essere quella!» grida Ambrose con voce stridula. «Abbiamo risolto tutto. Abbiamo risolto il mistero. Cosa ci può essere di più importante per Edward che scoprire chi lo ha ucciso?»

Lui si rimette in piedi e si toglie della polvere immaginaria dalla spettrale camicia a balze. «Beh, di certo non scoprire che il mio più vecchio amico mi ha tradito» esclama con tono asciutto.

«Edward...» Mi avvicino a lui, ma lo sguardo torvo nei suoi occhi mi blocca. Noi gli abbiamo consegnato le parole crudeli della lettera di Hugh, e lui le interiorizzerà, le rielaborerà fino a farle diventare parte di ciò che crede di essere.

Volevamo aiutarlo, invece abbiamo peggiorato le cose.

«Non c'è problema. Continueremo a cercare.» Ambrose batte un pugno sul bracciolo del divano. «Ci deve essere sfuggito un particolare. Parleremo con gli altri fantasmi, forse ci sono altri spiriti in giro che hanno conosciuto Edward nella vita reale e possono aiutarci a...»

«Non preoccupatevi» esclama Edward alzandosi di scatto. «Sono più che felice di rimanere un fantasma.»

Invece non è felice. È triste, e non riesce a nasconderlo.

«Edward...» Iniziano a scendermi le lacrime. «Non fare così.»

«Sono solo me stesso, Brianna.» E si allontana. La sua voce è distante, priva dell'emozione che so gli sta salendo dentro. «Se volete scusarmi, è tardi e dovrei andare a dormire. Finché ho un boudoir tutto mio, intendo godermelo.»

Detto ciò, se ne va. Io guardo Ambrose. Finge di concentrarsi su un filo allentato del pastrano, ma da come gli tremolano le labbra capisco che si sente a pezzi.

«Perdonami» dice senza alzare la testa. «Ho peggiorato la situazione.»

«Non è colpa tua.»

«Ero *troppo* sicuro...» piagnucola. «Abbiamo risolto il caso. Abbiamo trovato l'assassino di Edward. È impossibile che non fosse questa, la sua questione in sospeso.»

«Forse ci siamo sbagliati su Hugh?»

Ambrose fa una smorfia di sofferenza. «Ma... non mi sembra sbagliato, no? La lettera, le ultime parole dette a Edward, il suo senso di colpa ... tutti dettagli che non possono non essere collegati.»

«O forse c'è qualcosa che l'anima di Edward cerca, più della verità sul suo omicidio?»

«Forse...» Ambrose si accarezza il mento. «Sì, forse è così! Dobbiamo guardare più a fondo. Magari c'è qualche indizio in una delle poesie di Edward. Anche se immergermi in tali sciocchezze autocelebrative sarà una pena, mi metterò subito al lavoro per studiarle.»

«Ma, Ambrose...»

E la nostra notte insieme?

Lui sta borbottando tutte le sue idee tra sé e sé, mentre raccoglie il suo bastone. È presissimo da questa missione di salvare Edward e ha già dimenticato i nostri piani. Cerco di mascherare la delusione. Lo sta facendo perché è gentile, buono e meraviglioso. Però mi fa male.

Ambrose mi dà un rapido bacio sulla guancia e poi va a piazzarsi sul carretto attaccato alla bici di Pax, pronto per farsi portare da Mina, e mi lascia qui, la fica che pulsa e il cuore ammaccato.

Mi prendo la testa tra le mani. «Non so cosa fare con Edward.»

«Potremmo metterlo in un sacco con una scimmia, un

serpente e un pollo, e poi gettare il sacco nel laghetto?» suggerisce Pax tutto premuroso.

«Cosa?»

«Beh?» Pax si stringe nelle spalle. «Si chiama *poena cullei*, la pena del sacco, ed è una punizione romana molto popolare. È piuttosto divertente da guardare. Tutti fanno scommesse su quale sarà l'animale che infliggerà il colpo di grazia. Anche se non sono sicuro che con un fantasma funzionerebbe.»

«Molto utile, Pax, grazie. Però preferirei tenere Edward nei paraggi.»

Pax inclina la testa di lato. «In qualità di... fidanzato?»

Non ti ci mettere anche tu. Non posso gestire altri problemi da parte di fantasmi o ex fantasmi stasera.

«In qualità di...» Strizzo gli occhi. «In qualità di *amico* a cui teniamo tutti, anche quando fa l'idiota.»

Pax mi lancia un'espressione divertita. Gira sui tacchi e scende piano le scale. Un attimo dopo, la porta sbatte.

Fantastico. Tutti i miei uomini mi ignorano e io sono così arrapata che comincia a farmi voglia persino l'armatura laggiù nell'angolo. Le cose qui potrebbero diventare più folli di così?

Non serve rispondere.

29

Sono seduta su un tappeto nell'atrio di Grimwood e sto bene, mi sento a mio agio e felice. Sto giocando con dei mattoncini e impilarli in una grande torre per poi rovesciarla è la cosa più divertente del mondo. Sono un mostro! Sono Godzilla che abbatte una città intera!

Ma non sono più sola. Una donna si inginocchia accanto a me. Indossa un abito rosa acceso, e ha posato vicino al divano una valigia e un ombrello dello stesso colore. Ha anche il rossetto abbinato. Wow, interessante!

La raggiungo, perché voglio giocare con la Donna Rosa e il suo bel sorriso. Forse anche a lei piacerebbe abbattere le torri di mattoncini. Ma le mie braccia sono molto più piccole di quanto ricordassi, e non sono molto brava a stare in equilibrio, così cado.

«Ops, ecco fatto.» Lei mi prende da sotto le braccia e mi rimette in piedi. Il suo sorriso è davvero bello. Mi ricorda la mia mamma, solo che lei non si veste mai di rosa.

«Ciao, Bree» dice. «Ho fatto molta strada per trovarti. Volevo vedere se avevi il dono che ti ho dato, e sembra che tu ce l'abbia. È un dono bellissimo, ma è anche una maledizione. Per questo non ho potuto stare qui, ma forse tu sei più forte di me. Non hanno mai smesso di darmi la caccia e credo che si stiano avvicinando. Non penso che ti vedrò diventare grande, però nel mio roseto ti ho lasciato tutto ciò che ti serve. Sylvie è stata molto brava. Sono davvero orgogliosa...»

TAP TAP TAP.

Il rumore risuona in tutta la casa. Mi guardo intorno, ma non riesco a vedere cos'è. Lo stomaco mi si contorce per la paura. Mi spuntano le lacrime agli occhi e dentro di me si leva un forte lamento.

Non mi piace. Voglio che smetta!

«Credo che qualcuno abbia bisogno di te, cara» dice la donna. E inizia a scomparire in una nuvola di nebbia rosa.

«Nooooo» grido. Mi aggrappo a lei, ma i miei pugni afferrano solo aria.

So che stava per dirmi qualcosa di importante, ma...

TAP.

Vengo scossa dal letto. Mi ci vuole un attimo per rendermi conto che non sono sul tappeto con la Donna Rosa, ma nella mia stanza, con le lenzuola tutte appallottolate in fondo ai piedi del letto, le braccia tese come se in qualche modo potessi far emergere quella donna dal mio sogno.

Che sogno strano. E cosa è stato che mi ha svegliato?

TAP TAP

Ah, sì. Il rumore. Sembra un piccolo oggetto che colpisce un vetro, o qualcosa del genere. Ed è sicuramente qui, nella mia camera da letto.

Rivoli di ghiaccio mi scorrono lungo la schiena.

Lo Squartatore.

Ma come ha fatto a superare le barriere che abbiamo messo?

Merda, merda, merda.

E Pax e Ambrose non ci sono. Cosa faccio?

Mi tiro le coperte fino al mento, e rimango in ascolto.

Qualcosa colpisce la finestra, da fuori. Cosa non darei per vedere Pax in fondo al letto che veglia su di me. Però ha dovuto rinunciare a quel compito...

TAP TAP

Di nuovo.

Viene dalla finestra.

Con il cuore che mi batte forte, scendo dal bordo del letto, afferro la spada che Pax insiste io tenga accanto (ha davvero delle ottime idee) e mi avvicino alla finestra. Mi appoggio con la schiena al muro e ascolto. Sì, fuori sento qualcosa, un fruscio tra i cespugli.

Lentamente, infilo la punta della spada dietro le tende e le sollevo un po' per vedere. Ma non appena capisco chi è che fa quel rumore, il mio cuore ha un fremito. Spalanco le tende e spingo in alto il telaio a baionetta.

«Ambrose?»

È in mezzo al giardino, sotto la finestra, accanto a una famiglia di tassi di cemento, e mi sorride. «Bree, mi hai sentito? Pensavo che stessi dormendo profondamente.»

«Certo, che stavo dormendo profondamente. Sono le tre del mattino! Cosa ci fai qui?»

Lui deglutisce, il suo pomo d'Adamo va su e giù. «Mi sono reso conto che ero così preso dalla questione in sospeso di Edward che me ne sono andato senza darti la buonanotte.»

«Sei venuto fin qui e mi hai svegliato solo per darmi la buonanotte? In realtà adesso è mattina. Come hai fatto ad arrivare?»

«Ho chiamato un Uber. Mina mi ha mostrato come fare.» Ambrose sembra imbarazzato. «Mi ha detto che dovevo venire qui e...» alza le mani per mimare le virgolette *«scoparti a morte.»*

Mina è una buona amica.

Però c'è un piccolo problema in questo piano...

«Potresti entrare, ma ora i miei genitori sono in casa» dico scusandomi. «Immagino che non si sveglieranno, ma so che ti imbarazzerebbe.»

«Magari...» Ambrose mi tende una mano. «Potresti scendere tu?»

«Non credo che sarebbe molto meglio. Tra i vicini ficcanaso e i fantasmi che sono dappertutto, non c'è un minimo di privacy da nessuna parte in questa città, e io non ho abbastanza soldi per prendere una stanza d'albergo. Ho speso un capitale per quella trasferta a Londra...»

«Mi viene in mente un posto.»

Sì.

Il mio cuore batte forte. So esattamente quello a cui sta pensando.

«Dammi un secondo.» Mi allontano dalla finestra e cerco gli stivali. Dormo nuda, quindi prendo il mio trench nero e me lo appoggio sulle spalle, poi chiudo due bottoni. Non ho bisogno di preservativi, perché prendo l'anticoncezionale e ho fatto fare il test a tutti loro, e abbiamo scoperto che essere un fantasma per un secolo (o anche dieci) cancella qualsiasi brutta e antica malattia a trasmissione sessuale che si può aver contratto. Sia Pax che Ambrose sono puliti.

Quando ero una ragazzina sono sgattaiolata fuori di casa più volte di quanto vorrei ammettere, di solito per andare al cimitero con Dani. In realtà è facile svignarsela da un B&B perché i miei genitori sanno che gli ospiti possono entrare e uscire a tutte le ore, quindi non si preoccupano se trovano una porta aperta. Però io non ho intenzione di andare alla porta d'ingresso, ora che Ambrose è qui, splendido al chiarore della luna. Non ora che dormo al piano terra.

Spingo la finestra più in alto possibile. «Arrivo.»

«Non ti farai male?»

Metto fuori le gambe e faccio passare le code del mio trench. «Certo che no. Non è così alto, e nell'aiuola non ci sono cespugli di rose, o altro con le spine.» La parola *rose* mi provoca un piccolo brivido, ma non ho tempo di chiedermi perché.

Mi spingo e finisco a terra in un modo del tutto sgraziato, ma riesco a saltare oltre il giardino senza calpestare nessuno dei fiori di mio padre, né decapitare nessun tasso. Corro da Ambrose e gli butto le braccia al collo.

Le mie labbra trovano le sue e il bacio che ci scambiamo... mi accende tutta. Ambrose mi fa sempre questo effetto: con un solo tocco delle labbra riesce a farmi apparire il mondo nuovo, eccitante e meraviglioso. Mi afferra il viso e mi inclina in modo da andare più a fondo, e prenderne più che può.

Quando si stacca, le sue labbra sono un po' arrossate e la sua espressione è luminosa e sorridente. «Sai» dice. «Una volta mi sono calato anche io da quella finestra.»

«Non mi dire?»

«Oh, sì: Cuthbert aveva appena acquistato una nuova mummia per il suo museo e io morivo dalla voglia di darle un'occhiata, però Penelope era infastidita con lui, così aveva detto che nessuno si sarebbe avvicinato a quel vecchio museo polveroso finché lui non avesse portato a termine non so bene quale compito gli avesse assegnato. E noi abbiamo aspettato che lei si addormentasse e siamo sgattaiolati fuori insieme.»

Non posso fare a meno di ridere. «Ti credo, se mi dici che sei uscito di nascosto per andare in un *museo*.»

Le lunghe ciglia di Ambrose sbattono e lui si perde nei suoi ricordi. «Quella notte io e Cuthbert togliemmo il primo strato di bende. Tra i tessuti antichi trovammo molti amuleti d'oro e pietre preziose. So che è sbagliato trafugare oggetti da altre culture, usare la ricchezza per comprare e vendere pezzi di storia come fossero gingilli, ma poter toccare quella mummia, vederla con le mie dita, sentire l'odore della polvere antica, della resina e dei sigilli di cera di miele sui vasi canopi, è uno dei ricordi più felici che ho.»

«Lo so.» Gli appoggio la testa sulla spalla mentre camminiamo. «Ma magari stasera non parliamo di mummie, okay?»

«Sono d'accordo. Abbiamo tanto altro di cui possiamo parlare, come la morbidezza dei tuoi capelli tra le mie dita e quanto sono felice che tu sia uscita con me stasera.»

Lascio che mi conduca dove vuole. L'unico suono è il rumore del suo bastone sul terreno e il bubbolio di un gufo lontano. Scendiamo lungo il sentiero che si snoda sul retro della casa, ci infiliamo nel buco della recinzione e ci troviamo nel cimitero di Grimdale.

Il mio cuore batte forte mentre un tenero sorriso tende le labbra di Ambrose. Le foglie cadute, che sembra impossibile rimuovere del tutto, scrocchiano sotto i nostri piedi.

Ero sicura mi avrebbe portata al cimitero. Entrambi amiamo questo posto, a modo nostro. Ed è straordinariamente privo di fantasmi. Ambrose è stato l'unico fantasma che è riuscito a superare la paura della morte tanto da passeggiare qui con me.

Perciò mi pare giusto che ora camminiamo qui insieme, sotto la pallida luce della luna, mentre nelle vene ci scorre una voglia matta.

La tensione tra noi diventa palpabile. Riesco a vedere il filo argentato di Ambrose che si snoda nell'aria intorno a noi, le striature blu al suo interno che si arricciano per la tensione dell'attesa. Il desiderio mi danza lungo la spina dorsale e mi si accumula in un dolore pulsante tra le gambe.

Abbiamo aspettato così tanto.

Non voglio aspettare oltre.

Immagino che lo stia pensando anche Ambrose. Mi spinge avanti con impazienza, finché non ci troviamo di fronte al Monumento alle Streghe, quell'edificio di pietra moderno e liscio. Ci giriamo intorno, così che la sua mole ci nasconda da chiunque passi davanti al cancello.

Perfetto.

«Ti piace?» Fa un gesto verso il cielo illuminato dalla luna, il cimitero deserto, le tombe che svettano intorno a noi come megaliti protettivi, e tutto ciò non potrebbe essere altro se non perfetto. «Avrei voluto portarti in un posto comodo, avventuroso, in un luogo che riflettesse la bellezza della tua anima. Ma non ne ho i mezzi, e ho troppa voglia, e posso solo pensare a essere impetuoso...»

«Ambrose» rido voltandomi verso di lui. «Smetti di parlare e baciami.»

«Voglio solo che tu sia felice...»

«Ambrose...»

Mi attira a sé e cattura le mie labbra tra le sue.

Il bacio è morbido e lento, ma sotto la luce della luna le sue labbra assumono un nuovo potere. Quando i nostri corpi si uniscono e le nostre labbra si aprono invitanti, richiamiamo intorno a noi una sorta di antica magia *fae* che ci stringe in un bozzolo, in questo momento che è solo nostro.

Lo cingo con le braccia, alzandomi in punta di piedi per baciarlo meglio. Le mani di Ambrose mi stringono le guance, le sue dita mi accarezzano la pelle, si infilano tra i miei capelli, come se con il suo tocco stesse tessendo un incantesimo.

Una parte di me potrebbe baciarlo così per sempre, sospesa nella perfezione di questo attimo. Ma il mio corpo vibra di desiderio, e la magia oscura che abbiamo evocato richiede che il rituale venga completato. Gli passo le mani sul corpo, gli tiro i bottoni della camicia, e gli sfioro l'inguine. Ambrose si irrigidisce quando le mie dita accarezzano la sua erezione da sopra i pantaloni, e il sussulto che si lascia sfuggire è così squisito da fare quasi male.

Il suo gemito libera tutte le lucciole che erano intrappolate negli angoli bui della mia anima. Razionalmente so che il legame tra noi è delicato e può infrangersi, ma il mio cuore non lo percepisce così. Con Ambrose mi sento al sicuro. Penso di non essermi mai sentita così protetta prima d'ora.

«Posso?» Le sue mani tremano un po' mentre slaccia il primo bottone del mio trench, ma non è nervosismo. È *eccitazione*.

«Ma certo!» Sono sbalordita dal desiderio che percepisco nella mia voce. Ed è proprio questo desiderio che trasforma l'intero viso di Ambrose in un sorriso gentile che mi scalda tutta, dentro e fuori.

Mi slaccia anche il secondo bottone e mi abbassa il trench. Me lo tolgo, e la luce della luna mi bacia la pelle nuda mentre le sue mani vagano sul mio corpo.

«Sei troppo bella» sussurra e mi sfiora i capezzoli con le dita finché non gemo il suo nome. «Sono stato in tutto il mondo, ma niente di quello che ho provato può essere paragonato ad avere te tra le braccia.»

Provo ad arginare l'ondata di emozioni che mi investe.

Mi piacerebbe dirgli che lo stesso vale per me, che sono fuggita in ogni angolo del mondo per evitare proprio questo preciso momento, perché avevo troppa paura di aprirmi a lui, a Edward, a Pax. Avevo il terrore che loro tenessero a me quanto io tenevo a loro, e che poi li avrei persi.

Perché nessuno vive il senso di perdita e solitudine come li vive un Lazzaro.

Ma non riesco a dire nulla: ho un groppo in gola che mi impedisce di parlare. E il modo in cui Ambrose mi guarda, i suoi occhi languidi e brillanti di magia (anche se so che non può vedermi) mi danno l'impressione che riesca a percepirmi in profondità, con una abilità che va oltre la normale visione umana. Non ci sono parole per descrivere la sua bellezza.

E così mi concentro sui suoi vestiti, perché se Ambrose può mettermi a nudo con poche parole, allora posso farlo anche io. Armeggio con i suoi bottoni. Non si è cambiato rispetto a prima, quindi indossa i nuovi abiti che gli ho procurato. Un paio di scarpe eleganti, pantaloni attillati con un bel taglio sartoriale che lui apprezza, e una camicia nera con una trama in rilievo che delizia il suo senso del tatto. Sotto la luce della luna, i suoi capelli scintillano come oro filato e io ci infilo le dita mentre lui si toglie la camicia.

Gliela lancio tra i cespugli di rose e gli passo le mani sugli addominali scolpiti. È come una statua greca, tutta proporzioni perfette e linee eleganti.

Non riesco a credere che sia mio.

«Bree.» Ambrose mi prende il viso e me lo solleva, per baciarmi a fondo, con forza. E non è l'unica forza che percepisco. Il suo sesso mi preme contro la gamba e il mio cuore ha un sussulto quando sento la sua voglia.

Abbiamo aspettato tanto, ma ora è il nostro momento.

La notte perfetta.

Le labbra di Ambrose lasciano le mie ed emetto un gemito, ma lui mi passa la bocca lungo il collo, e scende a lambire con la lingua un punto che mi fa tremare le ginocchia.

«Hai imparato troppi trucchetti da Edward» sussurro, aggrappandomi a lui mentre mi strizza i capezzoli tra le dita.

Ride, e la sua voce è un brontolio sommesso. «Mi sembra tu li apprezzi.»

«Non sai quanto. Ti prego, non smettere.»

Con le dita gli pizzico la schiena nuda, mentre lui mi tiene stretta ed esplora con le mani e la bocca ogni mio centimetro. Non saprei dire se è una caratteristica degli uomini ciechi, quella di essere buoni amanti, o se invece è una caratteristica di Ambrose, ma lui mi dipinge di baci, e mi fa sentire un'opera d'arte.

Finalmente riesco a tirargli giù la cerniera e a sbottonargli i pantaloni. Glieli abbasso, insieme ai boxer, e glielo tiro fuori.

Ambrose geme mentre io glielo lavoro con le mani. «Ti

prego, Bree, se continui a fare così, non so quanto durerò. Per quanto tu mi desideri, fidati, io ti voglio di più.»

La sua voce si incrina, un fulmine che mi attraversa il cuore. Rallento i miei movimenti e lui coglie l'attimo per afferrarmi i fianchi e girarmi.

Ora ho la schiena sulla pietra fredda del monumento. E per fortuna, perché mi serve un appoggio che mi regga in piedi e mi ancori alla terra, perché Ambrose potrebbe spazzarmi via da un momento all'altro e portarmi in qualche regno incantato.

Si inginocchia davanti a me, accarezzandomi le cosce con mani riverenti.

«Ti sporchi le ginocchia dei pantaloni» gli dico, anche se inclino il bacino verso di lui.

«Ne vale la pena: voglio sentirti godere sotto la mia lingua.»

Io non riesco a dire altro, perché la sua bocca è su di me e oh, *oh*, caspita, le cose che Edward gli ha insegnato! Il mio dolce Ambrose ha una lingua davvero perfida. La affonda dentro di me e stuzzica la mia fessura per poi riprendere a roteare e a indugiare sul mio clitoride.

Il respiro mi esce in rantoli affannosi. Il cimitero silenzioso mi avvolge tra le ombre amiche, mentre la lingua di Ambrose alimenta la pressione pulsante, con colpi veloci e affamati.

Mi stuzzica l'ingresso con un dito e lo infila dentro. Una parte di Ambrose è in me. È una gioia, una pura e totale meraviglia che mi fa trattenere il fiato, sull'orlo di un orgasmo da far tremare le ginocchia.

Mi stringe le gambe e io godo della sua lingua, proprio come aveva promesso mi avrebbe fatto fare. Non si sposta.

«Ti prego» mugolo. «Ho bisogno di te.»

«Ma io volevo...»

«Ambrose, ti avverto che *morirò,* sul serio, se mi tieni ancora qui in attesa.»

«Allora suppongo che sia un bene che ci troviamo in un cimitero.»

Si rimette in piedi e l'angolo della sua bocca si tende in un sorrisetto sghembo, che mi ricorda un po' Edward. Ambrose mi porta un braccio dietro la schiena, intorno ai fianchi, e le sue dita mi stringono. Non sento più quello strano formicolio che mi dava quando era un fantasma, ma questo è ancora meglio.

Le sue labbra ritrovano le mie e io assaporo il mio godimento mentre la sua lingua fa magie. I suoi baci diventano morbidi, teneri, e intanto si toglie i pantaloni e i boxer.

Poi si avvicina. E sono così bagnata che scivola dentro con facilità. Le sue spalle si tendono e mi penetra con un gemito gutturale e poco signorile che mi colpisce nel profondo.

«Ho aspettato diverse vite per poterti toccare così» sussurra. «La donna che amo. Sei così bella.»

Si tira indietro, ma prima che io possa riprendere fiato, spinge di nuovo, e affonda così tanto da strapparmi un gemito.

«Com'è?» gli chiedo, perché Ambrose vede il mondo attraverso le sensazioni e descrive tutto, anche i dettagli più banali, come fosse pura poesia.

«Sei... fantastica» mormora. «È come tornare a casa, come un fuoco caldo dopo una giornata di viaggio faticoso. È come... come... come un dono.»

Gli metto le gambe intorno alla schiena, attirandolo più a fondo. Mi abbandono e lui mi sorregge con le mani, e non si ferma. A ogni spinta mi manda a sbattere contro il muro. I capelli dorati gli ricadono su un occhio, ma non si ferma: non si preoccupa del suo aspetto, che sta diventando trasandato. Non sono l'unica che sta per finire distrutta.

Ambrose è una meraviglia. Mi sento piena di lui. La mia pelle si fa calda mentre i suoi colpi alimentano di nuovo la pressione dolorosa nel mio ventre.

«Sei tutto ciò che ho sempre desiderato. Questo momento, proprio così. Non voglio che finisca mai.»

«Non finirà.» Lo stringo più forte, il mio corpo si muove con il suo mentre lui mi scopa con foga.

Il fuoco tra di noi divampa ancora più caldo di prima e i nostri due fili d'argento si intrecciano e vorticano insieme.

È tutto ciò che vedo, sento, annuso e provo. I suoi occhi sono spalancati e, anche se so che non può vedermi, affondo nelle loro profondità azzurre, arrivando a nuotare nelle parti segrete e nascoste della sua anima.

Le labbra di Ambrose trovano le mie, e i suoi baci inghiottono i miei gemiti mentre mi fa sprofondare sempre più, finché non sono altro che sensazioni, selvagge e incantate.

Veniamo insieme. I suoi denti mi graffiano una spalla. Il mio corpo si rilassa nelle sue mani, e le mie gambe cedono.

Impieghiamo alcuni istanti per riprendere fiato.

Le braccia di Ambrose mi circondano e mi tira giù. Appoggiamo entrambi la schiena al Monumento alle Streghe, gambe e braccia aggrovigliate, i corpi ancora caldi e bagnati di sudore.

«Sono appena diventata una *goth* a tutti gli effetti» dico. «Fare sesso in un cimitero dà tanti punti quanto guidare un carro funebre, dormire in una bara e andare in panico in discoteca. Dani sarà *troppo* orgogliosa di me.»

«Cosa c'entra il sesso in un cimitero con lo stile architettonico *gotico*?» Ambrose sembra confuso. Posa la guancia alla mia e il cuore mi arriva in gola.

«Lascia perdere.» Mi volto verso il gufo che si è spostato su un albero ai margini del cimitero per farci una serenata. «Ehi, quel gufo ci sta guardando. Sparisci, brutto pervertito. E sarà meglio che tu non stia bubbolando qualcosa sui miei seni.»

Lo minaccio scuotendo un pugno e Ambrose ride, sussultando tutto.

«Bree, ti amo.»

Merda.

A queste parole mi sento raggelare.

Ambrose si volta verso di me, le labbra dischiuse in un lieve sorriso di speranza, e gli occhi che brillano come l'oceano.

Cerco di trovare qualcosa da dire. «È stato fantastico, Ambrose. Non c'è bisogno che tu mi dica che mi ami per convincermi a farlo di nuovo. Sono tua tutte le volte che vuoi. Sul serio.»

Mi accarezza la guancia con un dito. «Non l'ho detto con un secondo fine» replica serio. «È davvero quello che provo.»

Lo so.

Anche i...

Deglutisco.

Ascolto diversi battiti del mio cuore, con un ritmo irregolare.

«Io... non posso. Non posso ricambiare le tue parole» riesco a dire.

«Lo so. È tutto a posto. Davvero, tranquilla. Stare qui con te, al chiaro di luna, è più di quanto avrei mai potuto sognare. Tu sei abbastanza per me, Bree, e qualunque sentimento tu provi per me, è sufficiente. Ma da fantasma ho imparato che domani potrebbe essere troppo tardi per ciò che conta davvero. Voglio tu sappia ciò che provo, perché questo amore è una canzone che mi esplode dentro e vuole uscirmi dalla pelle. Mi sono innamorato, in un modo così profondo e totalizzante che è come fossi finito in un precipizio, e tu fossi il mio paracadute.»

Non posso essere il tuo paracadute, penso, mentre lo stringo, la luna fredda e solitaria in un cielo senza stelle. *Perché sto crollando anche io.*

30
BREE

«Bree, ci sono i tuoi ragazzi» mi chiama mia madre dal piano di sotto.

«Non sono i miei ragazzi» replico a denti stretti mentre lascio cadere il rullo che stavo usando per dipingere la stanza degli ospiti al terzo piano. Raggiungo le scale nell'istante in cui lei sta facendo entrare Ambrose e Pax. Ambrose le sorride con dolcezza, come se ieri sera non mi avesse fatta uscire di nascosto per portarmi al cimitero a scopare.

Ho un delizioso indolenzimento alle cosce e ogni volta che mi muovo rammento il modo in cui le sue mani si sono posate sul mio corpo. Ma ricordo anche le sue parole, e divento fredda e nervosa. Non voglio che mia madre faccia venire delle idee sbagliate ad Ambrose o a Pax.

«Voi tre passate un sacco di tempo insieme per dire che non avete una relazione» mi dice accigliata. «Tuo padre e io non siamo puritani, sai. All'università avevamo una relazione aperta. Mike era particolarmente affezionato a una dolce laureata in filosofia...»

«Che schifo, non serviva lo sapessi.»

«Dico solo che se hai qualcosa da dirci, noi capiremo.» E mi

283

dà una pacca sulla spalla. Pax mi guarda in attesa, ma non dico nulla e si incupisce. Mia madre cerca di colmare il silenzio. «Cosa fate oggi?»

Io ho un'altra lezione di magia con le tre streghe prima del mio turno al cimitero, mentre Ambrose e Pax andranno a caccia di altri vecchi amici di Edward e controlleranno le protezioni che abbiamo piazzato in giro per Grimwood e la Libreria Nevermore. Ma non posso dirlo a mia madre. «Oh, niente: andiamo a fare un giretto, una passeggiata nel bosco.» Poi ricordo di aver lasciato la pietra di moldavite in camera. «Torno subito, devo solo prendere una cosa.»

Mi dirigo verso il corridoio e intanto sento Pax che dice a mia madre: «Allora, se voglio diventare il ragazzo di Bree, che devo fare? C'è un rituale segreto da eseguire o devo uccidere in battaglia il suo ultimo fidanzato? Perché sono disposto a fare tutto quello che serve.»

Mi precipito in camera prima di dover ascoltare la risposta di mia madre. Pax non vuole rinunciare al fidanzamento, ed è terribilmente difficile perché non voglio ferirlo e tengo a tutti loro. Per me sono molto di più che semplice sesso, per quanto fantastico. Però... abbiamo Jack lo Squartatore, e c'è Edward che è Edward, e poi io... io che non ho tempo per pensare ai sentimenti, e poi anche solo l'idea di quelle tre paroline sembra riempirmi la bocca di sabbia.

Ho bisogno che la situazione rimanga così com'è, per ora. Ma come posso farglielo capire?

Prendo la moldavite dal letto e il sacchetto di erbe dalla scatola di Vera, nella remota possibilità che le streghe mi dicano a cosa dovrebbero servire. Mi procuro anche un maglione in più, perché l'estate inglese non promette un tempo decente. Tornando nell'atrio, i miei occhi passano rapidi sulla parete piena di foto di famiglia, sopra le scale. Ce ne sono diverse di me con i miei genitori, in una ho cinque anni e sorrido accanto alla mia bicicletta rossa nuova di zecca, e altre mostrano i miei nonni e i nostri parenti, compreso un vecchio ritratto di una signora dall'aria severa che indossa un blazer rosa.

«Ciao, dolce Bree» mi chiama mio padre dalla porta in fondo al corridoio che dà sul giardino. Si sfila le galosce e mi raggiunge davanti al muro con le foto. «Sono solo andato a controllare il mio cetriolo da premio. Mancano pochi giorni al festival e non ha mai avuto un aspetto migliore! È come una magia. Ehi, che guardi?»

«Oh, la nostra vita.» Mi appoggio alla sua spalla mentre i miei occhi passano rapidi da una cornice all'altra. La mia foto preferita è quella con tutta la famiglia a Natale, una tradizione che si ripete ogni anno. Tutti i fratelli di mio padre, le loro mogli e i miei cugini invadono Grimwood per una settimana. I miei organizzano un enorme banchetto e ognuno di noi compra uno stupido regalo che costa meno di cinque sterline, per fare un divertentissimo Secret Santa. Mi si contorce lo stomaco al pensiero che non tornavo a casa per Natale da cinque anni... e ora non avrò mai più un Natale come quelli. «Abbiamo passato dei momenti divertenti.»

Anche se non appaiono nelle foto, Edward, Ambrose e Pax fanno parte di ogni ricordo della casa. Non vedo l'ora di creare con loro dei momenti che diventino ricordi appesi a questa parete, ma credo sia meglio evitare...

«Assolutamente!» replica mio padre.

I miei occhi tornano sul quadro con la donna vestita di rosa. Il suo volto mi suscita un ricordo, ma non riesco ad afferrarlo. Non è tanto una visione di lei, quanto una *sensazione*. L'ho già incontrata. Solo che non l'ho esattamente incontrata, perché è una bis-bis-bis-qualcosa, e sono abbastanza sicura che sia morta prima che io nascessi.

È strano, perché sono passata davanti a questo ritratto

migliaia di volte e non ho mai provato questa emozione prima, ma ora...

È la donna del mio sogno.

Il sogno che stavo facendo l'altra notte, quando Ambrose mi ha svegliato. Era nel mio sogno. E mi ha detto...

Guardo il ritratto, il cuore che batte forte. La parte razionale del mio cervello mi dice che sono passata davanti a questa parete di fotografie e ritratti migliaia di volte, quindi è ovvio che il mio subconscio la inserisca nel sogno. Forse nella mia mente lei rappresenta Grimwood, un simbolo di tutti i segreti di questa casa che sono stati cancellati...

...ma ormai sono troppo sintonizzata con la magia per pensare che sia solo una coincidenza.

«Chi è questa?» Indico il ritratto. «Ricordo che me l'hai detto una volta, ma l'ho dimenticato.»

«Oh, quella è la tua bisnonna, Elsie. La nonna di tua madre. Era la proprietaria della casa prima di noi. Credo che ti sarebbe piaciuta. È sempre stata molto indipendente. O ha sempre ballato una musica tutta sua, come direbbe tua madre.»

«Io...» Mi acciglio. «L'ho mai incontrata?»

Mio padre mi guarda strano. «È morta circa cinque anni prima che tu nascessi. Tua madre non aveva molti rapporti con lei, ed è per questo che siamo rimasti profondamente sorpresi quando abbiamo scoperto che aveva lasciato a noi la casa. Elsie non si è mai sposata, il che ai suoi tempi fu un po' uno scandalo, e ha cresciuto tuo nonno Bert da sola. Lui se ne è andato da Grimdale appena maggiorenne, un po' come hai fatto tu: credo gli prudessero i piedi. O forse voleva solo sfuggire a tutti i pettegolezzi su sua madre. In ogni caso, Bert si trasferì al nord, conobbe tua nonna e mise su famiglia. Non tornò mai più a Grimdale, nemmeno per una visita. Non credo che Elsie fosse molto presente in casa. Era un po' una vagabonda, le piaceva viaggiare dappertutto. Prima che ricevessimo la notizia che avevamo ereditato Grimwood, tua madre era stata qui solo una volta, per il funerale di Elsie.»

«Wow. Non sapevo nulla di tutto questo.»

«Credo di avertelo raccontato almeno un centinaio di volte, ma quando eri piccola tu volevi solo storie di principi affascinanti, guerrieri feroci o avventurieri gentiluomini. Nient'altro riusciva a catturare la tua attenzione.»

O forse c'era qualche fantasma chiassoso che mi stava distraendo. «Non sono sicura di essere cambiata molto.»

«Ed è per questo che ti voglio bene.» Mio padre si china e mi bacia la testa. «Ascolta, dolce Bree, tua madre mi ha chiesto di dirtelo. Domenica sarà la prima giornata di casa aperta. Gwen dice che la campagna pubblicitaria sta andando bene e che ha degli acquirenti interessati. Vuole portarli qui.»

Un nodo mi si forma in gola. «Casa aperta? Ma la vernice sarà sì e no asciutta!»

«Abbiamo tempo per arieggiare un po', e non credo che andranno in giro a strofinarsi sui muri. So che è difficile per te pensare di vendere Grimwood.» Mio padre dà un colpetto affettuoso al battiscopa con un piede. «Credimi, anche a noi spezza il cuore. Ma a volte si devono prendere decisioni difficili. Tua madre ha ragione, per molto tempo mi sono illuso di potermi ancora occupare di questo posto. Ma è troppo grande per il tuo vecchio e le sue mani tremanti. A Grimwood serve qualcuno che le dia l'amore che merita.»

«Sì, è vero.» Cerco di non sentirmi soffocata all'idea che quel qualcuno non siano i miei genitori.

Non ci riesco.

Proprio nel momento in cui mi sembra di aver preso in mano la situazione, mi viene tolto il tappeto da sotto i piedi.

Mio padre apre le braccia. E io mi ci tuffo, proprio come quando ero piccola. Inspiro a fondo, assaporando quel profumo di segatura e pino che è proprio di papà.

Mi scende una lacrima, che finisce sul suo colletto.

«Oh, dolce Bree.» Mi accarezza i capelli. «È normale essere tristi quando finiamo di stare in una casa, ma questo sarà un nuovo capitolo della nostra vita. Grimwood andrà avanti senza di noi, e noi andremo avanti senza di essa, e tutto andrà per il meglio, te lo prometto.»

«Okay.»

Non voglio perdere Grimwood. Ma mio padre ha ragione: a meno di una qualche vincita alla lotteria, non abbiamo i soldi per mandare avanti questo posto, e sono consapevole delle sue difficoltà pratiche, come tenere i chiodi in mano. Per lavori che prima gli richiedevano cinque minuti ora ci vuole mezz'ora, e mia madre è già esausta: non può farsi carico di altro. Arriverà un momento in cui sarà troppo per loro, e a quel punto dovranno avere già trovato una soluzione alternativa, altrimenti finiranno per odiare questo posto, e sarebbe peggio.

Non sono più una bambina. Sono in grado di affrontare la realtà, per quanto dura.

Abbraccio mio padre e lo stringo forte, come se i miei abbracci avessero gli stessi poteri di guarigione che avevano i suoi per me, quando ero piccola. Come se stringendolo abbastanza forte e amandolo con tutta me stessa potessi curarlo dal Parkinson.

Oltre le sue spalle, scorgo Pax in fondo al corridoio, che ci osserva. Tende la mascella e guarda prima me, poi mio padre e viceversa. I suoi occhi blu si spalancano con un'espressione di pura gioia e lo stomaco mi finisce sotto i piedi.

Perché ho l'impressione che stia pianificando qualcosa?

Devo preoccuparmi?

31

EDWARD

BANG BANG BANG
«Per gli dèi, Edward! Svegliati, o trasformerò i tuoi bulbi oculari in deliziosi tartufi, come quelli del *Bake-Off* di ieri sera.»

Mi alzo di scatto. Ho sentito ogni sorta di minaccia nel corso dei miei molti secoli di esistenza, ma non si può negare che questo soldato abbia una certa eleganza poetica. «Puoi entrare.»

Pax batte di nuovo sulla porta, ma poi si rende conto che non è chiusa a chiave ed entra, incespicando.

Che tragedia: non ho la destrezza nemmeno per chiudere a chiave il mio stesso boudoir!

Ha le guance arrossate e un sandalo gli si è sfilato, rimanendogli appeso alla caviglia solo con il sottile cinturino di cuoio. Pax si avvicina al bordo del letto e mi guarda, le mani sui fianchi.

«Pax, cosa ci fai nel mio boudoir?»

Lui trattiene il fiato. «Sei ancora un fantasma.»

«Ah, però! Perspicace!»

«Da come Bree e Ambrose saltellavano ieri sera, ero convinto che a quest'ora saresti stato umano.»

Anch'io ne avevo avuto la certezza, per un momento. Ma ora ho perso ogni speranza. Ormai dovrei saperlo. L'unica soluzione che mi permette di superare la notte è immergermi nei ricordi che ho vissuto quando sono stato dentro Brianna. I pensieri segreti che mi ha lasciato vedere bastano a impedirmi di perdermi nella mia desolazione.

E ora c'è un antico romano che disonora il mio boudoir. Com'è possibile che la mia vita ultraterrena sia ridotta così?

«È un bene che non lo sia, altrimenti ti avrei fatto fuori non appena avessi messo piede nelle mie stanze private. Che vuoi, Pax?»

Non lo voglio qui. Voglio crogiolarmi nella mia tristezza e rileggere la lettera di Hugh più e più volte, finché le parole non saranno impresse nella mia anima. Voglio distruggere la misera speranza che mi ha attraversato quando Brianna me l'ha consegnata per la prima volta e mi ha detto che avrebbe potuto trasformarmi in un Vivente.

Non solo sono ancora un fantasma, ma sono un fantasma *assassinato*.

Sono un cliché ambulante.

E non ho ancora idea di quali questioni in sospeso potrei avere.

Ma il modo migliore per far allontanare Pax è distrarlo con un oggetto luccicante, o dargli ciò che vuole (cosa abbastanza facile, visto che di solito vuole qualcuno che guardi con lui il suo programma di cucina preferito). Così mi poso la testa sulle mani e lo ascolto distratto, mentre lui cammina su e giù per il tappeto, agitando le mani.

«Ho visto Bree parlare con suo padre. Lui le ha detto che l'agente immobiliare tornerà domenica. E stavolta porterà persone che vogliono comprare la casa!»

«E quindi?»

«Beh, credo che dovremmo assicurarci che sappiano *esattamente* che tipo di casa staranno acquistando.»

Un lento sorriso mi tende le labbra. «A volte, soldato, io e te parliamo la stessa lingua.»

«Ma certo. Me l'hai insegnato tu l'inglese moderno perché dicevi che il latino era troppo difficile e il tuo maestro ti puniva quando sbagliavi le declinazioni.»

«Sì, sì, d'accordo. Non so quale sia il tuo piano subdolo, ma considerami a tua disposizione.»

Pax si sfrega le mani con gioia. Ma non smette di camminare. E non se ne va.

«C'è dell'altro?»

Gli tremola un occhio. Lo fisso. Lui sposta il peso da un piede all'altro.

Pax è... *nervoso?*

«Sparisci!» dico di getto. «O sarò costretto a tirarti fuori la verità con un sonetto particolarmente aggressivo.»

«Ho bisogno che tu mi mostri come si fa l'amore.»

Di tutte le parole che mi sarei aspettato uscissero dalla bocca di Pax, queste erano le ultime... insieme a *Solo gli stupidi mangiano la salsa di pesce a ogni pasto* e *Ho deciso di usare un olio profumato, così il resto di voi non dovrà godere del mio muschio naturale.*

Il che sarebbe *piuttosto* virile... ma... vabbè.

Pax vuole che gli mostri come... fare l'amore?

Io.

«Senza offesa, soldato, ma non sei il mio tipo.»

«Per il batacchio sbattacchioso di Giove, non voglio fare l'amore con te!» Pax sembra così inorridito al pensiero che non posso fare a meno di sentirmi un po' offeso. «Io voglio fare l'amore con Bree.»

«Da quello che ho visto, te la sei cavata benissimo da solo.

Non bene come potrei fare io, ovviamente, a parità di appendici corporee, ma temo che non saprà mai cosa si perde...»

«Bree si ostina a non chiamarmi il suo ragazzo.» Il volto di Pax assume un'espressione decisa. «Non vuole chiamare nessuno di noi il suo ragazzo. Teme che i suoi genitori non capirebbero, invece loro le hanno appena detto che capiscono. Lei sostiene che è troppo preoccupata del ritorno dello Squartatore per pensarci, invece io credo che ci pensi sempre. Le ho detto che avrei aspettato il tempo necessario per farla sentire a suo agio, però non sono bravo ad aspettare! Ho bisogno di azione! Secondo Ambrose il tuo fagiolino potrebbe indurre le donne a dichiararti il loro amore. Tu mi mostrerai come usare il mio per fare altrettanto con Bree.»

«Se Brianna non è innamorata di te, nemmeno i miei trucchi carnali riusciranno a convincerla del contrario.»

Mi volto dall'altra parte, in modo che non scorga la menzogna nei miei occhi. Conosco la mia Brianna. Lei è innamorata di Pax. Glielo leggo in faccia ogni volta che sono insieme, nella stessa stanza.

Non vuole dire quelle parole perché ha paura.

Lei non sa di averne, ma io ho vissuto con la paura e il rimpianto abbastanza a lungo da riconoscerne l'ombra.

Brianna ha già perso Pax due volte. Tre, se si conta quando ci ha ordinato di andarcene e noi abbiamo vissuto in quella terribile soffitta. Crede che se si risparmia e non gli si dona completamente, riuscirà a non uscirne a pezzi, dovesse perderlo di nuovo.

Ha torto, ovvio, sma le donne devono essere libere di concedersi i loro sfizi, anche quando hanno torto.

La mia Brianna non è così diversa da me. Anche io mi trattengo, poiché l'impossibilità di frequentarla come gli altri mi distrugge.

«Per favore, Edward?» mi implora Pax. «Se mi aiuti, la

prossima volta che facciamo un duello davanti a Bree ti lascerò vincere.»

«Non basta.»

«Bene. Ti lascerò vincere il prossimo duello e potrai anche scegliere il canale di immagini in movimento per tutta la prossima settimana...»

«*Ehm...*»

«Il prossimo *mese*» si corregge, furioso. «Ora, mi aiuti?»

«Molto bene.» Mi giro, mi butto indietro i capelli e schiocco le dita. «Vieni qui. Sul letto.»

Pax rimane incollato alla porta, con l'aria di chi ci sta ripensando.

«Vuoi imparare a fare l'amore o no?» Accarezzo il cuscino di raso. «Sul letto. Subito.»

Pax mi guarda male, ma si avvicina. Io lo afferro per la fibbia della cintura e cerco di avvicinarlo, ma tutto ciò che riesco a fare è infilargli la mano nel busto. Lui fa uno sbuffo e si avvicina finché i nostri petti quasi si toccano e io devo alzare lo sguardo verso la sua faccia da antico romano tutto compiaciuto. Per tutti gli dèi, è davvero un mostro d'uomo.

Se non fosse così fastidioso... la situazione potrebbe essere eccitante. È passato molto tempo dall'ultima volta che ho avuto un uomo nel mio letto, e ho sempre avuto un debole per i tipi forti e muscolosi.

«Qui principia la nostra lezione su come fare l'amore con una donna. Per prima cosa, devi avvicinarti. Pelle su pelle: è fondamentale.»

Lui si avvicina, finché il suo enorme petto preme contro il mio e le sue cosce sono infilate dentro di me. Ha la spada infilata nella gamba dei pantaloni e con un cenno gli ordino di toglierla e di metterla accanto al letto.

«Niente spade nel boudoir. Nella foga, rischi di tagliarti il membro.»

«Devo prendere appunti?»

Arriccio le labbra. «Non riesci a ricordare da solo di non tagliarti il cazzo?»

Pax estrae la spada e la getta via. La punta si conficca nel muro, e la lama e l'elsa rimangono appese, traballanti. Pax mi guarda e incrocia le braccia. «E adesso?»

«Ora devi fissarle a fondo gli occhi.» Gli passo un dito lungo il mento, costringendolo a spostare la testa in modo che mi fissi. I suoi occhi blu ghiaccio si assottigliano e io gli do uno schiaffo sulla guancia, che fa più male a me che a lui. «Non così. Guardami come se non riuscissi a credere alla fortuna di essere in mia presenza. E qualunque immagine tu veda riflessa, non puoi indietreggiare né allontanarti. Hai capito?»

«Sì.»

Pax spalanca gli occhi.

«Poi, devi tenerla con delicatezza. Non devi passarle quelle ruvide manacce dappertutto. Falla sentire al sicuro.» Io apro le braccia. «Forza, stringimi.»

Pax aggrotta le sopracciglia e spalanca un braccio che mi trapassa un polso. Io trasalisco.

«Beh, ovviamente non puoi abbracciarmi *davvero*, ma fai finta che io sia Brianna. Dimostrami che sai essere dolce e premuroso.»

Pax si china e cerca di avvolgermi con le sue enormi braccia che sembrano dei tronchi d'albero. Io sollevo una mano e lui si tira indietro.

«Troppa foga, troppa. Non sono un druido che vuoi stritolare a morte. Sono la donna che ami. Mettici un po' di tenerezza. Così.»

Mi avvicino, lento. Gli metto una mano sul petto e le mie dita si posano delicate sulla sua pelle, fino a quando un formicolio caldo mi percorre le punte. Pax socchiude gli occhi, ma io gli do uno schiaffo sulla guancia e lui li riapre.

Mi avvicino ancora di più e, piano, gli porto una mano dietro la nuca. Sposto l'altra mano dietro di lui, e gli appoggio le dita sulla schiena, per stringerlo a me ma, al contempo, cerco di toccarlo il meno possibile.

«Quando siete così, lei si sente al sicuro» gli spiego. «La tua mano dietro il collo fa sì che lei continui a guardarti. Questo è fondamentale. Gli occhi sono le finestre dell'anima. Ora prova tu.»

Lascio cadere le mani e Pax si china su di me, imitando con precisione le mie mosse. Mi posa le dita spesse sulla clavicola, sulla pelle esposta all'altezza della nuca, dove la camicia si abbassa. Poi mi fa scendere la mano lungo la schiena, spingendomi a chiudere quella minuscola striscia di spazio che ci separa. Ora i nostri volti sono a pochi centimetri l'uno dall'altro e, se muovo un solo muscolo, mi ritroverò con i suoi arti dentro di me, cosa che non desidero.

Sembra quasi...

Okay, non è una sensazione orribile. Anzi, se devo essere del tutto sincero, il mio cazzo sta facendo un piccolo balletto. C'è qualcosa di davvero eccitante nell'essere tanto vicino a qualcuno di così grosso e pericoloso, sapendo che non posso sfuggirgli ma che non mi farà mai e poi mai del male. Mi sento al sicuro e terrorizzato, soprattutto quando mi guarda con questa intensità. Sta seguendo alla lettera le mie istruzioni di tenere bene aperti gli occhi.

Sono già stato con uomini, naturalmente. Anche con più uomini insieme, in una sola vasca da bagno: in fondo, chi è che non faceva orge in vasca da bagno nel diciassettesimo secolo? Però non sono mai stato così in intimità con qualcuno che avrebbe potuto spezzarmi il collo senza la minima fatica.

I miei battiti accelerano, e pensare che io tecnicamente nemmeno li ho, i battiti.

Mi piace.

È... *affascinante.*

«E adesso?» chiede Pax, con voce roca e strana.

Già: e adesso?

Ho vissuto con questo soldato per quattro lunghi secoli, e non mi sono mai soffermato a studiargli il profilo squadrato della mascella, o a notare come quella ferina sete di sangue che gli accende gli occhi mi faccia galoppare il cuore...

«Edward» grida Pax. «Mi servono altre istruzioni. Non costringermi a tagliarti i testicoli per usarli come biglie da gioco.»

«Sì» dico stridulo, senza osare chiedere cosa siano delle biglie da gioco. Saranno una cosa che ha imparato da Mike. «Bene. Ora devi dirle quello che ti senti nel cuore.»

«Il mio cuore vuole tagliarti i testicoli e usarli come biglie...»

«Non a *me*. A Brianna.»

«Ah, certo.» L'intero volto di Pax si illumina. «Le dirò che Venere sarebbe gelosa dei suoi gloriosi glutei e che il mio desiderio più grande sarebbe spalmarla di salsa di pesce e...»

«Non è esattamente ciò che intendevo, ma è pur sempre un inizio.» Emetto un sospiro, cercando di non farmi distrarre dalla lieve ricrescita che ha sulla mascella. «Intendevo piuttosto qualcosa tipo: Brianna, in tutte le più grandi meraviglie del mondo, non c'è un cuore che batta così in sintonia con il mio come sta facendo il tuo.»

«Okay, ci provo.» Pax strizza gli occhi. «Bree, quando sono con te, mi sento tanto felice come quando sventro un nemico e uso il suo intestino per saltarci a corda...»

«No!»

«Dammi qualche altra parola, allora, poeta.»

«E va bene, visto che devo fare tutto da solo. Ripeti con me. Brianna, mi sono innamorato del tuo coraggio e della tua gentilezza...»

«Brianna, mi sono innamorato del tuo coraggio e della tua gentilezza.»

Devo chiudere gli occhi perché ce l'ho terribilmente duro. «E anche quando il mondo ti diceva che eri sbagliata, strana, o bizzarra, tu per me non lo sei mai stata. Per me tu sei perfetta. Sei il motivo per cui la sera non voglio addormentarmi, perché da svegli il mondo è decisamente migliore di quanto lo sia nei miei sogni più dissoluti.»

«E anche quando il mondo ti diceva che eri sbagliata, strana, o bizzarra, tu per me non lo sei mai stata, e pugnalerò chiunque sostenga queste cose. Per me tu sei perfetta. Sei il motivo per cui la sera non voglio addormentarmi, perché da svegli il mondo è decisamente migliore dei miei sogni più dissoluti» ripete Pax, sorridendo orgoglioso.

«Molto bene» sussurro. «Puoi anche aggiungere: Ti amo alla follia, e anche se tu non dovessi mai provare per me ciò che io provo per te, non sarei schiavo del mio amore, perché è stato il mio amore per te che mi ha liberato dal peso e dal dolore della vita. Tu mi hai liberato e io sarò per sempre tuo.»

«Troppe parole, non riesco a ricordarle.»

«Okay, d'accordo.» Scuoto la testa, e faccio fatica a ritrovare la voce. «La prima parte basterà.»

«E poi?» L'alito di Pax mi sfiora le labbra.

«Ora devi baciarla.»

Lui batte le palpebre.

«E quando la bacerai» continuo, riprendendo il controllo delle mie emozioni, «non puoi attaccarla con la lingua come se fosse un esercito di druidi da conquistare.» Stringo la mano con cui gli tengo la nuca. «Devi essere delicato. Devi scrivere la poesia dei tuoi sentimenti con la lingua. Così.»

E, detto ciò, tiro a me Pax e premo le labbra sulle sue.

La mia lingua scivola sulla sua, lo accarezza, lo calma e lo rallenta quando si eccita troppo e inizia a dimenarsi. È bravo a baciare, ma è così irruento che è impossibile non farsi trascinare da lui. Però se vuole che Brianna gli dichiari il suo amore, deve farlo alle sue condizioni.

Cerco di reindirizzare Pax, ma questo soldato è davvero testardo e, mentre la sua lingua si muove come una serpe sulla mia e la mano con cui mi tiene il collo preme sulla mia pelle spettrale tanto da portarmi al limite del dolore, mi sento mancare. Non aiuta il fatto che quest'uomo baci come fa tutto il resto: con la forza selvaggia di un soldato che gli scorre nelle vene e lo porta a conquistare tutto ciò che tocca.

A conquistare *me*.

Qualcosa del bacio ha allentato i lacci del mio cuore. Non solo vorrei che questo soldato continuasse a fare *esattamente* quello che sta facendo ora, ma vorrei sciogliere la lingua e confessare tutto a Brianna.

Tengo gli occhi fissi sui suoi e faccio del mio meglio per immaginare che lui sia la mia amata Brianna e che attraverso questo bacio io le stia raccontando tutti i pensieri più oscuri e segreti del mio cuore. Così, forse, se riuscirò a far provare a Pax qualcosa di ciò che provo io, lui riuscirà a comunicare con lei.

È difficile, perché ha la barba che mi gratta e mi guarda in un modo inquietante con quei suoi intensi occhi di ghiaccio. E devo continuare a spostarmi, per non fargli sentire quanto sono eccitato.

Non per lui.

Mai al mondo.

Credo.

Proprio quando non riesco più a sopportare la tensione, mentre immagino di prendergli la mano e portarmela ad accarezzarmi il cazzo pulsante e dolorante, lui si scosta. Ha le labbra gonfie, gli occhi languidi.

«Pax?» Schiocco le dita davanti a lui, ma il suo sguardo rimane perso. «Capisci le cose che ti ho insegnato?»

«Sì» dice. Il suo viso si illumina di un ampio e bellissimo sorriso. «Capisco perfettamente.»

Poi si gira e se ne va.

Io torno a fluttuare sul mio letto, asciugandomi gli occhi, bagnati in modo inatteso da lacrime spettrali.

«Brutto romano impestato» mormoro. «Mi farai morire.»

32

PAX

È il giorno della casa aperta. Bree e sua madre sono state tutta la mattina in cucina a preparare una torta di mele. Secondo l'agente immobiliare Gwen, le case che profumano di torta di mele attirano di più gli acquirenti. Io non capisco come si possa parlare di *profumo di casa* se non sa di vino, sangue e armature di cuoio, però ho notato che nessuno pone queste domande a un soldato romano.

Suonano alla porta. «Sarà Gwen con la prima visita!» Sylvie lascia cadere la torta sopra il forno, si toglie il grembiule e si precipita alla porta. «Mike, sono arrivati!»

«Arrivo!» grida il padre di Bree dalla mia camera da letto, nota anche come *stanza del caos,* che sta cercando di *sistemare.* In pratica, immagino che Sylvie gli abbia detto di liberarsi delle sue cose, ma lui le ha infilate tutte nell'armadio e sta cercando invano di richiudere la porta.

Bree resta in cucina a spazzare lo zucchero a velo dal pavimento. Ha un'aria infelice, ma ci pensiamo noi.

Edward e io siamo in posizione, pronti a mettere in atto la mia brillante idea. Edward mi scruta da dietro l'angolo e mi sfoggia uno dei suoi sorrisi che Bree definisce diabolici. Non abbiamo più parlato della lezione di sesso che mi ha dato. È stato tutto molto strano. Stavo seguendo in ogni minimo dettaglio le sue istruzioni, immaginando di baciare Bree e di riversare su di lei tutte le parole poetiche di Edward affinché lei mi amasse, e all'improvviso mi sono reso conto che *non* stavo baciando Bree, ma Edward, e che il tutto era piuttosto piacevole, come uccidere druidi in una bella giornata estiva. Mi piacerebbe rifarlo, ma dopo il modo in cui sono scappato via, mi considererà un gran codardo, quindi è meglio se evito di tirare fuori l'argomento.

Inoltre, abbiamo cose più importanti di cui preoccuparci. Come una certa agente immobiliare e il suo piano per intristire Bree.

«...questo ampio ingresso, elegantemente arredato» spiega Gwen, che agita le braccia per invitare una coppia ad accomodarsi all'interno. «La stanza è appena stata ritinteggiata per far risaltare le caratteristiche storiche, come le travi di quercia e la bellissima boiserie del diciassettesimo secolo, e stupirà i vostri ospiti dal momento in cui vi metteranno piede. I proprietari sono disposti a vendervi anche tutti i mobili e gli oggetti che desiderate.»

«Cos'è questa macchia sul pavimento?» L'uomo aggrotta le sopracciglia mentre passa un piede sul punto in cui Ambrose ha sparato a padre Bryne.

«Oh, nulla di cui preoccuparsi.» Sylvie si piazza proprio sopra la macchia. «Nostra figlia Bree aveva degli amici a casa e hanno versato un po' di daiquiri alla fragola. Chi l'avrebbe mai detto che l'alcol potesse penetrare così tanto nella pietra porosa e macchiarla in quel modo? Noi di sicuro no. Ma non preoccupatevi, stiamo lavorando per eliminarla. E poi ci si può mettere sopra un tappeto, vedete?» Scalcia una gamba alla ricerca di qualcosa, ma poi si ricorda che non c'è più nessun tappeto, così lo ricopre con lo strofinaccio che ha in mano. «Ecco!»

«Ora, se volete seguirmi.» Gwen esorta l'uomo a entrare nell'ala orientale, prima che possa soffermarsi troppo sulla macchia, e immagino sia meglio così. Ho imparato che per le persone moderne le macchie di sangue non sono una decorazione di buongusto. «Vi mostro le stanze degli ospiti. La casa viene usata come B&B, ma naturalmente voi potreste dedicare un'ala ai vostri ospiti, oppure riempirla di bambini. Le stanze sono pronte per ricevere la vostra impronta personale. Vi prego, però, di osservare i lampadari!»

Quando entrano nella prima stanza e Gwen preme l'interruttore della luce, Edward affonda il braccio nel muro. La luce del lampadario sfarfalla. L'uomo si acciglia.

«C'è qualcosa che non va nell'impianto elettrico?»

«Non c'è niente che non vada!» commenta Sylvie, con una voce così penetrante che sembra quella di una gorgone. «L'abbiamo fatto controllare. È solo una casa vecchia.»

Edward mi fa l'occhiolino e gira la mano. Stavolta il lampadario sfarfalla più a lungo. Poi si sente un *POP*, e si diffonde un odore di bruciacchiato.

«Non mi sembra molto sicuro» commenta l'uomo.

«Se volete seguirmi» li invita Gwen a voce esageratamente alta. «Daremo un'occhiata ai bagni. Sono dotati di splendide caratteristiche d'epoca e anche di comfort moderni...»

Ostentando indifferenza, seguiamo la coppia che ispeziona le camere degli ospiti e i bagni privati. Mentre salgono le scale per il secondo piano, la donna si sofferma ad ammirare tutti i ritratti incorniciati alle pareti.

«Questa casa ha una storia affascinante» dice Sylvie. «Nella nostra biblioteca abbiamo libri che descrivono alcuni dei proprietari più interessanti, come la famiglia Van Wimple, che ha lasciato molti dei suoi bei mobili, insieme ad altre curiosità vittoriane.»

«Oooh, adoro la storia!» esclama la donna. «Ci sono anche dei fantasmi carini?»

«Non che io abbia visto» replica Mike, «ma ci sono storie sul famigerato Principe Poeta Edward, un noto libertino che morì cadendo dalla finestra del piano superiore. Alcuni dicono di poter ancora sentire le sue poesie portate dalla brezza.»

Faccio un cenno a Edward. Lui si inginocchia in cima alle scale e inizia a declamare: «Mortali mi addolorano nel mio dominio infestato, ignari di avere sconfinato. La mia dimora risuona di sgomento. E in questa guisa io declamo risentimento.»

«Hai sentito?» esclama la moglie con un sussulto.

«Cosa?» sbotta il marito.

«È stato il vento» dice Gwen, anche se mi fulmina con lo sguardo, come se fossi in qualche modo responsabile. Io mi stringo nelle spalle, ma non riesco a distogliere lo sguardo da Edward, che sta scendendo le scale con quel suo ghigno principesco.

«Qualcuno ha detto di essere molto contrariato dalla nostra presenza. Sembrava quasi... un fantasma.»

«Non essere assurda, donna. I fantasmi non esistono.»

«Giuro che l'ho sentito! Sembra davvero arrabbiato, ed è anche un pessimo poeta.»

«L'ho sentito anch'io» dice Sylvie a Mike. «Che strano.»

«Oh, voi che indugiate in questa mia dimora: via di qui, o il destino si complica ancora!» Edward agita le mani dentro e fuori dell'uomo, che si strofina le braccia ricoperte di pelle d'oca. «Per la pallida luna: vi ordino di allontanarvi. O affronterete l'ira che questo spettro vorrà lanciarvi.»

Noto Bree fissare Edward che si sta avvicinando alla faccia della donna. Lei si copre la bocca con la mano. Spero che si stia divertendo quanto noi. Ci libereremo di queste persone, e Sylvie e Mike non riusciranno a vendere Grimwood.

L'uomo inizia a tremare. «Ma l'ha sentito anche qualcun altro?»

Mike ha raggiunto la cima delle scale. «Sono sicuro che non è niente. Devo aver lasciato il portatile aperto e immagino che Moon si stia divertendo a camminare sulla tastiera, e abbia aperto per sbaglio l'applicazione dei podcast.»

«Certo, ecco cos'è!» esclama Gwen in tono brillante. «Solo uno stupido podcast di poesia pessima. Non è affatto uno spettro.»

«Gli intrusi, scossi, alla fine si arrendono» esclama Edward, puntando il dito in direzione della porta d'ingresso. «Danno retta al fantasma e le scale scendono. Sotto la luna si allontanano in tutta fretta, e prima dell'alba abbandonano l'infestata casetta.»

Poi agita le braccia contro un tavolino e ha abbastanza forza per scagliare giù per le scale gli oggetti che vi si trovano sopra.

«Argh!» grida il marito mentre un portafoto gli passa a due centimetri dal viso.

«Non era un podcast!» strilla la donna.

L'uomo afferra il braccio della moglie e si precipitano giù per le scale.

«Ma... ma... ma non avete nemmeno visto la camera da letto padronale!» grida Gwen.

«Non credo che ci interessi. Grazie!»

La porta sbatte alle loro spalle, con un colpo secco che riecheggia in tutta la casa.

Gwen si appoggia al muro e si sventola il viso con una mano.

«Non hanno nemmeno recuperato i cappotti» osserva desolata Sylvie.

«Cos'era quella voce?» Mike scruta il pianerottolo. Edward

si scosta prima che possa attraversarlo. «Sembrava davvero venire da quassù, ma qui non c'è nessuno.»

«Forse era davvero un fantasma» dico. «Sembrava piuttosto arrabbiato. Credo che non voglia che vendiate la casa.»

«Non mi importerebbe nemmeno se ci fosse Jason Voorhees con tutta la sua furia omicida» dichiara Sylvie con una punta di ferocia che ammiro. «Dobbiamo farlo. Mike, Bree: arrotolate il tappeto dell'ufficio e portatelo nell'atrio. Dobbiamo coprire questa macchia!»

Bree mi lancia un'occhiata mentre segue il padre. Edward incrocia le braccia e sorride trionfante dalla cima delle scale. Io gli faccio un cenno di assenso. Insieme, Edward e io siamo una bella squadra.

Lui si morde il labbro inferiore e io cerco di non pensare all'altro giorno, quando sono andato da lui per un consiglio su come fare l'amore. Dovevo baciarlo fingendo che fosse Bree, solo che era difficile perché Edward non bacia come Bree. Lui bacia esattamente come ci si aspetta da lui.

Quello che non mi aspettavo è che i suoi baci mi piacessero.

Ma ora che siamo nel cuore della battaglia non ho tempo di pensare ai baci. Suonano alla porta. Gwen accoglie la coppia successiva (due donne con abiti tutti frufru) e questa volta decide di iniziare dalla cucina. Ed è una ottima notizia, perché quella stanza è affidata a me.

Appena entrano Edward fa sfarfallare tutte le luci, ma Gwen spiega che si tratta di un vecchio impianto elettrico e le due non sembrano scoraggiarsi. Però c'è una sorpresa che le attende.

Ho nascosto la mia vecchia uniforme romana dietro il termosifone. Da quando sono tornato un Vivente, non ho più potuto indossarla. Bree diceva che non sarei riuscito a mimetizzarmi, e che puzzava di sangue, sudore e sporco di guerra.

Ho pensato che i nostri ospiti avrebbero gradito un assaggio.

Quando il nostro gruppo si sposta al centro della cucina per ammirare la stufa economica, arriva una zaffata di afrore. Ufff. Io stesso devo ammettere che non è piacevole. Riesco persino a sentire l'odore del garum che mi sono versato addosso facendo colazione prima di scendere in battaglia.

Edward è dietro di me e si tappa il naso con una mano, mentre sventola l'altra verso di noi per indirizzare l'odore nella nostra direzione.

Le due donne indietreggiano. «Cos'è questo tanfo?»

«Beh, vede» spiego, usando un discorso che mi ha preparato Ambrose. «La casa è stata costruita sul luogo di un antico campo di battaglia. Questa stanza si trova proprio sull'accampamento dei soldati romani. Si dice che si senta ancora l'odore dei corpi dei guerrieri celtici che furono uccisi e bruciati da loro, e anche il sapore acre del loro garum, la tipica salsa di pesce fermentato.»

(Non è del tutto vero: l'accampamento era vicino al retro del giardino, da dove si aveva un migliore accesso alla rete idrica e un perimetro più difendibile, ma Ambrose ha detto che non aveva importanza).

«Puzza.» La più alta delle due donne si tappa il naso.

«Volete dire che ci sono fantasmi di soldati romani che infestano questo posto?» La più bassa stringe tra le lunghe dita una collana di cristalli.

«Oh, sì, un'intera legione» rispondo allegro. «Sono un'ottima compagnia. Vi insegneranno dei giochini a base di alcol.»

«Bree, per favore, di' al tuo ragazzo di smetterla di raccontare storie così ridicole» sbotta Gwen.

«Non è il mio ragazzo.»

Le due donne si scambiano uno sguardo che lascia

intendere che non hanno nessuna intenzione di condividere la loro nuova casa con fantasmi dell'antica Roma.

Pagani! Che Marte li maledica tutti.

Dato che Bree non interviene, Gwen si rivolge a Sylvie. «Sbarazzati di questo odore!»

«Ma non so da dove viene» geme Sylvie. Prende la torta dal bancone. «Ecco, annusate questa bellissima torta fatta in casa. *Questo* è l'odore che di solito ha la nostra casa... ohhh!»

Mentre Sylvie si avvicina alle donne, Edward tende un piede e, poiché nelle vicinanze c'è Bree con la moldavite in tasca, Sylvie ci inciampa sopra. E spicca il volo. La torta le sfugge dalle mani e finisce dritta in faccia alla donna più alta.

«Argh!» La donna barcolla all'indietro. Mele cotte e pasta frolla le colano sulle guance.

Le donne se ne vanno subito dopo. Poi Gwen accoglie due fratelli di una catena alberghiera, ma appena Edward prende dei libri dagli scaffali nell'angolo e si mette a sfogliarli, fuggono via anche loro.

Poi c'è l'avvocato di Londra, che scappa via dopo che, aprendo l'armadietto della biancheria scopre la mia spada sugli asciugamani, con la lama ancora macchiata di sangue secco. Lo saluto con la mano mentre si fionda nella sua carrozza a quattro ruote, senza cavalli. Fugge di gran carriera, con i piedi che ancora sporgono dal finestrino.

In cucina Gwen ha una crisi di nervi, e intanto io prendo una scatoletta di tonno dalla credenza del cibo per gatti e mi muovo tra le stanze degli ospiti vuote, per spalmarla nelle prese d'aria in modo che l'odore si diffonda in tutta la casa. È una trovata molto intelligente, in realtà. È stata un'idea di Ambrose. È piuttosto subdolo quando...

«Pax, cosa stai facendo?»

Mi giro di scatto. La scatoletta di tonno mi cade dalle mani.

Bree è in piedi sulla porta, le mani sui fianchi, con un

aspetto che mi fa venire voglia di mangiarla, anche se i suoi occhi di miele sembrano fuoco.

«Che ti sembra stia facendo?» sussurro innocente. «Sto mettendo del pesce nelle bocchette.»

«Ma *perché?*» geme Bree. «E perché Edward continua a sussurrare terribili sonetti e a fare lo sgambetto a mia madre e... e... Oh, no! State sabotando la vendita!»

«Ti stiamo rendendo felice» le dico. «Tu non vuoi che nessuno compri Grimwood. Bene, noi faremo in modo che nessuno lo faccia.»

«Oh, Pax...» Bree aggrotta le sopracciglia e per un attimo penso che mi sgriderà, che dirà che ho sbagliato tutto e ho fatto un altro pasticcio. Ma poi mi abbraccia. «Grazie.»

«No, scusate!» Una forma scura attraversa il muro. «Se qui c'è qualcuno che deve essere ringraziato, quello è il sottoscritto. Sono io quello che si dà da fare, che fa tutto il lavoro duro, agita le mani dentro e fuori dalla gente, compone splendidi sonetti e solleva libri come farebbe un servo...»

Bree si precipita da lui e lo abbraccia. «Edward, sei fantastico. Continua così.»

«Con piacere!» esclama Edward, affondando una mano nel muro. Le luci sfarfallano, nella stanza accanto scoppia un'altra lampadina e Gwen grida.

33

BREE

«Beh, è stato un vero fallimento.» Mia madre si accascia sulla sua poltrona preferita, con un bicchiere di sherry stretto al petto. «Ero certa che oggi avremmo avuto almeno un'offerta, invece è come se l'universo intero si fosse messo di traverso. Come è possibile che in un solo giorno si siano fulminate *dodici* lampadine? Proprio oggi?»

«Lo so, è davvero *strano*.» Lancio un'occhiata a Edward e non riesco a trattenere un sorriso. «Chi l'avrebbe mai detto che abbiamo davvero dei fantasmi?»

«Ma non c'è nessun maledettissimo fantasma!» sbotta mia madre. «Abbiamo una casa che sta crollando, e nessuno che ce la toglie dalle mani.»

«Dobbiamo essere pazienti, Sylvie» interviene mio padre senza alzare lo sguardo dal suo puzzle. Continua a far cadere pezzi a terra, ma non sembra preoccupato.

«Forse se nessuno vuole questo posto, dovrete assumere qualcun altro che gestisca il B&B?» suggerisco. «Pax è forte, e magari potrebbe aiutare con lavoretti fai da te. Sono certa che non gli dispiacerebbe guadagnare qualche soldino.»

E poi potrebbe imparare alcune abilità utili per fargli trovare un lavoro. Abilità che ovviamente non comportino l'accoltellamento di persone.

«Ci abbiamo già pensato, ma non possiamo permetterci di pagare nessuno. Finora ha funzionato solo perché io e tuo padre non ci paghiamo uno stipendio.» Mia madre dà un pugno al cuscino. «Se tu riesci a trovare qualcuno disposto a lavorare gratis, sono tutta orecchi.»

«Che ne dite di un investitore? Qualcuno che dia a questo posto un'iniezione di denaro per riparare il tetto, magari ridipingere le stanze e attirare clienti disposti a pagare di più. Se potessimo far pagare quanto si paga all'Hotel Queen Elizabeth, allora potreste permettervi di tenere Grimwood...»

«Ci abbiamo già pensato, tesoro» dice mio padre. «Ma onestamente, non sapremmo come trovarlo, un investitore. E reinventare questo posto e sistemarlo per una fascia alta di clientela non è un progetto che voglio affrontare in questo momento.»

E, neanche a farlo apposta, gli scappa di mano un pezzo del puzzle, che va a finire dritto nel tè.

«Non è che durante i tuoi viaggi alla Kerouac tu hai conosciuto qualche miliardario carino?» interviene mia madre. «In questo momento ci farebbe proprio comodo un cavaliere dall'armatura scintillante, e magari uno che ci dia anche tanti nipotini.»

«Mi offro io!» esclama Edward dalla sua posizione accanto al camino. «Faccio una bella figura su un destriero e sono anche piuttosto virile...»

«No, mi dispiace.» Allungo le gambe e le mostro i pantaloni della tuta, i capelli raccolti in un nodo disordinato e la maglietta Blood Lust macchiata di torta. «Ci crederesti che nessun miliardario è interessato a questo? Già, impossibile, eh?»

Mia madre si alza di scatto e si liscia il vestito. «Non posso stare un solo minuto in più in questa casa» esclama. «Mike, che ne dici di andare al pub ad affogare i nostri dispiaceri? Bree, volete venire anche tu e i tuoi non-fidanzati?»

«In realtà, no.» Faccio finta di soffocare uno sbadiglio. «Sono piuttosto distrutta. Questa giornata mi ha veramente sfinita. Credo che starò a casa e andrò a letto presto.»

Poi esco dalla stanza, afferrando la mano di Pax per trascinarlo in corridoio. E faccio cenno a Edward di seguirmi.

Lo porto in camera mia e mi sbatto la porta alle spalle, controllando che sia chiusa a chiave. Ambrose si alza di scatto dalla scrivania alla finestra, dove sta lavorando al Braille. «Bree?»

Edward passa nel il muro, con un'espressione severa in volto.

«Voi tre...» Li fulmino con lo sguardo. «Non posso credere che l'abbiate fatto.»

«Io non ho fatto nulla» interviene Ambrose. «Sono stato al cimitero tutto il giorno e non puoi sostenere il contrario.»

«Ma ti prego» replico con una smorfia, il che è sciocco perché so bene che lui non mi vede. «So chi ha avuto l'idea di far pronunciare a Pax quel discorso sui fantasmi della legione romana. C'è la firma di un certo Ambrose Hulme.»

«Beccato!» Il volto di Ambrose si illumina.

«È stato tutto un piano di Pax» dice Edward. «Lo castrerai? Mi piacerebbe guardare.»

«Stai scherzando?» Faccio un gesto verso l'inguine di Pax. «Castrare un fagiolino così splendido sarebbe un crimine contro Giove. Siete tutti fantastici. Voi... non posso credere che teniate alla casa quanto ci tengo io.»

«A noi non interessa la casa» sbotta Pax.

«Parla per te» risponde Ambrose. «A me questo posto interessa molto.»

«Dopo aver vissuto quattro secoli in questa discarica, sarei ben felice di vederla bruciare» commenta Edward. «Non l'abbiamo fatto per Grimwood. Lo abbiamo fatto per te, Brianna.»

Una sensazione di calore mi accende il cuore e mi si diffonde in tutto il corpo, fino alle dita dei piedi. Qualunque cosa accada, questi tre si prendono davvero cura di me.

Sono incredibilmente fortunata ad averli.

«Voi...» Mi si forma un nodo in gola. Devo deglutire due volte per far uscire le parole. «Grazie.»

«Non devi ringraziarci» dice Pax. «Siamo qui per vegliare su di te. Sempre.»

Poi avanza con la velocità di un fulmine, e mi cattura tra le braccia. Mi afferra il collo con una mano, mi solleva la testa, e le sue labbra catturano le mie.

Questo bacio ha qualcosa di diverso.

Potrebbe essere per come mi guarda, con i suoi occhi chiari così aperti e sinceri. Oppure il modo in cui mi stringe, come se fossi qualcosa di prezioso che potrebbe frantumarsi sotto il suo tocco, per non tornare mai più a posto.

No. È che il suo bacio è diventato tenero, quasi stesse parlando in una lingua antica e morta che può comunicare solo se si condivide lo stesso respiro. E le parole che dice sembrano sciocche e disperate parole d'amore.

Pax si stacca e lancia all'indietro uno sguardo a Edward. «Vado bene?»

«Sei uno studente perfetto» lo rassicura Edward chinando il capo.

«Che succede?»

Ma la mia curiosità viene interrotta quando Pax mi tira di nuovo a sé. Poi mi fa camminare all'indietro finché non tocco il bordo del letto con le ginocchia. Mi siedo e lo tiro giù con me.

I nostri corpi si muovono insieme mentre mi spoglia e mi bacia, con gli occhi che non lasciano mai i miei. I fili d'argento rilucono intorno a noi, ricordandomi che lui è qui, è reale ed è mio.

Eppure, non sono sicura di aver conosciuto davvero Pax fino a questo momento. Nei suoi occhi mi vedo come mi vede lui, e mi spaventa sentire quanto si preoccupa per me e cosa sarebbe disposto a fare per tenermi al sicuro. Sta cercando di dirmi, sfiorandomi dolcemente con le labbra, che combatterà per me, anche se non credo di valere l'ultima resistenza di un guerriero.

Quello che mi sta facendo ora... non è la solita scopata frenetica. È diverso. È... intimo.

«Ricordi quando ti ho detto che ti avrei aspettata?» sussurra, le labbra sulle mie. «Dicevo sul serio. Aspetterò che tu mi ami come ti amo io, fino a quando gli dèi non distruggeranno la terra.»

«Pax...»

«Voglio essere il tuo ragazzo. Voglio portarti al cinema, far parte della tua squadra di quiz al pub, e invecchiare insieme a te. Voglio insegnarti a usare la spada e fare a pezzi i nostri nemici insieme. Soprattutto, desidero sentire quelle meravigliose parole, *ti amo*, uscire dalle tue labbra. Aspetterò.»

«Ti prego...» sussurro, anche se in realtà non so cosa sto chiedendo.

Ti prego, smettila.

Ti prego, non fermarti.

Ti prego, non amarmi.

Ti prego, amami fino al tuo ultimo respiro.

«Pax è venuto da me per una lezioncina» mi spiega Edward mentre si sdraia accanto a me. «Voleva imparare a fare l'amore con una donna come farebbe un poeta, invece di limitarsi a scoparla a morte, come un guerriero. E ora è quello che sta facendo.»

«Edward mi ha insegnato un discorso che devo ricordare»

dice Pax accarezzandomi un seno con un dito. «Però l'ho dimenticato. E poi erano parole sue, non mie.»

«Tu...» Non posso credere che stia succedendo. «Tu hai preparato un discorso per Pax.»

«Era più o meno così.» Gli occhi scuri di Edward affondano nei miei. «Brianna, mi sono innamorato del tuo coraggio e della tua gentilezza. E anche quando il mondo ti diceva che eri sbagliata, strana, o bizzarra, tu per me non lo sei mai stata. Per me tu sei perfetta. Sei il motivo per cui la sera non voglio addormentarmi, perché da svegli il mondo è decisamente migliore dei miei sogni più dissoluti. Ti amo alla follia, e anche se tu non dovessi mai provare per me quello che io provo per te, non sarei schiavo del mio amore, perché è stato il mio amore per te che mi ha liberato dal peso e dal dolore della vita. Tu mi hai liberato e io sarò per sempre tuo.»

«Anch'io ho delle cose da dire» dichiara Ambrose mentre sale sul letto dall'altra parte. «Oggi ho avuto una giornata straordinaria, con un lavoro vero, nel quale ho parlato di storia alla gente. Ed è tutto merito tuo, Bree. Tu mi hai insegnato che posso essere felice ovunque e hai reso la mia esistenza post-mortem una gioia. Non vedo l'ora di passare i miei giorni da Vivente con te. Amarti è l'avventura più bella.»

Per tutti gli dèi. Questi tre...

Pax, che ha fatto una cosa così strana per lui, di andare a chiedere aiuto a Edward solo per potermi mostrare la profondità dei suoi sentimenti. Edward, che è qui anche se è ancora un fantasma e non abbiamo la minima idea se riusciremo mai a farlo tornare reale. E Ambrose, che ha attraversato le pene dell'inferno, e però ha sempre avuto un sorriso e una parola gentile per tutti.

Il cuore mi martella forte nel petto.

«Io...» Passo lo sguardo tra Edward e Pax. Poi tocco la guancia di Ambrose. «Vi amo. Vi amo *tutti*.»

Le parole mi escono di getto. Non appena le pronuncio, la paura mi si insinua nelle vene... una sensazione strisciante che il nostro amore sia destinato alla rovina, che un giorno li perderò.

In Nuova Zelanda ho fatto bungee jumping con un gruppo di backpacker. Ricordo che ero in piedi sul bordo di una piattaforma, con lo sguardo rivolto verso il fondo di un canyon. Il tizio diede un ultimo strattone alla mia corda e mi disse che era sicura e di saltare tranquilla...

Nessuno è mai al sicuro, quando si tuffa da una scogliera, e ogni atomo del mio corpo mi urlava di tornare indietro, dicendomi che i corpi non dovrebbero buttarsi dalle scogliere, che le ragazze come me, le ragazze con poteri inspiegabili, non dovrebbero innamorarsi.

Ma sono stanca di trattenermi. È terribile stare qui sul bordo, ma non posso tornare indietro ora, dopo averli aspettati così tanto.

Così mi butto...

E atterro tra le loro braccia e sui loro sessi. Chiudo gli occhi e mi perdo nelle sensazioni. Le loro mani scivolano su di me, mi pizzicano i capezzoli con le dita, mi passano le unghie lungo la schiena, stuzzicandomi e solleticandomi. Ovunque Edward mi tocchi, mi lascia una scia di calore sulla pelle, come polvere di fantasma.

E qui, con Ambrose che mi penetra con un piccolo sospiro felice, Edward che mi succhia un capezzolo e Pax che mi prende il viso con le sue mani enormi e mi bacia come se fossi la sua dea, so che non dovrò mai più preoccuparmi di cadere.

Ho il mio paracadute.

34
BREE

«Svegliatevi!» La voce di mio padre risuona lungo i corridoi, seguita da un familiare *CLANG CLANG CLANG* che mi fa sbattere i denti.

Né io né mia madre siamo persone mattiniere, quindi ogni volta che papà doveva farci alzare per un appuntamento di prima mattina, si aggirava per i corridoi riecheggianti di Grimwood, sbattendo un cucchiaio di legno sul fondo della sua padella di ghisa.

CLANG CLANG CLANG.

«È ora, Sylvie! Bree!»

«Marcisci all'inferno!» gli grido di rimando, tirandomi un cuscino sulla testa.

«Considerati divorziato!» urla mia madre dall'altra estremità della casa.

È arrivato il giorno del Festival degli Ortaggi Giganti.

Purtroppo, ciò significa che dobbiamo alzarci alle prime luci dell'alba per raccogliere il cetriolo di mio padre e portarlo alla tenda della giuria prima dell'inizio del festival.

«Sono pronto!» sbotta Pax mentre si infila i sandali. Lui si alza sempre all'alba. «Che gli dèi arridano alle vostre verdure.»

«Anch'io sono pronto per una entusiasmante giornata al festival» esclama Ambrose sistemandosi la camicia.

Perché sono tutti così allegri, diamine?

Ah, giusto. Probabilmente ha a che fare con il sesso incredibile che abbiamo fatto questa notte. Tutti e quattro, insieme. E anche con il fatto che mia madre e mio padre non abbiano battuto ciglio quando Pax e Ambrose non sono tornati a dormire alla Libreria Nevermore.

Pax mi afferra le caviglie e mi tira fuori da sotto le lenzuola. «Devi alzarti! Abbiamo un festival da vincere. È ancora più eccitante dei giochi dei gladiatori! Mi sono esercitato con i miei gesti osceni da rivolgere alle verdure degli altri concorrenti.»

«Odio tutto» brontolo mentre mi aggrappo al bordo del letto.

«Sembri proprio un poeta» mormora Edward con la sua voce distaccata, e si abbandona sulla chaise lounge. «Torna a letto e usiamo la lingua per scrivere parole l'uno sulla pelle dell'altra per il resto della giornata.»

«Mi sembra un'idea fantastica.»

«No.» Pax mi afferra per i fianchi e mi deposita a terra prima di spingermi in direzione del bagno. «Ora vai.»

Maledetti romani prepotenti.

Quando esco dal bagno qualche minuto dopo, Ambrose mi porge un vestito. «Avete scelto voi cosa devo mettere?»

«Ci prendiamo cura di te, ricordi? Tu non sembravi intenzionata a farlo. Adoro la consistenza di questa camicia» dice, tastando il bordo di una camicetta con le maniche a campana. Ha scelto di abbinarla a un paio di minuscoli pantaloncini neri. In effetti è un completino davvero grazioso.

«Questi li ho scelti io» dice Pax orgoglioso, mentre li infilo. «Un bel po' di culo in vista.»

«Grazie, Queer Eye romano! Vieni in giardino con noi?» chiedo a Edward.

«A rotolarmi in giro per l'orto?» Storce il naso. «Non credo proprio. Rimarrò qui a prepararmi, in modo da apparire al meglio per la festa. Tutti i fantasmi del villaggio saranno presenti e devono vedere il loro principe nella sua veste migliore.»

Vorrei ricordargli che in realtà l'unico vestito che può indossare è quello con cui è morto: una camicia di seta tutta gonfia, aperta a esporre il torace, un copripube oversize e un paio di brache, con un frammento di vetro che gli spunta perennemente dal sedere. Ma sarebbe crudele.

E dopo ciò che Edward mi ha fatto ieri sera, non ho intenzione di essere spietata con lui.

Scendo di corsa al piano di sotto e trovo mio padre che mi aspetta in cucina, vestito con una tuta verde brillante e degli stivali di gomma rossi, con la sua fidata vanga in mano. «Tua madre ha bisogno di qualche minuto in più per prepararsi, quindi intanto puoi aiutarmi a fare gli onori di casa.»

«Io sarò onoratissimo di fare fuori il potente cetriolo» dichiara Pax.

«Lo sapevi che Pax ha uno splendido pollice verde?» chiede mio padre con un sorriso. «Mi ha aiutato a diserbare un po' il giardino.»

«Sono bravo a estirpare le piante inutili.» Pax batte un pugno in aria. «Prendete questo, erbacce! Vi strappo dalla terra così che i bei fiori crescano al meglio.»

Mio padre ci conduce nella serra, come un pifferaio magico che guida i bambini verso il loro destino. «Eccolo!» Spalanca la porta per rivelare il suo cetriolo, dalle dimensioni mostruose. «Il mio orgoglio e la mia gioia. Che ne pensi di questa bellezza, dolce Bree? L'ho chiamato Lady Killer, perché il nuovo spray biologico che ho inventato fa strage di tutte le *signore* infestanti.»

«Wow...» Mi porto la mano alla bocca. «È... è... ehm...»

In qualche modo, forse in seguito alle mie magie della resurrezione, al cetriolo coltivato da mio padre, enorme e leggermente ricurvo, sono cresciuti un paio di bozzi nodosi all'estremità... così che ora sembra un enorme cazzo con tanto di palle.

Voglio dire, non che io sia una puritana, ma è *assurdo*.

«Non è meraviglioso?»

«Ha di certo una possenza spaventosa!» commenta Pax.

Ambrose fa scorrere le dita sulla superficie. «Questo è il cetriolo più grande che abbia mai incontrato!» dichiara. «Ma perché ha questi due bozzi all'estremità?»

«Oh, non ci fare caso. Credo che siano un effetto collaterale del fertilizzante che uso. I giudici dicono che non importa se un ortaggio ha una forma strana, purché sia grande.»

Ops, a quanto pare ho fatto una magia un po' sbilenca.

Il cetriolo è davvero notevole. Ed è impressionante che mio padre sia riuscito a farlo crescere fino a una dimensione così assurda, e della forma *esatta* di un cazzo con le palle, senza rendersene conto, a quanto pare.

Non posso credere che porteremo quell'affare in paese. Lo vedranno tutti.

Ho un flash di Kelly e Leanne e di quello che diranno.

Ma poi guardo Pax, che è raggiante d'orgoglio come se fosse stato lui a coltivarlo, e Ambrose, che sembra fare di tutto per evitare di ridere, e mi rendo conto che non me ne frega proprio un bel niente di quello che possono pensare Kelly e Leanne. Mio padre si sta divertendo un mondo e io mi godrò la giornata con lui, perché chissà quanti giorni come questo ci restano ancora.

Con grande premura, papà mostra a Pax come tagliare il cetriolo dalla pianta. Poi Pax lo aiuta a caricarlo sul rimorchio della bicicletta. Io raccolgo diversi cetrioli più piccoli dalle altre piante della serra, e li metto nel cestino della bicicletta per offrirli alla bancarella dello scambio di verdure, gestita dalla mamma di Dani.»

Pax sale sulla bicicletta e si autoproclama guardia del corpo del cetriolo. Mio padre prende la bici rosa di Pax e insieme partono in direzione del villaggio. Io non vado in bici dal giorno in cui sono caduta e ho iniziato a vedere i fantasmi, e Ambrose non sa pedalare, quindi io, lui e mia madre ci incamminiamo insieme, portandoci dietro alcuni vasetti della marmellata fatta in casa da lei, insieme al modulo di iscrizione di mio padre per i giudici.

Quando arriviamo, io e mamma ci dirigiamo al carretto del caffè. Prendo da bere e dei cupcake per i ragazzi: un cappuccino per Pax e un tè caldo per Ambrose, che lo sorseggia tutto felice.

Mio padre ha già sistemato il cetriolo sotto il tendone della gara. Ha un tavolo tutto per sé, con una luce che lo illumina in modo che tutti possano vedere le sue... dimensioni. Riusciamo a dargli solo una rapida occhiata prima di essere accompagnati fuori, però mi guardo intorno e non riesco a vedere un altro ortaggio altrettanto grande. O indecente.

«La giuria è al lavoro» spiega mio padre mentre ci allontaniamo dalla tenda e prendiamo del caffè. «Quindi nessuno di noi potrà entrare per un'altra mezz'ora. Non ho visto bene tutte le verdure, però ho notato Tom Clarkson che tirava fuori il suo cetriolo, e non è nemmeno lontanamente grande come il mio.»

Per poco non mi strozzo con il caffè. Accanto a me, Edward ride di cuore.

«Oggi sei felice» gli sussurro mentre ci aggiriamo tra le bancarelle di artigianato.

«Oggi ho l'amore di una donna bellissima e il mondo mi sembra luminoso.» E mette le dita tra le mie, trasmettendomi quel delizioso formicolio lungo il braccio. Spero che la fantasmaticità lo tenga con noi il più possibile.

Ci facciamo strada tra le bancarelle e i giochi vari. Pax nota subito il gioco del martello, in cui si deve colpire un pulsante con un martello per vincere dei premi. E corre lì.

«E ti pareva!» commenta Edward con un sospiro. «Come faceva il soldato a resistere all'opportunità di mostrare la sua forza? E la gara di poesia dov'è? Questo villaggio non ha un minimo di cultura?»

Io mi fingo scandalizzata. «Come puoi dire che non abbiamo cultura? Ti stai dimenticando delle danze Morris.»

«Perdonami, non mi ero reso conto che mi aspettavano delle attività intellettuali così ricche.»

«Due sterline al colpo» grida il signore del martello, porgendocelo. «Fate vedere la vostra possenza! Picchiate il martello sul blocco e cercate di fare suonare la campana in cima. Forza! Tu, giovanotto.» E fa un cenno a Pax. «Sembri un tipo forte. Vuoi vincere un peluche per la tua signora?»

Pax mi fa la sua faccia da cucciolo tutto dolce, e io sgancio una moneta. Poi afferra il martello e lo fa oscillare con tutta la sua forza. Il mercante trasalisce quando il perno colpisce la campana con una forza tale che la frantuma in un milione di pezzi.

«Ho vinto!» Pax batte il pugno in aria, in trionfo, mentre la folla si accalca e lo acclama.

«Ehi, è l'uomo sexy che nuotava nel laghetto» sussurra un'anziana signora alla sua amica. L'amica annuisce in segno di apprezzamento.

Il venditore, tutto rosso in faccia, offre a Pax una scelta di peluche di dimensioni esagerate. Pax sceglie un leone e me lo porge con grandi cerimonie.

«Voi romani e i vostri leoni» sorrido e mi avvicino a dargli un bacio.

Il leone è piuttosto pesante, ma è tutto morbido e coccoloso.

Lo stringo con entrambe le braccia, affondo il viso nella sua criniera e mi metto a camminare dietro ai ragazzi, che sfrecciano come impazziti da uno stand all'altro. Edward sta descrivendo in modo egregio ogni dettaglio ad Ambrose.

«...e qui si devono lanciare palline colorate nella bocca di orrendi pagliacci. Mio padre giocava a qualcosa di simile a corte, solo che al posto dei pagliacci usava teste di contadini infilzate su delle picche. Ce n'è un altro in cui si lanciano palline per rovesciare bottiglie di latte... Ah, e anche uno in cui si spara a piccoli anatroccoli con una specie di arma d'assedio in miniatura. Sembra un po' poco sportivo. Ci dovrebbero almeno essere delle volpi...»

«Ehi, se c'è una pistola io voglio giocare» dice Ambrose.

«Vi costerà una sterlina» dice una voce annoiata, che riconosco.

Mi si gela il sangue quando dietro il bancone vedo Leanne, che gestisce il lancio alle bottiglie di latte e il gioco delle anatre. È sorpresa di vedermi. «Bree? Non ti avevo notata, dietro quel leone.»

«Me l'ha vinto Pax» le dico.

Pax si sporge sul bancone e Leanne indietreggia, senza dubbio ricordando quando l'ha trascinata dentro il laghetto. Lui batte sul bancone. «Sì, sembra divertente. Io giocherò con le armi d'assedio e Ambrose lancerà le palle contro le bottiglie. Però non voglio sparare a paperelle innocenti. Avete mica dei druidi?»

«Lui... lui... non può giocare.» Leanne si allontana dal bancone, fissando Ambrose. «È cieco. È contro le norme di sicurezza.»

«Nessun problema» dice Ambrose tutto allegro. «Troveremo un altro gioco.»

«No, proprio per niente. Ambrose è competente tanto

quanto quel bambino di sei anni a cui avete appena dato una pistola, ed è molto più sicuro. Giocheremo anche noi.»

A Leanne tremolano le labbra. Non la biasimo. Ne ha passate parecchie, ultimamente. Senza dire altro, accetta i miei soldi, li fa cadere nella cassa come se fossero velenosi, e lancia una pistola a Pax. «Mettetevi nella postazione in fondo» sibila. «Vado a prendere le palle.»

Ci spostiamo verso la nostra postazione e aiuto Pax a sistemare la sua piccola arma d'assedio (cioè una pistola che spara dei tappini di gomma alle papere). Sto mostrandogli come sparare, e gli spiego che deve colpire le papere e non le persone che sparano alle papere, quando noto Edward che si avvicina furtivo alle spalle di Leanne con un sorriso sinistro.

«Edward» sibilo. «Che fai?»

Mi strizza l'occhio e si avvicina all'orecchio di Leanne. Poi le sussurra: «Fai vincere il mio amico Ambrose, o stanotte ti farò visita nel sonno, e non sarà piacevole.»

Leanne si irrigidisce. Riconosce la voce di Edward dalla casa di Kelly. Poi prende una manciata di palline di plastica da un contenitore davanti a lei. «Ehm... s-s-sicuro. Ecco le palline. Le lanci verso le bottiglie e cerchi di farle cadere, e p-p-poi ricevi un p-p-premio.»

«Forte! Così?» Ambrose lancia una pallina direttamente a Leanne. Lei è troppo lenta per abbassarsi e viene colpita in pieno naso.

Pax scoppia a ridere. Io non riesco a trattenermi e faccio una rumorosissima risata nasale.

Leanne si stringe il naso, le lacrime le rigano il viso, ma Edward le si avvicina e le sussurra qualcosa. Lei si alza incerta e sorride.

«È stato...» Leanne cerca di parlare nonostante il male. «È stato un bel colpo, ma questa volta cerca di mirare alle bottiglie.»

«Ops» dice Ambrose. «Mi dispiace.»

«Non c'è bisogno di scusarsi. Prova un po' a sinistra e circa mezzo metro più in alto.»

Pax afferra Ambrose per una spalla e lo gira verso le file di bottiglie di latte sugli scaffali. Ambrose lancia le palline una dopo l'altra, e a ogni lancio fa un urlo di vittoria. Però non va a segno neanche un tiro.

«Ho colpito qualcosa?» chiede.

«No... ma in realtà fa parte del gioco!» Leanne è pallida e si tocca piano il naso gonfio. «Hai vinto il nostro primo premio. Questa anatra gigante di peluche.»

Praticamente la lancia ad Ambrose. Pax la prende al volo e la infila sotto un braccio.

«Accettiamo quest'anatra.» Lancia la pistola sul bancone. Noto che ha incurvato la canna in modo da renderla inutilizzabile. «Ho deciso che questo è un gioco crudele per le povere papere. Nessun altro dovrà giocarci finché non metterete dei druidi al loro posto. Se non fai come ho detto, tornerò e piegherò tutte queste minuscole armi d'assedio dando loro delle forme deliziose.»

«S-s-sì, certo.» Leanne espone subito un cartello con la scritta *fuori servizio*.

«Sei al sicuro...» le sussurra Edward all'orecchio. «Per ora. Però la prossima volta che ti verrà in mente di essere crudele con Brianna, o con chiunque altro, ricorda il mio avvertimento.»

«Leanne, cosa stai facendo?»

Mi irrigidisco. È la voce di Kelly. Alzo lo sguardo e la vedo avvicinarsi alla bancarella con i suoi stivali firmati e un vestito di Zimmermann.

«Perché hai chiuso il tiro alle anatre? È per la raccolta fondi per la squadra di calcio di Riley. E perché parli con Cheddar Cheese? Sei peggio di Alice, che frequenta i matti.»

«K-K-Kelly, è tornato. Il... il fantasma!»

Edward ne approfitta per infilare le mani nella macchina dello zucchero filato della bancarella accanto.

«Ehi» grida il proprietario mentre fili di zucchero girano all'impazzata e danzano nell'aria, apparentemente in modo spontaneo. «Che succede? Non era mai capitato!»

Edward fa volteggiare in aria la nuvola di zucchero filato.

E la getta sulla testa di Kelly.

Lei urla mentre i suoi capelli perfetti vengono ricoperti da una palla appiccicosa. Si mette a correre intorno come una pazza, con quel gigantesco nido rosa sulla testa, mentre cerca disperatamente di toglierselo di dosso. Le si appiccica alle dita e ai vestiti, e la ricopre tutta di ciuffi rosa.

Io non riesco più a trattenere le risate e Pax mi dà una gomitata. Così prendo il telefono dal cesto di cetrioli che porto al braccio e scatto un paio di foto.

«Ho un nuovo screensaver» sorrido a Pax.

«Ti sta benissimo questo look, Kelly» dice un'altra voce familiare dietro di me. Mi giro e vedo Alice e Dani, a braccetto. Kelly ci fulmina tutti con lo sguardo e se ne va, urlando che manderà il suo avvocato al carretto dello zucchero filato.

«Non so cosa sia successo.» Dani lancia uno sguardo cospiratorio allo spazio che ritiene stia occupando Edward. «Ma credo che Kelly stia iniziando a capire che non è più così cool come era una volta.»

«Ne ho le prove.» Estraggo il mio telefono dal cestino, e Alice e Dani si accalcano per vedere. Noto che Alice non difende la sua vecchia amica, né le corre dietro. Invece, si stringe di più al braccio di Dani. Immagino che la loro amicizia sia finita. Non posso dire che mi dispiaccia avere Alice dalla nostra.

Dani mi lancia un'occhiata. So cosa mi sta chiedendo. Vuole che Alice sappia la verità. Scuoto la testa: oggi non è il giorno adatto. Sono qui per sostenere mio padre e non pensare a questioni soprannaturali. Inoltre, lo Squartatore non è tornato. Forse... forse siamo al sicuro... per il momento.

«Bel leone» dice Alice con un sorriso.

«L'ha vinto Pax per me. E Ambrose mi ha vinto la papera. Ambrose, lei è Alice. E questo è Ambrose, il mio... ehm, ragazzo.»

A quella parola Ambrose si illumina, e vederlo così quasi mi rende più facile pronunciarla.

Quasi.

«Ambrose Hulme, piacere di fare la sua conoscenza.» Ambrose allunga la mano davanti a sé, tenendo il gomito vicino al fianco, come gli ha insegnato Mina.

«Alice.» Lei gli prende la mano e lo guarda con approvazione, mentre lui si volta indietro per aspettare Pax che è andato a prendergli dello zucchero filato.

«È un piacere conoscervi, finalmente» dice Ambrose. «Ho sentito parlare molto delle famose Alice e Dani.»

«Tutte cose belle, spero?» chiede Alice con un sorriso.

Dani si fa avanti e abbraccia Ambrose. «Sono così felice che tu sia riuscito finalmente a farle ammettere i suoi sentimenti» gli sussurra. «Non dirlo agli altri, ma tu sei sempre stato il mio fantasma preferito.»

«E tu la mia Vivente preferita» replica Ambrose. «Dopo Bree, naturalmente.»

«Certo.» Dani si tira indietro e gli sorride. «Anche Ambrose sta facendo da guida a dei gruppi al cimitero. L'ha fatto diventare piuttosto famoso grazie ad alcuni video che sono diventati virali, su un avventuriero cieco vittoriano poco conosciuto.»

«Sembra affascinante. Dovremo venire a una delle tue visite guidate. Quindi sei il ragazzo di Bree?» Alice mi fa un cenno di apprezzamento. «Che fine ha fatto quello alto e rumoroso con una muscolatura impressionante?»

«Pax, oh... è laggiù, al banco della frutta.» Indico Pax che, tenendo al petto un paio di meloni, si scatena in una danza che fa cadere mio padre a terra in preda a una crisi isterica. «Anche lui è il mio ragazzo. Credo... credo di averne due, adesso.»

«Uff.» Edward mette il broncio, ma lo scintillio nei suoi occhi mi dice che non ha bisogno della mia risposta.

Vorrei non averlo dovuto lasciare fuori e che fossimo riusciti a risolvere la sua questione in sospeso. Ma non ci arrendiamo. Ambrose è impegnato nelle ricerche e io lo aiuterò non appena saprò che Jack lo Squartatore è scomparso per sempre.

«Voglio farti conoscere una persona.» Alice si gira e strattona un uomo che era rimasto estasiato dal ballo di Pax. «Papà, loro sono Bree, Ambrose e Pax. Lui è mio padre, Richard.»

«Salve!» esclama l'uomo in tono vivace. «Come va?»

«Stiamo bene, signor Agincourt. Ci stiamo godendo il festival. E lei come sta? Lei è un archeologo, vero?» Ricordo quello che Alice mi ha detto la prima volta che sono andata a trovarla al museo. «Ci è piaciuto molto visitare la mostra romana l'altra settimana.»

«Sono felice che ti sia piaciuta.» Con i suoi lineamenti severi assomiglia molto ad Alice, però si illumina quando sorride. «Ci sono voluti decenni di lavoro per catalogare quei reperti e costruire un quadro dell'insediamento romano di Grimdale, ma sono orgoglioso di ciò che abbiamo realizzato. È bello, quando i giovani si appassionano di storia.»

«Sua figlia è una parte importante di tutto questo. Ha compiuto cose straordinarie e ha fatto conoscere a un'intera nuova generazione la storia della zona.»

«Ma tu come fai a conoscere mia figlia?» Il suo volto si rabbuia, confuso. «Sei un po' troppo vecchio per essere suo amico: lei ha tredici anni. Ha appena iniziato a frequentare il Grimdale Comprehensive e vuole diventare un'archeologa come il suo vecchio. Penso che ti piacerebbe molto, ma ultimamente si è infatuata di queste ragazzacce. Non so cosa fare, ma credo che scoprirà da sola che...»

Dietro di lui, vedo il sorriso di Alice che si fa incerto. Il mio cuore soffre con lei. So fin troppo bene cosa significa vedere i propri genitori invecchiare e sapere che il rapporto con loro sta cambiando.

Ma anche se il corpo di mio padre potrebbe tradirlo, lui la testa ce l'ha ancora. Non voglio pensare alla crudeltà che la demenza ha inflitto ad Alice e alla sua famiglia.

Dani vede la faccia di Alice e si avvicina di corsa con due piccoli bastoncini di zucchero filato. Me li ficca in mano e prende il signor Agincourt per mano.

«Oh, eccola qui, signor Agincourt.» Dani sorride. «Sono Dani. Un'amica di sua figlia. Vuole che la accompagni a prendere una tazza di tè e una focaccia?»

«Sì, grazie. Sarebbe fantastico.» E si lascia condurre via.

Alice si incupisce. «Scusatelo.»

«Ma figurati!»

«Ha giorni buoni e giorni cattivi. Oggi in realtà è una buona giornata.» Gli occhi di Alice si velano mentre guarda Dani e suo padre che si meravigliano davanti a un'esposizione di copriteiere lavorate a maglia. Si sforza di sorridere. «Anche se pensa che abbia tredici anni, almeno si ricorda ancora di me. E tuo padre come sta?»

Indico il tendone della gara. Papà è là, in mezzo a un cerchio di giardinieri dilettanti che agitano le braccia confrontando la circonferenza dei loro ortaggi. Ha dello zucchero filato attaccato alla guancia. «Spera di vincere il festival degli ortaggi con il suo enorme cetriolo fallico.»

«Cetriolo fallico?»

«È un po' deformato su un'estremità» spiego. «È un cazzo con le palle.»

«Ma ti prego! Comunque, quello non è niente. Ho visto Maggie portare una patata dolce grande come un pallone da basket, a forma di vulva. Se questo villaggio non voleva verdure oscene, non avrebbe dovuto inventare il Festival degli Ortaggi Giganti.»

«È vero. Ma quando entrerai nel tendone, cerca di non ridere troppo, okay?»

Alice sorride. «Non faccio promesse.»

Restiamo lì, senza dire una parola, a guardare Dani e il signor Agincourt che si uniscono al gruppo di mio padre. Presto ridono tutti insieme.

Sento sfiorarmi il braccio. Abbasso lo sguardo e vedo la mano di Alice.

D'istinto la afferro e la stringo.

Lei sbatte le palpebre e mi sembra di vederle una lacrima all'angolo dell'occhio, ma poi si strofina il viso e non c'è più.

«Tuo padre sa quanto lo ami» le dico. «Forse non tutti i giorni, ma dentro di lui c'è ancora una persona che lo sa, e niente di quello che gli succede ora cancellerà l'uomo meraviglioso che è.»

«Lo stesso vale anche per te» dice tirando su con il naso.

«Sì.» Deglutisco con forza. «Credo che entrambe dobbiamo ricordare che questa potrebbe essere la cosa più difficile che dovremo sopportare nella nostra vita. Molto più difficile, per esempio, di vedere i fantasmi, di nascondere il corpo di un prete morto, o di preoccuparsi perché non si è rispedito all'Inferno un famigerato serial killer vittoriano.»

Alice aggrotta le sopracciglia. «Di che cosa stai parlando?»

«Niente. Sto vaneggiando. Ma guarda i nostri padri: basta una tazza di tè e una stupida festa di paese e sono a posto come non mai. Ehi, vuoi un cetriolo? Vengono dall'orto di mio padre e sono meno pornografici di...»

«Bree!» mi chiama una voce burbera dall'accento scandinavo alle mie spalle. «Devo parlarti!»

È troppo sperare di poter avere qualche momento di pace?

«Sembra che qualcuno ti cerchi» dice Alice con un sorriso mentre si gira verso chi sta chiamando. «Hai degli amici strani, Bree Mortimer.»

Mi giro e vedo un vichingo grosso e familiare che si fa strada tra la folla, con un'ascia legata alla schiena e la barba bionda tutta scompigliata. Dietro Björn, padre Maxwell sta praticamente inciampando nella tonaca per tenere il passo. Entrambi ansimano come se fossero arrivati di corsa dalla All Souls.

Gli occhi blu ghiaccio di Bjorn tradiscono preoccupazione, ma è padre Maxwell che mi fa davvero raggelare. Sembra distrutto. Ha gli occhi iniettati di sangue, tagli su tutta la pelle e la sua veste è sgualcita e sporca, con il colletto macchiato di ciò che sospetto sia sangue.

Quando si avvicinano, noto che gli occhi di padre Maxwell non sono solo iniettati di sangue, ma sono *inquieti*. Sembra che abbia assistito a un evento orribile che non dimenticherà mai.

Questo non va bene.

«Cosa ci fate qui?» Afferro il prete per un braccio e lo trascino via dalla festa, attraverso il parchetto, fino al bordo dello stagno. Edward, Pax e Ambrose si staccano dalla cerchia di amici di mio padre e mi seguono. «Temevo che l'Ordine della Nobile Morte ti avrebbe preso, se avessi lasciato la chiesa.»

«Vero, sono a rischio» mormora. «Ma dovevo avvertirti. E ho bisogno del tuo aiuto.»

«Di cosa si tratta?»

«Ricordi quando mi hai chiesto se ci sono conseguenze quando si riportano in vita i morti?» Padre Maxwell chiude gli occhi. «Beh, in questo momento ne sto affrontando. Il Velo... è...»

Studio le linee del suo viso, gli occhi selvaggi e tormentati. Sembra vuoto, privato di tutto il buono che aveva dentro. Penso che se gli dessi un colpetto sulla spalla, crollerebbe a terra.

«Sembra proprio che qualcuno abbia esercitato un po' troppa magia di resurrezione.»

Le tre streghe escono dalla tenda della pasticceria. Mary si strofina la pancia e borbotta qualcosa in merito alle focaccine, ma Lottie e Agnes si avvicinano a padre Maxwell, e lo ispezionano accigliate.

«Tornate indietro, brutte megere» borbotta lui, ma non sembra dirlo con cattiveria.

«Se hai bisogno del nostro aiuto, padre, eviterei di trattarci male» commenta Agnes. «E a giudicare dal tuo aspetto, hai bisogno di ben più che una preghiera per uscire da questa situazione.»

«Sai cos'ha che non va?» chiedo.

«Ho già visto questo sguardo» dichiara Lottie pensierosa. «È stato un paio di anni fa: alcuni ragazzi stavano giocando con una tavola spiritica nel bosco e uno di loro ha accidentalmente evocato un...»

Le parole di Lottie sono interrotte da un urlo. Mi giro di scatto. La tenda degli ortaggi trema, avvolta da una nebbia nera. La gente si disperde in tutte le direzioni. Uno dei giudici del festival esce barcollando dall'apertura del tendone, con sangue che gli esce dal naso e dagli occhi.

«Aiuto!» grida. «È orribile. È...»

Ma le sue parole si trasformano in un urlo penetrante quando viene tirato di nuovo dentro da una forza invisibile. Un attimo dopo, uno spruzzo color cremisi decora il lato della tenda.

«Cos'è stato?» grido, scuotendo padre Maxwell per la collottola.

«Guarda cosa hai fatto, prete» sbuffa Agnes. «L'hai portato direttamente a Grimdale.»

«Portato cosa? Che cos'è?»

«*Quello*» dice il sacerdote facendosi freneticamente il segno della croce, «è un demone.»

35
BREE

Non ho tempo di valutare l'assurda idea di un demone che si imbuca al Festival degli Ortaggi Giganti di Grimdale, perché l'intero villaggio è nel panico. La gente si disperde in tutte le direzioni, rovesciando bancarelle e spintonandosi a vicenda. Alice e Dani afferrano mio padre e il signor Agincourt e li trascinano via dalla tenda.

Una cacofonia di urla e grida si leva dal tendone e l'intera struttura trema. Altri schizzi color porpora imbrattano le pareti. Sembra un pessimo film dell'orrore, invece è tutto reale.

Sangue. Questo è sangue.

Il cuore mi balza in gola quando le urla si interrompono bruscamente.

Un lembo della tenda si apre.

Una figura scivola fuori a tentoni.

Jack lo Squartatore è tornato?

No, peggio!

Il mio stomaco ha un sussulto.

È un mangia-anime.

La creatura è fatta di ombra e fumo. Si muove sul terreno come un incrocio tra un serpente e un sinistro giocattolo a molla. Il suo profilo è sbiadito, per cui è impossibile cercare di metterlo a fuoco per più di un momento senza che si incrocino gli occhi. Dalla punta delle corna ricurve pendono brandelli di tessuto della tenda e altre... cose corporee, mentre una frusta di fuoco guizza dalle sue orrende fauci spalancate, per incendiare lo stand della tombola.

Si muove in giro per la fiera con una tremenda ondata di distorsione, dando la sensazione di essere fuori dal tempo e dallo spazio. Non dovrebbe essere qui.

E conosce solo una cosa: l'orrore.

Molti abitanti di Grimdale si bloccano stupiti, incapaci di credere a ciò a cui stanno assistendo. Io agito le braccia, esortandoli a fuggire. Ma sono troppo lontana. Non mi rimane che osservare con raccapriccio la creatura che striscia e si aggira tra la folla, tirando fendenti con i suoi artigli d'ombra, e bruciando tutto con la sua frusta di fuoco. La frutta e la verdura in mostra appassiscono e marciscono in sua presenza, e il passaggio del suo corpo strisciante produce terra bruciata.

Il sangue macchia l'erba verde e dipinge con fiumi cremisi la cabina di Acchiappa la Talpa.

«Cosa facciamo?» grido, lasciando cadere a terra il mio leone.

«Dobbiamo fermarlo prima che ferisca altre persone» dice duro Björn.

«C'è la mia spada, fratello!» esclama Pax posando a terra l'anatra gigante.

«Pax, no!»

Ma prima che possa fermarlo, Pax estrae la spada da dentro la gamba dei pantaloni (come cazzo faceva a nasconderla lì dentro?) e insieme al vichingo si dirige verso il mangia-anime. Pax lo colpisce con la lama, ma riesce solo a fendere l'aria.

Il mangia-anime si gira, e avvolge la caviglia di Björn con la sua enorme frusta di fuoco.

Il vichingo urla di dolore. Con la sua arma sferza il fuoco e si libera la gamba. Ma barcolla all'indietro e perde l'equilibrio.

Crolla in ginocchio e Pax gli balza davanti mentre la creatura alza di nuovo il capo.

«Correte!» urla Pax sollevando la spada. «Lasciate questo posto. Tornate alle vostre case e nascondetevi.»

Non c'è bisogno di dirlo due volte agli abitanti di Grimdale. Non rallentano nemmeno per formare una fila ordinata. Scappano via tutti mentre la bestia... la creatura... il maledetto *mangia-anime* avanza in direzione di Pax.

«Cosa facciamo?» grido. «Pax?»

«Presto, non abbiamo molto tempo.» Il prete estrae un oggetto dalla tasca. Riconosco la scatola di legno che teneva nella scrivania, piena di tutte le croci appuntite che aveva preso ai membri dell'Ordine della Nobile Morte. «Hai ancora la croce di padre Bryne?»

La tiro fuori dalla tasca.

«E sei armata di moldavite, giusto?»

Annuisco di nuovo e infilo la mano nell'altra tasca.

Le spalle di padre Maxwell si incurvano. «Penso che tra noi due dovremmo avere abbastanza potere per rispedirlo oltre il Velo. Però prima dobbiamo intrappolarlo con un marchio demoniaco.»

«Che cos'è?»

«Demone è una parola cristiana per qualcosa di molto più antico: sono spiriti maligni (infinitamente più potenti del tuo amico Jack lo Squartatore) ai quali è stato dato un nuovo nome e un nuovo scopo dal Padrone che è in grado di dominarli. Il nome del mangia-anime è la fonte del suo potere. Chi controlla il nome, controlla la bestia. Quello che dobbiamo fare è disegnare l'immagine del suo nome nella terra e poi attirarlo al suo interno.»

«Ma non sappiamo come si chiama.»

«Io sì. È...» Padre Maxwell pronuncia una parola che è a metà strada tra una tosse catarrosa e una power ballad. «Questo particolare mangia-anime mi sta dando la caccia da un po' di tempo.»

«Che cazzo hai fatto per avere un mangia-anime che ti dà la caccia?»

«È attratto dalla mia magia di resurrezione. Björn è sempre stato in grado di aiutarmi a tenerlo a bada, ma prima d'ora non era mai riuscito a penetrare completamente il Velo. Gli ho dato troppo potere.»

«In che senso, è attratto dalla tua magia?»

«Non c'è tempo per spiegare!» Il prete si china e raspa la terra con le mani. Il sole estivo ha seccato il prato, e lui riesce solo a strappare qualche filo d'erba. «È inutile. La terra è troppo dura. Non riusciremo mai a disegnare il simbolo qui.»

«E i frutti?» chiedo, scuotendo il cesto di cetrioli che ho al braccio.

«Sì» grida Ambrose. «Usiamo la frutta per disegnare il marchio del demone.»

«Potrebbe funzionare.» Il sacerdote chiude gli occhi. «Vale la pena di provare. Portatemi tutta la frutta che riuscite a trovare.»

Rovescio il contenuto del mio cesto. Il sacerdote dispone tutti i cetrioli in cerchio.

«Ne servono di più!»

Mi guardo alle spalle. Pax sta inseguendo il mangia-anime dentro la piccola fattoria della fiera. Ha abbandonato la spada per prendere il martello del gioco che misura la forza. Il mangia-anime ulula quando Pax gli spacca un corno contro il chiosco che vende le copriteiere all'uncinetto.

Con il cuore che batte all'impazzata, mi precipito alla bancarella di verdure più vicina e afferro manciate di carote viola di una varietà antica. Le porto di corsa a padre Maxwell.

«Ho bisogno di qualcosa di grande e rotondo» mi urla mentre inizia ad allineare le carote in una forma esoterica.

«Pax!» Torno indietro di corsa urlando. «Ho bisogno di meloni!»

«A Valhalla! Odino ti reclama!» Björn si erge in tutta la sua altezza e si scaglia verso il mangia-anime, fendendo l'aria con la spada. Pax si abbassa mentre Björn gli passa la spada sulla testa, e così facendo distoglie l'attenzione del mangia-anime. Pax afferra due dei meloni più grandi da un espositore vicino e me li lancia all'indietro.

Io tendo le braccia per prenderli, ma li manco. L'educazione fisica non è mai stata la mia materia preferita.

Padre Maxwell barcolla sul prato e recupera i meloni, leggermente ammaccati. E li mette dentro il suo disegno demoniaco. Poi armeggia con la scatola, la apre e rovescia le croci a terra. Inizia a conficcarle nel terreno duro intorno al cerchio che ha tracciato, come abbiamo fatto noi quando abbiamo creato le barriere intorno a Grimwood e alla Libreria Nevermore.

«Conducetelo qui!» grida padre Maxwell a Pax e Björn una volta terminato.

Ambrose si avvicina carponi. «Bree, voglio aiutarti» urla.

«Tu mi stai già aiutando» ribatto io inginocchiandomi. Afferro la croce che ho in tasca e la conficco nel terreno, chiudendo il cerchio. Padre Maxwell passa le mani sulle croci, che si illuminano un istante.

«Cosa posso fare?» Edward è più pallido del solito.

«Puoi stare in silenzio, spirito.» Padre Maxwell osserva le croci preoccupato. «Abbiamo bisogno di qualcosa che lo attiri qui dentro. Deve assaggiare la nostra magia di resurrezione, ma io sono troppo debole. Non riesco ad attirarlo.»

«Vuoi che faccia la magia sui frutti?» Abbasso lo sguardo sul simbolo. Anche se stavo imparando a controllare i miei poteri, ora sono troppo terrorizzata. Sbatto le palpebre, ma per quanto mi sforzi di strizzare gli occhi, non riesco a vedere nessun filo argenteo.

«Bree, va tutto bene. Andrà tutto bene» afferma Ambrose. «Non serve che usi la tua magia. Ho io quello che serve.»

Ed entra nel cerchio.

<h1 style="text-align:center">36</h1>

BREE

«**A**mbrose!» esclamo con voce incerta. «Esci da quel cerchio. Subito.»

Lui incrocia le braccia. «No. Ho la tua magia di resurrezione che mi vibra nelle vene, e ho un'anima nuova che è già stata una volta oltre il Velo. Se serve qualcosa per attirare la creatura nel cerchio, la scelta migliore sono io. Dimmi che ho torto.»

Non posso.

Perché ha ragione.

Non so come faccio a saperlo, ma è così.

Però non voglio perderlo. *Non posso.*

Deve esserci un altro modo.

Afferro padre Maxwell per una manica. «Non puoi lasciarglielo fare.»

«Ormai è troppo tardi. Stanno arrivando.»

No, no, no.

Lancio uno sguardo oltre la sua spalla. Pax e Björn stanno camminando all'indietro sul prato, e conducono il mangia-anime verso la nostra trappola.

Il mio respiro è affannoso. Pax e Björn sono uno splendore.

Il mangia-anime cerca di essere più furbo, ma loro gli danzano intorno e lo stanno intrappolando, mantenendosi sempre appena fuori dalla portata del suo fuoco. Lentamente, lo costringono ad attraversare il prato, sul quale lascia una scia bruciacchiata.

«Ambrose, tieni duro» ordina padre Maxwell.

«Non mi muoverò finché non me lo direte voi» assicura. Sfoggia il suo sorriso più smagliante, anche se non sembra troppo convinto.

La paura si fa strada dentro di me. «Ambrose, non serve.»

«Non permetterò che ti accada nulla» mi assicura.

Il mangia-anime si scaglia su di noi. Poi si ferma, sventaglia la coda di fuoco sull'erba, e solleva in aria il muso fatto d'ombra, per annusare.

Poi si alza come un serpente pronto a colpire e si tuffa verso il cerchio.

37

AMBROSE

Cerco di tenere a bada il terrore quando sento padre Maxwell dire: «Ci siamo. Appena la bestia è dentro, Ambrose dovrà liberarsi. E poi dobbiamo chiudere il portale.»

«Non so come fare» grida Bree.

«Sì, che lo sai» dice lui. «Taglia i fili neri.»

«Tagliare i fili neri? Ti sei bevuto tutto il vino della comunione? Io non vedo nessun... ah.»

Li vede. Sapevo che li avrebbe visti. Ero sicuro che la mia Bree avrebbe trovato un modo per fermare questa creatura.

Ed è un bene, perché questa decisione così avventata potrebbe essere la mia ultima.

Sono onorato di morire per salvare Bree e i miei amici, e non li deluderò. Anche se vorrei disperatamente fuggire, e il mio corpo trema nel percepire il calore e l'essenza distorta del mangia-anime in arrivo, non lascerò il cerchio finché non saprò che la bestia è sotto controllo.

Il mangia-anime è ormai vicino. Il crepitio della sua lingua di fuoco sferza l'aria e l'onda rotolante del suo tetro miasma minaccia di trascinarmi via.

E, senza vedere, *so* (proprio come so che il cielo è azzurro e Bree è bella) che se vengo trascinato nel suo abbraccio, non morirò.

L'orrore che mi attende sarà ben peggiore della morte.

La mia anima.

Tutto ciò che mi rende chi sono, verrà *divorato*.

Serro la mascella e punto i piedi nella terra dura. Ho vissuto tutte le avventure che un uomo può sognare. Ho visto il mondo. Sono già scampato una volta alla morte. Ho amato una donna straordinaria e ne sono stato ricambiato.

I miei piedi sono incollati. Non credo che sarò in grado di muovermi. Sono così terrorizzato che sono praticamente bloccato...

Rimarrò ben saldo e andrò incontro al mio destino. Rimarrò... proprio qui, immobile, mentre il mangia-anime si avvicina, la sua frusta di fuoco sferza l'aria intorno a me, e lui mi trascina nella sua orrenda oscurità...

«Ora!» grida padre Maxwell.

«Ambrose, spostati!» urla Bree.

La sua voce mi distoglie dal terrore. Per Bree, trovo la forza di muovermi.

Faccio un balzo all'indietro, senza sapere se è la direzione giusta, perché l'orrore della creatura mi incalza da tutte le parti. Il mio piede finisce in un melone e scivolo. Atterro con forza sul sedere, ma prima che possa urlare, il mangia-anime mi è addosso.

Mi urla in quella sua lingua incomprensibile. Mi apre la bocca con la forza e si infila dentro di me. Le sue dita, che non sono dita, mi attraversano, pescano nei miei organi, si fanno beffe del mio corpo terreno. E in quel momento *vedo* la bestia.

Non con gli occhi, ma con una parte di me che è interna e profonda. Fisso il male puro, che affonda la sua oscurità dentro di me, dritta nel mio cuore, e mi strappa le ultime vestigia di umanità.

Serro le palpebre e il mondo svanisce dalla conoscenza, e io cado nel vuoto...

38

BREE

Urlo di fronte al mangia-anime che varca il cerchio nella sua smania di raggiungere Ambrose.

Ambrose si accascia, la luce nei suoi occhi si spegne e la nebbia scura del mangia-anime gli si tuffa nel petto attraverso la bocca.

La creatura lo trattiene e tira indietro la mano, con gli artigli sguainati, pronta a sferrare il colpo finale, a portargli via la sua bella e luminosa anima.

«Reggi le protezioni!» mi grida padre Maxwell. «Non farlo scappare.»

«Libera la mente» mi grida Agnes dai cespugli da dove, insieme alle altre due streghe, sta assistendo alla scena.

Ripasso le lezioni di magia. *Libera la mente.* Mi concentro sui fili neri che escono in volute dalle punte della croce dell'Ordine e si allargano tutto intorno ai bordi del simbolo demoniaco, fino a raggiungere il profilo della bestia che si sta prendendo il mio povero Ambrose. Cerco di lasciar andare tutto, di allontanare la paura e concentrarmi sull'immagine di me, nel capanno con mio padre, che cantiamo gli Who e dipingiamo la macchinina fatta di scatoloni.

Ambrose prova ad allontanarsi, scivolando sul sedere mentre la nebbia del mangia-anime lo invade. Ma non è abbastanza veloce. La creatura si rialza...

Io *spingo* con la mente.

Volute nere circondano la bestia. Nel momento in cui solleva la sua frusta di fuoco e spalanca il buco nero della bocca per inghiottire Ambrose, un filo nero si attorciglia intorno alla frusta, bloccandola.

Il mangia-anime emette un rumore così orribile che mi fa crollare in ginocchio. Dalla gola di Ambrose esce una nebbia. Accanto a me, Edward piange senza nascondersi. Pax si precipita dentro il cerchio, ma quando cerca di brandire la spada contro la bestia, non riesce a fare nulla. I fili neri si innalzano e lo bloccano.

«Ambrose!» grido.

Al suono della mia voce Ambrose si gira, l'espressione sconvolta. E quando tenta di uscire non riesce a muoversi.

Il mangia-anime si agita mentre il suo corpo viene avvolto sempre più dai fili neri. Il Velo lo sta richiamando a sé. La creatura si lancia contro il cerchio, ma è come una lucciola intrappolata in un vaso di vetro. Non può andare da nessuna parte.

E nemmeno Ambrose.

«Taglia i fili!» grida padre Maxwell.

Non esito. Allungo una mano e li afferro. Sono caldi e viscosi. Li tiro, cercando di fare passare la magia dalle mie dita, come mi hanno insegnato le streghe. I fili mi si spezzano in mano, ma continuano ad avvilupparsi per cercare di stringere il mangia-anime. Però girano a vuoto, finché non si trasformano in un enorme buco nero che trascina la bestia al suo interno e cresce sempre più al centro del cerchio fino ad arrivare al bordo del simbolo demoniaco a cui Ambrose cerca di aggrapparsi con tutte le sue forze.

So con agghiacciante certezza cosa sto vedendo: un portale che sfocia dall'altra parte del Velo.

«Oh, perbaccolina!» esclama Ambrose quando il terreno inizia a cedere e sgretolarsi sotto di lui. E i suoi piedi rimangono in bilico, sopra il nulla.

«Ambrose!» Mi aggrappo al bordo del terreno e mi lancio verso di lui. Riesco ad afferrarlo sotto un'ascella proprio mentre sta scivolando nel buco dietro la creatura, ma il suo peso mi trascina oltre il bordo del segno tracciato a terra.

Urlo, e precipitiamo entrambi nell'oscurità.

39
BREE

Mi aggrappo ad Ambrose mentre il Velo si chiude intorno a noi.

Stiamo crollando. Stiamo per finire dall'altro lato del Velo e...

Qualcosa mi stringe la caviglia come una morsa, facendomi sussultare. Per poco non mollo la presa su Ambrose, ma riesco a trattenerlo.

«Ti tengo» ringhia Pax, che mi stringe con forza le caviglie. «Ti tiro su io.»

«Bree» grida Ambrose. «Tieni duro.»

«Non ti mollo!» prometto. Ci vuole ogni grammo di forza che ho, ma passo il braccio destro sotto la spalla di Ambrose e poi intreccio le dita. Le mie orbite urlano per il dolore di questo peso morto. Intorno a me danzano ombre, e mi lambiscono la pelle.

Lasciati andare, lasciati andare, vieni da noi... mi sussurra l'oscurità. E c'è anche un altro suono, così forte che mi risuona dentro il cranio.

Risate.

La risata di Jack lo Squartatore.

No. Non sarò come te.

Tu sei come noi, Brianna. Sei una creatura delle ombre. Sei un angelo della morte. Unisciti a noi nel Velo...

Lo Squartatore ride, e poi di nuovo, e ancora.

Con enormi sforzi, Pax ci tira su. Procede lentamente e io tremo per la fatica di tenere ben stretto Ambrose. Le ombre mi premono addosso e strattonano, cercando di trascinarmi di nuovo giù in quelle fauci affamate.

Ma Pax è più forte di tutti gli orrori che mi aspettano dall'altra parte.

Trascina me e Ambrose oltre il bordo e ci fa rotolare fuori dal cerchio per metterci al sicuro. Non appena Ambrose si libera dal vuoto, il terreno si richiude con un *tonfo* raccapricciante.

Il cerchio del demone, la risata dello Squartatore, i sussurri... è scomparso tutto.

«Ambrose?» Mi giro e gli tocco il viso. La sua guancia è ustionata in modo grave, ma a parte questo, sembra non sia stato toccato dalla nebbia. «Stai bene? La tua anima...»

«Sono stato io?» Le labbra screpolate di Ambrose si tendono in un sorriso dolcissimo. *Eccolo qui, anima e tutto il resto.* «Mi sono liberato del mangia-anime?»

«Certo che sì.» Lo abbraccio stretto. Lui trasalisce quando gli cingo il petto con le braccia, ma non si tira indietro. «Sei stato davvero coraggioso. Ci hai salvati tutti.»

«Oh, ottimo!» dice Edward con tono pigro. «Ora Ambrose è di nuovo l'eroe. Perché non diamo un turno anche agli altri?»

«Non ce l'avrei fatta senza di te.» Ambrose mi bacia il naso. «Tutte quelle lezioni di magia con le streghe hanno dato i loro frutti.»

«Non posso credere di averlo fatto.» Sono esausta. Mi sento uno straccio strizzato. Mi volto per chiedere al sacerdote che cos'è successo, ma urlo di nuovo quando vedo padre Maxwell accasciarsi a terra.

«Prete!» Björn lascia cadere la spada e gli si avvicina zoppicando. A quanto pare, la sua gamba è davvero malandata. Il vichingo solleva il sacerdote privo di sensi e lo schiaffeggia in viso.

Maxwell inclina il capo di lato. Poi riesce ad aprire gli occhi. «Mi dispiace» dice a fatica. «Mi dispiace tanto, tanto...»

Pax lo scuote. «Devi darci delle spiegazioni.»

Ma il sacerdote perde di nuovo i sensi.

Mi tornano in mente le sue parole di prima. Ho bisogno che mi spieghi cosa intendeva quando ha detto che il mangia-anime è attratto dalla sua magia. Ora non può tirarsi fuori dalla conversazione dopo che ci ha fatto precipitare in questo incubo.

Lo afferro per il colletto e lo scuoto brusca, ma la sua testa ciondola in modo innaturale e non si sveglia. «Che tu sia maledetto, prete!»

«Bree, se vuoi che trasformi i suoi bulbi oculari in tartufi al rum, sarò lieto di accontentarti» dice Pax da dietro di me, una lieve nota di tristezza nella voce. «Però ora ho bisogno della tua spada.»

Mi giro. Pax sta parlando a Björn. Il guerriero è caduto a terra, così debole che non riesce nemmeno a stringersi la gamba, ora avvolta in una fitta nebbia nera. Il suo volto è teso in una silenziosa agonia.

«Sono stato toccato dal mangia-anime» esclama Björn. «Questa ferita non può essere curata.»

«Non è vero» Pax si accoccola in grembo la testa dell'amico. «Bree?»

Io abbasso lo sguardo su Björn, sul nero disastro maciullato che è la sua gamba, e sulla fitta nebbia che gli sta avvolgendo anche la coscia. Dalla ferita provocata dalla lingua di fuoco che lo ha avvolto esce fumo nero.

«Puoi farcela, Bree» mi esorta Lottie. «È come le piante che hai curato.»

«Ha solo più ossa e arterie» aggiunge Mary.

«E attenta a non sbagliare, o rischi di fargli crescere una terza mano o un fagiolino, al posto della ferita» aggiunge Agnes.

«Oh, certo! Grazie mille per l'aiuto e l'incoraggiamento.» Metto le mani sulla ferita e faccio ancora una volta ciò che mi hanno insegnato le streghe. Mi schiarisco la mente. Sono debole, esausta, ma mi rivedo con mio padre e il vaso di vernice rossa.

Appaiono dei fili: i pezzi della vita di Björn che escono da lui mentre la ferita gli toglie la vita. Prendo in mano le estremità recise dei suoi fili argentati e intreccio le dita, riannodandoglieli nella carne.

Appena lo faccio, la ferita si richiude e il fumo nero scompare. Björn si rigira e si rialza su gambe malferme. Lui e Pax si abbracciano.

Mi accovaccio sui talloni, ansimante. Ce l'ho fatta. Mary e Lottie fanno una piccola danza per celebrare la mia vittoria.

Björn mi stringe in un abbraccio che mi stritola.

«Che Thor ti arrida per avermi salvato, Bree» dice mentre mi lascia cadere e prende padre Maxwell tra le sue enormi braccia. «Sei una guerriera forte. Padre Maxwell ha fatto bene a fidarsi di te. Ma temo che questo sia solo l'inizio delle tue prove.»

40

BREE

«Cosa farai adesso?» chiedo a Björn mentre trasporta padre Maxwell dall'altra parte del parco.

«Devo riportare il prete nella sua chiesa. Ora è pericoloso per lui uscire dalle protezioni. L'Ordine lo verrà a sapere e lo verranno a cercare, e potrebbero arrivare anche altri, da oltre il Velo. Quando starà di nuovo bene, ti dirà tutto quello che devi sapere.»

«Non puoi dirmelo tu? Quello che rideva dall'altra parte di quel buco era Jack lo Squartatore. Le cose sono piuttosto *urgenti*.»

«Non so niente del mondo dei morti» risponde con semplicità mentre si carica il corpo del sacerdote sulle spalle. «So solo che a padre Maxwell dispiace averti fatto piombare addosso tutti questi problemi.»

Faccio spallucce, perché per quanto sia incazzata con il prete, non voglio che Björn si senta peggio. «Le cose si stavano facendo troppo tranquille a Grimdale.»

Con un ultimo pugno in aria rivolto a Pax, Björn si avvia verso la stazione ferroviaria.

Noi torniamo al festival.

C'è un gran disastro. Le bancarelle sono rovesciate, le bandiere e gli striscioni bruciati e stracciati. Ci aggiriamo per esaminare i danni, e poco per volta tutti escono dai loro nascondigli, stringendosi le ferite.

Pax raccoglie l'enorme papera gialla e il leone da dove li abbiamo lasciati cadere e ne ispeziona ogni superficie. «Siete forti, piccoli amici. Siete sopravvissuti. Siete degni di tornare a casa con noi.» E si infila i peluche sotto le braccia.

Cerco i segni del veleno del mangia-anime, la nebbia nera che ha aggredito Björn. Ma non ne vedo, a parte i corpi di coloro che sono rimasti uccisi nel tendone della gara.

Vorrei guarirli tutti, ma non oso. Sento ancora il mangia-anime che mi lambisce la pelle. Il vero orrore è più vicino di quanto potessi immaginare.

«Bree, sei tu?» È Maggie. Si tiene aggrappata al collo di Pax, che la sta portando verso il parchetto. Sanguina da una ferita alla testa, ma non vedo nessuna nebbia nera vicino a lei.

«Maggie, tutto bene?»

«Niente che non possa essere risolto con una piccola medicazione e un bacetto. Inoltre, è da una vita che sogno di essere maltrattata da un esemplare così bello» dice, mentre Pax la trasporta dove il medico del villaggio sta eseguendo il triage. Un sacco di gente è sdraiata sul prato, e si sentono lamenti e borbottii mentre ognuno esamina le proprie ferite e discute su quale essere orrendo abbia attaccato il festival.

«Ti dico che sono stati gli alieni» dice la madre di Dani. «Sono di sicuro stati attratti dalle nostre verdure giganti, di cui hanno bisogno per i loro rituali di accoppiamento. Credo che abbiamo evitato per un pelo di essere esaminati... in profondità.»

«Si è trattato di una specie di fenomeno meteorologico anomalo» spiega Frank, il meccanico del villaggio. «Tutto qui. Mia nipote me l'aveva detto che il cambiamento climatico sarà la nostra fine. Ma non sapevo che il clima potesse essere così... maligno.»

«Magari è stata una fuga di gas?» suggerisce Maggie. «Una volta ho visto una situazione del genere alla televisione: in una città in America c'è stata una fuga di gas e tutti hanno iniziato ad avere allucinazioni di strani mostri...»

«No, ti sto dicendo che in questo villaggio sta succedendo qualcosa di oscuro e sinistro» ribatte Debra, l'amica di Maggie. «Scommetto che sono le streghe. Magia nera. Altrimenti perché quel simpatico di padre Bryne sarebbe scappato senza nemmeno salutare...»

«In questo villaggio sta di sicuro succedendo qualcosa di strano. Proprio l'altro giorno ho trovato uno dei vecchi trofei di golf di Ralph Sommersby che galleggiava nel laghetto...»

Non so come spiegarlo, e nemmeno se qualcuno possa aver visto Pax e Björn che lottavano con il mangia-anime, e nel contempo padre Maxwell e Ambrose, che insieme a me costruivano quel simbolo demoniaco con le verdure, per scacciarlo. Potrà essere spiegato anche quello con una fuga di gas?

Ma ci penseremo un altro giorno. Ora devo assicurarmi che...

«Vedo i tuoi genitori» mi dice Edward a bassa voce. «Sono vicino al tendone della gara. Sono illesi. Tuo padre sta aiutando il padre di Alice a uscire da sotto un enorme avocado.»

«Grazie.» Con il braccio di Ambrose saldamente appoggiato al mio gomito, ci dirigiamo verso la tenda degli ortaggi, quando qualcuno mi prende da dietro.

«Argh!» Mi giro di scatto, i pugni alzati e il cuore in gola. Ma avverto subito il caratteristico profumo di Dani, e lei mi abbraccia così stretta che mi toglie il respiro.

«Bree?» mi chiede con voce trafelata «Stai bene?»

«Tutto bene.»

«Ero davvero preoccupata» sussurra. «Ho visto Pax e il tizio vichingo che attaccavano quella *cosa*, e te insieme a un prete, sulla collina, con tutti quei cetrioli. E: Ambrose, tu sei stato davvero *coraggiosissimo*.»

«Grazie.» Ambrose fa un inchino, anche se noto che le gambe gli tremano ancora un po'. «È un piacere essere utile.»

«Allora, che è successo?» Dani mi scruta con gli occhi ridotti a due fessure. «E se mi dici che è stata una fuga di gas, ti uccido.»

«È...» Le parole mi si bloccano sulla lingua. «Ti spiegherò, ma lontano da qui.»

Dani stringe la presa sul mio braccio e mi trascina verso il laghetto.

«Che cos'è quello?» Dani punta un dito sul cerchio bruciacchiato nell'erba. «A parte essere la causa dell'infarto collettivo di tutto il comitato incaricato di abbellire il villaggio?»

Deglutisco. «È stato causato da un mangia-anime.»

«Come, scusa?»

E le racconto tutto: di ciò che padre Maxwell ci ha detto dei demoni, attratti dalla nostra magia, del modo in cui abbiamo aperto quel buco nero e abbiamo rispedito la creatura all'inferno, di come io e Ambrose abbiamo rischiato di finirci dentro.

«Ho tanta paura, Dani. Una cosa sono i revenant e l'Ordine della Nobile Morte, ma come facciamo a combattere i demoni veri e propri? Non voglio più avere questo potere. Non voglio la responsabilità di...»

«Cosa?» Alice mi interrompe. «Hai detto demone?»

41

BREE

Merda.

Mi giro di scatto, ma so già cosa vedrò.

Alice sta fissando minacciosa me e Dani, con una espressione sul viso che mi riporta a un ricordo delle elementari.

Il parco giochi della scuola si affaccia sul bosco di Grimdale e io e Dani stiamo facendo un picnic, tenendo sollevati i contenitori Tupperware con gli avanzi perché le tre streghe li annusino, quando arrivano Kelly, Leanne e Alice. Kelly e Leanne iniziano subito a ridere e a offenderci, mentre Alice si limita a guardarci con la stessa espressione che ha adesso, come se fosse *delusa* da noi.

«Alice, non è come sembra...» cerca di spiegare, ora, Dani allungando una mano, ma lei si allontana.

«Per fortuna! Perché sembra che tu stia insinuando che l'incendio appena scoppiato nel festival sia stato colpa di un *demone*, il che è ridicolo.»

«Che cosa hai visto tu?» chiedo.

«Che cosa ho visto? Che cosa ho visto?» Alice sbuffa. E poi prosegue, con una voce acuta e strana. «Ho visto un incendio.

Un semplice incendio con del fumo nero che avrebbe potuto essere spento in fretta se il tuo ragazzo e quel pazzo vestito da vichingo non l'avessero alimentato saltando in giro con le spade, e ora sono morte delle persone, la festa è rovinata e...»

Alice barcolla e strizza gli occhi. Sono attraversata da una fitta: un altro ricordo che appartiene solo a me. Sono sola, nel cimitero di Grimdale, rannicchiata a terra, e desidero con tutta me stessa non dover vedere e sentire strane presenze soprannaturali. E so che è quello che Alice prova ora. Vorrebbe che tutto tornasse alla normalità, ma non succederà. Perché oggi un demone ha attaccato il villaggio, e lei lo sa.

«*Credo* che sia quello che ho visto» singhiozza Alice. «Perché se chiudo gli occhi, ricordo che il fuoco aveva le corna, e che non si muoveva come farebbe un fuoco, e che parlava con una voce terribile e rantolante... però in realtà ho visto un fuoco. Vero? *Vero?*»

Dani mi guarda, implorante. E io prendo una decisione in una frazione di secondo. Sono stanca di nascondermi. Che senso ha? Sono quello che sono, e il problema non sparirà solo perché lo tengo nascosto. Faccio un cenno a Dani.

«Vieni a sederti» le dice con dolcezza Dani. «Bree ti spiegherà tutto.»

Alice permette a Dani di stringerla tra le braccia, e si lascia tirare a sedere sulla panchina più vicina... che si dà il caso sia proprio quella su cui sta levitando Mary, mentre annusa un donut alla crema che qualcuno ha lasciato lì quando è fuggito.

«Mmh» mormora Mary. «Mi piace quando ci aggiungono un po' di marmellata. Esalta i sapori, non sei d'accordo, Lottie? E questo è ancora caldo di fornooooooarrrgh! *Chi si è seduto su di me?*»

Alice si butta sulla panchina e si stringe il busto con le braccia. «Fa freddo» mormora.

«Attenta a dove parcheggi quel tuo culo, cara» la minaccia Lottie agitandole un dito davanti.

«Dovresti davvero insegnare alle tue amiche come ci si comporta con i fantasmi» sbuffa Mary, spostandosi furtiva all'altro capo della panchina, il più lontano possibile da Alice pur restando a portata di fiuto del donut. «Anche se... forse se condividesse con noi quei dolcetti al caramello che nasconde in tasca, potrei perdonarla.»

«Mary vorrebbe che tu tirassi fuori il sacchetto di dolcetti al caramello che hai in tasca» le dico.

«Eh?» Alice alza di scatto la testa. «Di che cosa stai parlando?»

«Mary è il fantasma di una ragazza più o meno della nostra età che fu impiccata perché accusata di stregoneria, qui nel parco nel 1523. Ti sei seduta su di lei, ed è per questo che all'improvviso hai sentito freddo. Quando le persone attraversano i fantasmi, li feriscono, e se posso, io evito di farlo. Ma Mary dice che ti perdonerà se le farai annusare il caramello.» Strizzo gli occhi, preoccupata, quando vedo che Alice rimane a bocca aperta. Poi proseguo: «I fantasmi non possono mangiare, ma sentono l'odore del cibo. È uno dei pochi piaceri che hanno, e Mary è molto golosa.»

Alice mi guarda come se non sapesse se scoppiare a ridere o farmi internare. Ma si mette una mano in tasca e apre il sacchetto di carta bianca. Si diffonde un profumo di caramello salato e Lottie, Mary e Agnes si chinano per annusare. Io prendo in mano la moldavite e quando Mary infila la mano nel sacchetto, estrae un dolcetto.

Alice spalanca gli occhi mentre la caramella si muove nell'aria davanti a lei. «Io... non posso crederci. È proprio come...»

«...a casa di Kelly?» chiedo. «Sì, anche quella volta sono stati dei fantasmi. Si stavano vendicando per me. Mi dispiace se ti hanno spaventato.»

Pax, l'impertinente, si china e afferra una manciata di caramelle dal sacchetto. «Hanno un gusto che è ancora migliore del profumo» dice alle streghe, e ne infila una in bocca.

«Maledetto a te: che entrambi i lati del tuo cuscino siano sempre caldi!» sbotta Agnes. «E che ogni volta che ti svegli con i postumi di una sbornia, il bambino del tuo vicino decida di esercitarsi con il corno francese!»

«Posso averne una?» chiede Ambrose. Pax gli porge una caramella e lui la mastica felice. «Oh, è davvero deliziosa.»

«E maledetto anche a te: che il burro per il tuo pane tostato sia perennemente freddo e impossibile da spalmare, e che quelle che tu pensi gocce di cioccolato nei tuoi biscotti siano invece sempre uvetta!»

«Caspita! Una maledizione severa» commenta lui, continuando a masticare felice. «Ma giusta. Posso averne un'altra?»

«Con chi sta parlando? E l'aria si è scaldata?» Alice si guarda intorno.

«Sono i fantasmi. Possono alterare la temperatura. A volte rendono le cose fredde, altre calde. Dipende dal loro umore.»

Edward si avvicina, assumendo la sua posa poetica. «La dama Vivente, con occhi colmi di stupore ascolta i miei versi di secolare ardore. Dita invisibili pizzicano una lira spettrale, e questo poeta accende la sua fiamma astrale.»

«Chi ha parlato?» Alice si gira di scatto. «Una qualche sciocchezza su una lira.»

«Ah, è Edward» dico. «È il mio terzo ragazzo. Lui è un fantasma.»

«Il tuo ragazzo è un...»

«Fantasma. E anche Pax e Ambrose lo erano. C'erano pure loro a casa di Kelly. Ora sono ex fantasmi. A quanto pare, oltre ad avere il potere di vedere e parlare con gli spiriti, posso anche resuscitarli, in certe condizioni. Ma ci sono anche altre presenze che possono entrare nel mondo dei vivi. In particolare, i revenant e le creature che alcuni chiamano demoni, come il nostro amico mangia-anime, che ha attaccato il villaggio oggi.»

«Un demone... è venuto a cercarti?»

«Tecnicamente no. Era venuto per padre Maxwell. Ma non stiamo qui a spaccare il capello in quattro.»

Mi siedo sulla panchina, attenta a spostare il donut verso una estremità, così che possano continuare ad annusarlo, e intanto spiego tutto ad Alice: cosa vuol dire essere un Lazzaro e vedere gli spiriti, e le illustro le regole della fantasmaticità. Beh, quasi tutto. Tralascio la parte in cui padre Bryne mi ha dato la caccia, il fatto che l'ho ucciso e ne ho nascosto il corpo. Mi fido di Alice... ma fino a un certo punto.

«Tu lo sapevi?» Alice lancia uno sguardo a Dani, che annuisce. «Avresti potuto dirmi che stavamo frequentando una ragazza che sussurra ai fantasmi.»

«Era un segreto che non toccava a me svelare. Inoltre, il fatto che Bree parli con i fantasmi non è poi tanto un segreto. Lo sai fin dalle elementari.»

«Sì, ma non pensavo che fosse vero. Immaginavo fosse solo una tipa stramba, o che fingesse per attirare l'attenzione, in modo che le si volesse rimanere amici.»

«Beh, io sono stramba» le dico con un sorriso. «Ed è tutto reale. Compreso il mangia-anime. Il che è un grosso problema. Perché se siamo riusciti a rispedirlo all'Inferno, potrebbero arrivarne altri. Ho sentito Jack lo Squartatore che rideva. Credo che stia cercando di tornare.»

«Jack lo Squartatore...» Alice si interrompe. «E la morte di Vera? Anche quella è stato un evento soprannaturale?»

Annuisco triste. «Ho molto lavoro da fare. Non posso permettere che accada di nuovo. Ma ora dobbiamo decidere cosa dire al villaggio, perché non sarò di nessuna utilità, se mi rinchiudono in un manicomio.»

«Posso aiutarti» dice Alice. «A volte scrivo degli articoli per la *Gazzetta di Grimdale*. Posso scrivere un pezzo spiegando che si è trattato di un fenomeno meteorologico. O una fuga di gas: è un incidente che sembra piacere. La gente crede a tutto ciò che legge sul giornale, quindi questo dovrebbe almeno impedire agli abitanti del villaggio di farsi prendere dal panico pensando che sia arrivato il Giorno del Giudizio.»

Annuisco. «Sarebbe utile. Grazie. Grazie di tutto.»

«Senti, lasciami riportare mio padre a casa sano e salvo, e poi facciamo un po' di brainstorming.» Alice si alza. «Io, tu, Dani, e tutti i tuoi fantasmi, ex fantasmi, ghoul e altre robe soprannaturali, okay?»

«Okay.» Le prendo una mano e la stringo. «Al pub?»

42

AMBROSE

Tutti e sei (più un leone e un'anatra) passiamo il pomeriggio ammassati a un tavolo nell'angolo del Cackling Goat. Bree mostra sul suo cellulare ad Alice una serie di immagini tratte dai libri di Vera, e in una di esse identificano il mangia-anime. Io sorseggio una bevanda chiamata Tequila Sunrise, che in effetti riesce a farmi sentire un po' più solare. Dani fa giurare a Bree che non userà più i suoi poteri e Bree accetta, ma so che non è sincera.

Perché Edward è ancora un fantasma.

E perché, se Jack lo Squartatore sta cercando di tornare, Bree ha bisogno che le stiamo tutti vicini.

E sono sicura che siamo quasi arrivati a risolvere la sua questione in sospeso.

Cerco di risvegliare la mia antica eccitazione per la resurrezione di Edward, ma non riesco a scrollarmi di dosso la sensazione di disagio che mi pesa sullo stomaco.

Il fatto che tutto il villaggio sia in subbuglio per la festa non aiuta. Alice ha già iniziato a spargere la voce che è stata una conduttura del gas difettosa, ma ovviamente alcuni non ci credono. Dopotutto, è difficile che le perdite di gas squarcino le persone con le corna, o che sussurrino parole demoniache nella brezza.

A pochi tavoli di distanza da noi, i genitori di Bree chiacchierano con Maggie e un gruppo di amici. Per fortuna, a parte gli sfortunati giudici della tenda degli ortaggi, nessun altro è stato ferito seriamente. Beh, tranne Björn, che però è stato rimesso in piedi da Bree. La bruciatura che ha riportato sulla guancia è stata medicata dal medico del villaggio e va già un po' meglio.

Per quanto riguarda il resto di me... mi porto un braccio al petto, nel punto in cui il mangia-anime mi ha penetrato. Non mi è rimasto alcun segno del suo attacco, né sono rimasto ferito, eppure non mi sento del tutto in forma. Sono strano e tirato, come se la mia anima fosse stata schiacciata fino a diventare un pancake.

Dopo un po' di tempo, Bree, Dani e Alice non hanno più nulla da dire sui mangia-anime, e i genitori di Bree si alzano dal loro tavolo. Si alza anche Bree. «Ora vado a casa, credo. Grazie per avermi ascoltato» dice ad Alice.

«Grazie a te, per aver preso a calci nel culo quel mangia-anime» risponde lei. Una mano calda si posa sulla mia spalla. «Anche a te, Pax, e a te, Ambrose.»

«E io?» urla Edward. «Avrei aiutato anche io, lo giuro, se solo avessi avuto un corpo.»

«Come no!» esclama Bree con un sorrisetto; passa una mano sotto la mia e seguiamo i suoi genitori fuori dal pub. Edward, imbronciato, ci precede, e Pax cammina dietro di noi. Bree gli dice che è uno spettacolo, con un peluche gigante sotto ogni braccio. Non parliamo molto durante il tragitto verso casa.

«Beh, è stata una giornata movimentata» dice Mike con un piccolo sorriso e ci tiene aperta la porta. «Dovremmo festeggiare.»

«Che diavolo abbiamo da festeggiare?» sbotta Sylvie mentre

ci ammassiamo tutti nel salone dell'ala est. «Il festival è stato rovinato, ci sono stati dei morti e qualcosa ha attaccato la nostra città. Ha attaccato nostra figlia.»

«Non essere ridicola, Syl. Hai sentito, al pub: non è stato altro che una fuga di gas che ha causato uno strano fenomeno. Ora festeggiamo il fatto che siamo tutti vivi e che, tecnicamente, ho vinto la gara.»

«Oh, Mike» lo rimprovera Sylvie. «Come se a qualcuno importasse ancora, dopo tutta questa violenza insensata.»

«È proprio per questo che ci dovrebbe importare.» Poi Mike schiocca le dita. «Ho io quello che serve!»

Fruga nell'armadietto dei liquori e torna con una bottiglia. «L'ho presa in quel castello che abbiamo visitato nel sud della Francia, ricordi, tesoro?»

«Quel posto era terribile e il vino sapeva di aceto.»

«Beh, non è così che ti sei espressa, dopo che ne hai bevuto tre bicchieri. Guarda, c'è anche un po' di polvere sopra, come se fosse un'autentica bottiglia antica, perfetta per una celebrazione.» Mio padre cerca i bicchieri nell'armadietto. «Ambrose, Pax, volete bere con noi?»

Accanto a me, Bree si fa rigida e silenziosa. Le do un colpetto. «Stai bene?»

«Ecco» sussurra. «Ecco.»

«Cosa c'è?»

«Lui stava guardando fuori dalla finestra.»

«Chi? Quale finestra?»

«Ambrose, ho capito tutto. Ho capito qual è la questione in sospeso di Edward» mi sussurra Bree, mettendosi in piedi. «Scusate, mamma e papà. Mi piacerebbe tanto restare a festeggiare con voi, ma devo... vedere un certo fantasma.»

Non vedo che succede, ma Edward si mette a urlare. «Che stai facendo? Toglimi le mani di dosso, donna. Non ho nessuna intenzione di andare via, nel momento in cui mi viene offerto del vino francese, anche se è di qualità inferiore e puzza di piedi...»

«Vai con lei» gli sussurro. «Non te ne pentirai.»

Sono emozionato. Spero davvero che Bree abbia capito.

«Torno subito» dice ai suoi genitori. «Ho appena... ehm, ricevuto un messaggio da un altro amico. Arriverà presto in paese. Posso portarlo qui per presentarvelo?»

«Ma certo, cara» dice Mike. «A patto che gli piaccia il vino francese mediocre e che mi raccolga i pezzi del puzzle.»

«Okay, perfetto. Papà, il piede di porco è ancora nel capanno del giardino, vero?»

«Sì. Perché hai bisogno...»

«Torno subito.» Bree fa uscire Edward di corsa dalla stanza, lasciando noi due con Mike e Sylvie. Sento un tappo di sughero che salta, e Mike che inizia a parlare del bouquet.

«È strana, stasera» commenta Sylvie.

«È sempre stata strana. È la nostra Bree. Vuoi un bicchiere, Pax? Tu, Ambrose?»

«Solo se posso annacquarlo, come farebbe un vero romano» dichiara Pax.

«Certo, ci possiamo mettere dell'acqua, se vuoi. Ed ecco a te, Ambrose. Spero che ti piaccia.»

Tengo il bicchiere tra le mani e inspiro a fondo. Ma proprio mentre sto per bere, avverto uno strano brivido. Qualcosa che non va.

Mi ricorda la sensazione della lingua d'ombra del mangia-anime nella mia gola, ma non può essere. La bestia non c'è più. Il portale del Velo è scomparso.

Eppure sembra che sia proprio qui: ne avverto la nebbia che si insinua dentro di me.

Provo a darmi una spiegazione. «Pax, vedi qualcosa di strano?»

«No» replica Pax. «A meno che tu non intenda persone che

bevono vino senza annacquarlo... aspetta, sì, c'è qualcosa fuori dalla finestra. È la notte. Sembra... *sbagliata*.»

«La notte sembra sbagliata?» Mi rizzo in piedi. Pax intreccia il braccio al mio e mi trascina verso la finestra.

«Edward e Bree sono diretti verso il cimitero. Ci sono molte stelle in cielo» dice Pax. «Ma non sopra il cimitero. È come se fosse coperto da una nuvola nera, però non vedo nessuna nuvola.»

Pax tace. Per un attimo, mi sembra di sentire una flebile risatina crudele, ma poi sparisce.

Un brivido mi percorre la schiena. «Non mi piace. Sento... freddo. Ma non è un freddo normale.»

«Il freddo è freddo. Non ci sono tipi diversi di freddo.»

«Invece no, il freddo può essere di molti tipi. Quando sono stato in Russia durante l'inverno, ho sperimentato un tipo di freddo che vive dentro le ossa. È un freddo diverso da quello che si prova immergendosi in una vasca dopo che gli altri vi hanno già fatto il bagno e l'acqua si è raffreddata. Ed è molto diverso da quello che provo ora, che è una sorta di freddo strisciante e inquietante e... Ecco!»

«Ecco cosa?»

«Mi sembra di toccare il mangia-anime» sussurro. «Ricordi che la ricerca di Dani diceva che Jack lo Squartatore potrebbe tornare dal punto in cui il Velo è debole? Beh, io credo che il Velo si stia indebolendo su Grimdale.»

«Forse l'ha indebolito il mangia-anime.»

«Credo di sì. Oh, potrebbe proprio essere una bella gatta da pelare.» Mi spolvero il davanti della redingote. «Padre Maxwell ha detto che il mangia-anime è stato attratto dalla sua magia, e Bree dice di aver capito come riportare indietro Edward. E se usare la sua magia di resurrezione permettesse al male di attraversare il Velo per venire a prenderla? Dobbiamo fermarla. *Subito*.»

43
BREE

«Hai portato quel piede di porco perché vogliamo distruggere la carrozza senza cavalli di Kelly Kingston?» Le labbra di Edward si tendono di nuovo in un sorriso. «Perché il tuo principe è disposto a farlo. Però devo insistere: prima vorrei sussurrarle una maledizione poetica all'orecchio. Ne ho una che sarebbe perfetta per questa occasione.»

«Non ce la prenderemo con Kelly.»

«Allora devo confessare di essere confuso sulla natura della nostra uscita.»

Ci avviciniamo alla fine del sentiero e passiamo davanti al suo mausoleo. «Ti fidi di me?»

Le labbra di Edward tremolano mentre lui scruta i putti che fanno da guardia alla porta del luogo del suo riposo eterno. «Mi fido di te, per la mia vita ultraterrena.»

«Allora vieni.» Gli tendo una mano.

Dopo qualche istante, la prende. Le sue dita spettrali si infilano nelle mie.

Nell'altra mano stringo l'antica chiave del mausoleo che ho preso nella biglietteria.

Abbiamo le chiavi di tutti i mausolei del cimitero. Ogni tanto entriamo per controllare che sia tutto a posto, assicurarci che non ci siano stati atti di vandalismo e per fare un po' di pulizia. Però non sono mai entrata nella tomba di Edward. In qualche modo mi sembrava sbagliato disturbare il suo riposo, anche se l'Aldilà di Edward non è stato esattamente tranquillo.

Stasera sarà diverso.

Varchiamo la soglia insieme. Io sollevo il cellulare e illumino l'interno della stanza con la torcia. Le pareti sono decorate di incisioni estremamente elaborate di scheletri danzanti: memento mori che si divertono nella loro danza macabra. Al centro della stanza c'è un lungo sarcofago di pietra, sul cui coperchio è inciso un verso di John Donne.

Vai a prendere una stella cadente.

«Ho sempre amato questa poesia» esclama Edward con un sospiro.

Mi muovo intorno al sarcofago, scrutando ogni angolo in ombra, senza sapere bene cosa sto cercando.

E poi vedo.

«Brianna, cosa ci facciamo qui?» chiede Edward alzando la voce. «Pensavo che avessi risolto la mia questione in sospeso, ma stare in questo sepolcro non mi riporterà in vita.»

«Ambrose pensa che tu sia stato ucciso. In base a ciò che gli ha raccontato Ozzy, era certo che qualcuno ti avesse spinto fuori dalla finestra, e così ci ha fatto correre in lungo e in largo per il Paese, a inseguire piste vecchie di secoli, a parlare con i fantasmi di tutti i tuoi amici.»

Edward impallidisce. «Hai parlato con i miei amici?»

«Con alcuni. La maggior parte è morta serena, come in genere fanno i ricchi. Ma la contessa de Rothschild ti manda i suoi saluti.»

«Solo i saluti?» La sua bocca si piega in un sorrisetto. «Di solito la usa in modo diverso quella sua lingua.»

Oh, dice molto di più, ma non ti svelo niente.

«Comunque, non è questo il punto. Il punto è che oggi ho capito una cosa. Tu non sei stato ucciso. Ozzy si è sbagliato, come tutti noi. Però in effetti tu e Hugh avete discusso prima della tua morte. Avete litigato per il vino.»

«Beh, probabile. Hugh cercava sempre di farmi bere fino a farmi crollare.» Il sorriso di Edward si allarga. «Non ci è mai riuscito.»

«Quello che la contessa ha sentito non eravate tu e Hugh che discutevate della lettera che lui ti aveva scritto. Non so nemmeno se te l'abbia mai mandata quella lettera, perché altrimenti non credo che l'avresti invitato a Grimwood. No, a giudicare dal suo stato, tutta stropicciata e strappata, credo che Hugh l'abbia scritta e poi l'abbia buttata via, o nascosta tra le sue carte. Non credo affatto che confidasse in ciò che ha scritto. Invece, penso che si sentisse geloso e insicuro perché tu, il suo brillante amico, il Principe Poeta, avevi appena scritto la più grande poesia della tua vita.»

Edward si rabbuia. «Ma quello che mi ha detto la notte in cui sono morto...»

«Hugh ti stava dicendo che avevate finito il vino. E ha esclamato: "È la fine" quando ha sentito una bottiglia che veniva rotta al piano di sotto. Stava cercando di informarti che la festa era finita, che eravate tutti troppo distrutti. Ma tu gli hai risposto: "Lo dico io, quando avremo finito." Tu volevi continuare. Lui ha replicato: "Non lo accetto." Cioè non voleva avere a che fare con te in quello stato. Avevi appena confessato alla contessa che non saresti scappato con lei. Penso che fossi in uno dei tuoi momenti e che Hugh stesse cercando di calmarti. Immagino che volesse riportarti a letto, mentre tu insistevi dicendo che eri il più grande poeta del mondo e bevevi dalla bottiglia che avevi con te, e quando Hugh ti ha lasciato lì, tu ti sei alzato a prendere altro vino per la festa. Poi ti sei diretto verso la tua cantina segreta, che vedevi dalla finestra, dimenticando di essere al secondo piano.»

«Non capisco. Che importanza avrebbe se mi trovavo al secondo piano? Sarei solo caduto dentro la cantina. Avrei avuto più probabilità di cadere dalle scale, che dalla finestra.»

«Guarda.»

Indico un punto tra i miei piedi, dove le pietre del pavimento non combaciano perfettamente. Edward si china e le ispeziona. «Continuo a non capire cosa c'entrino con me alcuni sassi allentati in una tomba. Sarà una questione che riguarda il custode.»

Prendo il piede di porco e lo infilo tra le pietre. Ci vogliono un po' di tentativi, perché con tutti questi impegni con i fantasmi non è che abbia anche tempo per andare in palestra. Riesco a sollevare una pietra quel poco che basta per spostarla, e al di sotto si apre un passaggio, grande a sufficienza per una persona piccola. Una ripida scala di pietra scende nel buio e il varco è ricoperto di ragnatele.

Tendo la mano a Edward. «Andiamo, allora.»

«Io non ci vado laggiù» esclama lui rabbrividendo. «Non è un posto adatto a un principe. Potrebbero esserci dei ragni.»

«Fatti forza.» Sorrido e impugno il piede di porco. «Qualunque mostro ci sia nascosto là sotto, possiamo affrontarlo.»

Cerco di tenere a bada la paura e scendo uno scalino. I miei stivali sollevano nuvole di polvere. Mi guardo alle spalle.

Edward muove un passo incerto, poi un altro. Fa una smorfia, tutto concentrato. «Ha uno strano odore.» Arriccia il naso. «Molto dolce. Non sarà veleno, vero? Mio cugino è morto perché ha respirato aria cattiva.»

«Questa stanza non viene aperta da quasi cinquecento anni

e, se era una cantina, probabilmente è quasi a tenuta ermetica. Ci sarà un po' di muffa. Ma guarda, sto bene.» Gli sorrido. «Andiamo.»

Continuo a scendere con cautela fino a quando arrivo a un pavimento acciottolato. La pietra è levigata dall'uso. Evidentemente Edward aveva motivo di scendere spesso qui. Davanti a me c'è una porta di legno. È chiusa a chiave, ma è marcia e basta un colpo di spranga per forzare la serratura. La apro, entro nella stanza e faccio cenno a Edward di seguirmi.

Lui mi si avvicina. «Sei soddisfatta, Brianna? Mi sono abbassato a strisciare qui, in questa topaia sotto la mia tomba, e non vedo...»

«Vedi, ora?» Non riesco a non sorridere mentre illumino il posto con la torcia del mio telefono.

Il fascio di luce illumina una serie di nicchie in pietra, ognuna delle quali contiene file su file di bottiglie di vetro. La luce viene riflessa, creando prismi arcobaleno che danzano lungo il tetto a volta dell'edificio. La stanza si estende verso Grimwood: un lungo tunnel che sembra infinito.

E ogni centimetro è zeppo di bottiglie di vino.

«La mia cantina segreta.» Edward spalanca gli occhi mentre osserva l'enorme quantità di bottiglie impolverate. «Non posso credere che tu l'abbia trovata. Pensavo di avere bevuto tutto, e di non ricordare nulla per questo.»

Si muove tra le bottiglie, gli occhi sgranati. Io sollevo la torcia così che legga le etichette.

«Questo è un Bordeaux che ho preso per la contessa perché il suo colore si abbinava perfettamente al suo vestito preferito» dice, e ne tira fuori un altro. «E questo... ho dovuto cercare a lungo per trovarlo. Io e Hugh siamo andati nella Francia meridionale e abbiamo affittato un piccolo castello con una cantina piena di questa roba. Scrivemmo poesie, ballammo sul prato e scatenammo una rivolta nel villaggio. Un vero spasso.

Ricordo che ho pagato una fortuna per questa bottiglia, ma era il vino perfetto per il compleanno di Hugh.»

«Secondo la contessa, tu deliziavi i tuoi amici tormentandoli sull'ubicazione della cantina. Solo Hugh ne conosceva il segreto. Ecco perché dopo la tua morte è stato trovato nella vasca da bagno che beveva. Era andato in cantina a prendere del vino per affogare i suoi dispiaceri. Era davvero tuo amico. Forse ti avrà anche rubato la poesia, ma per il resto della sua vita si è punito per quel furto. Voleva onorarti. Pensava che meritassi di portare con te questo segreto nella morte, come un faraone egiziano, e fu così che costruì il tuo mausoleo sopra l'ingresso.»

«Per tutto questo tempo...» sussurra Edward. «Pensavo che nessuno ci tenesse a me. Pensavo che mi usassero solo per la mia ricchezza e la mia notorietà.»

«Non posso parlare per tutti, ovviamente. Ma Hugh e la contessa... il loro affetto per te era autentico. Tu sei una persona straordinaria, Edward. Mi rifiuto di credere che qualcuno passi del tempo con te senza soccombere al tuo fascino. Voglio dire: basta guardare questo posto.»

«D'altronde è la follia di un principe senza nessun merito» commenta lui amareggiato.

«Perché hai raccolto tutte queste bottiglie e le hai messe qui sotto?» chiedo. «Non perché ti piacesse particolarmente il vino. Le avevi scelte per i tuoi amici. Perché volevi condividerle. Perché sai che il vero piacere della vita è viverla insieme a persone che ti capiscono, ti stimolano e ti illuminano.»

Estraggo una bottiglia e ne studio l'etichetta. È scritta a mano in francese, ma la data è inequivocabile: 1623.

«Un'annata eccellente» commenta Edward annuendo con fare da intenditore.

Il mio cuore salta un battito: non ci avevo pensato. Ero così eccitata per il significato di questa stanza che non avevo nemmeno considerato il suo contenuto. «Edward, queste bottiglie devono valere una fortuna ora.»

«Valevano una fortuna già allora» dice altezzoso. «Sarò anche stato un libertino e un disgraziato, ma non sono mai stato tirchio.»

«No, non capisci. Esiste il vino costoso, e poi esiste il vino che ha cinquecento anni. Cioè... in questa stanza ci sono *milioni di dollari*.» Lo guardo incredula. «Spero che tu sia un ricco bastardo anche nell'Aldilà. Ci potresti fare un sacco di cose con questi soldi.»

Ma Edward non mi sta ascoltando. Il che è strano, perché lui è sempre interessato al vino. Invece, si guarda preoccupato il petto.

«Brianna. Mi sento... strano.»

«No, non strano» dico mentre afferro il suo filo tra le mani, tirandolo a me. «Tu ti senti *vivo*.»

Il filo brilluccica tra le mie dita, si illumina contro la mia pelle ed entrambi veniamo avvolti da una luce bianca e accesa. Ormai conosco abbastanza bene questa sensazione, e dopo aver riportato in vita Ambrose e Pax, non mi ci sottraggo, ma conservo la presa e avvolgo il filo tra le mani.

«Brianna...» gracchia Edward.

Mi avvicino.

Lo bacio.

Ha il sapore del vino. Vino e dissolutezza.

Ha un sapore *corporeo*, la sua lingua è ferma e decisa mentre cerca il calore della mia bocca. Mi porta una mano alla nuca, mi afferra i capelli e mi stringe a sé, tuffandosi nel bacio con tutto il corpo, e con il suo cuore spezzato e principesco.

È il primo bacio che Edward dà a qualcuno dall'ultima volta che è stato in vita, ma perbacco, è ancora *dannatamente* bravo. Lo è a tal punto che mi dimentico di respirare e perdo il fiato, aggrappandomi a lui mentre le sue labbra e la sua lingua mi riscaldano il corpo in questa cantina fredda, umida e senza aria.

Alla fine si tira indietro, gli occhi scuri che brillano. «Mi hai riportato in vita.»

Io sorrido. «Immagino che la tua questione in sospeso fosse quella di trovare la tua cantina segreta. Qual è la prima cosa che vuoi fare ora che sei di nuovo un umano, un Vivente?»

Edward prende una bottiglia tra le tante. «Voglio festeggiare.»

«Non puoi aprirla. Probabilmente vale migliaia di sterline. Potresti comprare mille bottiglie di Dom Perignon, se proprio vogliamo festeggiare.»

«Guardati intorno, mia Brianna.» Edward fa un gesto verso la vasta galleria. «Qui abbiamo abbastanza vino per una vita intera. Per *due* vite. Anzi no: forse per una sola. A me il vino piace *molto*. Anche se non quanto mi piaci tu.»

Si china verso di me e mi cattura le labbra con le sue. E io mi dimentico del tunnel polveroso e dell'aria viziata. Tutto ciò che conta è lui.

Edward interrompe il bacio per staccare il sigillo dalla bottiglia. Lo fa con grande maestria, come se fosse stato solo ieri che ha aperto una bottiglia di vino pregiato per l'ultima volta. Credo che alcune cose rimangano impresse nella memoria muscolare. Mi stupisce che il tappo scivoli via con facilità. Edward si porta la bottiglia al naso e annusa.

«Profuma di te, Brianna. Profuma di pera, di mandorle e di *vita*, dolce e bella. E guarda questo colore: mi ricorda i tuoi capelli. È come se, quando ho scelto questa bottiglia, sapessi che ti stavo aspettando.»

Me la porge.

«Prima le signore.»

Prendo la bottiglia e annuso. Non sa di veleno. Sa di... vino.

Un vino dolce e costoso. Quasi di prugna o... sì, di *pera*. *Ho davvero questo odore?*

Bevo un sorso, incerta.

Ah.

Ah.

Wow.

«Potrei abituarmici.» Gliela restituisco. «Dopo di questo, il vinaccio scadente da otto sterline la bottiglia non sarà più lo stesso.»

«Bah, dovrebbe essere illegale chiamare vino quel piscio d'asino che tu e Dani bevevate al cimitero. Caspita, immagino che persino gli antichi romani avessero dei vini migliori.» Edward sospira di felicità mentre beve un sorso. «Questo è un sogno. Sono vivo, ho un vino costoso e una bella donna.»

«Ma va bene, berlo così a collo?» chiedo, ancora nervosa per il fatto che stiamo bevendo qualcosa di così vecchio e costoso. «Non si rovina il sapore? Non dovrebbe arieggiarsi nel bicchiere, o qualcosa del genere?»

«Ora che mi ci fai pensare» gli occhi di Edward brillano. «Credo proprio che ci sia un modo migliore per gustare questa delizia antica.»

Getta la testa all'indietro e ne beve un sorso. Prima che mi renda conto, mi afferra, tirandomi a sé con un braccio solido e protettivo. Mi passa l'altra mano dietro il collo, e mi inclina la testa all'indietro.

Mentre mi bacia, mi passa il vino in bocca, e il liquido mi rinfresca la lingua. Ha un sapore che non ho mai assaggiato prima. Sa d'estate, con un profumo dolce di frutta secca. È stupefacente, ma non quanto i baci di Edward o il modo in cui lo sento, ora che è un *uomo* vivo e vegeto.

Le mie mani vagano sul suo corpo, accarezzandogli le linee sode del petto, i fianchi ben definiti e la curva del...

«Ahi!» esclama con un sussulto.

...frammento di vetro che gli esce dal culo.

Si gira e se lo toglie, e il suo volto si illumina di sollievo. «E questa sarà l'ultima volta che dovrò tirarlo fuori. Ora, vieni qui.»

«Stai sanguinando. Non ti fa male?»

«Con una bella donna tra le braccia?» Mi stringe forte. «No, non lo sento quasi per niente.»

Con le dita mi tira la maglietta. Me la tolgo, gemendo di piacere mentre lui mi bacia il collo, e le sue mani mi prendono i seni con avidità. I suoi occhi si velano quando affonda di nuovo la lingua tra le mie labbra. «Ho sognato questo giorno per troppo tempo. Quando ti toccavo, ho visto molti particolari. I tuoi ricordi. I tuoi sogni. Ho visto ciò che desideravi ti facessi. E ora posso finalmente godere di te, e ho tutta l'intenzione di farlo.»

Mi fa indietreggiare finché i miei piedi non toccano il bordo di una stretta panca di pietra. I suoi occhi si fanno ancora più vogliosi, scuri come il cielo senza stelle sopra il cimitero. Mi preme le mani sulle spalle e mi costringe ad abbassarmi sulla panca, facendomi poi stendere davanti a lui. Mi guarda quasi stesse studiando un quadro della Galleria Reale, come se io fossi una cosa in qualche modo remota, lontana da lui.

«Sono qui» dico, per riportarlo a me. «Sono tua.»

Le sue labbra si tendono in quel sorriso che scioglie il cuore. «Lo so. E finalmente potrò assaggiarti.»

Con un movimento rapido, mi libera dei jeans e delle mutandine. Le sue mani mi allargano le cosce e affonda il viso tra le mie gambe.

Inarco la schiena e stringo i pugni mentre Edward mi assaggia come se stesse degustando un vino pregiato. Come ci riesce con la lingua? Voglio dire, questa è una abilità che è andata perduta nel tempo. Indiana Jones dovrebbe dare la caccia a questa roba qui, perché gli uomini moderni non sanno leccare una donna in questo modo e... oh, mio Dio!

L'orgasmo mi travolge: forte, veloce e inaspettato, e io tremo tutta. Sono ancora priva di forze, e lui mi prende le cosce e mi tira più vicino a sé, poi si slaccia i pantaloni e si posiziona tra le mie gambe.

E mi penetra in un unico movimento.

Io trattengo il fiato, afferrando il bordo della panca mentre lo accolgo tutto. E c'è *molto* da accogliere. Edward non è grosso come Pax, ma la sua reputazione, tramandata dai libri di storia, non è priva di fondamento.

E il suo sguardo, insieme a questi zigomi pronunciati e troppo belli, illuminati dal debole fascio di luce del mio cellulare abbandonato, gli dà tutta l'aria di un principe malvagio.

Sono così bagnata che, nonostante le sue dimensioni, si infila senza difficoltà. E, caspita, che bella sensazione. Colpisce ogni punto, ciascuna mia parte che lo ha richiamato dall'Aldilà.

Il mio cuore sussulta. È qui, è dentro di me. *Finalmente.*

I nostri corpi si muovono all'unisono, come fossimo fatti per questo momento. Si china su di me a baciarmi, appoggiato alla panca, e con la sua lingua malvagia consuma ogni mio pensiero finché non esiste altro che lui, solo lui.

Il suo bacino spinge con foga, in profondità, esigendo tutto ciò che gli posso dare. Scopa come un animale selvaggio, ma i suoi baci... sono i baci di un uomo consumato dall'amore, e sono per me...

Edward mi prende tra le braccia e mi solleva. Attraversa la cantina, senza sfilarsi da me, e mi fa appoggiare la schiena al muro. Le bottiglie tintinnano nelle nicchie ai miei fianchi, ma non mi importa. Sono già ubriaca dei suoi baci e delle sue carezze.

«La mia Brianna» sussurra.

Io lo blocco portando le caviglie dietro la sua schiena, e lo tiro più a fondo. Gli passo le mani sui muscoli della schiena, quasi a mappare ogni suo centimetro con le dita, per essere certa che sia reale. Con una mano lui mi tocca il seno, accarezzandolo con tenerezza prima di pizzicarmi il capezzolo con una forza tale da farmi gemere.

«So esattamente cosa ti piace, mia Brianna» sussurra. «Perché siamo fatti per questo. Per scopare. Per il piacere. Per la bellezza. Per l'amore.»

Il suo bacino si muove contro il mio. Il bellissimo viso del mio principe si contorce in un'espressione di totale estasi. I suoi occhi scuri fissano i miei, e non si allontanano mai da me mentre godiamo insieme.

Cazzo.

È stato...

SCRAAAP.

«Che cos'è stato?» chiede Edward con gli occhi semichiusi, staccando il viso dalla mia spalla.

Poso i piedi a terra e mi reggo su gambe tremanti, alla ricerca della fonte del suono. Eccolo di nuovo, un rumore stridente di qualcosa che raschia, da qualche parte sopra le nostre teste.

Topi? Non avevo nemmeno pensato che potessero essercene qui sotto.

«Ragni?» chiede Edward con un filo di voce.

Rabbrividisco e mi infilo la maglietta, terrorizzata dall'idea di un roditore che mi sgambetta sulla pelle nuda. Prendo il cellulare e faccio oscillare il fascio di luce nella stanza, alla ricerca di roditori.

SCRAAAP.

Il mio sangue raggela.

SCRAAAP.

No, non si tratta né di ratti né ragni.

«È qualcuno che sta rimettendo a posto le pietre!» grido.

Ci precipitiamo insieme verso le scale. Nello stretto passaggio del tunnel ci scontriamo. Negli istanti che impieghiamo per districarci, sentiamo un altro rumore ovattato di raschiamento, questa volta molto più forte e pesante.

Raggiungo per prima la cima della scala. Ovvio: è stata chiusa. Appoggio la schiena alla pietra e spingo con tutta la mia forza, ma non si muove. Sopra di noi, il rumore si è interrotto. «Credo che abbia spostato il tuo sarcofago davanti all'ingresso.»

Edward si accascia contro il muro. «È quello stupido soldato che ci sta facendo uno scherzo. Deve essere così. Quando uscirò di qui, lo darò io in pasto a un leone.»

Nel pallido fascio di luce del cellulare, riesco a vedere quanto siano sgranati i suoi occhi. Non crede che sia Pax.

Soprattutto quando punto la luce sulla pietra e noto un filamento di fumo rosso che filtra tra le giunture.

Fumo rosso.

Lo Squartatore.

Come c'era da aspettarsi, lo stretto passaggio risuona delle note familiari e agghiaccianti della risata di Jack lo Squartatore.

Perché si sente così forte? Non dovrebbe, se è oltre le pietre.

Ci scambiamo di posto. Con una smorfia Edward appoggia le spalle alla pietra. Grugnisce, lotta e impreca, ma non riesce a scostarla.

Lo guardo, e intanto mi accorgo del sapore di muffa che ho in fondo alla gola e del perfetto stato di conservazione di tutte le bottiglie qui sotto.

«Edward, quando hai fatto costruire questa cantina, hai per caso incluso una finestra da qualche parete, o un pozzo di ventilazione, o un tunnel segreto che porta alla casa?»

«Certo che no» risponde. «Il vino si conserva molto meglio

se la stanza è sigillata. Ho dato istruzioni ai miei uomini di rendere questa stanza il più ermetica possibile... ah.»

Esatto, *ah*.

«Non c'è aria qui sotto» dico. «E nessuno sa dove siamo. Se non troviamo presto qualcuno che ci aiuti, moriremo soffocati.»

CONTINUA

Ce la faranno Edward e Bree a liberarsi in tempo? Chi altro fuggirà dal Velo? Ambrose riuscirà mai a gustarsi un gelato? Scopritelo nell'ultimo libro Grimdale: *Meno lutto, più letto*.

https://books2read.com/grimdale3italian

Che cosa si ottiene quando si incrociano una libreria maledetta, tre uomini di fantasia terribilmente sexy e un'eroina punk rock con il cuore spezzato? Leggete il primo libro de I Misteri della Libreria Nevermore - Una notte morta e tempestosa - *per scoprire la storia di Mina e dei suoi fidanzati.*

https://books2read.com/adeadandstormynightitalian/

(Gira la pagina per un frizzante estratto).

Non ne avete mai abbastanza di Bree e dei suoi ragazzi? Iscrivendovi alla newsletter di Steffanie Holmes potrete leggere gratuitamente una scena bonus di prima della partenza di Bree per il suo viaggio, oltre ad altre scene bonus e racconti extra, e scoprire la sua playlist.

https://www.nevermorebookshop.co.nz/pages/steffanie-holmes-newsletter-german

DALL'AUTRICE

Ci sono libri che ti volano via dalle dita, come se la storia fosse già scritta nel tuo cuore e tu dovessi solo tirarla fuori prima che finisca in autocombustione.

Uno Spirito Fresco non era uno di quei libri.

Potrebbe anche non sembrare, viste tutte le battute sui cetrioli, ma questa storia ho dovuto tirarla fuori da luoghi oscuri. Ho dovuto fare i conti con alcune cose, nello stesso modo in cui Bree deve fare i conti con i suoi demoni (sia letterali che metaforici). E ho dovuto fare tutto entro una scadenza. Ma ce l'ho fatta! Spero che la terza storia vi sia piaciuta tanto quanto a me è piaciuto scriverla (quasi sempre).

I nostri tre fantasmi sono tutti di fantasia: non sono personaggi storici, anche se i dettagli dei loro costumi e dei loro ricordi sono il più reali possibile.

Il nome di Pax significa *pace* in latino. Non è un nome che veniva usato nell'antica Roma, ma ho pensato che fosse troppo divertente per non usarlo. Usa la parola *verpa* che era un termine nel latino volgare per indicare il pene. E il suo insulto – *vappa!* – significa *feccia*: si riferisce al vino inacidito. Le opinioni sui druidi sono sue, personali, e non condivise dall'autrice.

Ambrose è basato su uno dei miei eroi personali: l'avventuriero vittoriano James Holman. Holman divenne misteriosamente cieco all'età di vent'anni circa e, quando questo gli impedì di portare avanti la sua carriera navale, prima si iscrisse alla scuola di medicina e poi partì per una serie di avventure in giro per il mondo. Era conosciuto come il *Viaggiatore cieco*.

Holman batteva sul suolo con un bastone, e con tale sistema era in grado di scoprire gli spazi intorno a lui attraverso l'ecolocalizzazione. Camminava tenendo in mano una corda, che aveva l'altra estremità legata a una carrozza, in modo da non uscire di strada. I suoi viaggi sono narrati nei libri che scrisse utilizzando il telaio con le corde descritto da Ambrose.

Inizialmente, i libri di Holman furono accolti con entusiasmo, ma poi fu visto più che altro come un personaggio bizzarro, e non fu più preso sul serio nelle vesti di avventuriero. La gente diceva addirittura che non poteva essere veramente cieco. Cavalcò elefanti a Ceylon, combatté la tratta degli schiavi nell'isola di Fernando Po, contribuì a tracciare le mappe dell'entroterra australiano e fu catturato in Siberia dagli uomini dello zar perché sospettato di essere una spia. Non fu ucciso, ma venne espulso alla frontiera con la Polonia.

Il suo manoscritto finale, un'autobiografia che comprendeva tutti i suoi viaggi, non fu mai pubblicato e probabilmente non arrivò nemmeno ai giorni nostri. Holman morì in solitudine ed è sepolto nel cimitero londinese di Highgate, proprio il luogo da cui ho preso spunto per il Cimitero di Grimdale. Jason Roberts scrisse una splendida biografia di Holman intitolata *A Sense of the World*, che consiglio vivamente.

Forse non lo sapete, ma io sono ipovedente dalla nascita. A differenza di Ambrose, Mina e Holman, la mia vista non è scomparsa all'improvviso, né è peggiorata nel tempo. Io sono nata con una condizione genetica che si chiama *acromatopsia*, il che significa che ai miei occhi mancano i milioni di cellule coniche necessarie per riconoscere i colori e percepire la profondità. Quindi sono completamente daltonica, sensibile alla luce e con una scarsa percezione della profondità. Per questo strizzo gli occhi e sbatto le palpebre in continuazione e faccio fatica a stabilire un contatto visivo. La mia miopia è tale, che vengo considerata cieca.

Mi piace poter scrivere storie in cui persone come me vivono avventure, salvano il mondo e scoprono di poter essere sexy e di poter vivere per sempre felici e contente.

Ci sono tante persone che mi hanno sempre sostenuta e hanno creduto in me, anche quando io per prima faticavo a credere in me stessa. La mia famiglia: mia madre, mio padre e mia sorella Belinda.

Un ringraziamento speciale alla mia famiglia di scrittori: Angel Lawson, Bea Paige, Daniela Romero, Eden O'Neill, Rachel Jonas, AK Rose e EM Moore. Negli ultimi due anni siete stati una delle gioie più grandi della mia vita.

Alla mia famiglia costruita nel tempo, i pazzi *bogans* (i miei fratelli e sorelle metal). Mi scuso per la quantità delle nostre avventure che finiscono nei miei libri.

Sempre, un grosso grazie al mio irascibile marito batterista, che è tutto, per me. Ogni eroe di cui scrivo è un pezzo di te e di ciò che significhi per me.

E infine, a voi, miei lettori, per aver intrapreso questo viaggio insieme a me. Vi amo più di quanto potrei dire.

Una parte delle royalties derivanti dalla vendita di questo libro viene devoluta al Parkinson's New Zealand. Grazie per il lavoro che fate!

Ogni settimana invio ai fan una newsletter che contiene una storia inquietante su un'infestazione o su uno strano caso criminale che ha ispirato uno dei miei libri, oltre a notizie sulle prossime uscite e a un libro gratuito di scene bonus chiamato

Cabinet of Curiosities. Per iscrivervi alla mia mailing list vi basta andare sul mio sito web: https://www.nevermorebookshop.co.nz/pages/steffanie-holmes-newsletter-german

Sono davvero felice che questa storia vi sia piaciuta! Sarei contenta se voleste lasciare una recensione su Amazon o Goodreads. Aiuterà altri lettori a trovare la loro prossima lettura.

Grazie, grazie! Vi voglio un sacco di bene! Alla prossima, che l'assenzio scorra a fiumi e trasformi in realtà i vostri sogni più scandalosi!

Steff

VISITATE LA LIBRERIA NEVERMORE PER I LIBRI IN EDIZIONE SPECIALE, IL MERCHANDISING E ALTRE CHICCHE

WWW.NEVERMOREBOOKSHOP.CO.NZ

Volete mettere le mani su libri in edizione speciale, cofanetti, merchandising, opere d'arte e altro ancora, firmati da Steffanie Holmes?

Visitate la libreria Nevermore per ottenere le mie chicche: https://www.nevermorebookshop.co.nz/

Iscrivetevi alla mailing list del negozio per uno sconto del 10% sul primo ordine.

INFORMAZIONI SULL'AUTRICE

Steffanie Holmes è autrice bestseller di *USA Today* e scrive romanzi dark, gotici e peccaminosi. I suoi libri sono caratterizzati da eroine intelligenti e spiritose, società segrete, antiche dimore da brivido e maschi alfa che ottengono *sempre* ciò che vogliono.

Ipovedente dalla nascita, Steffanie ha ricevuto il premio Attitude Award for Artistic Achievement nel 2017. È stata anche finalista del premio Women of Influence 2018.

Steffanie vive in Nuova Zelanda con il marito, la loro collezione di spade medievali e un'orda di gatti irascibili e.

Newsletter di Steffanie Holmes

Iscrivendoti alla newsletter di Steffanie Holmes riceverai una copia gratuita di *Gabinetto delle Curiosità:* un compendio di racconti e scene bonus scritte da Steffanie Holmes, compresa una scena bonus della Libreria Nevermore.

http://www.steffanieholmes.com/newsletteritalian

Segui Steffanie

www.ingramcontent.com/pod-product-compliance
Lightning Source LLC
Chambersburg PA
CBHW030730310726
48969CB00005B/1164